Günther Zäuner

Halbseidenes mittelalterliches Wien

12 Krimis aus einer blutrünstigen Epoche

federfrei
www.federfrei.at

Diese Geschichten sind reine Fiktion. Namen und Personen, verschiedene Ereignisse, Orte und Zeiten sind teils real, teils der Fantasie des Autors entsprungen. Manche Menschen sind real, manche fiktiv. Ähnlichkeiten der erfundenen Figuren mit lebenden oder verstorbenen Menschen sind rein zufällig.

Marchtrenk, 2019
www.federfrei.at

Umschlagabbildung: © Waldteufel - Fotolia.com
Autorenportrait: © Manfred Burger
Lektorat: S. Bähr
Satz und Layout: Verlag federfrei
Druck und Bindung: Skalaprint

ISBN 978-3-99074-043-9

„Drohlärm ist Eselsgeschrei."

Wahlspruch des Staufers Friedrich II. (1194 – 1250), römisch-deutscher Kaiser. Ab 1198 König von Sizilien, ab 1211/12 deutscher König und von 1220 bis zum Tod Kaiser des Heiligen Römischen Reiches

„Der Glaube ist ein Vorausvorkosten jener Erkenntnis, die uns in der Zukunft glückselig macht."

Thomas von Aquin (1224 – 1274), italienischer Philosoph und Dominikanerpater

„Ergreife den Schild des Glaubens und halte Gottes schöne, strahlende Gerechtigkeit in deinem Herzen liebend umfangen."

Hildegard von Bingen (1098 – 1179), deutsche Mystikerin, Äbtissin, Naturwissenschaftlerin und katholische Heilige

„Dass man als schön sie preist, lass ich bei Frauen gelten, den Männern steht es schlecht: Es klingt zu weich und fast wie Schelten."

Walther von der Vogelweide (um 1170/75 – um 1230), Minnesänger und Kreuzzugsteilnehmer 1228

„Hic est sepultus dei gratia dux Rudolfus fundator."

„Hier ist Rudolf, von Gottes Gnaden Herzog, der Stifter, begraben."

Grabinschrift Herzog Rudolfs IV. im Wiener Stephansdom

„A.E.I.O.U."

Wahlspruch Kaiser Friedrichs III. (1415 – 1493). Er ließ diese fünf kryptischen Buchstaben auf seinem Tafelgeschirr, seinem Wappen und auf Bauwerken (Burg in Wiener Neustadt, Linzer Schloss sowie am Grazer Dom und der Burg) anbringen. Die Deutungen sind vielfältig. Der Historiker Alfons Lhotsky fand über dreihundert heraus. Die bekannteste Entschlüsselung stammt aus dem 16. und 17. Jahrhundert: „Alles Erdreich ist Österreich untertan."

Inhaltsverzeichnis

Das Mittelalter im 21. Jahrhundert?

Gut, bei genauerer Betrachtung der Menschheitsgeschichte quer durch die Jahrhunderte kann die Schlussfolgerung nicht ausbleiben, das Mittelalter ist präsenter denn je. Herrscherhäuser gibt es in Europa zwar noch wenige, die nur mehr repräsentieren und sonst nichts mehr zu melden haben.

In Europa mit der EU herrschen demokratische Verhältnisse, zumindest vorwiegend. Aber das Verhalten der Menschen im Ringen um politische und wirtschaftliche Macht mit allen Mitteln, die Profitgier, das sinnlose gegenseitige Abschlachten, Krieg und Terror stehen den Zuständen im Mittelalter um nichts nach. Doch das ist eine andere Geschichte …

Vielmehr sollen die folgenden Zeilen helfen, etwas besser in die Zeit einzutauchen.

Damit sind nicht die zahllosen, überaus beliebten Mittelalterfeste und mittelalterlichen Märkte in Burghöfen oder auf historischen Plätzen gemeint.

Menschen aus allen Gesellschaftsschichten und Altersstufen kleiden sich wie anno dazumal, staksen und klappern in Rüstungen herum, trinken Met aus Kuhhörnern und essen mit den Händen, müssen höllisch aufpassen, dass sie nicht über ihre Bihänder stolpern oder sich selbst mit ihren Schilden verletzen. Lauten- und Drehleierspieler sorgen für den musikalischen Rahmen. Man bemüht sich redlich, das harte, entbehrungsreiche und gefährliche Leben nachzuspielen, wie es in den Geschichtsbüchern beschrieben und in unzähligen Filmen dargestellt wird.

Ein Wochenende lang mutieren der Autoverkäufer zum grimmigen Ritter Neidhart von Bimsstein und die Sekretärin zum koketten Burgfräulein Brünhild. Alle haben ihren Spaß daran und meinen, das Rad der Geschichte zurückdrehen zu können. Das alte

Räuber- und Gendarm- oder Indianer- und Cowboyspiel aus Kindheitstagen, nur eben in Blech gewandet. Allerdings ist es ein klarer Stilbruch, wenn der wackere Recke im Harnisch mit dem Handy telefoniert. Und auf dem Tablet herumwischt.

Was fasziniert uns im 21. Jahrhundert an dieser Epoche?

Wahrscheinlich ist einer der Gründe, dass wir sehr wenig über diese Zeit wissen, da die Quellenlage sehr dürftig ist. Uns immer wieder auf Reisen oder in unserer näheren Umgebung Burgen und Burgruinen nahezu magnetisch anziehen, wir in dem alten Gemäuer unserer Fantasie freien Lauf lassen, wie wohl das Leben in diesen Bollwerken abgelaufen sein könnte, und eigentlich nach der geführten Tour sehr froh sind, die gegenwärtigen Annehmlichkeiten im Alltag voll auskosten zu können.

Trotz unserer High-Tech-Zeit finden Kinder weiterhin großen Gefallen an Rittern und was eben sonst noch dazugehört. Spielzeugburgen und die dazugehörigen Accessoires bleiben in Kinderträumen glücklicherweise weiterhin erhalten.

Es gibt zahlreiche Mittelaltervereine in Österreich, Deutschland und der Schweiz. Manche betreiben ihre Zusammenkünfte mit wissenschaftlicher Akribie, alles muss bis ins kleinste Detail stimmen. Andere nehmen es eher locker. Es ist ein Freizeitvergnügen, nicht mehr und nicht weniger.

Ebenso, wie sich Menschen in Westernclubs finden, sich als Indianer, Cowboys und Trapper verkleiden und dem Wilden Westen mit passender Countrymusik huldigen.

Das Mittelalter im 21. Jahrhundert lautet der Titel dieser kleinen Einführung, ausgerichtet auf das Entstehen und langsame Erblühen einer Stadt, nämlich Wien.

Sechzehn unterschiedliche Krimis in drei temporären Abschnitten, die Historiker allgemein als die Epoche des Mittelalters bezeichnen.

Unterteilt in

- *Frühmittelalter (ca. 500 – 1050)*
- *Hochmittelalter (ca. 1050 – 1250)*
- *Spätmittelalter (ca. 1250 – 1500)*

Dennoch spielt das Mittelalter täglich, meist in Unkenntnis, in unserer Ausdrucksweise eine große Rolle.

Wir verwenden öfters beispielsweise die Floskel *das ist Augen(aus) wischerei*. Allerdings ist uns meist der Ursprung unbekannt. Menschen fielen und werden immer auf Trickbetrüger hereinfallen, natürlich auch im Mittelalter, wo nur die wenigsten über Bildung verfügten und größtenteils Analphabeten waren.

Wurde jemand krank, vertraute man windigen Quacksalbern, Scharlatanen, Kräuterweibern und Wunderheilern. Mit theatralischen Beschwörungsformeln wischten sie den Kranken mit undefinierbaren Salben und Tinkturen die Augen aus. Naturgemäß blieb die Heilung aus, aber der Betrüger konnte ein paar Münzen, von den Angehörigen oder dem Dahinsiechenden selbst oft genug mehr als sauer verdient, in seiner Geldkatze verschwinden lassen.

Heute finden wir solche Leute in Sekten und in der Esoterik, die gutgläubigen Menschen mit absurdesten Versprechungen und Zusagen das Geld aus den Taschen ziehen. Jüngstes Beispiel aus Wien: Um und in einem neu erbauten Krankenhaus legte ein selbst ernannter Energetiker einen »Schutzring«. Wofür? Gegen böse Geister, gegen Keime und Krankheitserreger? Niemand wusste es genau. Dafür sahnte der Energetiker vorerst einmal kräftig ab.

Wie oft ärgern wir uns über jemanden, den wir für dumm halten und ihm nachsagen, dass er *vom Tuten und Blasen keine Ahnung hat*. Natürlich gab es im Mittelalter Berufe, die wenig geachtet waren. Dazu zählte der Nachtwächter. Mit Einbruch der Dunkelheit zog er durch die Straßen und Gassen, kündigte jede volle Stunde mit seinem Horn an. Manche schafften allerdings keinen geraden Ton, waren daher in den Augen der Bewohner selbst für diesen minderen Job zu blöd.

Umgelegt auf die Gegenwart, finden sich genügend in leitenden und regierenden Positionen, die eben keine Ahnung vom Tuten und Blasen haben.

Wer dieses Buch – hoffentlich – aufschlägt, landet, erraten!, wieder im Mittelalter. Nicht vom Text her, sondern was die Handhabung betrifft, *das Buch aufschlagen*. Bücher waren im Mittelalter rar, der Buchdruck noch nicht erfunden. Um die wenigen wertvollen, von Hand geschriebenen Exemplare zu schützen, waren – was wir heute Cover nennen – Holzdeckel vorgesehen, die gleichzeitig auch als Presse für die Seiten dienten und von einer Metallspange oder einem -haken zusammengehalten wurden. Schlug man auf das Buch, löste sich die Verankerung.

Nur drei Beispiele von vielen, die uns noch im Verlauf dieser Lektüre begegnen werden.

Media aetas – das Mittelalter –, dieser Begriff entstand in der Zeit des Humanismus. Das düstere Zeitalter zwischen dem Untergang der Antike und den neuen geistigen, humanistischen Strömungen der Renaissance. Es war der Rhetorik- und Geschichtsprofessor an der Friedrich-Universität[1] in Halle an der Saale, Christoph Cellarius[2], der im 17. Jahrhundert die Menschheitsgeschichte in drei große Zyklen unterteilte: Altertum, Mittelalter, Neuzeit.

Der Geschichtstheologe Joachim von Fiore[3] setzte sich bereits im 12. Jahrhundert mit der Unterteilung der Geschichte auseinander, schrieb vom *goldenen, silbernen und bronzenen Zeitalter der Antike, über das Zeitalter des Vaters, des Sohnes und des Heiligen Geistes*.

Später beschäftigten sich einige andere Historiker wie Benedetto Croce, Robin George Collingwood, Oswald Spengler, Arnold Toynbee, Karl Jaspers und Oskar Halecki mit eigenen Interpretationen von Periodisierungen der Menschheitsgeschichte. So sagte Collingwood: »Geschichtsbücher beginnen und enden, nicht aber die Ereignisse, die sie beschreiben.«[4]

Die Erde wurde noch als Scheibe inmitten des Kosmos gesehen; der allmächtige, strafende und rachsüchtige Gott bestimmte das Leben in allen Bereichen. Trotz der ständigen kriegerischen Auseinandersetzungen, der fürchterlichen Lebensumstände, besonders für die Armen, der Grausamkeit allerorten, war dieses Zeitalter dennoch nicht so düster und finster, wie es oft beschreiben und dargestellt wird.

Manches lässt sich heute anhand von Quellen rekonstruieren und beweisen, vieles lässt sich nur erahnen, was damals tatsächlich vor sich gegangen war. Gerade aus der Zeit des Frühmittelalters sind Dokumente sehr selten und kaum Alltagsgegenstände als Beweise vorhanden. Daher sind uns auch nur Bruchteile dieser Geistes- und Gedankenwelt zugänglich, mehrheitlich wird sie uns für immer verschlossen bleiben.

Zwar starben Menschen an läppischen Erkältungen, aber gleichzeitig bauten sie mit einfachsten Mitteln nach genialen Plänen prächtige Kirchen und Kathedralen zu Ehren Gottes für die Ewigkeit, an denen wir uns heute noch immer erfreuen können und die uns in Staunen versetzen.

Allerdings versagten sämtliche Baukünste, um in einer Stadt wie Wien Abwässer in den Griff zu bekommen, wovor auch die Aristokratie nicht verschont blieb.

Ebenso selbstverständlich, dass dort, wo Menschen aufeinandertreffen, zusammenleben, Verbrechen und Kriminalität nicht ausbleiben. Die aufstrebende Siedlung, die sich langsam zur Stadt entwickelte, bildete in dieser Hinsicht keine Ausnahme. Doch was machte diese Gegend so anziehend, dass letztendlich eine Stadt entstand?

Die Gegend zwischen dem Wienerwald als natürliche Grenze und der Ebene des Wiener Beckens mit zahlreichen Gewässern zur Donau, wie Alser Bach, Ottakringer Bach, der Wien und der Liesing, war bereits in der Antike für die Römer von größtem politischen, wirtschaftlichen, militärischen und geografischen Interesse. Deshalb erbauten sie auch hier das Limeslager *Vindobona*.

• Im ersten/zweiten Jahrhundert wird Vindobona erstmals in der *Tabula Peutingerina* genannt. Eine Karte mit dem römischen Straßennetz im ausgehenden Reich der Römer; von den britischen Inseln über den Mittelmeerraum und den Nahen Osten bis nach Indien und Zentralasien.

Der Name erinnert an Konrad Peutinger (1465 – 1547), ein Augsburger Stadtschreiber, Antiquar, Humanist und Jurist. Das Dokument zählt zum UNESCO-Weltkulturerbe und befindet sich in der Österreichischen Nationalbibliothek.

• Eine weitere Nennung von Vindobona findet sich in der *Geographias Hyphegesis*, einem Atlas, um 150 n. Chr. von Claudius Ptolemäus (um 100 – nach 160) gezeichnet und geschrieben. Eine vielseitige Persönlichkeit – Geograf, Astrologe, Astronom, Philosoph und Musiktheoretiker. Er benutzte für dieses Kartenwerk ältere Quellen des Geografen Marinos von Tyron und dem karthagischen Admiral Hanno dem Seefahrer.

• Mit Beginn des dritten Jahrhunderts taucht Vindobona im ersten »Reiseführer« auf, dem *Itinerarium Antonini*, mit den wichtigsten römischen Reichsstraßen und mit römischen Siedlungen. Hinter dem Namen Antonius verbirgt sich Kaiser Caracalla. Allerdings fand die handschriftliche Fassung erst unter Diokletian statt.

• In der zweiten Hälfte des vierten Jahrhunderts erwähnt der Geschichtsschreiber Sextus Aurelius Victor Vindobona in den *Historiae abbreviatae*.

Neben dem Militärkastell entwickelte sich auf dem Gebiet des heutigen 3. Wiener Gemeindebezirks rasch eine Zivilstadt. Den Römern verdankt Wien auch die Grundzüge eines ersten Straßennetzes, die sich bis heute erhalten haben: Heiligenstädter und Liechtensteinstraße, Herrengasse, Augustinerstraße, Rennweg und Landstraßer Hauptstraße.

Auch Fernverbindungen in den Süden waren eingeplant. Kaum jemand verschwendet heute einen Gedanken, wenn er auf der viel befahrenen Triester Straße im Stau steckt oder in der Mariahilfer, Penzinger, Lainzer und Speisinger Straße nach einem Parkplatz sucht, dass hier bereits römische Streitwägen fuhren und Legionärstruppen marschierten.

Wer heute durch die Innenstadt, den 1. Wiener Gemeindebezirk, bummelt, über den Graben und die Naglergasse bis zum Heidenschuss geht, wandelt auf einem Teil von Vindobonas ehemaliger Befestigungsmauer.

Noch vor den Römern erkannten die Menschen der Hallstattkultur und die Kelten die Vorzüge des Wiener Raumes, wurden aber nicht sesshaft. Häuslich nieder ließen sich erst die Römer, und das für mehrere Jahrhunderte.

375 n. Chr. war mit der Völkerwanderung das Ende der antiken Welt besiegelt. Ausgelöst durch die Hunnen, die für die Eroberung Europas losgezogen waren. Zuerst gaben sich die Ostgoten, die im Bereich des Dons und der Schwarzmeerküste siedelten, geschlagen.

Gegen Ende des vierten Jahrhunderts erreichte die Völkerwanderung den Wiener Raum. Germanische und vorderasiatische Stämme durchquerten die ehemalige römische Provinz. Die sesshaften Einheimischen, eine Mischung aus Germanen, Kelten und Romanen, wurden entweder vertrieben, aufgerieben oder unterwandert.

Bereits seit langer Zeit siedelten im Wiener Raum die germanischen Markomannen und Quaden. Um 400 schlossen sich die Quaden dem durchziehenden ostgermanischen Stamm der Vandalen an und zogen mit ihnen Richtung Spanien, da von Osten her die Heruler heranrückten.

Um das Jahr 405 drangen die Ostgoten in den Wiener Raum ein und zerstörten dabei wahrscheinlich auch Vindobona.

Ein verwüstetes Militärlager und eine vernichtete Zivilstadt blieben zurück. Offensichtlich waren die verbliebenen Ruinen dennoch für die nachkommenden Stämme von großer Bedeutung, besonders aus Verteidigungsgründen, wobei die Nordostecke des ehemaligen Vindobona eine wesentliche Rolle spielte. Heute sind dies die Marc-Aurel-Straße, die Rotgasse und der Hohe Markt im 1. Wiener Gemeindebezirk und Teile im Bereich des Donaukanals.

Obwohl erhaltene Berichte über diese Zeit kaum vorhanden sind, sind deshalb die Aufzeichnungen aus dem späten 13. Jahrhundert des Wiener Dichters und Chronisten Jans Jansen Enikel umso wertvoller. Geboren ungefähr zwischen 1230 und 1240, gestorben nach 1302. Zu seiner Familie zählte auch der Wiener Stadtrichter Konrad, der 1239 von Fürst Friedrich II. geehrt wurde.

Bereits Enikels Großvater war ein hoch angesehener Patrizier in der Stadt. Enikel war mit den wichtigen Familien Paltram und Greif verwandtschaftlich verbunden, pflegte ausgezeichnete Beziehungen zum Schottenkloster, wohnte in der Wildwerkstraße, heute Wipplingerstraße im 1. Wiener Gemeindebezirk. In Wiener Urkunden taucht sein Name als »Jans der Schreiber« zwischen 1271 und 1302 auf, was auf eine Tätigkeit als Chronist schließen lässt.

Enikel schrieb die *Weltchronik* mit rund dreißigtausend Versen in Mittelhochdeutsch und das *Fürstenbuch* mit rund viertausend. So berichtete er von einem Heiden, der im *Berghof* lebte, dem einzigen Gebäude damals weit und breit. Dieser unbekannte Mann stiftete ein winziges Städtlein, das er *Vaviana* nannte, bereits mit Stadtmauer geschützt war und später zu Wien wurde. Es ist anzunehmen, dass Enikel seine Fantasie sehr sprühen ließ, doch Tatsache bleibt, dass dieser Berghof an der Ecke Hoher Markt / Marc-Aurel-Straße im 1. Wiener Gemeindebezirk stand.

Kurz nach 405 tauchten die Westgoten unter Führung Alarichs auf und okkupierten das Gebiet. Zu Beginn des fünften Jahrhunderts gesellten sich noch die Rugier hinzu.

Nördlich der Donau suchten uns 433 die Hunnen heim und bezogen Quartier, bevor sie 451 unter Attila, im Verbund mit unterschiedlichen germanischen Stämmen, die sich den Hunnen unterworfen hatten, über das Gebiet des heutigen Österreichs bis nach Gallien vordrangen.

Zwischen 425 und 430 wird Vindobona, auch als *Vindomarae*, im spätrömischen Staatshandbuch *Notitia dignitatum omnium tam civilium quam militarium* festgehalten.

Auf den Katalaunischen Feldern – heute die Ebene zwischen Châlons-en-Champagne und Troyes in Nordostfrankreich – kam es 451 zur Entscheidungsschlacht. Hier versuchten die Römer unter Flavius Aëtius in Allianz mit den Westgoten – unter Theoderich I. –, sich gegen Attila und seine Hunnen zur Wehr zu setzen. Das Gemetzel ging nur knapp zugunsten des römisch-westgotischen Heeres aus.

Der nächste Schlag gegen die Hunnen gelang einer Koalition von Ostgoten, Rugiern, Gepiden, Donausueben, Herulern, Skiren und Sarmaten vier Jahre später an einem Fluss namens Nedao. Welchen heutigen Namen er hat, ist nicht bekannt, es müsste sich um einen der Flüsse zwischen Donau und Karpatenbogen handeln. Die Hunnen hatten ihren Schrecken verloren, und nach Attilas Tod zerfiel ihr Reich endgültig.

Danach bildeten sich mehrere germanische Reiche im ehemaligen Einflussbereich der Hunnen, doch war ihnen nur kurzer Bestand beschieden. Die Germanen rückten ab, und ihr neues Ziel hieß Italien.

Im Wiener Raum residierten gegen 470 die Ostgoten, die dann ebenfalls nach Italien zogen und mit ihnen ein Teil der Rugier.

Odoaker, vom germanischen Stamm der Skiren im mitteleuropäischen Osten und vermutlich im heutigen Burgenland geboren, brachte das Weströmische Reich endgültig zu Fall. 487/88 ließ er die provinzialrömische romanisierte Bevölkerung nach Italien deportieren, während sein Bruder Hunwulf gleichzeitig das Reich der Rugier nördlich der Donau vernichtete.

Nachdem die Ostgoten aus dem Wiener Raum verschwunden waren, kamen aus dem Elbgebiet die »Langen Bärte«, die Langobarden, und gründeten ihr Reich im Waldviertel und Marchfeld – heutiges Niederösterreich – und südliches Mähren. Wahrscheinlich war gegen 526 auch Wien beziehungsweise die umliegende Gegend miteinbezogen.

Um 530 erlangte die Macht der Langobarden ihren Höhepunkt, doch die germanischen Bajuwaren kamen vom Westen ins Alpenvorland und nach Ostösterreich. Dabei kamen sie mit Awaren und Slawen in Kontakt, denen Langobardenkönig Alboin die Gebiete nördlich des Alpenhauptkammes überlassen hatte.

Der spätantike römisch-gotische Geschichtsschreiber Jordanes erwähnt Vindomina als nördlichste *civitas* Pannoniens. *Civitas* bedeutet eine Siedlung mit halbautonomer Verwaltung. Mit der Gründung des italienischen Langobardenreiches endete 568 die germanische Völkerwanderung.[5]

In weiten Teilen Niederösterreichs und im Wiener Raum regierten die Awaren, jedoch waren es Slawen, die sich ansiedelten. Die Wiener Bezirksnamen Währing, Döbling, Liesing und mit hoher Wahrscheinlichkeit auch Lainz und Rodaun beziehen sich auf einen slawischen Ursprung, auch wenn sie im Laufe der Jahrhunderte bajuwarisiert wurden.

Währing stammt von *variti*, was so viel wie sieden bedeutet und sich auf eine heiße Quelle bezieht. Aus *toplik* wurde Döbling und meinte Warmbach. Lêsnica nannten sie einen Waldbach, später wurde daraus Liesing. Rodaun bezieht sich auf den slawischen Namen *rodaón*, während der Ursprung von Lainz weiterhin im Dunklen liegt.

Wegen der besten Siedlungsplätze in Ostösterreich gerieten Slawen und Baiern ständig aneinander. Doch die Slawen konnten sich auf die schützende Hand der Awaren verlassen, bis zu dem Tag als die Baiern in das Reich der Karolinger integriert und 788 der letzte Baiernherzog Tassilo III. aus der Dynastie der Agilolfinger abgesetzt wurde.

Im gleichen Jahr erlitten die Awaren durch ein fränkisch-bairisches Heer unter Graman eine herbe Niederlage. Unter den Siegern war auch ein Otakar, ein Angehöriger der fränkischen Reichsaristokratie. Historiker vermuten, dass es sich bei ihm um den Gründer von Tegernsee handelt und durch ihn die Reliquien des Heiligen Hippolyt nach St. Pölten in Niederösterreich gelangten.

Daher die Annahme der Historiker, dass Ottakring, der heutige 16. Wiener Gemeindebezirk, von diesem Otakar abzuleiten ist. Ein weiteres Indiz liegt im Chiemgau, der Ort Otterkring.

Eindeutig auf die Karolinger geht der Ortsteil Sievering in Döbling, dem 19. Wiener Gemeindebezirk, zurück. In diesen Zeiten war *Suefheri* ein Personenname, und ein Mann dieses Namens zählte zum engeren Kreis um Otakar. Ebenso finden sich im Chiemgau Sitterling und nördlich des Tegernsees Sufferloh.

Nicht weniger interessant ist die Tatsache, dass sich, nach einer Entdeckung der Historikerkoryphäe Erich Zöllner, im Nibelungenlied Namen aus dem näheren Umfeld Otakars finden. Bereits erwähnter Suefheri trat im Zuge einer Schenkung an das Kloster Fulda als Zeuge auf.

Diese Schenkung führte eine gewisse Criemhilt durch, deren Besitztümer an die Güter einer Ute grenzten. Ute ist im Nibelungenlied Kriemhilds Mutter. Daraus folgert man später auf Uetelndorf, das heutige Hütteldorf, ein Bezirksteil von Penzing, dem 14. Wiener Gemeindebezirk.

Wer das Nibelungenlied kennt, für den ist auch der Protagonist kein Unbekannter. So war bei der Abwicklung dieser Schenkung auch ein Siegfried als Zeuge anwesend, wie sich aus alten Zeugenlisten herauslesen lässt. Und Otakar selbst stammte aus Burgund …[6]

Ebenso äußerst bemerkenswert, dass sich Kriemhilds Hochzeitszug mit ihrer burgundischen Sippe in Wien aufhielt und entsprechend im Nibelungenlied gewürdigt wird.

Otakar verfügte über beste Beziehungen zum Salzburger Erzbistum. Sein Name findet sich im Salzburger *Verbrüderungsbuch* von St. Peter, wovon es zwei Bände, das Ältere und Jüngere, gibt. Das erste Buch wurde von Bischof Virgil angelegt, enthält an die achttausend Namen von Personen und Klostergemeinschaften. Unterteilt in drei Abschnitte für Heilige, Lebende und Verstorbene, umfasst es die Zeit von 784 bis zum Ende des neunten Jahrhunderts.

Abt Tito legte das Jüngere Verbrüderungsbuch an, das 1004 begann und Mitte des 12. Jahrhunderts endete.

Zu Otakars Zeit reiste der Salzburger Erzbischof auch nach Pannonien, und wahrscheinlich kam es zu einem *Patrozinium*, einer Schutzherrschaft, für den heiligen Ruprecht und dem Bau der gleichnamigen Kirche in Wien. Ruprecht ist der Schutzpatron der Salzschiffer und von Salzburg. Wiens älteste Kirche auf dem Ruprechtsplatz im 1. Gemeindebezirk war eine Salzburger Gründung, was jedoch dem Alter entsprechend nicht den historischen Fakten entspricht.

Salz war im Mittelalter eine Ware mit Monopolcharakter, wurde vom Salzamt überwacht. Die Ruprechtskriche war zugleich ein Marktplatz, das Salzamt verkaufte das wertvolle Gut an die Händler. Im Umkreis der Kirche weisen Salzgasse, Salztorgasse, Salzgries und Salztorbrücke auf diese Vergangenheit hin.

Angeblich kam es zur Gründung um 740, jedoch kam es erst 1200 zur ersten urkundlichen Erwähnung. Darin wurde auf eine Schenkung von Herzog Heinrich II. Jasomirgott an das Schottenstift hingewiesen.

Dieses Dokument bezeichnet die Ruprechtskirche als Wiens ältestes Gotteshaus. Tatsächlich ist es die Peterskirche am Graben im 1. Wiener Gemeindebezirk, von deren ursprünglicher Form jedoch nichts erhalten blieb. Die Urform entstand bereits in der zweiten Hälfte des vierten Jahrhunderts, wobei eine Kaserne von Vindobona umgebaut wurde.

In diesen unruhigen Zeiten waren Christentum und Glaube nur Deckmäntelchen, der Klerus agierte vielmehr sehr weltlich, mischte kräftig in der Politik mit, um sich Macht und Einfluss zu sichern, zog dafür selbst in Schlachten und Kriege. Einer von ihnen, Bischof Turpin, fand seine Würdigung im Rolandslied, einem altfranzösischen Versepos, entstanden zwischen 1075 und 1110.

Im fränkischen Machtstreben spielte Erzbischof Arn von Salzburg wegen seiner hervorragenden Beziehungen am Hofe Karls des Großen eine wichtige Rolle. Das beweist sein Briefwechsel mit Alkuin, dem wichtigsten Berater von Karl. Dieser Schriftverkehr befindet sich heute in der Österreichischen Nationalbibliothek.

805 wurden die Awaren endgültig besiegt. Nun schlug die Stunde für die Geistlichkeit, allen voran für die bairischen Klöster und Bistümer, die sich ihr Stück vom großen Kuchen der neuen Gebiete sichern wollten.

Im Zeitalter Karls des Großen und noch Jahre später entwickelte sich ein beispielloses Gerangel um die Latifundien. Abgesegnet mit einer Generalerlaubnis des Frankenkönigs und späteren Kaisers Karl, jedoch oft nur auf mündlichen Zugeständnissen basierend.

Die Awarenmark war zuerst fränkisches, später ostfränkisches

Grenzland, umfasste das heutige Niederösterreich, Burgenland und Nordwestungarn. Diese Mark war als Schutz der Reichsgrenzen gegen die in Pannonien und im östlichen Mitteleuropa herrschenden Awaren gedacht. Mit dem Ende des Awarenreiches ging dieses Ostland an die Franken.

817 übergab König Ludwig der Fromme seinem Sohn Ludwig dem Deutschen die bairischen Stammlande Tassilos III., das bairische Ostland mit der Awarenmark und den halbautonomen slawischen Völkerschaften.

Ludwig der Deutsche begann 825 mit der Organisation dieses Ostlandes und ließ es von ihm treu ergebenen Gefolgsleuten verwalten. Urkunden erlaubten Bistümern und Klöstern die Sicherung von Landbesitz, was weidlich ausgenützt wurde, um sich im Bereich der Donau zu etablieren.

Gauzbald, Abt von Niederaltaich und gleichzeitig Kanzler des Königs, erhielt 830 Ländereien in Spitz und Aggsbach in der niederösterreichischen Wachau. Kloster Niederaltaich an der Donau in Niederbaiern war bereits von den Karolingern mit Land in Niederösterreich reich beschenkt worden.

Im Verlauf des neunten Jahrhunderts bekamen auch die Bistümer Salzburg und Passau ausgedehnte Latifundien sowie Freising, das ebenfalls in der Wachau zum Nutznießer wurde. Die wichtigsten Klöster, die in dieser Zeit entstanden und bis heute existieren, sind Herrieden, Kremsmünster, Mattsee in Salzburg, das 907 an das Bistum Passau erging, und St. Emmeran in Regensburg.

Die Lebensader Donau mit ihren Zuflüssen war ausschlaggebend, dass der Großteil dieser Schenkungen im Donautal stattfand. Die unter der Herrschaft der Karolinger entstandenen Besitzverhältnisse veränderten sich während der Ungarnzeit von ca. 900 bis 970 kaum und bildeten die Basis für die Besiedelung während der Babenbergerzeit.[7]

881 ging die fränkisch-karolingische Zeit zu Ende, und es be-

stand bereits eine befestigte Siedlung namens *Wenia*, deren Name sich aber auf den Fluss *Wien*, einen Donauarm, bezog. Diese Verteidigungsmaßnahmen waren auch zwingend notwendig, da im gleichen Jahr ein Krieg mit den Ungarn begann, denn am 4. Juli 907 verhängte der bairische Markgraf Luitpold einen *Heerbann* gegen die Magyaren.

Dieser Heerbann bedeutete Einberufung in den Wehrdienst. Alle freien und waffenfähigen Grundbesitzer mussten zur *Heerfahrt*, also in den Krieg ziehen. Der Heerbann unterteilte sich in sieben Kategorien, je nach Rang des Einberufenen in sogenannte *Heerschilde*, Vasallen wurden in der *Heeresfolge* rekrutiert.

Luitpolds Rechnung ging nicht auf, die Ungarn schlugen die Baiern vernichtend bei Preßburg. Zahlreiche Adelige und geistliche Herren fielen in dieser Schlacht. Darunter auch der Markgraf, Erzbischof Dietmar von Salzburg und die Bischöfe von Säben in Südtirol und von Freising.

Damit endete die seit 803 bestehende Karolingische Mark. Das Gebiet bis zur Enns kam bis 955 unter die Herrschaft der Magyaren, die Ungarn übernahmen größtenteils auch die fränkischen Verwaltungseinrichtungen. Weiterhin ließen sich deutsche und slawische Siedler unbehelligt östlich der Enns nieder.

Doch die Magyaren wollten mehr und weiter expandieren. Seit 899 wüteten sie in weiten Teilen Mitteleuropas, brandschatzten, plünderten, vergewaltigten und töteten auf ihren Raubzügen. Seit 955, bereits seit sechzig Jahren, tobte dieser permanente Kleinkrieg mit dem Ostfränkischen Reich.

Zu allem Übel probte 954 nahezu der gesamte Reichssüden den Aufstand gegen den deutsch-römischen Kaiser Otto I., den Großen. Angeführt von Liudolf, dem Herzog von Schwaben, aus dem Geschlecht der Liudolfinger, stürzte dieser von Historikern bezeichnete *Liudolfinische Aufstand* das Reich der Ostfranken in eine tiefe, existenzbedrohende Krise.

Der Aufruhr spielte den Magyaren in die Hände, und sie unternahmen ihren weitesten Raubzug über Baiern und Belgien bis nach Nordfrankreich, kamen über Oberitalien und Kroatien wieder zurück in den Wiener Raum. Der missglückte Aufstand war ein Paradebeispiel für mittelalterliches Ränkespiel in der Hocharistokratie.

Liudolf, wahrscheinlich um 930 in Magdeburg geboren, war der älteste Sohn des Herzogs von Sachsen, dem späteren ostfränkischen König Otto I., dem Großen, der schließlich zum deutsch-römischen Kaiser gekrönt wurde. Liudolfs Mutter war Ottos erste Gemahlin Edgitha von England.

In den politischen Winkelzügen des Vaters spielte der erstgeborene Liudolf von Beginn an eine wichtige Rolle, schließlich war der Sohn als dessen Nachfolger vorgesehen. 939 wurde der damals ungefähr neunjährige Knabe mit Ida, dem einzigen Kind und Tochter des Herzogs von Schwaben Heinrich und dessen Frau Regelinda, verlobt.

Ida war somit Alleinerbin nach dem Tod der Eltern, die äußerst begütert waren. Genau damit spekulierte Liudolfs Vater Otto. Zwei Fliegen mit einer Klappe, denn die ostfränkischen Könige waren in Schwaben nicht besonders anerkannt. Somit konnte sich Otto und in weiterer Folge sein Sohn nicht nur den Reichtum seiner späteren Frau Ida einverleiben, sondern auch gleichzeitig Schwaben dem Reich dauerhaft hinzufügen.

Um die Jahreswende 947/48 traten Liudolf und Ida vor den Traualtar. Besser hätte es gar nicht in Ottos Pläne passen können, da ein Jahr später, Anfang Dezember 949, Hermann, Herzog von Schwaben und Idas Vater, das Zeitliche segnete. Liudolf wurde nun Herzog und gleichzeitig designierter Erbe *seines* Vaters.

Edgitha, Liudolfs Mutter, war bereits 946 verstorben. Otto heiratete vorerst nicht, und somit wurde Ida zur ersten und vornehmsten Frau im Reich.

Das Unheil braute sich in Italien zusammen, als 950 König Lothar II. starb. Berengar II. von Ivrea nutzte seine Chance, griff sich eigenmächtig die Krone und warf kurzerhand Lothars Witwe Adelheid in den Kerker. Sie war entfernt mit der Sippe der Liudolfinger verwandt und Schwester Konrads des Friedfertigen, König von Burgund und Freund von Otto I..

Berengar II. wollte mit diesem hinterhältigen Akt verhindern, dass sich Adelheid nochmals vermählte und der neue Mann an ihrer Seite das Erbe Lothars übernahm. Otto I. schielte nach Italien, wollte Adelheid für sich, hatte jedoch die Rechnung ohne seinen Sohn Liudolf gemacht, der bereits im Frühsommer 951 mit einem Schwabenheer in südliche Gefilde aufgebrochen war. Allerdings hinterrücks, ohne Wissen seines Vaters. Wahrscheinlich aus mehreren Gründen.

Adelheid war durch ihre Mutter Berta, eine Halbschwester von Liudolfs Gemahlin Ida und ihre Nichte, mit der schwäbischen Herzogsdynastie verwandt, deren Oberhaupt wiederum Liudolf war. Vielleicht waren es Adelheids Verwandte, die ihn drängten, Berengar II. in die Schranken zu weisen.

Doch der Italienfeldzug verlief nicht nach Wunsch, da sich Liudolfs eigene Sippschaft dagegenstemmte. Schon seit geraumer Zeit hatten die bairischen Herzöge ein Auge auf Norditalien geworfen. Daher waren sie alles andere über Liudolfs Alleingang erfreut. Dessen Onkel, Herzog Heinrich von Baiern, intrigierte erfolgreich in der italienischen Aristokratie gegen seinen Neffen. Zu allem Überdruss rückte nun auch Liudolfs Vater gegen Italien vor und befahl seinem Sohn, ihm entgegenzukommen.

Herzog Heinrich von Baiern hatte ebenfalls kein weißes Wams. Er rebellierte mehrmals gegen Otto, sicherte sich auf diese Weise seine Machtanteile und schaffte es in Ottos engsten Beraterzirkel. Das ging erwartungsgemäß wiederum Liudolf kräftig gegen den Strich, der fürchtete, wegen Heinrich seinen Einfluss und die Gunst des Vaters zu verlieren.

Daher provozierte der Sohn zu Weihnachten 951 in der Pfalz Saalfeld das Fest mit königlichem Prunk, was allerdings nur dem König selbst zustand, um damit seine privilegierte Stellung am Hofe zu untermauern. Wie Otto darauf reagierte, ist nicht überliefert.

In Konrad dem Roten fand Liudolf einen Vertrauten und späteren Verbündeten. Schwager Konrad hatte noch eine offene Rechnung mit Otto zu begleichen. Er war vom König brüskiert worden, wobei ein von Konrad ausgehandelter Vertrag aus dem Frühjahr 952 mit Berengar II. von Otto abgelehnt worden war.

Die neuerliche Heirat Ottos mit Adelheid, die Zeugung eines weiteren Sohnes 952/53 und der immer stärker zunehmende Einfluss Onkel Heinrichs bei Hof ließen Liudolf um seine Vormachtstellung zittern, und er stellte sich gegen den eigenen Vater.

Im Juli 953 besetzte Liudolf mit seinen Truppen Mainz. Seinem Vater, König Otto, versicherten der Sohn und dessen Schwager Konrad der Rote, dass sie nicht gegen ihn vorzugehen beabsichtigten, vielmehr richteten sie ihren Groll gegen Liudolfs Onkel, Heinrich.

Doch Otto nahm es den beiden nicht ab, belagerte zwei Monate lang Liudolf und Konrad in Mainz. Was als familiäre Fehde begann, artete nun tatsächlich in einen Aufstand gegen König Otto aus. Die Baiern, angeführt vom bairischen Pfalzgrafen Arnulf III. und den Luitpoldingern, eine der führenden Familien in der fränkischen Aristokratie, revoltierten gegen Heinrich – Liudolfs Onkel – wegen seines Einflusses auf Otto und weil er ein Landfremder war.

Abermals versprachen Liudolf und Konrad der Rote, dass sie den König nicht stürzen wollten, sich nur gegen Heinrich wehrten. Otto ließ sich dazu herab, seinem Sohn und Schwiegersohn Konrad zu verzeihen, bestand aber auf der Herausgabe sämtlicher Mitverschwörer, was wiederum die beiden ablehnten.

Liudolf flüchtete aus Mainz, zusammen mit den Baiern aus König Ottos Heer und zog nach Regensburg weiter. Die Lage wurde für

Otto ziemlich eng. Vier von fünf Herzogtümern waren von ihm abgefallen, nur die Franken standen noch zu ihm. Gegen Ende 953 war der König gezwungen, die Belagerung gegen seinen eigenen Sohn in Regensburg abzubrechen.

Allerdings war auch dem Liudolfinischen Aufstand kein Glück beschieden. Konrad der Rote setzte sich mit Ottos Bruder Brun an den Verhandlungstisch in Lotharingien. Der Bruder überzeugte Konrad, dass sich die Revolte *contra regem* – gegen den König – richtete, es drohte der Verlust des Mittelreichs im fränkischen Herrschaftsbereich.

Dieses Herzstück Lotharingien reichte von der Nordsee bis zum Mittelmeer, von Friesland über die Niederlande bis nach Aachen, Rheinland, Burgund, Provence und Oberitalien bis nach Rom. Zudem bezwang auch noch Bischof Ulrich von Augsburg, ein Verbündeter Ottos, die aufständischen Luitpoldinger.

Diese kaum mehr durchschaubaren Machtspiele waren Wasser auf die Mühlen der Magyaren. Entsprechend nützten sie die verworrenen Verhältnisse aus und schlugen zu. Beide Parteien des Aufstandes schoben sich gegenseitig die Schuld zu, die Ungarn unterschätzt zu haben.

Liudolf schützte Baiern vor den ungarischen Horden, indem er das Land mit Geschenken freikaufte. Konrad der Rote überließ ihnen wiederum ortskundige Führer, sodass die Magyaren ungehindert durch Lotharingien ins Westfrankenreich einrücken konnten.

Diese Vorgangsweisen kamen sowohl Liudolf als auch seinem Schwager Konrad teuer zu stehen, da ihre Getreuen sie im Stich ließen, sie der Kollaboration mit dem Feind beschuldigt wurden.

Wer tatsächlich mit den Ungarn diesen Teufelspakt schloss, das kann heute nicht mehr nachvollzogen werden. Ebenso in Verdacht gerieten die Luitpoldinger, mit den Ungarn unter einer Decke zu stecken, da sie ihnen bereits früher freundschaftlich verbunden waren.

Mit dem Rücken zur Wand ohne jeglichen Rückhalt mussten Liudolf und Konrad der Rote sich fügen und verhandeln. Der Canossagang zu König Otto I. und Herzog Heinrich von Baiern fand am 16. Juni 954 in Langenzenn in Mittelfranken statt. Mit dabei auch Bischof Friedrich von Mainz, der sich nach Ausbruch des Aufstandes von den Rebellen distanziert hatte.

Jetzt gewann wieder der König an Oberwasser, verzichtete großmütig auf die Auslieferung der Verschwörer. Konrad der Rote und Liudolf gerieten sich in die Haare, beschuldigten einander gegenseitig, die Magyaren ins Land geholt zu haben.

Liudolf sah keinen Ausweg mehr aus seiner tristen Lage und zog die Flucht nach Regensburg vor, wo ihn sein Onkel Herzog Heinrich von Baiern mehrere Monate belagerte und schließlich die Stadt in Brand setzen ließ. Die Kämpfe spitzten sich zu. Pfalzgraf Arnulf fiel im Kampf um Regensburg, in der Schlacht von Mühldorf am Inn, in einem von Markgraf Gero befehligten Heer.

Abermals schaffte Liudolf es, seinen Kopf aus der Schlinge zu ziehen, verschwand nach Suveldun, dem heutigen Stadtteil Thangelstedt in Blankenhain in Thüringen, wo sein Vater, König Otto I., zur Jagd weilte. Abermals bat er den Vater um Verzeihung, und Otto ließ Gnade vor Recht ergehen. Der Aufstand war zu Ende, jedoch mit weitreichenden Folgen. Liudolf und Konrad der Rote verloren ihre Herzogtümer, durften nur ihre *Allodien*, ihr persönliches Eigentum, behalten.

Bereits im Frühjahr 955 kamen ungarische Parlamentäre an den Hof Ottos I., um ihm ihre friedliche Gesinnung zu unterbreiten. Tatsächlich spionierten sie die Stärke seines Heeres aus. Kaum abgereist, fielen die Magyaren im Reich ein und forderten den König zur Entscheidungsschlacht. Zunächst kämpften sich die Ungarn in Baiern bis nach Augsburg durch und schlugen wahrscheinlich ihr Heerlager am Gunzenle auf, einem Hügel auf dem Lechfeld am Ostufer der Lech, in unmittelbarer Nähe Augsburgs.

Die legendäre Schlacht am Lechfeld stand unmittelbar bevor. Bisher mieden die Magyaren größere Städte, waren nur auf Raubzüge und Plünderungen aus. Dieses Mal änderten sie ihre Pläne, beabsichtigten, Baiern und Schwaben zu unterwerfen. Trotz schlechter Befestigung der Stadt konnten die Augsburger vorerst die Ungarn zurückschlagen.

Bischof Ulrich führte persönlich die Verteidigungskräfte, wobei besonders das Osttor heftig umkämpft war. Bereits einige Jahre davor, 924, gelang es dem geistlichen Würdenträger, die Stadt gegen die Ungarn zu halten. Nach dem Tod einer ihrer Anführer zogen die Magyaren sich zurück.

Der westfränkische Chronist Fiodoard von Reims ließ in seinen *Annales Fiodoard* Bischof Ulrich zu Wort kommen:

»*Sogleich im folgenden Jahr freilich, im Jahr 955 nach Menschwerdung unseres Herrn Jesus Christus, brach eine solche Menge Ungarn ein, wie sie keiner von den damals lebenden Menschen, wie man hörte, zuvor irgendwo gesehen hatten. Sie besetzten und verwüsteten das Baiernland vom Donaufluss bis zum Schwarzen Wald* [Schwarzwald], *der zum Gebirge gehörte.*

Als sie den Lech überschritten und Alemannien besetzten, brannten sie die Kirche der Heiligen Afra nieder, plünderten die Provinz von der Donau bis zum Wald und verbrannten den größten Teil [des Landes] *bis zum Fluss Iller. Die Stadt Augsburg aber, die damals von niedrigen, turmlosen Mauern umgeben in sich selbst nicht fest war, belagerten sie.*«

In der Nacht veranlasste Bischof Ulrich Nonnenprozessionen, um mit Fürbitten Gottes Hilfe anzuflehen für die Rettung der Stadt. Doch so schnell gaben die Magyaren nicht auf. Bereits am nächsten Morgen rückten sie mit schwerem Belagerungsgerät heran, wurden erneut abgewehrt, mussten sich abermals zurückziehen.

Einer der Verschwörer während des Liudolfinischen Aufstands, ein gewisser Perchtold, erwies sich als Verräter, hatte die Ungarn vor dem näher rückenden deutschen Heer gewarnt, das sich in der Gegend um Ulm und Günzburg sammelte.

Von Augsburg wurde jeder entbehrliche Mann in König Ottos I. Heer entsendet.

Herzog Heinrich von Baiern schickte zwischen einem und drei *Heerhaufen* in die bevorstehende Schlacht. Inzwischen todkrank, nahm er nicht an dieser kriegerischen Auseinandersetzung teil. Unter einem Heerhaufen verstand man eine meist unorganisierte, paramilitärische Truppe unterschiedlicher Stärke.

Der geläuterte Rebell Konrad der Rote zog mit vier fränkischen Heerhaufen ins Feld. Die *Legio Regia*, das Gefolge König Ottos I., Sachsen und Franken, machten sich mit fünf Heerhaufen bereit. Herzog Burchard von Schwaben eilte mit sechs bis sieben Heerhaufen zu Hilfe. Die meisten Männer stellten die Böhmen mit tausend Mann inklusive dem Tross.

König Otto I. musste auf einen Teil seiner sächsischen Hausmacht verzichten, da noch an anderer Front gekämpft wurde. Rund zweitausend Mann fehlten, weil sie sich im Osten mit den Slawen herumschlagen mussten. Ebenso ließen die Lothringer in gleicher Truppenstärke ihn im Stich.

Am Morgen des 10. Augusts 955, am Tag des Heiligen Laurentius, begann das Gemetzel. Die Quellenlage über den Verlauf der Schlacht ist sehr dünn, doch wissen wir, dass Dietpald von Dillingen, der Bruder Bischof Ulrichs fiel. Ebenso starb Konrad der Rote durch einen magyarischen Pfeilschuss in den Hals.

Auch soll das Wetter, ein heftiges Sommergewitter, schlachtentscheidend gewesen sein. Darunter litten die neuen *Kompositbögen* der magyarischen Schützen, die aus mehreren unterschiedlichen Materialien zusammengesetzt waren, jedoch im starken Regen unbrauchbar wurden, da sie auseinanderfielen.

Rund zwanzigtausend Ungarn traten den Rückzug an, stürmten erneut auf Augsburg zu, ritten jedoch an der Stadt vorbei, wollten das gegenüberliegender Ufer der Lech erreichen. Vielleicht handelte es sich um eine Finte, um König Ottos I. Schlachtordnung zu stören, wie es den Magyaren bereits 910 in einer Lechfeldschlacht gelungen war?

Doch dieses Mal verließ sie ihr Kriegsglück. Der Lech und die umliegenden Flüsse waren durch das Unwetter gestiegen, daher konnten die Ungarn die bairische Seite des Lechs nicht erreichen. Nach und nach wurden sie aufgerieben. Versprengte Truppenteile suchten Schutz in umliegenden Dörfern, doch sie kamen erst recht vom Regen in die Traufe. Sie wurden aufgestöbert, erschlagen oder ertränkt.

Während der Flucht gingen auch, neben anderen Gefangenen, die Anführer Sur, Bulcsú und Lehel den Häschern ins Netz. Man brachte sie zu Herzog Heinrich I. nach Regensburg, der kurzen Prozess machte und sie hängen ließ, bevor er selbst starb.

Die verlorene Schlacht am Lechfeld bedeutete einschneidende Veränderungen für die Magyaren. Die einst so gefürchteten Reiterkrieger existierten so nicht mehr, und die wenigen, die überlebt hatten, verfügten über keine Macht mehr. Die Ungarn zogen sich aus dem heutigen Österreich zurück, vermischten sich mit den Slawen, wurden in Westungarn sesshaft.

Auf Wunsch des Großfürsten Géza entsandte König Otto I. Missionare. Géza entmachtete wiederum seine magyarischen Gegenspieler, die Árpáden. Eins fügte sich zum anderen. Gézas Sohn, Stephan der Heilige, heiratete schließlich Gisela, eine bairische Prinzessin aus der deutschen Kaiserdynastie, nachdem Otto I. 962 zum Kaiser gekrönt worden war.

Der Kaiser konnte endlich sein Macht festigen und ausbauen. Das Byzantinische Reich ging mit den Ostfranken diplomatische Beziehungen ein, was sich auch später in der Hochzeit des Kaisersohnes Otto II. mit der byzantinischen Prinzessin Theophanu weiter manifestierte.

Was wurde jedoch aus Liudolf, dem Sorgenkind des nunmehrigen Kaisers Otto I.? Die Schlacht auf dem Lechfeld blieb ihm erspart, aber er musste trotzdem zeitgleich in Sachsen gegen die Slawen, die mit den Magyaren eingefallen waren, kämpfen.

Kurz nach dem Lechfeld-Sieg stand Liudolf an der Seite seines Vaters und dem ostsächsischen Grafen Gero dem Großen in der Schlacht an der Raxa im heutigen Mecklenburg-Vorpommern seinen Mann. Sie konnten die slawischen Stämme der Abodriten, Wilzen, Zirzipanen und Tollensamen, angeführt von Fürst Stoignew, besiegen.

Brun, Erzbischof von Köln und Bruders des Kaisers, fädelte den Ausgleich zwischen Liudolf und seinem Vater Otto I. ein. Liudolf, selbst bereits Vater, war für den Erhalt der Dynastie enorm wichtig, da Ottos Söhne mit Adelheid noch zu klein waren, um als dessen Nachfolger den Thron zu besteigen.

Zudem war Liudolfs Widersacher, sein eigener Onkel Heinrich I. von Baiern, 955 gestorben. Somit konnte Liudolf niemandem mehr ins Gehege pfuschen, und er stand wieder in der Gunst des Vaters.

Otto I. erteilte 956 Liudolf den Auftrag, in Italien nach dem Rechten zu sehen und die Interessen des Kaiserhauses zu wahren, da Berengar II. von Ivrea vertragsbrüchig geworden war. Mit seinem Heer zog Liudolf über die Alpen, und Berengar ahnte, was ihm blühte, setzte sich rechtzeitig in den Süden ab. Nach einem Jahr Aufenthalt in Italien starb Liudolf an einem Fieberanfall.

Was der Vater mit diesem Italienfeldzug tatsächlich beabsichtigte, bleibt ungeklärt. Vielleicht traute er Liudolf doch nicht mehr über den Weg und gab ihm gleichzeitig das Gefühl, dennoch nicht verbannt zu sein. Der Leichnam wurde zurück nach Hause überführt. Die genaue Grabstätte ist unbekannt; entweder im Stift St. Alban bei Mainz oder im Stift St. Peter und Alexander in Aschaffenburg.

Nach der Schlacht auf dem Lechfeld begannen die düsteren Zeiten sich für das einfache Volk etwas zu erhellen. Die ständigen

Raubzüge unterschiedlicher Völker und Stämme waren vorerst vorbei. Man lebte in Erwartung der nahenden Apokalypse und wartete auf den Erlöser. Erzengel Michael auf dem Banner Ottos I., das er in den Schlacht auf dem Lechfeld mit sich führte, wurde in weiterer Folge zum Schutzpatron Deutschlands.

Die Ottonische Mark auf österreichischem Boden lang zwischen Enns und Traisen; im südöstlichen Teil Mark an der Drau und Mark an der mittleren Mur – die *marchia Carentana*, die Kärntnermark. Es waren die Gebiete der mittleren und oberen Steiermark bis Pitten und Aspang in Niederösterreich. Im Umland der heutigen steirischen Landeshauptstadt Graz wurde ein Kastell erbaut, vermutlich auch der Namensgeber für die Stadt: *gradec*, die kleine Burg.

Wien spielte in dieser Zeit überhaupt keine Rolle, ein kleiner unbedeutender Flecken. Die Siedler gingen ihrem Tagewerk nach, kämpften ums tägliche Überleben. Erst rund siebzig Jahre nach der Schlacht auf dem Lechfeld kam es zu neuerlichen Siedlungsaktivitäten im Südosten.

Inzwischen übernahmen die Babenberger die Macht, mussten sich mit dem Streit zwischen dem Erzbistum Salzburg und dem Bistum Passau auseinandersetzen. Natürlich waren kirchenmachtpolitische Interessen die Gründe für die Zwistigkeiten, wobei sich besonders der Salzburger Bischof Pilgrim in Szene setzte.

Über seine Kindheit und Jugend ist nichts bekannt. Er stammte aus dem Geschlecht der Sieghardinger, einer Seitenlinie des bairischen Adelsgeschlechts der Aribonen. Pilgrims Vater war Siegfried, Graf im Chiem- und Sundergau.

Seine Erziehung bekam Pilgrim in der Stiftsschule des Klosters Niederaltaich und durch seinen Onkel, den Salzburger Erzbischof Friedrich. Nach dem Tode des Passauer Bischofs Adalbert verhalf Friedrich seinem Neffen zur Passauer Bischofswürde.

Pilgrim wollte das Bistum Passau unbedingt als Sieger in diesem Kirchenstreit sehen, behauptete, die Rechte Passaus stammten noch aus der Römerzeit und dass er Privilegien des Kaisers Ludwig des Frommen und Arnulf von Kärnten besäße. Ersterer starb bereits 840, und Arnulf lag seit 899 in seiner Gruft.

Kurzerhand fälschte der Bischof mehrere Dokumente, die als sogenannte *Lorcher Fabel* in die Geschichte eingegangen sind. Doch die kriminelle Handlung schadete ihm nicht. Im Gegenteil, er starb 991 reich belehnt und begütert.

Der Streit ging weiter, und Jahre nach Pilgrims Tod sah es aus, dass Passau im Wiener Raum siegreich hervorgehen würde. Kaiser Heinrich II. aus der Dynastie der Ottonen schenkte dem Bistum mehrere Güter für den Kirchenbau, darunter auch *Otcinesseuue*, das heutige Jedlesee, ein Bezirksteil in Floridsdorf, dem 21. Wiener Gemeindebezirk. Der Ort war insofern von großer Bedeutung, da hier eine Furt über den Donaustrom bestand, die noch Jahrhunderte später von großem Nutzen war.

Kirchenbauten und ein Netzwerk von Pfarreien waren von enormer Wichtigkeit für die Besiedelung. Kirchen waren der Mittelpunkt und wurden meist als Wehrkirchen errichtet, um im Ernstfall der Bevölkerung ausreichend Schutz zu gewähren.

Heinrich II. war sehr großzügig, bedachte auch die Babenberger mit einer großen Landschenkung entlang der Dürren Liesing im Bereich des Wienerwaldes. Auch das Bamberger Domkapitel kam 1015 in den Genuss. In Gottinesfeld, dem heutigen Bezirksteil Unter St. Veit in Hietzing, im 13. Wiener Gemeindebezirk, konnte dank Heinrich II. die hohe Geistlichkeit über dreißig *Königshufe* Land verfügen.

Ein Königshuf entsprach 120 Acker und kam ungefähr achtundvierzig Hektar gleich.

1028 stiftete ein gewisser Gotschalk mit seiner Gemahlin Halika dem Kloster St. Emmeram in Regensburg Gutsbesitz in *Simmaningen* als Pfründe für ihre im Kloster lebenden Söhne.[8] Heute handelt es sich dabei um den 11. Wiener Gemeindebezirk Simmering.

Eine enge Verbindung zum langsam entstehenden Wien hatten die Grafen von Formbach, die auch in Bamberg und Regensburg sehr umtriebig waren. Ein einflussreiches und bedeutendes Adelsgeschlecht mit Interessen in der bairischen Ostmark, in Sachsen-Thüringen und in der Steiermark.

Die unterschiedlichen Schenkungen zogen weitere Siedler an, allerdings unter permanenter Lebensgefahr, da die Magyaren es erneut wissen wollten. Kaiser Konrad II. blieb bei seinem Feldzug gegen die einfallenden Ungarn 1030 erfolglos. Das Reichsheer wurde zu *Vienni* gefangen genommen.

Erst im Jahr darauf schlossen Konrad II. und König Stephan I. von Ungarn Frieden. Der Preis dafür war die Abtretung des Gebietes zwischen Fischa, Donau und Leitha an die Magyaren.

Die Schenkungen an die Kirche gingen unvermindert weiter. 1044 kam St. Peter in Salzburg durch Vogt Sieghard in den Genuss von zwei *Hufen*[9] Land. Ein wichtiger Mann aus dem Geschlecht der Sieghardinger, die bereits zur Zeit der Karolinger über mächtige Positionen verfügten. Wahrscheinlich war auch einer seiner Vorfahren ein Sizo – Koseform von Sieghard –, der noch vor den Babenbergern die Burg in Melk, Niederösterreich, bewohnte.

Sieghard blieb weiterhin spendabel. Zwischen 1147 und 1167 erhielt St. Peter Güter in Wien, Stadlau (heute Bezirksteil im 22. Bezirk), Ottakring (heute 16. Bezirk) und an der Als. Die Stadlauer Gründe lagen an der zweiten wichtigen Furt über die Donau im Wiener Raum.

Auch die Babenberger standen mit Schenkungen zwischen 1136 und 1150 zusammen mit Sieghards Nachkommen um nichts nach. Wieder war St. Peter der Nutznießer, erhielt große Besitzungen in Dornbach und Neuwaldegg (heute 17. Bezirk) und auf dem Schafberg (14. Bezirk). Selbstverständlich geschahen diese Schenkungen nicht aus purer christlicher Nächstenliebe.

Den Babenbergern sicherte es einen Machtvorsprung, und die

Sieghardinger schützten ihren Besitz vor ihnen. Möglicherweise hingen damit auch eng die Gründer der Wiener Peterskirche zusammen, da dieses Ereignis genau in die Zeit fiel, als St. Peter diese Schenkungen erhielt. Vielleicht war Sieghard es sogar selbst?

Ebenso kann man davon ausgehen, dass die Sieghardinger damals in Wien einiges zu sagen hatten, als die Peterskirche im Tausch an das Bistum Passau kam.

Auch die Geschichte des Salzburger Klosters Michaelbeuern hatte einen engen Bezug zum aufkeimenden Wien, eine Gründung von 1072 durch Syrus, den Patriarchen von Aquileia, ebenfalls Angehöriger der Sieghardinger-Sippe. Der erste Vogt dieses Klosters war ebenfalls ein Sieghard, ein Vorfahre des bereits erwähnten gleichnamigen Sieghard dem Älteren.

Im Wiener Umland sehr aktiv, allerdings zum Schaden der Abtei St. Peter, da er die Hufe seiner Vorfahren an der Als zweckentfremdete. Wahrscheinlich schenkte Syrus auch einen Teil seiner Liegenschaften dem Kloster Michaelbeuern in Währing (heute 18. Wiener Gemeindebezirk; Michelbeuern ist bis heute ein Teil dieses Bezirks).

Im Zentrum dieser Grundstücke stand der Gotteshaus-, auch Gottlosberg, der von der Als bis zum (Wiener) Gürtel reichte. St. Peter und Michaelbeuern grenzten aneinander.[10]

Somit kann man annehmen, dass die Sieghardinger im Wiener Raum große Güter besaßen und in der Wiener Siedlungsgeschichte von großer Bedeutung waren. Bis heute sind diese Spuren aus dem Frühmittelalter erhalten geblieben.

Die Pfarre Dornbach in Hernals, dem 17. Wiener Gemeindebezirk, ist fix mit dem Erzstift St. Peter verbunden. So gehören dem Stift in Wien neben unterschiedlichen Immobilien auch die Buschenschank[11] im 17. Bezirk am Ruprechtsplatz 5.

In dieser Zeit waren im Wiener Raum die Dynastien der Sieghardinger und der Grafen von Formbach dominierend. Der jüngere

Sieghard, der 1104 ermordet wurde, war mit Ita von Burghausen aus dem Hause Formbach verheiratet.

Im Verlaufe des sogenannten *Investiturstreits*, dem Aufeinanderprallen von geistlicher und weltlicher Macht, der erst mit dem *Wormser Konkordat* beigelegt wurde, musste Bischof Altmann in Passau seinen Sitz räumen. Der gebürtige Westfale war ein bedeutender Befürworter der Gregorianischen Reformen, wird heute als Heiliger verehrt.

Ihm verdankt Stift Göttweig in Niederösterreich seine Existenz, das er entweder 1071 oder 1083 gründete. Die Auswirkungen waren für den Wiener Raum von entscheidender Bedeutung, da sich Getreue der Formbacher Grafendynastie, die ersten Vögte in Göttweig, im Wiental ansiedelten.

Nun stieg Wien vom unbedeutenden Flecken zu einem beständig wichtiger werdenden Ort auf, an dem die Machtverhältnisse in der Babenbergermark entschieden wurden. Mit Bischof Altmann kamen auch die Grafen Ulrich und Ekbert. Ulrich vermählte sich mit einer Erbtochter aus der begüterten Familie der Rapotonen, die auch Vohburger genannt wurden und Besitzungen am Kamp und um St. Pölten (Niederösterreich) hatten und bereits seit Karolingerzeiten ansässig waren.

Für die Ansiedelung im Wiental erwies es sich für die Formbacher Leute als vorteilhaft, dass Ulrich über mehrere Ecken mit Ita von Burghausen verwandt war, der Witwe des ermordeten Sieghard des Jüngeren. Sie stattete mehrere ihrer Getreuen mit Gütern an der Strecke nach St. Pölten aus.

Diese Straße führte nach Sieghartskirchen (Niederösterreich), wo sowohl die Sieghardinger wie auch die Vohburger bzw. Rapotonen Grundbesitz besaßen. Dank der verwandtschaftlichen Bande mit Graf Ulrich kam man sich auf dem Marsch Richtung Wiental auch nicht ins Gehege. Über den Riederberg (Niederösterreich) erreichten die neuen Siedler ihr Ziel.

Purkersdorf und Hadersdorf (Niederösterreich), Gottinsfeld[12] und Baumgarten mit der Wienfurt zeugen von diesen Besiedlungen. Meinhart und Gumpold, zwei Brüder aus Ita von Burghausens Gefolgschaft waren möglicherweise die Gründer der Orte Meinharts- und Gumpendorf[13]. In dieser Zeit entstanden mit hoher Wahrscheinlichkeit die Orte Erlaa, Altmannsdorf und Inzersdorf (heute Teile der Wiener Gemeindebezirke 23 und 12; Liesing und Meidling).

An der Wienfurt in Baumgarten hatte ein gewisser Bruno vom Bisamberg das Sagen, der aus dem Stammgebiet der Formbacher Grafen am Inn stammte und somit abgesichert war. Ebenso wie sein Bruder Heinrich, der sich Heinrich von Antiesenberg nannte und in der Gegend von Suben tätig war.

Bruno war auf jeden Fall ein Macher und Drahtzieher, zog seine Fäden vom Bisamberg aus, unterhielt zu allen tonangebenden Mitgliedern der Formbacher-Familie beste Beziehungen. Graf Dietrichstein, ebenfalls aus dem Formbacher-Clan, logierte seit 1115 auf der Burg Kreuzenstein. Zwischen ihm und Bruno herrschte anscheinend bestes Einvernehmen, da er Dietrich bereits 1108 als Zeuge in Klosterneuburg in einem Rechtsstreit unterstützte. Daher ist davon auszugehen, dass Dietrich bereits vor 1115 die Kreuzenstein bewohnte.

Vom Bisamberg aus wurden zwischen 1113 und 1114 Nussdorf, Grinzing und Döbling, Teile des heutigen 19. Wiener Gemeindebezirks, besiedelt. Im Wiener Raum waren die Formbacher sehr bedeutend und einflussreich.

Rund um 1140 gab es auch einen Bezug zu Ansfelden in Oberösterreich, in der Nähe des Stiftes St. Florian, der durch eine Schenkung von einem gewissen Eppo von Windberg bezeugt worden war. Viele der in Wien lebenden Leute in der damaligen Zeit tauchen auch im Totenbuch von St. Florian auf.

Neben den Formbachern und den Sieghardingern waren die

Babenberger eine wichtige Macht im Wiener Raum. Mit Beginn des 12. Jahrhunderts begann Markgraf Leopold III., in Klosterneuburg, in unmittelbarer Nähe Wiens, zu wirken. Mit König Heinrich V. als Schwager verwandtschaftlich verbunden, vergrößerten sich schlagartig seine Güter in der Mark und sein Ansehen, ließ die Formbacher und Sieghardinger hinter sich. Allerdings stieg ihm dieser Aufstieg auch zu Kopf, und Konkurrenten entledigte er sich oft auf nicht unbedingt elegante Art und Weise.

Leopold III. wollte ein entscheidendes Wort bei der Besitzverteilung mitreden, was natürlich der Konkurrenz nicht besonders behagte. Daher mussten in langwierigen Verhandlungen Kompromisse und Zugeständnisse ausgehandelt werden, bei denen die Formbacher und Sieghardinger größtenteils auf der Strecke blieben.

Das Zünglein an der Waage spielte Bruno von Bisamberg mit seinen Gütern an der Wienfurt in Baumgarten. Seit 1121 wachte Adalbert, ältester Sohn Leopolds III., als Vogt über die Geschicke des Stiftes Göttweig. Sehr zum Leidwesen der Formbacher. Es kam zu mehreren Zwistigkeiten zwischen Bruno von Bisamberg und einem weiteren Vogt, dem Formbacher Grafen Ekbert II. von Pitten.

In der Festigung der Macht und Sicherung der Besitztümer, wobei besonders das Wiental von größter Bedeutung war, konnte sich Leopold III. auf die Kuenringer verlassen.

Azzo von Gobartsburg, der Stammvater dieses Geschlechts, stammte aus Trier im Rheinland oder aus Sachsen. Darüber scheiden sich die Geister. Er kam im elften Jahrhundert mit dem Sohn des Markgrafen Leopold I. und dessen Gefolge nach Niederösterreich, kaufte für seine Sippe Land im Wald- und Weinviertel und in der Wachau in Niederösterreich.

In der Sagenwelt hängt den Kuenringern ein übler Ruf nach, sie sind als Raubritter verschrien, wobei die heutige Ruine Aggstein in der Wachau im Mittelpunkt steht.

Hadmar III. und Heinrich III. werden als »Hunde von Kuenring« bezeichnet, wobei vieles später falsch dargestellt und verzerrt wurde. Dabei waren die Kuenringer maßgeblich am kulturellen und wirtschaftlichen Aufbau des Landes beteiligt. Hadmar I. gründete 1137 Stift Zwettl und ließ die Stammburg Kühnring im heutigen Burgschleinitz-Kühnring erbauen. Ebenso stand im 12. Jahrhundert in Wullersdorf eine Kuenringerburg.

Im 13. Jahrhundert führte der Clan den Aufstand gegen den Babenbergerherzog Friedrich II. an, machte Druck für die Einsetzung von Ottokar Přemsyl und ging später in Opposition zum Habsburger Albrecht I..

Der letzte Kuenringer war Johann VI. Ladislaus. 1594 starb mit ihm diese Dynastie aus. Ihre Erben wurden die Liechtensteiner.

Die Kuenringer waren ein *Ministerialengeschlecht*, das erst 1132 urkundlich erwähnt wurde. Unter *Ministerialen* verstand man im Frühmittelalter auf lokaler Ebene arbeitende Beamte. Ab dem elften Jahrhundert waren Unfreie Verwalter und Soldaten für den adeligen und geistlichen Besitz. Im 13. Jahrhundert entwickelte sich aus diesen Unfreien der Stand des niederen, sogenannten *ritterbürtigen* Adels.

Bei der Urbarmachung des Wientals waren die Kuenringer an der Seite von Leopold III. Kuenringer trieben sich in Purkersdorf, Hacking, Hütteldorf und besonders in Gumpendorf herum. Besonders geschäftig waren Adalbero von Gumpendorf, Adalbero von Purkersdorf und Gerung von Hacking. Die Adalberos zählten zur Babenberger-Gefolgschaft, Gerung von Hacking war ein *Eigenmann* von Erchembert von Gars, also ein im Dienst seines Herrn stehender Untergebener.

Erchembert von Gars beschäftigte auch einen Eigenmann in Wien und stand in enger Verbindung zu den Kuenringern. Erchembert selbst war ein Babenberger-Ministeriale.

Ebenso zügig wie im Wiental ging im Nordwesten Wiens, in

Döbling, Nussdorf und Grinzing, die Urbarmachung vonstatten. Beispielsweise verfügte Adalbero von Horn, ein Gefolgsmann der Kuenringer, über Landbesitz in Grinzing. Die Kuenringer waren dick im Geschäft, standen mit Ulrich I. von Sievering und den Nachfahren Brunos vom Bisamberg in regem Kontakt.

Im 12. Jahrhundert kam es zu weitreichenden Veränderungen und Entscheidungen für den weiteren Verlauf der Wiener Geschichte. Urkunden wurden nach zähen Verhandlungen geschrieben und unterfertigt.

Jetzt ging es nur mehr um die Machtverteilung und die Besitzverhältnisse unter den Babenbergern und dem Klerus, genauer, die Auseinandersetzungen mit dem Abt von St. Peter, dem Erzbischof von Salzburg und dem Bischof von Passau. Salzburg und Passau standen besonders hinter den Formbachern, aber auch hinter den Sieghardingern.

Die Babenberger waren auch zu Zugeständnissen gezwungen, überließen dem Bischof von Passau die Wiener Peterskirche, um nicht die Baiern zu vergraulen. Wahrscheinlich hatte der Passauer die Salzburger Geistlichkeit aus der Peterskirche vertrieben, der Klerus suchte Zuflucht in der Kirche von Dornbach (heute ein Bezirksteil von Hernals, 17. Wiener Gemeindebezirk).

Das passte wiederum seinem Oberhaupt, dem Erzbischof von Salzburg, überhaupt nicht in den Kram. Dornbach erhielt eine Reihe von, wenn auch beschränkten Pfarrrechten. Dafür mussten die Babenberger Landgüter in Dornbach-Neuwaldegg herausrücken, die sie wahrscheinlich ihrem Besitz zugeschrieben hätten[14] …

Es waren raue Zeiten, und es gäbe noch unzählige Ereignisse, die jedoch den Rahmen dieses Buches sprengen würden. Dennoch ist dieser ausführlichere Exkurs am Beginn notwendig, um ins Mittelalter einzutauchen, zu verstehen, wie aus einem Flecken Land nach und nach eine Stadt entstand und heranwuchs, zu einem beachteten, bedeutsamen politischen, wirtschaftlichen und kulturellen Zentrum aufsteigen konnte.

Es ist einleuchtend, dass nicht eines Tages in grauer Vorzeit Siedler auf heutigem Wiener Boden ankamen, einen Pflock in die Erde rammten, ein Schild annagelten und den Namen »Wien« darauf schrieben.

Es war ein hartes Ringen um jeden Zentimeter, und jeder dieser Zentimeter kostete unzählige Menschenleben, brachte unglaubliches Leid und Elend.

Wie tickten die Menschen, wie gingen sie miteinander um?

Wie lief das Alltagsleben zu unterschiedlichen Zeiten in der Stadt ab?

War dieses Mittelalter wirklich so düster, grausam und barbarisch?

Womit waren sie beschäftigt?

Wie bestritten sie ihren Lebensunterhalt?

Unzählige Fragen und nur ein Bruchteil kann mit diesem Buch annähernd beantwortet werden.

Die Geschichten sollen in eine längst untergegangene Welt entführen, die zwar nicht vergessen ist, aber oft in einem zu finsteren Licht, dann wieder im Hinblick auf das gar nicht so edle Rittertum zu verklärt dargestellt wird.

Zeittafeln vor jedem mittelalterlichen Krimi mit den wichtigsten Ereignissen in unterschiedlichen Epochen sollen helfen, sich in diesem Wirrwarr an historischen Auseinandersetzungen und Konflikten zurechtzufinden, und gleichzeitig auch zeigen, wie alles begann, wie dieses Österreich mit seiner Hauptstadt Wien entstand.

Vielleicht sitzen Sie mit diesem Buch gerade in einem der traditionellen Kaffeehäuser in der Innenstadt, genießen Ihre Melange, großen Mokka, Kapuziner oder Einspänner, blättern und lesen, ahnen nicht, welche Tragödie sich vor einigen Hundert Jahren genau an diesem Ort abgespielt hatte.

Unter Ihren Füßen befinden sich die Gebeine eines Mordopfers oder eines Verbrechers, der nie erwischt wurde? Wer weiß, vielleicht verrät Ihnen dieses Buch die Geschichte dazu?

Günther Zäuner
im Dezember 2018

Die historischen Daten in den Zeittafeln vor jedem Krimi sind folgenden Quellen entnommen: Walter Kleindel, Österreich. Daten zur Geschichte und Kultur, Wien – Heidelberg 1978; und Klaus Lohrmann, Ferdinand Opll, Regesten zur Frühgeschichte von Wien, Band 10, Forschungen und Beiträge zur Wiener Stadtgeschichte, Sonderreihe der Wiener Geschichtsblätter, Verein für Geschichte der Stadt Wien, Wien 1981.

FRÜHMITTELALTER

Verhängnisvolles Myrrhe-Öl

anno Domini CDLXXXVIII (488)

Den Löffel abgeben

Im Mittelalter trugen die einfachen Leute ihren eigenen Holzlöffel mit einer Kordel um den Hals. Ausschließlich der Eigentümer benutzte diesen Löffel. Starb der Mensch, wurde er ihm abgenommen, da er den Löffel nicht mehr brauchte. Bis heute hat sich dieser Terminus für sterben erhalten.

391 *Edikt des Kaisers Theodosius I. – das Christentum wird nach der Lehre des Athanasius, des Patriarchen von Alexandria, zur Staatsreligion im untergehenden Römischen Reich erklärt. Somit hält das Christentum auch offiziell Einzug auf österreichischen Boden. Heidnische Kulte werden verboten. Die bisher im Verborgenen und im Untergrund lebenden Christen zerstören heidnische Kultstätten. In Carnuntum wird ein Taufhaus mit Taufbecken gebaut.*

395 *Von Böhmen aus überfallen die Markomannen Pannonien und Noricum. Vindobona und Carnuntum werden zerstört. Für das Römische Reich wird es immer bedrohlicher. Das Kommando der römischen Donauflotte wird von Comagena (Tulln, Niederösterreich) nach Arelape (Pöchlarn, Niederösterreich) verlegt.*

17. Jänner *Theodosius I. stirbt in Mailand. Das Römische Reich zerbricht in Westrom mit Rom, Ostrom mit Byzanz als Hauptstadt. Das heutige Österreich zählt zu Westrom.*

396 *Der römische Feldherr vandalischer Herkunft, Flavius Stilocho, Regent des Weströmischen Reiches, überlässt den Markomannen den Wiener Raum und Klosterneuburg zur Ansiedelung. Der Vertrag zwischen Stilocho und Frigitil, der christlichen Königin der Markomannen, wird durch den Mailänder Bischof Ambrosius vermittelt.*

Ende 4. Jahrhundert *Die noch verbliebenen Reste des einstmals mächtigen Imperium Romanum verlieren zusehends an Macht in den Gebieten südlich der Donau von Pannonien bis zur Donaumündung. Der Limes als Reichsgrenze hat längst ausgedient. Diesseits und jenseits der Donau wird der österreichische Boden Siedlungsgebiet für germanische foederati, Verbündete, die Hilfstruppen stellen, in Kastellen stationiert sind, über eigene Fürsten, Stammesrechte und weitgehende Autonomie innerhalb römischen Territoriums verfügen. Die Anzahl germanischer Söldner im Römerheer steigt. Germanen besetzen Führungspositionen. Gleichzeitig ist österreichischer Boden auch Durchzugsgebiet für unterschiedliche Völker und Stämme der Völkerwanderung. So suchen Vandalen auch Niederösterreich heim.*

400/02 Die im Raum March-Waag ansässigen Quaden schließen sich den nach Westen ziehenden Vandalen und Alanen an, die Heruler sind im Anmarsch.

Die Hunnen haben sich riesige Gebiete von der Ukraine bis zum Rhein untertan gemacht, in Österreich treiben sie sich nördlich der Donau herum.

405 Germanen, meist Ostgoten unter König Radagais, ziehen Richtung Italien und vernichten dabei Flavia Solva (Wagna bei Leibnitz, Steiermark).

Um 406 Römische Legionen ziehen endgültig von Rhein und Donau ab. In Österreich zunehmende Auflösungserscheinungen der römischen Militär- und Zivilverwaltung. Die Landstriche verwüstet, resignierende Bauern schließen sich durchziehenden Stämmen an.

407 Österreichisches Gebiet wird unter Alarich von den Westgoten besetzt.

433 – 453 Aetius, oberster Heermeister des Weströmischen Reiches, übergibt Pannonien an Hunnenfürst Rua (auch Rugila). Markomannen siedeln sich unter hunnischer Herrschaft an.

Mitte 5. Jahrhundert Unter König Attila erreicht das Hunnenreich seine größte Ausbreitung, das Zentrum liegt zwischen Theiß und Donau. Zahlreiche Germanenstämme unterwerfen sich den Hunnen.

451 *Attila zieht mit seinen Hunnen und unterworfenen germanischen Stämmen, wie den Gepiden, Ostgoten, Markomannen und Rugiern, durch Österreich nach Gallien. Auf den Katalaunischen Feldern wird er von Aëtius vernichtend geschlagen.*

453 *(manche Quellen nennen auch 460) Der Eremit Severin wirkt in Asturis (Klosterneuburg, Niederösterreich).*

454 (455) *Die Hunnen unterliegen den vereinigten Ostgoten, Rugiern und Gepiden in der Schlacht am Nedao (Fluss Leitha). Der Todesstoß für das Hunnenreich, es zerfällt endgültig. Rückzug ans Schwarze Meer.*

Die Rugier lassen sich nördlich der Donau nieder, ihr Zentrum wird Krems in Niederösterreich. Auf dem Frauenberg erbauen sie die Rugierburg in Krems/Stein. Die Stämme der Heruler und Skiren schlagen ebenfalls ihre Lager nördlich der Donau und in Ungarn auf. Kaiser Marcianus gewährt den Ostgoten, den römischen Verbündeten, Wohnsitze in Pannonien. Siedlungen im Raum des Neusiedler Sees (Burgenland) entstehen.

Wien wird ostgotisch. Die Alemannen bevorzugen den Bodensee und Bregenz.

Um 468 *werden die Steiermark und Ostkärnten für die Ostgoten eine neue Heimat.*

469 *Der Skire Odoaker bricht mit einer Truppe von Herulen über Noricum nach Rom auf. Angeblich nach einer Weissagung Severins. In Pannonien meucheln sich gegenseitig die Ostgoten mit den Rugiern, Skiren und Sueben. Das Gemetzel endet mit einem Sieg der Ostgoten an der Bolia in Pannonien.*

471/72 *Die Ostgoten verlassen Pannonien und Noricum, ziehen nach Italien. Die frei gewordenen Gebiete werden von Skiren, Herulern und Sueben besetzt. Das Land zwischen Enns und Wien gerät unter die Kontrolle der Rugier. Thüringer, Alemannen und Heruler nehmen Ufernoricum (Oberösterreich und westliches Niederösterreich) in Beschlag.*

473 *Auf ihrem Weg nach Italien belagern Ostgoten Teurnia (St. Peter im Holz, Kärnten), doch kann sich die Stadt freikaufen.*

476 *Odoaker, ein Angehöriger der kaiserlichen Palastwache in Rom, wird von germanischen Söldnern zum Patricius Romanus, dem Schutzherrn über Rom, jedoch nicht zum Kaiser ausgerufen. Der letzte weströmische Kaiser Romulus Augustulus wird abgesetzt, doch wird ihm vom oströmischen Kaiser Zeno der Titel »Herr über Italien« (mit Steiermark, Kärnten und Osttirol) zugestanden. Das Ende des Weströmischen Reiches ist somit besiegelt.*

482 *Massive Vorstöße der Rugier in Noricum. Frankenkönig Chlodwig I. räumt endgültig mit den Resten des römischen Reiches in Gallien auf. Beginn und rascher Aufstieg und Ausdehnung des Fränkischen Königreiches.*

8. Jänner *Der legendenumwobene und hoch angesehene Eremit Severin stirbt in Favianis (Mautern an der Donau in Niederösterreich).*

487 *Odoaker siegt über die Rugier an der Donau in Niederösterreich. Rugierkönig Fewa (auch Feletheus) und seine Gemahlin Giso werden gefangen genommen und nach Italien geschafft.*

488 *Hunwulf, Odoakers Bruder, bleibt gegen den rugischen Königssohn Friedrich siegreich. Das Rugierreich verschwindet endgültig. Ein verbliebener Teil der Rugier schließt sich den Ostgoten und Theoderich an mit Unterstützung von Odoakers Kontrahenten, dem oströmischen Kaiser Zeno.*

Somit verlassen die letzten römischen Truppen auf ihrem Weg nach Italien österreichisches Gebiet. Auf ihrem Weg nehmen sie auch Severins Gebeine mit, um sie in Lucullanum in der Nähe von Neapel endgültig zu bestatten. Die römische Zivilbevölkerung in Pannonien und Noricum wird nach Italien gebracht.

*

Dunkle Gewitterwolken brauen sich zusammen. Er muss schleunigst einen sicheren Unterschlupf finden. Es kann nicht mehr lange dauern, bis der Himmel seine Schleusen öffnet und eine Sintflut herabstürzt. Bald wird der Winter ins Land ziehen, und er ist sich sicher, den nächsten Frühling nicht mehr zu erleben. Entweder erfriert oder verhungert er. Die Zukunft ist düster, es gibt für ihn kein Entrinnen, sofern ihm nicht eine zündende Überlebensidee einfällt.

Mit seinen knapp fünfunddreißig Jahren ist er bereits ein alter Mann. Er kennt auch niemanden, der älter als vierzig geworden ist. Sein eigenes Alter weiß er selbst nicht genau, er kann es nur schätzen. Seine Kampfgefährten sind alle tot, liegen irgendwo verscharrt auf den Schlachtfeldern, wenn sie überhaupt bestattet wurden. Wahrscheinlich fraßen Raben, Adler, Wölfe, Bären und anderes wildes Getier ihre Kadaver.

Wolfger setzt sich auf eine zerbrochene Steintafel mit römischen Schriftzeichen, die er nicht lesen kann. Wie auch? Schreiben und lesen ist etwas für Höhergestellte. Nichts für einen wie ihn, der selbst nicht einmal weiß, wer er ist und wo genau er eigentlich herkommt.

»Das ist also von diesem viel gerühmten Vindobona übrig«, murmelt er vor sich hin, stochert mit einem Stöckchen im Staub und Sand herum, zieht sinnlose Kreise und Linien, fröstelt, »nicht mehr als ein paar Steinhaufen ...«

Angeblich ist er ein Gepide, einer von den zahlreichen germanischen Stämmen. So reden sie über ihn, und ihm ist es egal. Hunger bleibt Hunger, ändert nichts an Armut und Elend, auch wenn die Herkunft bekannt ist.

Wolfger kann sich nur dunkel an seine Kindheit und Jugend erinnern, kaum mehr an seine Eltern und an seine Geschwister. Irgendwo in der Nähe von Carnuntum soll er geboren worden sein. Eines Tages war der Vater verschwunden, tauchte nie wieder auf. Kurz darauf starb die Mutter im Fieberwahn, seine jüngere Schwester folgte ihr kurze Zeit später nach. Sein älterer Bruder verlor sein Leben auf irgendeinem Schlachtfeld.

Sämtliche männlichen Mitglieder im Familienverband fielen in Feldzügen, die Witwen bekamen andere Männer oder wurden von den Feinden geraubt. Eines Tages war die gesamte Sippe weg. Zum Teil ausgelöscht, andere zogen weiter oder waren gefangen und versklavt worden. Als hätte die Familie nie existiert.

Als Einziger überlebte Wolfger. Ein römischer Centurio erbarmte sich des Jungen, nahm ihn auf, lehrte ihn das Kriegshandwerk mit all seinen grausamen Facetten. Wolfger begriff schnell, wuchs zu einem tapferen, herausragenden Krieger heran, war bald gefürchtet, weil er keine Angst kannte und keinen Zweikampf scheute.

Sein noch immer ansehnlicher, gestählter Körper ist von unzähligen Narben übersät. Töten ist auch das Einzige in seinem Leben, was er von der Pike auf gelernt hat. Er ist durch Ströme von Blut gewatet, hat unzählige Köpfe und Gliedmaßen abgeschlagen, erdolcht, erschlagen, mit bloßen Händen Gegner erwürgt; schreckte auch nicht vor Lahmen, Gebrechlichen, Alten und Krüppeln zurück; spießte Kinder auf, verstümmelte im Blutrausch alle Feinde. Erbarmen und Gnade sind ihm fremd, erwartet für sich auch niemals Barmherzigkeit.

Für den Krieger Wolfger war es ein schönes Leben, da er meist auf der Siegerseite stand, geriet nie in Gefangenschaft. Sieger leben bevorzugt. Wollte er eine Frau, nahm er sie mit Gewalt. Danach war sie für ihn wertlos, und er brachte sie um. Manche gaben sich ihm freiwillig hin, schließlich war er einst ein gut aussehender, bestens gebauter Mann, der, wenn er wollte, es bestens verstand, ein Weib zu umgarnen. Je nach Laune ließ er sie danach ihrer Wege ziehen, oder er zückte seinen Dolch, meist aus reiner Mordlust. Ein Barbar, wie man ihn sich schrecklicher nicht vorstellen kann.

Eine eigene Familie zu gründen, kam ihm nie in den Sinn. Er wollte frei bleiben, keinerlei Verantwortung übernehmen. Natürlich träumte er davon, reich zu sein. Doch von den unterschiedlichen Kriegsbeuten, von den Anteilen, die er bekam, blieb nichts übrig, alles versoffen und verhurt.

Ein einziger treuer, verlässlicher Weggefährte ist ihm geblieben, hat ihn, im wahrsten Sinne des Wortes, nie im Stich gelassen. Sein Dolch gehörte einst einem Bastard von Hunnen, als Wolfger am Nedao gegen diese Höllenbrut zusammen mit den Ostgoten, Rugiern und seinen Leuten, den Gepiden, kämpfte.

Wolfger hatte sein *gladius*, sein Kurzschwert, im Getümmel verloren, als dieser Teufel plötzlich wie aus dem Boden gewachsen vor ihm stand und ihn abstechen wollte, als er am Boden lag.

Zum Glück lag dieser Stein in Griffweite, und Wolfger schmetterte ihn gegen die Brust des Hunnen. Mit dessen eigenem Dolch schnitt Wolfger ihm die Kehle durch. Das ist lange her, aber dieser reich verzierte Hunnendolch versagte Wolfger nie seinen Dienst. Unzählige Male wollte man ihm den stehlen. Für jeden, der es versuchte, war es das Todesurteil.

Zuletzt fuhr dieses scharfe Eisen heute Morgen in den Körper dieses unbekannten Pilgers, der nicht bereit war, seinen Getreidebrei mit Wolfger zu teilen und ihm einen Schluck Bier abzugeben. Über den Tag ist es bisher die einzige Mahlzeit für Wolfger gewesen, und nun beginnt es bereits zu dämmern.

Wolfger spuckt verächtlich auf die Erde. Der in der Kutte nannte sich Christenmensch. Das war die gerechte Strafe, er hatte nichts anderes verdient.

Wolfger ist ebenfalls Christ, getauft im Taufhaus in Carnuntum. So wurde es ihm zumindest später erzählt. Irgendein Kaiser hatte vor mehr als hundert Jahren befohlen, das Christentum zur Staatsreligion zu erheben. Alle heidnischen Kulte wurden verboten, und jeder wird weiterhin schwer bestraft, der seinen Götzen huldigt.

Wolfger weiß von einigen, die sich nicht an dieses Verbot halten und heimlich zu ihren Göttern beten. Doch Spiritualität und Glaube an etwas Höheres waren nie seine Sache. Ein Schwert, eine Lanze, ein Spieß, eine Axt, ein Dolch sind handfeste Dinge, mit denen etwas zu bewerkstelligen, zu erreichen ist, womit man sich durchsetzen kann.

Was nützt es Wotan, Odin, Thor, Jupiter und wie sie alle heißen oder diesen neuen Jesus aus Nazareth, der am Kreuz angeblich für alle Menschen gestorben ist, anzuflehen? Trotzdem wühlt der Hunger in den Gedärmen weiter, und der Durst quält unerträglich.

Wolfger mag zwar ein einfacher Mann sein, doch er ist gerissen, bauernschlau und hinterhältig. Wenn er für sich einen Vorteil herausschlagen kann, geht er dafür ohne langes Überlegen skrupellos über Leichen.

Die ersten schweren Regentropfen fallen. Ein Glück, dass er diesen Pilger bis auf die nackte Haut ausgeraubt hatte. Zwar führte er nichts Wertvolles bei sich, aber seine Kutte erweist Wolfger nun gute Dienste. Auch die Sandalen, die er trug, waren besser als seine eigenen.

Die Leiche des unbekannten Mannes bedeckte Wolfger mit Steinen und machte sich aus dem Staub. Sicher nicht aus Pietät, sondern zu seinem eigenen Schutz, um Spuren zu verwischen. In den Wäldern treibt sich genügend Gesindel herum. Marodierende, versprengte Krieger, Strauchdiebe und Strolche oder einfache Siedler auf der Suche nach einem ruhigen, geeigneten Platz, um sich endgültig niederzulassen. Er traut sich noch immer zu, mit mehr als einem Gegner fertigzuwerden. Schließlich ist er kampferprobt, aber er fühlt sich von Tag zu Tag müder, seine Bärenkräfte schwinden zunehmend.

Jetzt kauert Wolfger in einer Mauernische und wartet den Regenguss ab. Donnergrollen ist in der Ferne zu hören, Blitze zucken, und ein Sturm kündigt sich an.

Schwer zu sagen, wofür dieses zerstörte, teilweise eingestürzte und ausgebrannte Gebäude hier, als Vindobona in der Hochblüte stand, diente. Der größtenteils zersplitterte, ehemalige, sicher sehr prunkvolle Mosaikboden ist mit Scherben zerbrochener Tonkrüge bedeckt. Auf den ersten Blick kann Wolfger nichts Brauchbares entdecken. In seiner Nische macht er sich so klein wie möglich, wartet das Gewitter ab und denkt angestrengt über seine Idee nach.

Ein paar Gestalten huschen in einiger Entfernung vorbei, ebenfalls schutzsuchend nach einem Unterstand. Wolfger kann in der zunehmenden Dunkelheit nicht genau sehen, wer diese Leute sind. Vielleicht wie er auch ehemalige Krieger, die zu alt fürs Kämpfen sind, oder zivile Siedler?

Dieser verlassene, verwüstete Flecken, wo einst das Leben pulsierte und ein wichtiges Zentrum im Imperium Romanum war, scheint doch nicht so ausgestorben zu sein, wie er es ursprünglich angenommen hat.

Noch bleibt es in Wolfgers Nische trocken, aber es wird nicht mehr lange dauern, bis Wasser und Schlamm zu ihm vorgedrungen sind. Außerdem braucht er unbedingt etwas zwischen die Zähne und einen kräftigen Schluck Wein. Aber hier in dieser Einöde?

Sein Kopf und das Gesicht jucken fürchterlich. Immer wieder zupft er Läuse aus seinen verfilzten Haaren und dem Bart. Sobald der Regen aufhört, wird er versuchen, für seinen Bauch etwas Ess- und Trinkbares aufzutreiben, und danach zu diesem Fluss Danuvius[15] marschieren, ein Bad nehmen, um zumindest eine Zeit lang diese verfluchten Läuse loszuwerden. Selbst das Wild hat sich bei diesem Unwetter verkrochen. Nur mit seinem Dolch bewaffnet, ein ziemliches mühsames Unterfangen, damit ein Wildtier zu erlegen. Pfeile und Bogen besitzt er derzeit nicht.

Als Wolfger heute Morgen die gestohlene Kutte seines Opfers überstreifte, kam ihm plötzlich diese Idee. Er erinnerte sich an diesen heiligen Mann, wie die Christen ihn nannten, dem er allerdings nie begegnet ist. Inzwischen soll er gestorben sein. Er wurde Severin genannt, und man sagte ihm magische Kräfte nach.

Wolfger hörte einiges über diesen geheimnisvollen, gottesfürchtigen Mann. So erzählten die Leute, dass Severin in einer Zeit der ärgsten Bedrängnis aufgetaucht war. Das Römische Reich war nur mehr ein Koloss auf tönernen Beinen, die Grenzen wurden täglich unsicherer.

Wolfger konnte das nur bezeugen, schließlich stand er im Sold der Römer. Aber er hätte auch für jeden anderen das Schwert gezückt, der ihn bezahlte.

Hunnen, Markomannen und Quaden drängten ins Imperium. Dann verschwanden die Quaden zusammen mit den Vandalen, dafür brachen die Ostgoten herein. Auch sie blieben nicht, die Langobarden stürmten ins Land. Die römischen Legionäre suchten ihr Heil in der Flucht, überließen die Bevölkerung ihrem Schicksal.

Für die Christen war es ein Geschenk des Himmels, als eines Tages Severin um 455 nach Ufernoricum kam. Man erzählte sich, dass er aus dem Orient kam, aus vornehmer Familie stammte, vielleicht sogar adelig war. Ein Gerücht machte die Runde, dass er hoher römischer Beamter war und später zum Christentum konvertierte. Severin war hochgebildet mit besten Beziehungen zur weströmischen Kaiserdynastie. Aber auch die Germanenfürsten hörten auf sein Wort, ließen sich überreden, Raubzüge gegen die wehrlose Bevölkerung zu unterlassen.

Severin war gleichzeitig Mönch und *homo, qui in re publica versatur,* ein Politiker, trat auch als Berater der Rugierkönige in Erscheinung. Seinem Rat *vade in Italiam* – gehe nach Italien – verdankt der Skire Odoaker, dass er den letzten römischen Kaiser stürzen und sich selbst auf den Thron setzen konnte.

Dieses Treffen zwischen Severin und Odoaker fand im Kloster von Favianis[16] statt, das der heilige Mann gegründet hatte. Dorthin zog er sich auch nach seiner politischen Mission endgültig zurück.

Davor schuf er noch die Klöster in Lauriacum[17] an der Enns und Bojotro, Passau.

Was Severin für die Menschen getan hatte, interessiert Wolfger nicht im Geringsten. Vielmehr faszinieren ihn die Legenden, die sich um diesen Mann ranken, obwohl Wolfger eigentlich nur glaubt, was er mit eigenen Augen sieht.

Severin soll Silvius, einen Mönch, zum Leben erweckt haben. Dann führte angeblich ein Bär einen gewissen Maximus über die Alpen zu dem heiligen Mann. Ein anderes Mal erschien der bereits verstorbene Severin einer besessenen Frau während des Exorzismus, und der Teufel fuhr aus ihrem Leib.

Oder Severin warnte Bischof Konstantius von Lauriacum vor einem heidnischen Überfall. Immer wieder reden die Leute, denen er begegnet und mit ihnen etwas länger unterwegs war, über diesen wunderwirkenden Severin.

Warum nicht selbst wundertätig werden? Natürlich ist es Betrug, was sonst? Die Leute sind doch töricht, ungebildete Tölpel und lassen sich leicht etwas einreden, glauben leichtfertig alles, was man ihnen einredet, klammern sich an jeden Strohhalm, in der trügerischen Hoffnung, ihr tristes Dasein zu erleichtern.

Immer wieder kam es Wolfger in den Sinn, auf betrügerische Weise seinen Lebensunterhalt zu verdienen, nachdem seine Dienste als Krieger nicht mehr gefragt sind. Bisher fehlte ihm dafür der passende und vor allem richtige Habitus. Ihm ist von Beginn an klar, nur mit dem Glauben lässt es sich gut verdienen. Bereits auf das Versprechen hin, gute Menschen werden später in den Himmel kommen, sind sie bereit zu bezahlen. Das gilt es auszunützen.

Der ahnungslose Pilger kreuzte genau im richtigen Moment Wolfgers Weg. Hätte er das wenige mit dem Wegelagerer geteilt, wer weiß, vielleicht wäre er sogar noch am Leben?

Endlich hat der starke Regen nachgelassen, ist in feines Nieseln übergegangen. Wolfger zieht sich die Kapuze seiner Kutte noch tiefer ins Gesicht, hält die Arme vor der Brust, die in den weiten Ärmeln stecken. Mit der rechten Faust umklammert er das Gehilz[18] seines Dolchs. Man kann nie wissen. Wer überleben will, muss ständig auf der Hut sein. Wenn er nicht vorher an Hunger krepiert oder eine Krankheit ihn hinwegrafft. Unzählige Gefahren sind allgegenwärtig.

Wolfgers Fuß stößt gegen etwas Hartes, das leise klirrt. Er bückt sich, hebt einen römischen Henkelbecher mit Deckel auf. Wunderschönes, geschliffenes Glas, das trotz des scheidenden Tageslichts wundervoll funkelt. Vorsichtig blickt Wolfger sich um, bückt sich blitzschnell und hebt den Überraschungsfund auf.

Das Gefäß ist unversehrt, überstand sämtliche Zerstörungen und Verwüstungen in der Gegend. Behutsam, wie niemand es diesem grobschlächtigen Mann mit den riesigen Pranken zutrauen würde, hebt er den Deckel ab.

Der Henkelbecher ist fast voll mit einer öligen Essenz, und der Geruch erinnert ihn an eine besonders schöne Römerin, die er vor langer Zeit genommen hatte, ausnahmsweise einmal nicht mit Gewalt. Ihr wunderschöner, geschmeidiger Mädchenkörper duftete genau danach. Lange bekam er diesen wunderbaren Geruch nicht aus der Nase. Wem wohl dieses Gefäß gehört haben mag?

Wolfger hält Myrrhe-Öl in seinen Händen, das die Römer sowohl für Schönheitspflege verwenden wie es auch in der Medizin Anwendung findet. Das wird sein Wunderallheilmittel werden. Jetzt muss er nur ein paar Hämpel und Götlinge[19] finden, denen er mithilfe des Myrrhe-Öls seine vermeintlichen Wunderheilkräfte einreden kann. Natürlich nur gegen Nahrung und Trinken oder Geld? Am besten alles zusammen. Er zieht einen Beutel unter der Kutte hervor, stellt vorsichtig den Behälter hinein und hängt ihn wieder an seinen Gürtel.

In einiger Entfernung sieht Wolfger eine Gruppe Menschen, und er beschließt, ihrem Fackelschein zu folgen. Er wartet ab, bis sie in einer windschiefen Hütte, eher einem Verschlag verschwinden. Wolfger verharrt ein Weilchen, lässt dabei den Unterschlupf nicht aus den Augen. Er hört Stimmengewirr, sieht Feuerschein, der durch die Ritzen und Spalten der Bretter herausdringt. Es sind männliche Stimmen, doch er kann nicht verstehen, in welcher Sprache sie sich unterhalten.

Er wird ihnen friedfertig gegenübertreten, da er nicht weiß, wie viele sich da drin aufhalten. Aber sicher keinem Kampf ausweichen, wenn es sein muss und er vielleicht dabei auch unterliegt. Und es strömt ein Geruch heraus, der Wolfger beinahe die Sinne raubt. Wann hatte er zuletzt gebratenes Fleisch gerochen? Eine Türe gibt es nicht. Nur ein paar Fetzen, die notdürftig den Eingang verschließen sollen, jedoch bei diesem Wind nutzlos sind. Wolfger muss mehrmals kräftig pochen, um sich Gehör zu verschaffen und gegen die Windgeräusche durchzusetzen. Erst beim fünften Schlag verstummen die Stimmen.

»Tretet ein, Fremder«, ruft eine raue, brummige Stimme. »Bringt er Frieden, ist er willkommen. Hat er Böses im Sinne, wird er sterben.«

Nun versteht auch Wolfger die Sprache. Zumindest den Mann mit der Brummstimme. Es ist Frühneuhochdeutsch. Später wird es sich in Althochdeutsch wandeln und noch bis ins elfte Jahrhundert gesprochen werden.

»Habt keine Furcht«, tönt es von draußen herein, »gelobt sei Jesus Christus. Ich komme in friedlicher Absicht. Erbitte nur um etwas Labung und ein Nachtlager.«

»Dann soll es so sein«, spricht der Wortführer abermals, »gotwilkom.«[20]

Wolfger hebt den Fetzen, der die Türöffnung notdürftig verschließt, an und bemerkt erst jetzt, dass es sich um ein altes *Paludamentum* handelt. Ein Soldatenumhang, der über die linke Schulter getragen und auf der rechten Seite mit einer Fibel festgehalten wurde. Ein Kleidungsstück, das nur der Repräsentation diente und je nach Farbe auf den jeweiligen Rang hinwies. Doch die Farbe ist längst verblichen, und daher lässt sich nicht mehr feststellen, wem dieser Umhang zuzuordnen ist.

Um eine Feuerstelle sitzen auf Stroh ein halbes Dutzend Männer unterschiedlichen Alters, eingehüllt in Decken, mustern argwöhnisch den Fremden. In einer Ecke kauert eine Frau auf einer Truhe, wiegt ein kleines Kind in ihren Armen, schaut verschreckt auf Wolfger. Ihr gegenüber liegt ein junger Mann auf einem Strohsack, zugedeckt mit einer dünnen Decke, zittert und bibbert, scheint an Fieber zu leiden.

Harmlose Siedler, kombiniert Wolfger, von denen geht keine Gefahr aus. Er verfügt über diese besondere Menschenkenntnis, wittert nahezu Unheil. Er tippt auf eine Familie. Die Feuerstelle zieht ihn magisch an. Einer der jungen Männer dreht zwei Hasen auf Spießen über dem Feuer, und Wolfgers Bauch macht sich deutlich bemerkbar.

»Im Namen des Herrn, auf ein hungriges Maul mehr soll es nicht ankommen«, sagt der Brummbass und, dem Alter nach zu schließen, das Familienoberhaupt. »Setzt euch und wärmt eure klammen Glieder am Feuer.«

Die Männer rücken enger zusammen, schaffen Platz für Wolfger, der sich in der Lücke vorsichtig niederlässt, darauf bedacht, dass der Henkelbecher unter seiner Kutte keinen Schaden nimmt oder etwas von dem Myrrhe-Öl verschüttet wird.

»Ich bin Gelfradus«, stellt sich der Wortführer und die Sippe vor, »meine Söhne und da hinten mein Weib Relindis mit dem Jüngsten. Wir sind Christenmenschen vom Stamm der Rugier. Und Ihr?«

»Wolfger.« Er sieht keinen Grund, seinen richtigen Namen nicht zu nennen. »Ich bin Gepide und ebenfalls ein Gefolgsmann Jesu Christi.«

»Ich sehe es«, meint Gelfradus und deutet auf Wolfgers Kutte.

»Ihr seid auf Pilgerreise?«

»Ja«, nickt Wolfger, »ich versuche, für unser Kloster in Favianis zu sammeln. Ich bin ein Schüler Severins, den der Herr zu sich berufen hat. Der Vater im Himmel hat mir die große Bürde auferlegt, in die Fußstapfen dieses heiligen Mannes zu treten.«

»Fürwahr, eine ehrenvolle und gewaltige Aufgabe«, wieder nickt das Familienoberhaupt bedächtig und stochert mit einem Hölzchen in der Glut, dass die Funken stieben. »Ihr habt also Severin gekannt.«

»Ja«, lügt Wolfger unverfroren.

»Dann könnt Ihr Euch glücklich schätzen, dass Ihr von diesem weisen, gottesfürchtigen und gelehrten Mann unter seine Fittiche genommen wurdet. Leider blieb es uns versagt, diesem heiligen Mann jemals zu begegnen.

Wir kommen von sehr weit her, wollen hier auf diesem Flecken sesshaft werden. Von Vindobona ist nicht mehr viel übrig geblieben. Wir können nicht mehr weiter. Auch wegen meines Sohnes.«

Gelfradus deutet mit dem Daumen nach hinten, wo der Kranke liegt und schweißüberströmt leise vor sich hin stöhnt.

»Was ist mit ihm?«, fragt Wolfger.

»Er wird uns verlassen, er schafft es nicht und wird ins Reich Gottes eintreten«, meint Gelfradus resignierend. »Wir hatten einen Händel mit einer Barbarenhorde, dabei wurde sein rechtes Bein von einer Streitaxt getroffen.«

Jetzt ist für Wolfger der Moment gekommen, auf den er sehnsüchtig wartete.

Gelfradus' Frau sitzt auf dem Objekt seiner Begierde, diese Truhe, die Wolfger bereits die längste Zeit ins Auge sticht. Er kombiniert, darin muss sich die gesamte Habe dieser Familie befinden, vielleicht sogar etwas Wertvolles. Darauf waren auch diese Barbaren scharf, wollten die Truhe rauben. Deshalb kam es zum Kampf.

»Ich sehe es mir an«, sagt Wolfger und erhebt sich, geht zu dem jungen Mann, hebt die Decke an. Das sieht ganz nach *brandschade*, nach Wundbrand aus.

Natürlich ist Wolfger kein *physicus* oder *medicus*, doch er kennt solche schweren Verletzungen zur Genüge. Zu oft hatte er das in zahlreichen Gefechten und Schlachten gesehen. Nur die wenigsten überleben als Krüppel, wenn die betroffenen Gliedmaßen rechtzeitig amputiert werden.

Das wird Wolfger sicherlich nicht tun. Vielmehr wird er den Wunderheiler spielen. Das Bein des jungen Mannes ist unterhalb des Knies bis zu den Zehen kohlrabenschwarz, blutverkrustet und voller Eiter. Es stinkt fürchterlich. Die Leinenstreifen, die als notdürftiger Verband dienen, sind bocksteif von eingetrocknetem Blut. Verschiedene Heilkräuter liegen auf dem nicht mehr zu rettenden Bein.

»Gelobt sei der Herr«, sagt Wolfger würdevoll und bekreuzigt sich. »Dank der übertragenen übersinnlichen Kräfte von meinem Lehrmeister Severin an mich, seinen unwürdigen Schüler, werde ich das schlimme Bein«, dabei blickt er Gelfradus durchdringend an, »deines Sohnes heilen. Beugt eure Knie nieder, betet zu unserem Erlöser.«

Dabei steigt Wolfger der Geruch der über dem Feuer schmorenden Hasen immer intensiver in die Nase, dass er eigentlich nur mehr daran denken kann, sich endlich den Bauch vollzuschlagen. Gelfradus und seine halbwüchsigen Söhne erheben sich, wie angeordnet, und gehen auf die Knie. Auch Relindis folgt ihrem Beispiel, während sie dem Kind die Brust gibt.

Wolfger nestelt geheimnisvoll an seiner Kutte herum, holt den Beutel hervor, hebt vorsichtig und behutsam den Henkelbecher heraus, bewegt stumm die Lippen, als ob er beten würde, schlägt mehrmals das Kreuzzeichen, streicht über den Deckel des Behälters, murmelt Unverständliches und öffnet langsam das Gefäß. Gelfradus und seine Sippe sehen ihm angespannt zu.

Wolfger taucht die Kuppen seiner Finger der rechten Hand in das Myrrhe-Öl, hält die wohlriechende Essenz unter der Nase des Fiebernden, der auf den Geruch überhaupt nicht reagiert, bereits mehr im Jenseits als im Diesseits ist. Mit dem Öl tupft er nun auf dem wunden Bein herum, ist redlich bemüht, dem Mann nicht zusätzliche Schmerzen zuzufügen. Doch jede noch so leiseste Berührung muss dem Geschundenen fürchterliche Qualen bereiten, denn er stöhnt fürchterlich.

Wolfger hebt die Hände gen Himmel, spricht mit fester und lauter Stimme:

»Großer Severin, verleiht mir Eure wundertätige Kraft, um diesen Erdenwurm zu heilen! Herr im Himmel, erlaube dem unwürdigsten deiner Diener, dieses Wunder zu vollbringen!«

Seine Worte schinden Eindruck, und Wolfger versteht es äußerst geschickt, diese einfachen Leute an der Nase herumzuführen. Mehrmals wiederholt er seine erfundene Beschwörungsformel, deutet den anderen, ruhig zu sein. Dabei vollführt er merkwürdige Verrenkungen, will damit deutlich machen, dass Severins Geist in ihn eingedrungen ist.

Vor einiger Zeit sah er einen Kranken, den die anderen auslachten und verspotteten, als er merkwürdige Zuckungen machte. Genau das kopiert Wolfger nun, murmelt dabei wieder Unverständliches, will beeindrucken, zeigen, dass er mit höheren Mächten in Verbindung steht.

Eine gespenstische Szenerie. Der Feuerschein wirft groteske Schatten der versammelten Familie an die Bretter. Auf dem notdürftigen Lager ein todkranker Mann, dem nicht mehr viel Zeit bleibt. Von draußen dringt wieder verstärktes Donnergrollen herein, und der Regen beginnt nun heftig zu prasseln.

Wolfger erhebt sich, zeichnet dem Sterbenden ein Kreuz auf die Stirn, verschließt wieder den Henkelbecher, steckt ihn zurück in den Beutel.

»Nach der Mahlzeit«, sagt er bedächtig und schielt dabei auf die bereits knusprigen Hasen, »werde ich an ihm eine weitere Behandlung vollziehen.« Er blickt gekonnt gespielt sehr vorwurfsvoll in die Runde, langsam wandern seine dunklen Augen von einem zum anderen, fixieren jeden Anwesenden für ein paar Augenblicke. »Ihr müsst intensiver beten. Nur durch eure Gebete kann mir Severin die Kraft verleihen, die ich brauche, um das Wunder zu vollbringen.« Dann setzt er sich wieder in die Runde. »Wie ich sehe, war Euch das Jagdglück hold. Mir blieb es heute leider versagt. Darf ich Euch um eine milde Gabe bitten?«

Gelfradus nickt, spricht laut ein Gebet. Einer der Söhne nimmt die Spieße vom Feuer, zieht einen Dolch aus seinem Gürtel und beginnt, den ersten Hasen zu zerteilen. Völlig unerwartet meldet Relindis sich plötzlich zu Wort.

»Er …«, und sie zeigt mit dem Finger auf Wolfger. »Er wird meinen Sohn nicht mehr anrühren. Er ist ein Hexer, ein Teufel, ein Barbar!«

Mit jeder Anschuldigung wird ihre Stimme schriller und hysterischer.

»Schweig, Weib!«, wird sie sofort von ihrem Mann mit einer energischen Handbewegung zurechtgewiesen. »Was redest du für törichtes Gewäsch!«

Doch Relindis lässt sich nicht beirren.

»Er ist kein Mönch«, widerspricht sie mit fester Stimme. »Dieser Wolfger ist ein alefanzer[21]. Er mag zwar ein Christenmensch sein, aber er ist voll von Sünde. Er ist ein falscher, hinterhältiger Mann. Ich sehe es in seinen Augen, er führt Böses im Schilde. Und er trägt einen Dolch unter seiner Kutte. Ich habe die Waffe gesehen, als er sein angebliches Heilmittel hervorholte. Das ist keine Wunderessenz, sondern Myrrhe-Öl. Ich habe es schon einmal vor langer Zeit gerochen. Es hilft unserem Sohn überhaupt nicht. Und sein sticher[22] ist ein Hunnen-Dolch. Ein Ähnlicher liegt in unserer Truhe, Gelfradus. Wir haben ihn von einiger Zeit gefunden.«

Es wirkt wie ein böser Zauber, als Wolfger plötzlich seinen stummen Mordgehilfen in der Hand hält und aufspringt, sein Gesicht wegen der Entlarvung wutverzerrt.

Im gleichen Augenblick ein fürchterlicher Donnerschlag, der Verschlag ist für einen Moment taghell erleuchtet. Der Blitz hat in Wolfgers Dolchklinge eingeschlagen. Kopfüber stürzt er ins Feuer und beginnt, unter fürchterlichen Schreien sofort zu brennen. Niemand steht ihm in seinem Todeskampf bei. Alle starren gebannt in die Flammen. Nur das kleine Kind weint.

»Der Herr hat gerecht gerichtet«, sagt Gelfradus leise, »er büßt für seinen Frevel. Ein Gottesurteil im Namen Severins ...«

Ob mit Favianis das heutige Mautern in Niederösterreich oder Heiligenstadt in Döbling, dem 19. Wiener Gemeindebezirk, gemeint war, darüber sind sich Historiker nicht einig, obwohl überwiegend Mautern der Vorzug gegeben wird.

In ihrem Buch »Favianis, Vindobona und Wien« (1976) vertritt die Historikerin Johanna Haberl die Theorie, dass Favianis ein Kastell am Hohen Markt im 1. Wiener Gemeindebezirk war, worauf der spätere heilige Severin sein Kloster errichtete.[23]

Zumindest war es möglich, dass die Jakobskirche in Heiligenstadt Severins erste Grabstätte war. 1952/53 wurde bei archäologischen Ausgrabungen ein leeres Grab aus dem fünften Jahrhundert entdeckt, das damals nur für herausragende Persönlichkeiten errichtet worden war.

Sechs Jahre nach seinem Tod wurde Severins völlig unverwester Leichnam 488 exhumiert und als heilige Reliquie nach Italien geschafft. Dass eine Kirche über einem Grab errichtet und im 13. Jahrhundert als locus sanctus, als heiliger Ort, bezeichnet wurde, deutet darauf hin, hier müssen einst die Gebeine einer religiösen Persönlichkeit bestattet worden sein. Das sind Vermutungen und Hypothesen. Letztendlich fehlen endgültige Beweise bis heute.

Weißes Gold
anno Domini DCCXC (790)

Jemandem Feuer unterm Arsch machen

In Burgen konnten nur wenige Räume beheizt werden. Daher wärmten sich die hohen Herrschaften mit Sitzfässern, die mit heißen Steinen gefüllt waren und so die Kälte erträglicher machten. Somit hatte man Feuer unterm Arsch. Heute bedeutet es, jemanden bei der Arbeit oder im Privatleben anzutreiben.

Um 623 *Unterstützung eines Aufstandes böhmisch-mährischer Slawen unter Samo gegen die Awaren durch die Franken. Der fränkische Kaufmannssohn Samo errichtet ein unabhängiges Slawenreich von Thüringen über Böhmen über das östliche Niederösterreich bis nach Kärnten und Osttirol.*

Um 630 *Erste Versuche christlicher Missionierung durch den irisch-schottischen Mönch Columban und seinen Schüler Gallus rund um den Bodensee; ebenso bei den Slawen durch den Wanderbischof Amandus im Donaugebiet.*

Um 660 *Nach dem Tode Samos' zerfällt das Slawenreich. Zunehmend gewinnen die Baiern Einfluss in Ostösterreich bis in das Wienerwaldgebiet.*

Um 690 *Bischof Rupert (auch Hroudpert und Roudpert) erhält von Baiernherzog Theoto das Gebiet der Stadt Salzburg zum Geschenk. Er gründet daraufhin das Benediktinerkloster, die Erzabtei St. Peter, das älteste und bedeutendste österreichische Kloster. Für seine Nichte Erentrudis lässt Rupert das Benediktinerinnenkloster auf dem Nonnberg errichten, das älteste fortwährend bestehende Frauenkloster nördlich der Alpen.*

Rupert gilt als erster Bischof von Salzburg. Beweise, dass er auch Bischof von Worms war, existieren nicht. Allerdings stammt er aus einem um Worms ansässigen sehr reichen Adelsgeschlecht, verwandt mit den Merowingern und den Karolingern. Er starb wahrscheinlich an einem 24. März nach 716.

Um 700 *Von Salzburg ausgehend, beginnt die christliche Missionierung des Alpenraumes.*

8. Jahrhundert *In den Jahren 1973 und 1974 wird im 11. Wiener Gemeindebezirk, in Simmering, ein Gräberfeld der Awaren mit siebenhundert Gräbern, ausgestattet mit reichlichen Beigaben, entdeckt.*

712 *Wiederaufnahme des Bergbaus am steirischen Erzberg.*

717 *Goldbergbau in Gastein (Salzburg).*

739 *Der Angelsachse Winfried (Bonifatius) gründet das Bistum Salzburg. Er war im Auftrag des Papstes Gregor III. nach Baiern entsandt worden, erhält Unterstützung durch Baiernherzog Odilo II..*

740 *Die Awaren überfallen Kärnten. Die karantanischen Slawen unter Boruth bitten Odilo II. um Hilfe. Die Awaren können abgewehrt werden, die karatanischen Slawen müssen den Baiern Heerfolge leisten. Das heißt, im Bedarfsfall militärische Unterstützung gewährleisten. Karantanien selbst ist ein slawisches Fürstentum mit dem möglichen Zentrum des heutigen Kärnten.*

745 *Der irische Mönch Virgil wird Bischof von Salzburg, missioniert Kärnten und erhält Unterstützung durch Karantanerherzog Cheitimar, einen Neffen Boruths.*

Vor 748 *Odilo II. gründet das Kloster Mondsee in Oberösterreich.*

748 *Odilo II. stirbt. Sein Sohn Tassilo III., ein Gefolgsmann des Frankenkönigs Pippin, wird Herzog von Baiern. Er sieht seine Aufgabe in der Kolonisierung Baierns und in der Missionierung des österreichischen Raumes.*

755 *Erste urkundliche Erwähnung des Namens Salzburg.*

Um 760 *Zwei fränkische Adelige gründen auf den Ruinen der Römerstadt Cetium (St. Pölten in Niederösterreich) ein Benediktinerkloster, geweiht dem heiligen Hippolyt. St. Pölten trägt den Namen Treisma.*

763 *Tassilo III. verweigert Frankenkönig Pippin die Heerfolge in Aquitanien (Südwestfrankreich).*

767 *Der Salzburger Chorbischof Modestus weiht die Marienkirche in Maria Saal in Kärnten. Modestus war vom Salzburger Bischof Virgil zur Missionierung nach Kärnten entsandt worden. Maria Saal und St. Peter im Holz werden Zentren der Karantanermissionierung.*

768 *Karl I., der Große, regiert zusammen mit seinem Bruder Karlmann das Reich der Franken. Nach dessen Tod 771 wird Karl der alleinige König von Franken.*

769 *Tassilo III. überlässt Abt Atto von Scharnitz (Tirol) Ländereien von Innichen im Pustertal (Südtirol) zur Gründung eines Klosters für die Slawenmissionierung.*

Um 772 *Der Aufstand der karantanischen Slawen gegen diese Missionstätigkeit wird von Tassilo III. niedergeschlagen.*

773/74 *Karl I., der Große, vernichtet das Langobardenreich. Er erobert die Hauptstadt Pavia, setzt König Desiderius ab, erklärt sich selbst zum König. Südtirol gerät unter fränkisch-karolingische Herrschaft.*

774 *Gründungen der »Salzburger Schreibstube« und einer Bibliothek.*

24. September *Der unter Bischof Virgil erbaute Salzburger Dom wird geweiht.*

Vor 777 *Der Tassilo-Kelch im Stift Kremsmünster in Oberösterreich ist der älteste erhaltene Abendmahlkelch im bairisch-österreichischen Raum. Geschaffen für die Hochzeit Tassilos III. mit der langobardischen Königstochter Liutpirc.*

Inschrift: Tassilo dux fortis + Luitpirc virga regals (Tassilo tapferer Herzog und Luitpirc königlicher Spross).

777 *Tassilo III. gründet das Benediktinerstift Kremsmünster in Oberösterreich.*

787 *Karl der Große zwingt Tassilo III. unter Drohungen zur Ablegung des Lehenseides, ein besonderes Treueversprechen, das auch Homagialeid genannt wird.*

788 *Tassilo III. wird abgesetzt, zum Tode verurteilt, doch Karl der Große begnadigt ihn zu lebenslanger Klosterhaft in Lorsch bei Bensheim in der Rheinebene.*

Das Herzogtum Baiern und die österreichischen Gebiete gehen in das Fränkische Reich über. Der schwäbische Graf Gerold, Schwager Karls des Großen, übernimmt als Präfekt die Verwaltung. Istrien, Kroatien und Slowenien werden ebenfalls dem Frankenreich einverleibt.

790/97 *Der Legende nach werden in Wien die Ruprechts- und Peterskirche gegründet.*

790 *»Breves notitiae«, die kurzen Nachrichten, werden angelegt. Die älteste Geschichtsquelle Österreichs, das Besitzverzeichnis der Salzburger Kirche.*

*

»Gleich geschafft«, sagt der junge Mann zu seinem Gefährten. Zusammen rollen sie das letzte Hal-Fass die restlichen Fuß[24] den Steilrand von der Donau hinauf und stellen es neben die anderen. Zehn randvolle Fässer, gefüllt mit dem weißen Gold, wie es die einfachen Leute nennen, mit Salz.

Ein Vermögen, auf dem nun Ingebrand und Ortwinus sitzen, aber keinerlei Ahnung haben, wie viel diese Ladung tatsächlich wert ist. Selbst wenn es die schlichten Flößer wüssten, sie könnten mit diesem Riesenbetrag nichts anfangen. Das wäre zu viel für ihre Vorstellungskraft.

»So, jetzt ist es tatsächlich vollbracht.« Schwer atmend lässt Ingebrand sich auf einem der Fässer nieder, wischt sich mit dem Handrücken den Schweiß von der Stirn. Er ist ein wenig älter als sein Partner, momentan ziemlich ausgelaugt.

»Ich hole die Kausche«, Ortwinus klopft ihm auf die Schulter, »ein Schluck Wasser wird uns guttun.«

Mit großen Schritten eilt er hinunter zur Donau, wo ihr Floss vertäut liegt. Ein wenig später kehrt er mit der hölzernen Kanne zurück, reicht sie Ingebrand, der gierig das brackige Wasser trinkt.

»Danke«, sagt er und stellt die Kausche auf den Boden, »wir

brauchen unbedingt frisches Wasser. Das kann man nicht mehr länger saufen.«

»Einen Wein haben wir uns allemal verdient«, meint Ortwinus und sieht sich um. Sein Blick spricht Bände. »Aber hier?«

»Außerdem schmerzt mich mein rechter Fuß«, lamentiert Ingebrand.

»Ist dir ein Fass darübergerollt?«

»Nein«, wehrt Ingebrand ab und zieht seinen Füßling aus, »das ist die Ursache.« Er zieht einen Kieselstein aus dem spitz zulaufenden Lederschuh. »Wundert mich nicht.« Er zeigt auf das Loch in der weichen Sohle.

Zur Sicherheit schlüpft er aus dem linken Füßling, untersucht ihn, doch diese Fußbekleidung ist intakt. Seine Füße sind nahezu schwarz, starren vor Dreck.

Dementsprechend widerlich der Geruch, der Ortwinus die Nase rümpfen lässt. Ingebrand entgeht es nicht und sieht entsprechend beleidigt drein.

»Auch du verströmst nicht den Duft eines Königs«, folgt prompt sein Seitenhieb. »Wir haben beide ein ausgiebiges Bad dringend nötig.« Er zeigt hinunter zur Donau. »Wasser gibt es schließlich genug.«

»Dauert nicht mehr lange.« Ortwinus blickt hinauf zum Himmel zur hoch stehenden Sonne. »Bald ist Sext.«

Kaum ausgesprochen, läuten die Glocken von St. Peter und St. Ruprecht zur Mittagsstunde. Beide bekreuzigen sich. Es ist ein wunderschöner, klarer, wolkenloser Sommertag im August, und die Sonne brennt mit voller Kraft herab.

Die Männer entledigen sich ihrer Surkots, den ärmellosen Überkleidern, die sie über ihren kurzärmeligen Leinenhemden in griechisch-römischem Stil tragen. An ihren Gurteln hängen zwei sehr schlaffe Geldkatzen, aber auch zwei Dolche stecken griffbereit.

Ingebrand öffnet ein paar Knöpfe seiner seitlich geknöpften und eng anliegenden Beinlinge. Sämtliche Kleidung ist durchgeschwitzt, die Brouch, die Unterhose, klebt ihm am Unterleib. Es ist wirklich höchste Zeit, endlich wieder ausgiebig zu baden.

Die Mittagshitze hat es in sich. Beide verlassen ihre Salzfässer und suchen sich ein schattiges Plätzchen unter einem Baum. Das Wasser aus der Kausche ist fast leer getrunken. Ingebrand und Ortwinus warten auf den Salzer, den Mann, der ihre Ladung übernimmt und ihnen auch ihren Lohn ausbezahlt. Dann klimpert es wieder in ihren Geldkatzen. Endlich ausgiebig essen und trinken, sich vielleicht ein Mägdelein gönnen. Zumindest Ortwinus hat es im Sinn, schließlich ist er ein freier Mann.

Doch hier?

Einladend sieht diese Siedlung nicht aus. Überall sind noch Mauerreste des einst stolzen Vinobona zu sehen. Rund um St. Peter und St. Ruprecht leben hier die Nachfahren der einstigen römischen Zivilbevölkerung.

Es herrscht geschäftiges Treiben. Überall wird gehämmert und gezimmert, neue Hütten und erste stabile Häuser entstehen. Ingebrands und Ortwinus' Floß ist nicht das einzige, das unten am Hafen liegt.

Unterschiedlichste Waren werden aus- und umgeladen. Es wird herumgeschrien, geflucht, Kommandos erteilt und emsig geschafft. Hektik und ein babylonisches Sprachengewirr.

Es gibt einen Friedhof und den Kienmarkt, wo man sich trifft. Tratscht und klatscht, handelt und feilscht, kauft und verkauft.

»Wie lange braucht dieser Salzer, bis er endlich aufkreuzt?«, fragt Ingebrand ärgerlich. »Wir haben Hunger und Durst. Wir wollen endlich unser Geld.«

Beide lassen die Fässer nicht aus den Augen. Es treibt sich genug Gesindel herum, das nur auf Stehlen, Rauben und Abstauben aus ist. Es wird nicht viel Federlesens gemacht. Ein Dolch ist schnell zwischen die Rippen gerammt und ebenso eine Gurgel durchtrennt. Ortwinus brüllt eine Schar schmutzstarrender Kinder an, die sich an den Fässern zu schaffen machen. Erst als er drohend mit einem Stein nach ihnen zielt, nehmen sie Reißaus.

»Wo sind wir hier eigentlich?«, will Ingebrand wissen. »Ich habe den Namen vergessen.«

»Die Leute nennen es Vaviana[25]«, gibt Ortwinus Auskunft. »Der Burgherr hat diesem Flecken den Namen gegeben.«

»Und wer residiert hier?«, fragt sein Partner weiter, deutet mit dem Daumen nach hinten, wo das einzige gemauerte Bauwerk steht, ein gewaltiger Gebäudekomplex, der zugleich das Zentrum ist und diese Siedlung dominiert.

»Sie sagen, das ist der Berghof[26], und ein Heide soll ihn erbaut haben, auch der Burgherr sein.«

»Aha. Woher weißt du das? Wie heißt dieser edle Herr?«

»Unten im Hafen hat es mir einer der Schiffer erzählt. Wer dieser Mann ist, hat er mir auch nicht sagen können.«

»Na ja«, zuckt Ingebrand resignierend mit den Schultern. »Wer auch immer dieser Burgherr ist, unsereins findet bei so einem hohen Herrn ohnehin kein Gehör.«

»Auf jeden Fall müssen wir heute noch ein Dankgebet für die glückliche Überfahrt an unseren Schutzpatron sprechen«, sagt Ortwinus und zeigt auf die Ruprechtskirche neben ihnen.

»Ja«, wendet Ingebrand ein, »aber erst, nachdem der Salzer da war, wir ihm die Ladung übergeben, unser Geld kassiert und uns die Bäuche vollgeschlagen haben. Danach können wir beten. Der heilige Rupert wird es uns verzeihen.«

Es ist ein schlichtes Kirchlein, das auf der Anhöhe über dem kleinen Hafen an einem der vielen Donauarme thront, direkt an der noch unvollkommenen Stadtmauer. Vom bergfriedartigen Turm sieht man hinunter auf den Schiffsanlegeplatz, wo das Hal, das Salz, aus dem Salzkammergut und aus Baiern umgeschlagen wird.

Bereits bei der Gründung des Kirchenbaus war es beschlossene Sache, dass dieses Gotteshaus dem heiligen Rupert – manche nennen ihn auch Ruprecht – geweiht wurde. Er stammte aus dem Geschlecht der Robertiner in Worms, erhielt dort auch die Bischofsweihe. Im Zuge der Missionierungstätigkeiten der karolingischen Hausmeier, den einflussreichen Verwaltern im Reich, kam Rupert 696 nach Baiern.

Danach wirkte er in Salzburg, gründete das Benediktinerkloster St. Peter und das Frauenkloster auf dem Nonnberg, setzte seine Nichte Erentrudis als erste Äbtissin ein. Rupert unternahm zahlreiche Predigtreisen kreuz und quer im heutigen Österreich, gründete Kirchen in Seekirchen am Wallersee, Pongau, Bischofshofen und Maxglan.

Ebenso wie Severin ist seine Person legendenumrankt. So soll er Baiernherzog Theodo zum Christentum bekehrt und in Enns, Lorch und Regensburg missioniert haben. Das Gnadenbild im heutigen bairischen Wallfahrtsort Altötting war seine Stiftung. Angeblich brach er während einer Messe am Altar tot zusammen.[27]

Im Gegensatz zu Ingebrand ist Ortwinus ein sehr gläubiger Mensch. Beide stammen aus einem unscheinbaren, unbedeutenden Weiler in der Nähe von Hal[28]. Der Name leitet sich vom germanischen Wort *hel* oder *hal für Abhang, Schräge und* Neigung ab. Später wird sich daraus *Saline* herleiten.

Das Hal, das Salz, ist für die beiden Baiern und für viele andere die Lebensgrundlage und meist einzige Verdienstmöglichkeit. Angeblich, so erzählt es die Legende, haben sie und viele andere es diesem heiligen Rupert zu verdanken, dem ersten Bischof von Salzburg.

Baiernherzog Theodo schenkte Rupert ein Drittel der Saline im heutigen Reichenhall für das Bistum Salzburg. Der Ort wird für die kommenden fünfhundert Jahre zum wichtigsten Wirtschaftsstandort für den Salzburger Bischofssitz. Später, nach 1200, kam noch das Salz vom Dürrnberg hinzu. Noch steckt der Salzhandel in seinen Anfängen. Bald wird sich der Goldene Steig zu einem der wichtigsten Handelswege in Süddeutschland und Böhmen entwickeln.

Natürlich wissen die einfachen Salzflößer Ingebrand und Ortwinus darüber nichts, nur, dass die Leute Hal als weißes Gold bezeichnen. Ebenso klar ist beiden, dass Salz wichtig für ihre Ernährung ist, ebenso für das Pökeln von Fleisch zur Haltbarmachung.

Jetzt sind sie froh, dass sie unbeschadet in diesem Vaviana anlegen konnten. Man hört so viel, was einem die Gänsehaut aufsteigen lässt. Zum Glück lag der Traunsee nicht auf ihrer Route. Dort sollen Salzpiraten ihr Unwesen treiben, Salzschiffe und Flöße von Einbäumen aus entern, die Mannschaften kurzerhand ins Wasser werfen und sie elendig ertrinken lassen, da keiner von ihnen schwimmen kann.

Ingebrand und Ortwinus wollen nur noch ihre Ladung loswerden, sich ein wenig ausruhen und dann wieder so schnell wie möglich zurück nach Hause. Während Ortwinus unter dem Baum im Schatten in der Mittagshitze vor sich hin döst, passt sein Freund wie ein Haftelmacher auf die Salzfässer auf.

Düstere Gedanken geistern in Ingebrands Kopf herum. Während er und Ortwinus ständig auf der Hut waren, Augen und Ohren offen hielten, mit den unberechenbaren Gewässern kämpften, jedem Wetter trotzten, dabei wachsam waren, um in keinen Überfall zu geraten, geht der Löwenteil für die Ladung an die Pfaffen in Salzburg, die dafür keinen Finger krumm machen müssen, während er und sein Freund mit einem Bettel abgespeist werden.

Für Ortwinus ist es noch etwas leichter, er ist noch ledig. Aber Ingebrand muss mit dem Hungerlohn hungrige Mäuler stopfen. Zu Hause warten seine Frau und zwei Bälger, und sie ist bereits wieder in der Hoffnung. Kurz entschlossen springt er auf und reißt dabei auch Ortwinus aus seinem Halbschlaf.

»Was hast du vor?«

»Lass mich zufrieden«, beißt Ingebrand ihn an, schnappt sich die Kausche und geht schnurstracks zu den Salzfässern, öffnet eines und füllt die Kanne randvoll mit dem weißen Gold.

Ortwinus ist ihm gefolgt, sieht ihn mit angsterfüllten Augen an.

»Ingebrand, bist du des Teufels? Du kannst doch nicht etwas vom dem Hal stehlen! Dafür lassen sie dich hinrichten, und deine arme Seele landet in der Hölle.«

»Dafür müssen sie mich erst erwischen. Das fällt doch niemandem auf«, entgegnet Ingebrand, »das ist weniger als ein Krötel[29].« Mit dem Handrücken streicht er die Oberfläche wieder glatt, verschließt das Fass. »Und? Merkst du etwas? Bring die Kausche runter zum Floß. Das Hal verkaufen wir selbst auf dem Heimweg. Das merkt niemand. Los, mach schon, beweg dich. Den Erlös teilen wir redlich. Damit kommen wir ein Weilchen durch. Ich habe keine Lust mehr, alles den Pfaffen zu überlassen.«

Ortwinus überlegt einen Augenblick, muss Ingebrand insgeheim recht geben. Es ist ein lausiges, entbehrungsreiches Leben, das sie alle gezwungen sind zu führen, während sich in den Klöstern die Tische biegen. Zumindest wird es so erzählt.

Deswegen ist man kein schlechter Christenmensch, rechtfertigt er sich vor sich selbst, das kann auch dem Herrgott nicht gefallen. Kurzerhand schnappt er sich die Kausche, will zum Floß hinunterlaufen, um das Diebesgut in Sicherheit zu bringen, als plötzlich eine kräftige Männerhand das schmächtige Bürschchen am Nacken packt. Vor Schreck fällt ihm die Kanne aus der Hand, zerschellt auf dem Boden. Der Beweis, das gestohlene Salz, verteilt sich auf dem ausgetrockneten, staubigen Boden.

»Hundsfott!«, brüllt eine tiefe Stimme. »Elende Diebe, Betrüger! Das kommt euch teuer zu stehen!«

Der Unbekannte mit dem stattlichen Bauch ist außer sich vor Wut. Sein schwitzendes Gesicht ist zornesrot, er geifert und schimpft entsetzlich. Rasch stellt sich heraus, es ist der Salzer, der soeben die Ladung übernehmen wollte und dabei den Diebstahl beobachtete.

Augenblicklich bildet sich ein Kreis Neugieriger um die drei Männer. Ein paar fürwitzige Kinder und einige Männer versuchen, das verstreute Salz aufzusammeln, doch der Salzer verjagt sie mit Fußtritten und Peitschenhieben. Ingebrand und Ortwinus sind starr vor Schreck, denken gar nicht an Flucht. Zu groß ist bereits die Menge, die ihnen jegliche Fluchtwege versperrt.

Der Salzer gibt einigen Männer einen Wink, und sie packen die beiden Unglücksraben an den Oberarmen. Mit einem Male wird es still. Die Schaulustigen treten beiseite, bilden eine Gasse. Mützen und Kappen werden eilig von den Köpfen genommen, alle verbeugen sich, halten die Häupter gesenkt, als der vornehm gekleidete Herr würdevoll zum Ort des Geschehens schreitet.

Anscheinend hat der Burgherr den Vorfall von seinem Berghof aus mitverfolgt. Nun will er wissen, was sich zugetragen hat. Mit einer Handbewegung beordert er den Salzer zu sich, der ihm untertänig Bericht erstattet. Danach geht der Heide, wie er insgeheim genannt wird, ein paar Schritte auf die beiden Delinquenten zu, will sich ihre Version anhören.

Ingebrand stellt sich vor Ortwinus, beteuert, nimmt alle Schuld auf sich, bittet um Gnade für seinen Freund. Er selbst weiß, dass sein Leben verwirkt ist. Eine Weile sieht der Burgherr die beiden durchdringend an, ohne eine Miene zu verziehen, erweist sich als hartherziger und erbarmungsloser Mann. Langsam hebt er seinen rechten Arm, streckt ihn aus und zeigt nach alter Sitte mit dem Daumen nach unten. Das bedeutet das Todesurteil für beide. Die Menge johlt und jubelt.

Zwei Männer schleppen einen Hackstock herbei. Ein Beil blitzt im Sonnenlicht auf. Kräftige Männer schleppen zuerst Ingebrand zum Hackstock, zwingen ihn in die Knie. Seine Rechte, die Diebeshand, wird auf den Holzpflock gelegt. Mit weit ausholendem Schwung wird seine Hand unter grässlichen Schmerzensschreien abgehackt. Das gleiche Schicksal widerfährt Ortwinus. Ströme von Blut spritzen aus den Armstümpfen, besudeln einige der umstehenden Neugierigen.

Jemand legt Ingebrand und Ortwinus einen Strick um die Hälse. Sie werden bespuckt und getreten, mit Jubelgeschrei begleitet, wie Vieh hinunter zur Donau mehr geschleift als gezogen und in die Fluten gestoßen, in denen sie nach kurzem Todeskampf ertrinken.

Zwar heißt es der Legende nach, dass die Ruprechtskirche bereits 740 erbaut wurde, doch nach neuesten Forschungen scheint ihre Errichtung unter Karl I., dem Großen, im Zeitraum von 791 bis 803 wahrscheinlicher. Sie steht auf dem östlichen Teil des römischen Vindobona. Die Unterkirche von St. Ruprecht wurde aus dem Mauerwerk eines heidnischen römischen Kulthauses gebaut.

Im Chor dieser Kirche, im Zentrum der Apsis, sieht der Besucher Wiens ältestes bemaltes Glasfenster, vermutlich um 1270 eingesetzt.

Das ehemalige Praghaus (Ruprechtsplatz 1) war zu Beginn des 14. Jahrhunderts das Gefängnis für König Wenzel IV. von Böhmen.

Danach wurde in dem Gebäude das Wiener Salzamt eingerichtet, zuständig im Mittelalter für das wertvolle Salz, eine Monopolware. Diese Behörde regelte den Verkauf des weißen Goldes.

Bis heute ist es in Wien ein geflügeltes Wort, »sich am Salzamt« zu beschweren, wenn ein Anliegen oder eine Beschwerde etc. aussichtslos erscheinen.

Bis in die Gegenwart scheint diesen Platz rund um die Ruprechtskirche eine geheimnisvolle Aura zu umgeben. Wer gerne auf Geisterjagd geht, kann unter Umständen hier erfolgreich sein. So berichtet die Journalistin und Autorin Gabriele Hasmann in ihrem »Spukguide Wien« über eine kleine, schwarz gekleidete Frau, die auf dem Platz umhereilt, die Stufen hinauf- und hinunterläuft oder vor dem Gotteshaus kniet und betet.

Ebenso erscheint ein in Fetzen gehüllter Mann mit Ketten an Armen und Beinen Passanten, in Panik und ohne Orientierung herumlaufend, um sich plötzlich in Luft aufzulösen.

Hasmann zitiert in ihrem Buch auch die Wahrnehmung eines Zeugen: »Ich war in der Innenstadt unterwegs und ging über den Ruprechtsplatz Richtung Stiegenaufgang, als sich eine schwarz gekleidete Frau mit dunklem Kopftuch in mein Blickfeld schob. Sie stand mitten auf der Treppe mit dem Rücken zu den Stufen. Mit unerwartet schnellen Schritten marschierte das Weiblein dann los und löste sich im Laufen in Luft auf.

An einem anderen Tag rannte dort dieselbe Frau in rasantem Tempo die Stufen von unten nach oben. Danach vernahm ich ein leises Schluchzen und sah sie vor der Kirche knien und beten. Die zusammengesunkene Gestalt umgab eine seltsame Aura, die sich in Form eines verschwommenen Umrisses sichtbar von ihrer Silhouette und der Umgebung abhob. Wenn ich diesen Geist, den ich bis heute regelmäßig sehe, anspreche, zerfließen seine Konturen.«[30]

Gottesurteil

anno Domini MXVIII (1018)

Jemand hat Torschlusspanik

Zum Schutz der Bewohner schlossen sich abends die Stadttore. Wer spät dran war, musste sich beeilen, um den Torschluss nicht zu versäumen. Passierte es dennoch, musste eine Gebühr bezahlt werden, damit die Wache ihm aufschloss.

In Wien hielt sich diese Praxis bis in die Zeiten der österreichisch-ungarischen Monarchie als »Sperrsechserl«. Da die Mieter kein Recht auf einen eigenen Haustorschlüssel hatten, war dafür der Hausmeister zuständig. Er sperrte zwischen zweiundzwanzig und sechs Uhr das Haustor zu. Dafür war das »Sperrsechserl« zu bezahlen, wer danach nach Hause kam. Ursprünglich handelte es sich um sechs Kreuzer, später um zwanzig Heller.

Noch bis weit in die 1970er-Jahre war es üblich, wenn der Bewohner seinen Haustorschlüssel vergessen hatte, in der Nacht den Hausbesorger in Wiener Gemeindebauten aus seinem Schlaf zu reißen, indem man die Extraklingel neben dem Haustor betätigte. Natürlich war der »Hausmasta« darüber nicht besonders erfreut. Daher musste man ein geringes Geld bezahlen. Später wurde es abgeschafft, doch zumindest ein Schmattes, ein Trinkgeld, musste drin sein, um nicht auf längere Zeit den Hausfrieden erheblich zu stören.

14. Juni 811 *Kaiser Karl I., der Große, beendet die Grenzstreitigkeiten zwischen den Bistümern Salzburg und Aquileia. Die Drau bildet die neue Linie für die Diözesangrenzen. Südlich dieses Flusses dominiert das Patriarchat Aquileia. Nördlich der Drau bis in das Gebiet von Aspang und Piesting (Niederösterreich), bis zur Piesting und dem Zusammenfluss der Fischa mit der Leitha (Niederösterreich) gehört zu Salzburg. Das Gebiet entlang der Donau bis westlich der Raab erhält Passau.*

28. Jänner 814 *Karl I., der Große, stirbt in Aachen. Er war seit 768*

König der Franken und seit dem 25. Dezember 800 römischer Kaiser. Sein Sohn Ludwig I., der Fromme, tritt die Nachfolge an. Er ist bereits 813 selbst gekrönter Mitkaiser, wird 816 von Papst Stephan IV. nochmals gekrönt. Somit ist das Kaisertum zu einer vom Papst verliehenen Würde geworden.

5. Februar 816 *Kaiser Ludwig I., der Fromme, bestätigt in Aachen den Besitz der erblichen Kirche in Salzburg durch »Immunität mit Königsschutz«. Somit ist das Erzbistum sakrosankt.*

829 *Ludwig II., der Deutsche, Sohn Kaiser Ludwigs I., des Frommen, schenkt dem Kloster Mondsee (Oberösterreich) das Gebiet um Wolfgang- und Mondsee, das »Sankt-Wolfgangs-Land«.*

831 *Das Kloster Mondsee verliert seine Autonomie, wird dem Hochstift Regensburg unterstellt.*

5. Jänner 831 *Melk wird erstmals als medilica urkundlich erwähnt.*

20. Juni 840 *Kaiser Ludwig I., der Fromme, stirbt in Ingelheim. Seine drei Söhne streiten um das Erbe.*

Anfang August 843 *Vertrag von Verdun: Das Frankenreich wird unter den Söhnen Ludwigs I. aufgeteilt. Lothar erhält die Kaiserwürde, jedoch keine Oberhoheit über seine Brüder. Er erhält den mittleren Reichsteil von Friesland bis Oberitalien.*

Karl der Kahle erhält seine Erbländer in Frankreich, dazu flandrische und bretonische Gebiete, wird König des Westfränkischen Reiches.

Ludwig II. der Deutsche wird ostfränkischer König. Sein Reich umfasst Gebiete östlich des Rheins einschließlich Baierns mit Vorarlberg, Tirol, Salzburg, Steiermark, Kärnten, das westliche Burgenland, Teile von Ober- und Niederösterreich. Zusätzlich die bischöflichen Ländereien von Mainz, Worms und Speyer am linken Rheinufer.

Aus Ludwigs II. Gebieten entwickelt sich das erste deutsche Reich, aus Karls des Kahlen in weiterer Folge Frankreich.

846 *Fürst Moimir legt sich mit dem Ostfränkischen Reich an, wird von König Ludwig dem Deutschen abgesetzt. Seinem Neffen und Nach-*

folger Rastislaw gelingt die Loslösung des Mährischen Reiches aus fränkischer Abhängigkeit.

856 *König Ludwig der Deutsche überträgt seinem Sohn Karlmann die Verwaltung der östlichen Marken, die sich durch die wachsende Macht der Mährer unterdrückt fühlen. Karlmann führt die »Fränkische Hufenverfassung« im Donauraum ein. Mit dem Besitz von vier Hufen Land ist jeder für den Wehrdienst berechtigt, steigt dadurch in der sozialen Rangordnung auf. (Ein Huf, auch Hube = ca. dreißig bis vierzig Joch.)*

864 *Rastislaw von Mähren holt die byzantinischen Mönche Konstantin, den späteren Cyrill[us] und Methodius (Method) in sein Reich. Er ist nicht mit der fränkisch-christlichen Missionierung, die von Passau aus betrieben wird, in seinem Reich einverstanden. In den Gottesdiensten werden die slawischen Sprachen gesprochen, die Bibel in cyrillische Schrift übersetzt.*

König Ludwig der Deutsche trifft in Tulln (Niederösterreich) den Bulgarenkhan Boris. Ein Bündnis gegen Mähren wird beschlossen.

869 *Kaiser Lothar stirbt.*

870 *Die Aufteilung des Mittelreiches wird im Vertrag von Mersen neu geregelt.*

Unter Fürst Swatopluk, dem Nachfolger Rastislaws, gerät Mähren wieder unter fränkische Oberhoheit. Die Interessen der Franken nehmen sogenannte Grenzgrafen im Gebiet zwischen Enns und Wienerwald wahr.

871 *Swatopluk probt den Aufstand gegen die Franken, besiegt die Grenzgrafen Wilhelm und Engelschalk, die in der Schlacht fallen.*

874 *König Ludwig II., der Deutsche, entlässt Swatopluk in die Unabhängigkeit. Der Fürst nützt die Gunst der Stunde und dehnt sein Reich systematisch aus. Polen, Mähren, Böhmen, Teile der Slowakei, das nördliche Niederösterreich, der Wiener Raum, Burgenland und Westungarn werden zum Großmährischen Reich, das bald zur führenden Macht an der fränkischen Ostgrenze aufsteigt.*

*28. **August 876** König Ludwig II., der Deutsche, stirbt in Frankfurt am Main. Wieder erfolgt eine Neuordnung des Reiches. Seine Söhne treten gemeinsam die Nachfolge an. König Karl der Dicke, Ludwig und Karlmann.*

Baiern, Böhmen, Mähren, Karantanien und Pannonien fallen an Karlmann, die Karolingische Mark wird neu geordnet. Karlmanns Sohn Arnulf von Kärnten erhält Karantanien mit Teilen der Steiermark, Osttirols, Niederösterreich und dem Burgenland. Der neue Markgraf der »Mark an der Donau« wird Aribo.

881 *»Primum bellum cum ungaris ad Weniam« berichten die Salzburger Annalen über einen ersten Konflikt zwischen Magyaren und Baiern bei Wien (Wenia). Erste Nennung Wiens nach der Völkerwanderung.*

882 *Markgraf Aribo und die Söhne sowie Erben der 871 gefallenen Grenzgrafen Wilhelm und Engelschalk streiten um das Gebiet zwischen Enns und Wienerwald. Fürst Swatopluk von Mähren verbündet sich mit Aribo, während Arnulf von Kärnten mit den Grenzgrafensöhnen paktiert.*

884 *In den Scharmützeln verlieren die Franken Pannonien und die Gebiete östlich des Wienerwaldes an Swatopluk.*

885 *Methodius (Method), Erzbischof von Pannonien und Mähren, stirbt. Swatopluk vertreibt seine Anhänger. Das Ende slawisch-christlicher Missionierung im Donauraum.*

November 885 *König Karl III., der Dicke, wird zur Abdankung gezwungen. Arnulf von Kärnten, Karlmanns Sohn, sitzt nun als ostfränkischer König bis 899 auf dem Thron.*

Um 890 *Die Magyaren unter Fürst Árpád dringen von Balkan her in die Tiefebene zwischen Donau und Theiß vor, setzen sich fest. Sie gehören dem finnisch-ugrischen Stamm an und kommen um die Mitte des neunten Jahrhunderts über Russland immer stärker in den Westen. Die Dynastie der Árpáden existiert bis 1301.*

893 *Swatopluk wird von König Arnulf von Kärnten besiegt.*

894 *Swatopluk stirbt, das Großmährische Reich zerfällt.*

9. Dezember 899 *Arnulf von Kärnten stirbt in Regensburg; seit 887 König der Ostfranken und seit 896 Kaiser.*

10. Jahrhundert *Die ältesten Zeugnisse althochdeutscher Prosa in Österreich sind »Wiener Hundesegen« und das »Klosterneuburger Gebet«.*

Erstes Viertel im 10. Jahrhundert *Die Raubzüge der Magyaren nehmen gewaltige Ausmaße an, führen bis Norddeutschland, Frankreich, Spanien und Italien. Ostfranken gerät in massive wirtschaftliche Schwierigkeiten. Klöster und Kirchen werden zerstört, niedergebrannt und geplündert. Dabei werden zahllose Kunstschätze geraubt oder vernichtet.*

903 – 906 *Im Auftrag des Frankenkönigs schreibt eine königliche Kommission unter dem Vorsitz des Markgrafen Aribo die sogenannte »Raffelstettner Zollordnung« nieder, das älteste erhaltene Wirtschaftsdokument Österreichs. Es regelt den Warenverkehr im Donauhandel u. a. für die besonders wichtigen Güter Salz, Vieh, Honig, Wachs und Sklaven. Raffelstetten ist heute Teil der Gemeinde Asten an der Donau zwischen Linz und Enns.*

Zollkontrollen finden in Mautern, Linz, Eparesburg (wahrscheinlich Ebersdorf) und Rosdorf (heute nicht mehr vorhanden) statt.

Auszüge aus der Zollordnung:

»Die vom Westen her kommenden Schiffe geben, sobald sie den Passauer Wald hinter sich haben, zu Rosdorf oder wo sie sich mit dem Kram [= Waren] niederlassen und Handel treiben wollen, zu Zoll ½ Drachme.

Wollen aber diese Hausierer weiter gegen Linz hinabfahren, so zahlen sie von je einem Schiff 3 halbe Scheffel Salz, von Sklaven und anderen Waren nichts. Sie genießen dann das Recht, mit dem Kram sich niederzulassen und Handel zu treiben bis zum Böhmischen Wald.

Führt ein Baier Salz nur für seinen Hausbedarf und bezeugt solches der Fuhrmann mit seinem Eide, dann zahlen sie nichts, sondern gehen frei durch.

Wenn aber ein freier Mann über den gesetzlich bestimmten Marktplatz hinausfährt, ohne etwas dort zu zahlen oder zu reden, und dabei fällig wird

[= erwischt wird], so mögen ihm Schiff und Ware genommen werden. Tut dies ein Sklave, möge er dort gebunden werden, bis sein Herr kommt und den Schaden gutmacht, und erst dann soll es ihm erlaubt sein wegzugehen. Salzwagen, welche die Enns auf der gesetzlichen Straße überschreiten, leisten an der Url (Nebenfluss der Ybbs) bloß einen vollen Scheffel und haben weiter nichts zu zahlen. Die Schiffe aber, die aus dem Traungau kommen, zahlen hier an der Ennsbrücke nichts, sondern gehen ohne Zins durch. Nach der Durchfahrt durch den passauischen Wald dürfen sie nicht früher landen und Handel treiben, bevor sie Eresburg [größte bekannte altsächsische Volksburg] erreicht haben.«[31]

904 – 906 Das Großmährische Reich wird durch die Magyaren endgültig vernichtet, sie werden zu einer schweren, unmittelbaren Gefahr für die österreichischen Gebiete.

4. Juli 907 Markgraf Luitpold von Baiern führt einen Heerbann gegen die Magyaren, erleidet bei Brezalauspurc (Preßburg) eine verheerende Niederlage, fällt. Mit ihm zahlreiche Adelige und geistliche Würdenträger. Das Ende der karolingischen Mark ist besiegelt.
Die Gebiete bis zur Enns geraten unter magyarische Herrschaft, und Magyaren übernehmen oft die fränkischen Verwaltungseinrichtungen.

24. September 911 Ludwig IV., das Kind, Sohn Arnulfs von Kärnten, stirbt. Mit dem Tod des ostfränkischen Königs sterben die Karolinger aus.
Herzog Konrad (I.) von Franken wird zum ersten deutschen Wahlkaiser und regiert bis 918.

913 Herzog Arnulf von Baiern, Sohn des Markgrafen Luitpold, siegt über die Magyaren bei Passau. Er zwingt die Unterlegenen gegen Tributzahlungen, künftig Baiern während ihrer Raubzüge zu verschonen.

919 Der Nachfolger von König Konrad I. von Franken als deutscher König wird Heinrich I. von Sachsen, der bis 936 regiert. Mit Lothringen und dem Rheinland wird der Westen und mit Brandenburg, Lausitz und Böhmen der Osten des ostfränkischen Reiches gesichert.

Erstmals wird das Reich als »Regnum Teutonicorum«, als Reich der Deutschen bezeichnet, und Heinrich I. gilt allgemein als Gründer des Deutschen Reiches.

Um 920 *Im Gebiet zwischen Enns und Traisen wird von den Magyaren ein deutscher Lehensgraf eingesetzt, der seinen Sitz im regensburgischen Markt- und Burgort Bechelaren (Pöchlarn, Niederösterreich) bezieht. Wahrscheinlich handelt es sich um Rüdiger von Bechelaren aus dem Nibelungenlied.*

15. März 933 *Die Magyaren müssen eine weitere Niederlage in der Schlacht an der Unstrut (an der sächsisch-thüringischen Grenze in der Gegend von Riade, Rietheburg oder bei Merseburg) durch König Heinrich I. hinnehmen. Danach bleiben die Magyaren Sachsen fern, aber sie überfallen weiterhin den süddeutschen Raum.*

28. September 935 *Herzog Wenzel I. von Böhmen wird von seinem Bruder Boleslaw ermordet.*

2. Juli 936 *Heinrich I. stirbt in Memleben an der Unstrut. Seine Nachfolge tritt Otto I., der Große, Sohn Heinrichs I., als deutscher König an und regiert bis 973.*

8. Juni 940 *»In auro et sale« – »auf Gold und Salz« lautet König Ottos I. Bestätigung gegenüber dem Erzbistum Salzburg für alle Rechte an deren Besitzungen. Die Goldgewinnung erfolgt größtenteils durch das Auswaschen von Flusssand.*

August 943 *Wieder müssen sich die Magyaren mit einer Niederlage im Traungau in der Nähe von Wels (Oberösterreich) abfinden. Dieses Mal ist der Sieger der Herzog von Baiern.*

Mitte 10. Jahrhundert *Das reiche Grafengeschlecht der Udalrichinger mit Gütern rund um den Bodensee wählt Bregenz als Residenz.*

Um 950 *ist Guntram der Reiche erstmals als Ahnherr der Habsburger nachweisbar, mit dem Stammsitz zwischen Aare und Reuß, westlich von Zürich.*

950 *Der Brudermörder Herzog Boleslaw I. und Nachfolger seines Opfers Wenzel I. anerkennt die deutsche Oberhoheit.*

951 Otto I. überschreitet als erster deutscher König den Brennerpass.

10. August 955 Entscheidungsschlacht auf dem Lechfeld bei Augsburg. Otto I. vernichtet die Magyaren, sie verschwinden endgültig aus Deutschland und setzen sich in der ungarischen Tiefebene fest. Das Gebiet westlich des Wienerwalds gerät wieder unter bairische Herrschaft. Gyepü-Siedlungen – ungarische Grenzwächtersiedlungen – bleiben im nördlichen und nordöstlichen Niederösterreich zurück.

Nach 955 Otto I. errichtet Marken zum Schutz des Reiches.

958 Erzbischof Herold von Salzburg wird abgesetzt und geblendet. Der Verwandte des Baiernherzogs Arnulf beteiligte sich aus familiären Gründen an einer Königsverschwörung.

2. Februar 962 König Otto I. wird in Rom zum Kaiser gekrönt.

Nach 970 Burkhard, ehemaliger Burggraf von Regensburg, wird als Markgraf der Ottonischen Mark erstmals urkundlich erwähnt. Wahrscheinlich befand sich seine Residenz in Pöchlarn, Niederösterreich.

972 Großfürst Geza und Herzog von Ungarn, ein Urenkel des Großfürsten Árpád, verfügt über beste Beziehungen zu Baiern und dem Christentum.

973 Boleslaw II., Herzog von Böhmen, gründet das Bistum Prag.

7. Mai 973 Kaiser Otto I., der Große, stirbt in Memleben an der Unstrut. Sein Nachfolger wird sein Sohn, Otto II.

975 Baiernherzog Heinrich II., der Zänker, rebelliert gegen seinen Vetter Kaiser Otto II.. Burkhard schließt sich Heinrich an und verliert sein Amt als Markgraf der Ottonischen Mark.

976 Kaiser Otto II. errichtet das erste Herzogtum auf Österreichs Boden, das Herzogtum Kärnten. Erster Herzog wird Heinrich aus der Dynastie der Luitpoldinger, ein Sohn des Herzogs Berthold von Baiern. Damit beschneidet Otto II. die Macht Heinrichs II., des Zänkers, erheblich.

Für die Entwicklung des Landes an der Donau war ein süddeutsches Adelsgeschlecht von den bairischen Luitpoldingern und den in Bamberg residierenden Popponen von großer Bedeutung. Bischof Otto von

Freising, Geschichtsschreiber und Bruder des Markgrafen Leopold III., wird später im Zusammenhang mit dem Stammsitz von den »Babenbergern« schreiben.[32]

976 *Die Geburtsstunde der Babenberger und ihrer 270 Jahre dauernden Herrschaft. Leopold I., der Erlauchte, wird erster babenbergischer Markgraf. Angehöriger des bairischen Hochadels, einst Gefolgsmann von Kaiser Otto I.. Die Markgrafschaft, zwischen Enns und Traisen, wird bis zum Wienerwald erweitert, wahrscheinlich mit Pöchlarn als Residenz.*

Das heutige österreichische Staatsgebiet war damals in verschiedene Herrschaftsbereiche aufgeteilt.
Mark an der Donau: Teile des oberösterreichischen Alpenvorlandes, Niederösterreich von der Enns bis zur Traisen.
Markgrafschaft Mähren: Niederösterreich nördlich der Donau und das östliche Mühlviertel.
Fürstentum Ungarn: Niederösterreich östlich des Wienerwaldes und das Burgenland.
Herzogtum Kärnten: Das südliche Niederösterreich, Steiermark, Kärnten und Osttirol.
Erzbistum Salzburg: Das Gebiet um die Stadt Salzburg.
Herzogtum Baiern: Südliches und westliches Salzburg, westliches und südliches Oberösterreich, östlicher und südlicher Teil Tirols.
Herzogtum Schwaben: Der nordwestliche Teil Tirols und Vorarlbergs.[33]

22. Juli 976 *Kaiser Otto II. unterzeichnet in Regensburg eine Urkunde, die Bischof Pilgrim von Passau Eigentum und Immunität für die Klöster St. Florian und Kremsmünster (Oberösterreich) und St. Pölten (Niederösterreich) zugesteht.*

Um 980 *Der Traungauer Graf Ottokar III. erbaut an der Mündung der Steyr in die Enns die Stiraburg (Oberösterreich). Davon leitet sich der Name Steiermark ab.*

7. Dezember 983 *Kaiser Otto II. stirbt in Rom. Sein Sohn Otto III. tritt die Nachfolge an.*

984 *Markgraf Leopold I. besiegt magyarische Streitscharen. Ab diesem Zeitpunkt ist Melk (Niederösterreich) wahrscheinlich die Babenberger-Residenz.*

5. Oktober 989 *Herzog Heinrich von Kärnten stirbt. Baiernherzog Heinrich II., der Zänker, vereinigt das Herzogtum Kärnten mit Baiern.*

991 *Massiver Überfall der Magyaren in der Babenbergermark. Baiernherzog Heinrich II., der Zänker, dringt mithilfe des Markgrafen Leopold I. in das Wiener Becken vor. Das Gebiet zwischen Schwechat und Triesting kann erobert werden, wodurch sich die Grenzen der Mark nach Osten verschieben.*

20. oder 21. Mai 991 *Bischof Pilgrim von Passau stirbt.*

10. Juli 994 *Markgraf Leopold I., der Erlauchte, stirbt. Während eines Turniers in Würzburg wird er von einem Pfeilschuss tödlich getroffen. Er war ein versehentliches Opfer, das Attentat galt nicht ihm. Seine Söhne sind bereits mächtige und einflussreiche Männer, Ernst führt das Herzogtum Schwaben, Poppo ist Erzbischof von Trier und Heinrich I., der Starke, wird zweiter babenbergischer Markgraf von Österreich. Die Mark grenzt nun an den Ostrand des Wienerwaldes.*

28. August 995 *Baiernherzog Heinrich II., der Zänker, stirbt in Grandersheim in Baiern. Nach seinem Tod löst sich das Herzogtum Kärnten endgültig von Baiern.*

1. November 996 *Erste Erwähnung von »Ostarrichi« in einer Schenkungsurkunde Kaiser Ottos III. an die bischöfliche Kirche in Freising … »regione vulgari vocabulo ostarrichi …«.*

997 *Stephan I., der Heilige, König von Ungarn und verheiratet mit Gisela von Baiern, einer Schwester König Heinrichs II., gestaltet sein Reich nach deutschem Vorbild. Sein Krönungsmantel mit reicher Goldstickerei ist die älteste erhaltene Stickerei des Mittelalters.*

23. oder 24. Jänner 1002 *Kaiser Otto III. stirbt in Paterno. Sein Nachfolger wird Heinrich II., Sohn des Herzogs Heinrich II. Seine Krö-*

nung erfolgt am 7. Juni 1002.

1. November 1002 *König Heinrich II. schenkt Markgraf Heinrich I. Güter zwischen Dürrer Liesing, Triesting, Kamp und March in Niederösterreich. Es ist die erste nachweisliche Königsschenkung an die Babenberger.*

1003 Boleslaw III., König von Böhmen, verliert sein Gebiet an den polnischen Herzog Boleslaw Chrobry, der ein großpolnisches Reich plant.

1004 König Heinrich II. befreit Böhmen von polnischer Herrschaft, Jaromir wird als Herzog eingesetzt.

12. Dezember 1011 *Herzog Konrad I. von Kärnten, Sohn Herzog Ottos von Kärnten, stirbt. Der Salier konnte sich nie in seinem Land durchsetzen.*

1012 Adalbero von Eppenstein, Markgraf der Kärntnermark, erhält von König Heinrich II. das Herzogtum Kärnten.

17. Juli 1012 *Der Pilger Koloman, auf dem Weg nach Jerusalem, wird in der Nähe von Stockerau in Niederösterreich für einen mährischen Spion gehalten und getötet. Koloman soll der Sohn eines keltischen Fürsten oder ein schottischer Königssohn gewesen sein. Angeblich ereigneten sich an seinem Grab mehrere Wunder, daher werden seine Gebeine 1014 nach Melk in Niederösterreich überführt. Er bleibt bis 1663 Landespatron, wird dann von Heiligen Leopold abgelöst.*

1014 Bischof Berenger von Passau organsiert die Pfarren in der Babenbergermark, fünf Mutterpfarren werden in Niederösterreich gegründet: Herzogenburg, Tulln, Sigwarswerde (Kirchberg am Wagram), Stockerau und Otcineseuue (heute Jedlesee, Bezirksteil im 21. Wiener Gemeindebezirk).

1015 Mit zwei Kriegszügen zwingt Markgraf Heinrich I. Herzog Boleslaw Chrobry von Polen in die Knie, sichert dadurch die Nordgrenze seiner Mark und kann sie bis zur Thaya erweitern.

23. Juni 1018 *Markgraf Heinrich I. stirbt und wird im Stift Melk (Niederösterreich) beigesetzt. Sein Bruder Adalbert der Siegreiche tritt als dritter Markgraf von Österreich die Nachfolge an.*

*

»Genug für heute«, bestimmt Meister Jobst, »für heute ist dein Tagewerk vollbracht. Kümmere dich um das Viehzeug.«

Dem Knaben ist es nur recht, einmal früher dieser Gluthölle zu entkommen. Von der Prim bis zur Vesper, vom Sonnenaufgang bis zum -untergang den Blasbalg für die Esse in der Schmiede zu treten, damit das Feuer nicht erlischt, ist wahrlich kein Vergnügen. Dazu noch die unterschiedlichsten Hilfsarbeiten. Der Meister ist zwar kein Leuteschinder, aber er fordert Leistung ein. Und er geizt mit Lob, nicht jedoch mit Tadel.

Nur zur Sext, zur Mittagszeit, gestattet er eine kurze Pause. Dann steigen er und der Knabe die paar Stufen hinauf in die Behausung, wo Afra bereits ein karges Mahl zubereitet hat. Danach geht die Plackerei wieder weiter. Sechs Tage in der Woche, nur am Tag des Herrn ist Ruhe.

Das heutige Verhalten des Meisters ist ungewöhnlich. Eigentlich kann der vierzehnjährige Gerbodo sich nicht erinnern, dass Jobst jemals vor der Vesper den Hammer aus der Hand legte. Zwar mag der Schmied mit seinem wilden schwarzen Vollbart, den langen, wirren Haaren auf Fremde furchterregend wirken, besonders wenn er mit seinem bodenlangen Lederschurz am Amboss steht und das rot glühende Eisen mit wuchtigen Schlägen in die gewünschte Form bringt. Doch in diesem bärenstarken, oftmals rüde, grobschlächtig, gefühlslos wirkenden Mannsbild steckt ein weicher Kern.

Vor vierzehn Jahren lag das wimmernde Bündel in einem Weidenkorb, fast wie einst Moses, eines Morgens auf der Schwelle der Schmiede. Irgendeine verzweifelte Frau musste das Kindlein in der Nacht abgelegt haben, weil sie außerstande war, es selbst zu ernähren. In der Hoffnung, dass sich eine barmherzige Seele um dieses Würmlein kümmern würde.

Die Unbekannte sollte sich nicht täuschen, ihre Gebete waren erhört worden. Meister Jobst musste nicht lange nachdenken. Nach mehreren Fehlgeburten konnte Afra keine Kinder mehr bekommen, also nahm er das Kind auf, gab ihm den Namen Gerbodo und ließ es taufen. Afra und Jobst behandeln den Kleinen wie einen eigenen Sohn.

Natürlich zerreißt sich die unmittelbare Nachbarschaft in dem Gässchen hinterrücks die Mäuler, unterstellt Afra einen liederlichen Lebenswandel, und der Balg ist die unselige Frucht davon. Diese Lügen Meister Jobst direkt ins Gesicht zu sagen, wagt niemand. Wenn es um seine kleine Familie geht, kennt er keinen Pardon. Dann rutscht ihm schon einmal die Hand aus. Wer sich von ihm jemals eine saftige Ohrfeige einfing, wird niemals mehr schlecht, zumindest nicht öffentlich, über den Schmied reden.

Meister Jobst, seine Frau Afra und Gerbodo kamen aus dem Erzbistum Salzburg. Mehr wissen die Leute nicht über die beiden. Warum sie sich eigentlich vor einiger Zeit in Wien niederließen? Der Schmied schweigt über die Beweggründe und Afra ebenso. Als Frau muss sie ohnehin ihren Mund halten.

Gerbodo anerkennt Afra und Jobst als seine Zieheltern, obwohl er inzwischen weiß, dass er nicht ihr Kind ist. Es bleibt ihm auch nichts anderes übrig. Er erweist sich als dankbar, zeigt sich gelehrig und entwickelt sich zu einem klugen Kopf. Meister Jobst möchte, dass er später die Schmiede übernimmt.

Doch mit diesen Zukunftsaussichten kann sich Gerbodo nicht besonders anfreunden. Er mag weder die andauernde Hitze in der Schmiede, noch kann er mit diesem Gewerbe etwas anfangen. Er drückt sich nicht vor der Arbeit, kann zupacken, aber in ihm steckt etwas anderes, was er lieber für sich behält. Viel lieber möchte er Lesen und Schreiben lernen und sich der Buchmalerei widmen.

Vor einiger Zeit blätterte er in der Ruprechtskriche in einem unbeobachteten Augenblick in einer wundervoll gestalteten Bibel, war von den kunstvoll gestalteten Malereien und der Schrift augenblicklich fasziniert. Doch er wird sich hüten, davon zu Hause zu sprechen. Meister Jobst würde es nicht verstehen. Zwar ist er ein gläubiger und gottesfürchtiger Mann, aber dafür hätte er kein Verständnis. Besser ist zu schweigen.

Gerbodo überlegt, was wohl der Grund ist, dass Jobst heute anscheinend früher seine Arbeit beendet. Zuerst wollte der Junge wieder in der Ruprechtskirche vorbeischauen, um, wenn ihn niemand sieht, in dieser Bibel zu blättern. Doch seine Neugier ist stärker.

Daher versteckt er sich im Schuppen unter einem Leiterwagen. Durch die Ritzen in der Bretterwand kann er bestens beobachten, was nun in der Schmiede vor sich geht.

Meister Jobst ist vor die Türe getreten, blickt sich um, wechselt ein paar Worte mit einem Nachbarn, bevor er wieder zurückkehrt und abschließt. Gespannt sieht Gerbodo ihm zu, wie er etwas unter seinem Schurz hervorzieht, kann aber nicht genau sehen, was es ist. Die brennenden Kienspäne an den Wänden und das Feuer in der Esse schaffen nicht ausreichend Licht.

Der Schmied liegt dieses unbekannte Stück auf den Amboss, betrachtet es ausgiebig von allen Seiten. Nach dem Klang, als er das Ding darauflegte, muss es aus Metall sein, folgert Gerbodo richtig. Vor einigen Tagen fand Meister Jobst dieses bereits ziemlich angerostete Teil im Erdreich eines Ackers steckend. Er hob es auf und steckte es ein, ohne sich vorerst groß Gedanken darüber zu machen.

Später sah Jobst einen fremden Reiter durch das Gässlein traben, und seine Füße steckten genau in solchen eisernen Bügeln, wie der Schmied einen davon gefunden hatte. Vom Sattel führten links und rechts breite Ledergurten zu diesen Bügeln. Das hatte Jobst bisher noch nie gesehen, und da er ein praktisch denkender, kluger Mann ist, verstand er sofort den Sinn. Für den Reiter bedeutet es einen weitaus besseren Halt im Sattel, wenn die Beine nicht mehr seitlich herabbaumeln.

Seither geht diese Beobachtung Meister Jobst nicht mehr aus dem Kopf. Im Kampf bedeutet es, dass ein Krieger weitaus besser einsatzfähig ist. Er kann sein Pferd präziser führen, sich aus dem Sattel erheben, sei es nun in der Auseinandersetzung mit einem gegnerischen Reiter oder sei es als Bogenschütze treffsicherer. Auch die Führung einer Lanze verbessert sich, wenn sie, unter die Achsel geklemmt, dem Reiter mit diesen Bügeln an seinen Füßen sicheren Halt gewährleistet. Diese Bügel bringen eine größere und vor allem sichere Bewegungsfreiheit auf einem Pferderücken.

Der Schmied nimmt seinen Fund als Muster und will dieses Teil nachschmieden und danach nach Melk zu Markgraf Adalbert, dem Siegreichen, wie er allgemein genannt wird, in die Residenz reisen, um eine Audienz zu erbitten und dem Herrscher seine Erfindung für dessen Heer zu präsentieren.

Meister Jobst glaubt felsenfest daran, dass er den Markgrafen mit Gottes Hilfe von seiner Erfindung überzeugen kann, erhofft sich ein lukratives Geschäft, wenn er mit markgräflicher Erlaubnis für das Heer arbeiten darf.

Dann wird sich der Schmied einen oder zwei Gehilfen holen, die er auch entlohnen kann, und Gerbodo kann endlich seinen wahren Neigungen nachgehen. Jobst weiß genau, dass der Knabe andere Interessen hat, die meilenweit vom Schmiedehandwerk entfernt sind.

Sobald er den Auftrag erhält, soll Gerbodo in ein Kloster eintreten, wo ihm Lesen und Schreiben gelehrt wird. Warum soll der aufgeweckte Bursche nicht Mönch werden? Insgeheim hat der Schmied sich bereits abgefunden, dass Gerbodo für dieses Handwerk nicht geeignet ist. Wenn Jobst einen zuverlässigen Gehilfen findet, der ihm treu ergeben ist, kann der später die Schmiede übernehmen und weiterführen.

Obwohl der Schmied keineswegs weltfremd ist, hat er sich dennoch dermaßen in seinen Plan verrannt und meint, mit dem Steigbügel das Kriegshandwerk entscheidend verbessern zu können. Doch das gelang bereits vor langer Zeit anderen, von denen er keinerlei Ahnung hat, und in Ländern, deren Namen er nie gehört hat.

Steigbügel sind, so gesehen, bereits ein alter Hut. 50 v. Chr. wurden sie in Urform in der indischen Stadt Manthura verwendet als Haken oder Schlaufen. Im vierten und fünften Jahrhundert n. Chr. waren es die Chinesen, die erstmals hölzerne und metallene Steigbügel verwendeten. Danach wurden sie auch in Japan und Korea gebräuchlich. Es waren die Awaren, die den Steigbügel nach Europa brachten. Dank der Steigbügel waren ihre wendigen Bogenschützen gefürchtet.

Die früheste Erwähnung von Steigbügeln findet sich im *Strategikon des Maurikios*, einem spätantiken Militärhandbuch in griechischer Sprache, das diesem König zugeschrieben wird. Es entstand um 600, als die Auseinandersetzungen zwischen Oströmern und Awaren auf dem Höhepunkt waren. Perser und Oströmer bzw. Byzantiner erkannten ebenfalls Wert und Nutzen dieser Reiterhilfe.

Meister Jobst sucht nach einem geeigneten Stück Eisen, schürt das Feuer, das inzwischen nur vor sich hin glimmt, bis wieder lodernde Flammen entfacht sind, als es an der Türe klopft. Der Schmied wischt sich seine dreckigen Hände am Schurz ab, schiebt den Riegel weg

Ein Mann steht draußen, hält am Zügel einen mageren Klepper.

»Seid gegrüßt, Meister Jobst. Mein Gaul lahmt an der linken Hinterhand, das Hufeisen ist verloren gegangen. Ich bin wohl zu scharf geritten. Könnt Ihr Euch das ansehen? Vergelt's Euch Gott.«

»Ja, ich komme gleich«, antwortet der Schmied unwirsch.

Obwohl er meist unfreundlich und einsilbig wirkt, ist er stets hilfsbereit und schickt niemanden weg. Seine schroffe Art kann er sich leisten, schließlich ist er der einzige Schmied weit und breit, leistet hervorragende Arbeit. Die Bezahlung für seine Dienste erfolgt oft in Naturalien, und die wenigen Einnahmen reichen für ein bescheidenes Einkommen. Zumindest ist ein halbwegs erträgliches Leben für ihn, Afra und Gerbodo möglich. Darben muss keiner von den dreien. Es gibt noch einen Stall mit ein paar Nutztieren und einen kleinen Getreideacker.

Meister Jobst dreht sich um, lässt schnell den Steigbügel vom Amboss unter seinem Schurz verschwinden. Gerbodo kann alles sehr genau von seinem Versteck aus beobachten. Was ist an diesem unbekannten Ding so wichtig? Oder ist es sehr wertvoll? Woher stammt es? Woher hat sein Vater es? Unzählige Fragen ohne Antworten geistern in Gerbodos Kopf herum.

Auch dem Kunden entgeht nicht, dass Meister Jobst etwas verbirgt, was nicht für fremde Augen bestimmt ist, lässt sich aber nichts anmerken. Doch er ist fest entschlossen, es herauszubekommen. Außerdem hat der Mann noch eine offene Rechnung mit Meister Jobst zu begleichen, zumindest in seinen Augen.

Insgeheim nennen die Leute in dem Gässchen diesen Thilmann den *Hinterhältigen*. Jedem ist klar, dass man Thilmann nicht über den Weg trauen darf. Keiner weiß, woher er genau stammt, und Thilmann weicht stets aus. Darauf angesprochen, erzählt er mal, er stamme aus Schwaben, ein anderes Mal wieder aus Baiern. Man darf ihm nichts glauben.

Er lebt alleine in einer verfallenen Keusche an der Stadtmauer, unweit des Gässchens, schlägt sich mit Gelegenheitsarbeiten als Taglöhner durch. Der Hinterhältige ist durchaus ein ansehnlicher Mann im besten Alter. Das ist ihm auch bewusst, deshalb ist er hinter jedem Weiberkittel her, was ihm schon einige Male eine ordentliche Tracht Prügel entweder von den Vätern der Töchter oder gehörnten Ehemännern einbrachte.

Und er stiehlt wie ein Rabe. Allerdings ist er gerissen genug, sich nicht dabei erwischen zu lassen. Das genaue Gegenteil bei seinen

Abenteuern mit Frauenzimmern. Mal fehlt dem einen Wein, dem anderen Brot, Fleisch oder ein *Wiener Pfennig*. Zwar gerät meist er zuerst in Verdacht, aber letztlich fehlen Beweise. Seine windschiefe Hütte wurde deswegen auch mehrfach durchsucht, aber ohne Erfolg. Daher wird vermutet, er muss sich irgendwo ein Versteck für sein Diebesgut angelegt haben. Doch es zu finden, war bisher ebenso erfolglos.

Thilmann weiß, dass die Leute ihn nicht leiden können, und dementsprechend vorsichtig ist er. Ab und zu half er auch bei Meister Jobst aus, wenn Not am Mann war. Der Schmied ist auch der Einzige, den der hagere Mann bisher nicht bestahl. Das getraute er sich bisher nicht. Er kennt Meister Jobsts cholerisches Temperament nur zu gut. Als er zuletzt für ihn arbeitete und danach mit dem vereinbarten Lohn nicht einverstanden war und mehr forderte, beförderte der Schmied ihn mit einem fürchterlichen Tritt vor die Türe, dass er bäuchlings durch den Matsch schlitterte, und alle, die es sahen, vergönnten es ihm von Herzen, verspotteten und lachten ihn aus.

Das Pferd ist rasch wieder voll einsatzfähig. Mit geübten Handgriffen bereinigt Jobst den Schaden, tätschelt abschließend liebevoll den Hals des Tieres.

»Bet ein Vaterunser für mich«, meint er zum Hinterhältigen, »an dir will ich nichts verdienen, weil du Taugenichts ohnehin nichts hast«, und als Anspielung auf dessen Diebstähle, »zumindest weißt du es geschickt zu verbergen. Eines Tages kommt man dir schon noch auf die Schliche. Ich hab's für das Pferd getan, nicht für dich. Dein Zahltag kommt ohnehin, wenn du einmal vor unserem Schöpfer stehst und Rechenschaft ablegen musst. Und jetzt lass mich zufrieden.«

Oder deiner, denkt Thilmann, bedankt sich scheinheilig untertänig und macht sich aus dem Staub. Was mag dieser verdammte Jobst unter seinem Schurz verbergen?

Weiß er am Ende von seinem Versteck?

Gerbodo sieht von seinem Schlupfwinkel aus weiterhin alles sehr genau. Natürlich kennt auch er Thilmann und weiß über dessen üblen Ruf bestens Bescheid. Instinktiv spürt er, dass von dem Hinterhältigen Unheil droht und er Böses im Schilde führt.

Der Junge befindet sich in einem Gewissenskonflikt. Soll er seinem Ziehvater von seiner Ahnung erzählen? Dann kommt sofort heraus, dass Gerbodo ihn beobachtete, und Jobst wird es als Vertrauensbruch werten. Wenn Gerbodo bloß wüsste, was für ein Ding es ist, um das sein Vater so ein Geheimnis macht?

Meister Jobst verschließt wieder die Türe, sucht nach einem passenden Stück Eisen, ergreift es mit einer Zange, hält es ins Feuer. Es dauert eine Weile, bis das Metall rot glühend und bereit für die Bearbeitung ist. Er hält es mit der Zange fest, trägt es zum Amboss hinüber, greift nach dem schweren Hammer.

Unter seinen wuchtigen Schlägen mit sprühendem Funkenregen nimmt das Eisen eine halbrunde Form an. Meister Jobst betrachtet sein Werk, da und dort noch ein kräftiger Schlag, ist sichtlich zufrieden. Er besitzt ein ausgezeichnetes Augenmaß. Durch das gebogene Eisen passt jeder Fuß. Jobst taucht das glühende Stück in einen Holzeimer mit Wasser. Es zischt gewaltig, und weißer Dampf wabert wie Nebel durch die kleine Schmiede.

Die Glocke läutet mahnend zur Vesper. Meister Jobst legt das inzwischen abgekühlte Metall beiseite. Morgen wird er den Steg für den Steigbügel dazuschmieden, damit der Fuß auch bequem Halt findet. Er wird zwei Paare fertigen, eines für sich und das andere dem Markgrafen als Geschenk überbringen. Zumindest ist das seine Absicht.

Der Schmied überprüft zur Sicherheit nochmals das Feuer, lässt es niederbrennen. Er verlässt seine Arbeitsstätte, geht hinüber in den anschließenden Stall, wo Gerbodo sich bereits nützlich macht. Er schaffte es rechtzeitig, sein Versteck zu verlassen, schließlich kennt er den Arbeitsrhythmus seines Ziehvaters genau. Der Esel der Familie ist bereits versorgt, nun füttert er die drei Hühner, und danach bekommt das Schaf sein Abendbrot.

»Na, Bub«, sagt Meister Jobst, und seine Pranke streicht sanft über Gerbodos Kopf. »Wenn du fertig bist, komm rauf. Die Mutter wartet sicher schon. Warst du wieder in der Kirche?« Als er das erstaunte Gesicht des Jungen sieht, der sich ertappt fühlt, lächelt Jobst, was bei ihm selten vorkommt. »Ich weiß schon, dass es dich dort immer wieder hinzieht, du mit dem Schmiedehandwerk nicht viel anzufangen weißt. Ich bin dir deswegen auch nicht böse und habe nichts dagegen, wenn du einen anderen Weg einschlagen willst.« Dann spricht er sehr leise, eher zu sich. »Wer weiß, vielleicht geht dein heimlicher großer Wunsch bald in Erfüllung. Schneller, als du denken kannst. Alles liegt in Gottes Hand.«

Bevor sich Meister Jobst wegdreht, um nach oben zu gehen, streicht er dem Jungen nochmals sanft über den Kopf. Gerbodo ist nun noch viel heftiger in einen Konflikt mit sich selbst geraten. Nicht nur, dass sein Ziehvater nach sehr langer Zeit wieder einmal Zuneigung gezeigt hat.

Vielmehr kämpft er damit, ob er seine Verfehlung eingestehen soll, dass er sich auf die Lauer gelegt hatte. Doch er bringt nicht den Mut auf, will es anders lösen. Der Hinterhältige spukt in seinem Kopf herum, und Gerbodo nimmt sich fest vor, heute Nacht besonders wachsam zu sein.

Die Ernte ist heuer schlecht ausgefallen. Daher ist der Getreideertrag gering, was sich dementsprechend auf den ohnehin spärlichen Speisezettel auswirkt. Meister Jobst spricht das Tischgebet. Danach gibt es für jeden vier Löffel Brei, und die Schnitte Brot dazu wird geviertelt. Langsam gehen auch die Weinvorräte zur Neige, aber für Meister Jobsts abendlichen Humpen langt es noch.

Das private Leben spielt sich auf engstem Raum in einer Kammer ab. Mehr Platz steht nicht zur Verfügung. Noch ist es ein milder

Herbst, aber sobald der Winter Einzug hält, muss das Dach abgedichtet sein. Wenn es regnet, lässt sich das Wasser noch mit einem Holzeimer und ein paar Schüsseln auffangen, doch wenn Kälte und Schnee ins Land ziehen, muss es repariert sein.

Meister Jobst hat die Behausung auf der Schmiede selbst gebaut und gezimmert, auch die wenigen Möbel. Das Doppelbett, einen Tisch, drei Stühle und eine Truhe für die wenigen Habseligkeiten. Das ist alles an Mobiliar. Die Feuerstelle ist aus alten zerbrochenen Grabsteinen – auf einigen sind noch römische Schriftzeichen erkennbar – gemauert.

Darauf steht ein selbst geschmiedetes Dreibein, und daran hängt an einer Kette ein eiserner Topf, in dem gekocht wird. In einer Ecke findet sich noch ein Holzzuber, doch gebadet wird nur am Sonnabend. Zuerst Meister Jobst, dann Afra und zuletzt Gerbodo. Dann ist das Wasser bereits kalt.

Während Jobst hinunter zum Hausbrunnen stapft, um sich zu säubern, stellt Afra die Holzteller auf einem Brett über der Feuerstelle ab, legt noch zwei Scheiter nach, damit es die Nacht über warm in der Kammer bleibt. An drei Nägeln hängen die Holzlöffel. Jeder besitzt seinen eigenen.

Nachdem ihr Mann zurückgekehrt ist, geht auch sie hinunter zum Brunnen. Zum Schluss ist Gerbodo dran. Als er zurückkehrt, liegt der Ziehvater in seinem Nachthemd bereits im Bett und schnarcht laut. Auch Afra trägt nun nur mehr ihr Nachthemd, kniet neben dem Bett vor einem an der Wand hängenden Kruzifix und murmelt ihr Abendgebet. Gerbodo macht es ihr gleich. Er zieht nur seine Beinlinge und die Füßlinge aus. Sein Nachthemd ist bereits so zerschlissen, dass es nicht mehr zu flicken ist. Afra muss erst günstiges Leinen besorgen, um ihm ein neues zu nähen.

Nach dem Gebet legt er sich neben Meister Jobst. Afra löscht die Kienspäne und eine Öllampe, drängt sich neben den Jungen. Durchs löchrige Dach schimmern und funkeln ein paar Sterne am

Himmel. Gerbodo hat sich fest vorgenommen, obwohl er hundemüde ist, so lange wie möglich wach zu bleiben. Wenn auch seine Mutter fest schläft, will er aufstehen und nach dem Rechten sehen. Inzwischen glaubt er fest daran, dass der Hinterhältige heute Nacht etwas Furchtbares im Sinn hat.

Nacheinander verlöschen Kienspäne und Öllampen in den Häusern und Hütten. Es ist eine sternenklare Vollmondnacht. Irgendwo bellt ein Hund und jault plötzlich auf. Wahrscheinlich hat jemand etwas nach dem Störenfried geworfen und getroffen, oder er handelte sich einen Tritt ein. Eine Katze huscht vorbei, ein klägliches Quietschen, das späte Abendbrot ist gesichert und eine Ratte weniger.

Katzengleich löst sich ein Schatten von einer Bretterwand. Thilmann der Hinterhältige hat nur darauf gelauert, bis es in Meister Jobsts Behausung finster wurde. Der *Stipfer*, dieser abgebrühte Gauner und gerissenes Schlitzohr, verfügt über ein brillantes Gedächtnis. Als er zeitweise für den Schmied arbeitete, prägte er sich genau ein, wo der Meister gewisse Dinge in der Schmiede verwahrte.

Damals hatte er sich nicht getraut zu stehlen. Heute Nacht wird Thilmann es wagen und mitnehmen, was nicht niet- und nagelfest ist. Natürlich auch nach diesem unbekannten Ding suchen, das der Meister so schnell vor ungebetenen Blicken zu verbergen wusste. Danach wird Thilmann sein Diebesgut aus dem Versteck holen und noch heute Nacht verschwinden.

Es muss etwas wirklich Wertvolles sein. Wenn er es gefunden hat und vielleicht noch einiges anderes, was sich zu Geld machen lässt, wird er Meister Jobst das Dach über dem Kopf anzünden. Thilmann tritt man nicht ungestraft in den Allerwertesten und macht ihn obendrein zum Gespött der Leute. Dafür soll er brennen. Mit ihm seine Alte und der angenommene Bastard.

Gerbodo ist es tatsächlich gelungen, sich heimlich, ohne die Eltern zu wecken, davonzumachen, und hat wieder seinen Beobachtungsposten unter dem Leiterwagen bezogen. Er hat recht behalten. Eine Gestalt schleicht katzengleich in der Schmiede herum, und das Mondlicht ist ihr Komplize. Kein Zweifel, es ist der Hinterhältige. Gerbodo beginnt zu zittern. Also hat er sich nicht getäuscht, gespürt, dass in dieser Nacht etwas passiert.

Plötzlich ist dieses räuberische Gespenst verschwunden, aber Gerbodo ist auch zu sehr abgelenkt. Eine wuchtige, schwielige Hand hat sich auf seinen Mund gelegt. Eine tiefe männliche Stimme wispert in sein Ohr, und als Gerbodo den Kopf zur Seite dreht, fällt ihm ein Stein vom Herzen. Es ist sein Ziehvater, der ihm mit dem Zeigefinger an den Lippen deutet, still zu sein.

Flink und gleichzeitig lautlos, wie man es diesem bärenstarken Mann niemals zutrauen würde, kriecht Meister Jobst unter dem Leiterwagen hervor, übersteigt den Bretterverschlag. Thilmann merkt nichts, ist viel zu sehr in seinen Raubzug vertieft. Gut, dass es Nacht ist, niemand die Gier und den Hass in seinen Augen sieht. Mit einem Mal verliert das schmächtige Männchen den Boden unter den Füßen, hängt in der Luft. Meister Jobst hat ihn kurzerhand von hinten am Genick gepackt, hochgehoben und schleudert ihn kraftvoll gegen den Amboss. Knochen brechen, als Thilmanns Körper gegen das schwere Metall kracht. Mit einem gellenden Schmerzensschrei bricht der Mann zusammen und bleibt wimmernd liegen.

Gerbodo, unter dem Leiterwagen, hat sich die Faust vor den Mund gepresst. Noch nie hat er seinen Ziehvater dermaßen in Rage erlebt. Meister Jobst schert sich keinen Deut um den Schwerverletzten, entzündet seelenruhig eine Fackel in der Glut der Esse, beugt sich zu Thilmann hinunter, leuchtet ihm ins Gesicht, der ihn mit schreckgeweiteten Augen ansieht.

»Du Ausgeburt der Hölle«, beschimpft der Schmied den Gauner, »du Strauchdieb, was hast du hier zu suchen?«

Der Wirbel hat einige Nachbarn aus dem Schlaf gerissen, und sie versammeln sich neugierig vor der Schmiede. Meister Jobst tritt heraus und berichtet, was sich ereignet hat. Endlich erwischt es Thilmann, den ohnehin niemand leiden kann und der stets Außenseiter ist, vor dem sich Kinder und Frauen fürchten. Einer, der den bösen Blick hat und sicher mit dem Beelzebub im Bunde ist.

»Hängen!«, schreit einer und ein anderer brüllt: »Ins Feuer!«

Vor Schmerzen und Angst nahezu irrsinnig kauert Thilmann neben dem Amboss, fleht sämtliche Schutzheiligen, die ihm einfallen, an.

Ein Benediktinermönch auf der Durchreise und erst seit gestern hier, drängt sich durch die Leute, hebt beschwichtigend seine Arme.

»Haltet ein, versündigt euch nicht! Am Tag des Jüngsten Gerichts werdet ihr für diesen Frevel büßen!«

»Er hat recht!«, mengt sich ein weiterer Gaffer ein. »Das bringt nur Unglück und Verderben! Ein Bote soll zum Schultheiß des Markgrafen reiten und ihn herholen. Der Schultheiß soll Recht sprechen.«

Damit meint er den zuständigen Beamten, der die Steuern eintreibt, aber auch die Befugnis besitzt zu richten.

»Schlagt ihm den Kopf ab!«, fordert wieder ein anderer, der sich bisher im Hintergrund gehalten hat. »Dann ist in Gottes Namen endlich Ruhe, und wir können wieder schlafen gehen. Bis der Schultheiß hier ist, vergehen Tage. Macht doch kurzen Prozess mit diesem verfluchten Thilmann. Er hat es nicht anders verdient.«

Raunen und Murmeln in der Menge. Thilmann hört jedes Wort in der Schmiede, bangt um sein Leben. Immer wieder fällt er kurz in Ohnmacht, weiß, dass Meister Jobst ihm wohl unzählige Knochen mit diesem Wurf gebrochen haben muss. Er kann weder Arme noch Beine bewegen und dazu diese unerträglichen Schmerzen.

Gerbodo kann das nicht länger mitansehen. Ohne lange nachzudenken, schleicht er sich zum Brunnen, kehrt mit einem Krug

Wasser zurück, gibt dem Bedauernswerten zu trinken. Dankbar nimmt Thilmann an, während Gerbodo ihm den Krug hält, trinkt hastig, verschluckt sich, hustet.

»Was tust du da?«, wird Gerbodo von seiner Ziehmutter Afra, die längst aufgewacht ist und nachsieht, was los ist, zur Rede gestellt.

»Ich kann ihn doch nicht leiden lassen«, antwortet Gerbodo.

»Doch«, lautet ihre harte Antwort, »er soll Höllenqualen erdulden.«

Dann spuckt sie auf den wehrlosen Mann, dreht sich um und steigt wieder in die Kammer hoch. Seit einiger Zeit trägt sie ein Geheimnis mit sich. Nie wird es jemand erfahren und ihr Mann schon gar nicht. Er würde ihr die Schuld geben und sie augenblicklich wie einen räudigen Hund erschlagen.

Es geschah unten am Donauufer, als sie Wäsche wusch und es bereits dämmerte. Wie oft hatte ihr Mann sie gewarnt, dass es eine ungünstige Stelle ist, wo kaum jemand vorbeikommt. Doch sie wollte nicht hören, meinte nur, sie könne auf sich aufpassen.

Mit einem Male stand er hinter ihr, riss ihr die Haube vom Kopf, packte sie an ihren langen Haaren und hielt ihr gleichzeitig seinen Dolch an die Kehle, sagte nur, wenn sie schreit und ihn verrät, lande sie bei den Fischen und ihren Bastard werfe er ins Feuer. Nachdem er bekam, was er wollte, verpasste er ihr einen Fußtritt und verschwand. Natürlich wusste sie sofort, wer ihr das angetan hatte.

Afra kehrte nach Hause zurück, tat, als wäre nichts geschehen, verrichtete ihre Hausarbeit. Ihrem Mann fiel nichts auf. Seit klar ist, dass sie ihm keinen Stammhalter gebären kann, behandelt er sie wie eine Magd, lässt sie deutlich spüren, dass sie nichts wert ist.

Gerbodo ist für Meister Jobst zwar wie ein eigener Sohn, allerdings mit Vorbehalt. Schließlich ist er nicht sein eigen Fleisch und Blut. Afra kennt ihren Status nur zu genau. Warum sollte es ihr anders ergehen als den übrigen Frauen in ihrer unmittelbaren Umgebung? Rechtlos, wehrlos, völlig den Launen des Mannes ausgeliefert und total abhängig. Das Weib hat stets zur Verfügung zu stehen, für die Befriedigung des Mannes zu sorgen, Kinder zur Welt zu bringen, Essen zuzubereiten und den Haushalt in Schwung zu halten. Ansonsten hat sie sich aus allem herauszuhalten, es ist ausschließlich Männersache.

Das Weib ist das Tor zur Hölle, die Gehilfin des Teufels. So lauten die Dogmen der Kirche, so schreiben die Geistlichen es vor, und diese Gottesmänner sind wahrlich kluge Köpfe. Daher gibt es keinen Zweifel, dass diese Weibergeschöpfe schwach und ohne jeglichen seelischen Halt sind, nur darauf aus sind, Männer mit ihren teuflischen Reizen zur Sünde zu verführen und ihnen nach dem Jüngsten Gericht ewige Verdammnis in der Hölle zu bescheren.

Die Kirche interessiert sich nicht für Frauen, mit Ausnahme der Mutter Gottes, der Jungfrau Maria. Eva entstand durch Gottes Hand aus der Rippe Adams. Damit ist das Frauenbild für den Klerus erledigt. Zwar gibt es in dieser Männerdomäne Ausnahmen, die sich behaupten können und keine Analphabeten sind, wie beispielsweise Hildegard von Bingen.

In der allgemeinen, vorwiegend männlichen Volksmeinung gelten Frauen als geschwätzig, launisch, verleumderisch und verschwenderisch. Die Frau habe ihren Mund zu halten, müsse dem Manne untertan sein und widerspruchslos gehorchen. So tönt es von den Kanzeln in den Kirchen und in den Predigten der Priester und Mönche. Die Geistlichkeit beruft sich nicht nur auf ihre Kirchenväter und Heiligen, zitiert auch Aristoteles, der meinte, einer Frau fehle es an Geist, sie wisse nicht, was sie tue, und müsse deswegen stets gezüchtigt werden. Sie ist unrein, besudle sich mit ihrem eigenen Blut jeden Monat selbst.

Afra ist keine einfältige Frau, macht sich ihre eigenen Gedanken, hütet jedoch aus guten Gründen ihre Zunge. Meister Jobst ist wie nahezu alle Männer, würde niemals einer Frau, und schon gar nicht der eigenen, eine selbstständige Meinung zugestehen. Niemals im

Leben käme sie auf den Gedanken, sich gegen ihren Mann aufzulehnen. Entweder landet sie auf dem Scheiterhaufen oder wird in der Donau ertränkt.

Selbst wenn sie den Mut aufbrächte, Meister Jobst von dem Geschehenen zu erzählen, würde er ihr nicht zur Seite stehen. Eine fürchterliche Tracht Prügel wäre ihr gewiss und davonjagen oder sofort umbringen, und niemand würde ihn zur Rechenschaft ziehen.

Dass man ihr diese Schande als Ehebruch auslegt, ist durchaus denkbar. Afra kann das Gegenteil nicht beweisen, und Thilmann zöge alle Register, um jegliche Schuld von sich zu weisen.

Bloß und nackt, gefesselt auf einem Esel, würde sie zur Schau gestellt werden und einer verhöhnenden Menge preisgegeben werden. Allerdings verlöre auch Meister Jobst als gleichsam gehörnter Ehemann jegliche Achtung und Reputation in der Gemeinde, wäre selbst dem Gespött der Leute ausgesetzt.

Jeden Tag nimmt Afra sich vor, in der Ruprechtskirche zu beichten, doch dann verlässt sie doch immer wieder der Mut. Außerdem schämt sie sich dafür, dass es ihr mehr als gutgetan hat, obwohl Thilmann sich grob und brutal verhielt.

Es war ganz anders mit ihm als mit Meister Jobst. Wenn ihn der Trieb übermannt und er sie besteigt, gibt es keinerlei Gefühle und Zärtlichkeiten. Sie muss es still über sich ergehen lassen, es bleibt ihr schließlich keine andere Wahl. Zwar widerspricht es den Worten der Kirche, die den Akt nur für die Zeugung der Nachkommen gutheißt. Doch Pergament ist geduldig, und darauf kunstvoll geschriebene Gesetze sind wertlos, denn Triebhaftigkeit lässt sich nicht per Dogmen und Verordnungen kontrollieren und außer Kraft setzen.

Trotz der harten Arbeit ist Afra noch immer eine bildhübsche Frau, zieht verstohlene Männerblicke an. Eigentlich könnte sie vom Alter her Meister Jobsts Tochter sein. Doch das ist üblich, dass

Männer sich weitaus jüngere Frauen nehmen, da die Sterblichkeit sehr hoch ist, und entsprechend muss rasch für Nachwuchs vorgesorgt werden.

Afra ist sich sicher, dass, wenn ihre letzte Stunde schlägt, Gott sie mit oder ohne Beichte strafen wird. Zumindest hat es jetzt ihren Peiniger Thilmann erwischt, und das ist ihre Genugtuung. Wenigstens konnte Thilmann ihr kein Kind machen. Wahrscheinlich war Gerbodos leibliche Mutter in eine ähnliche Situation geraten und gezwungen, ihr Kind wegzulegen.

Oft genug betrügt Afra im Gedanken ihren Mann mit edlen Rittern, träumt von wunderbaren Liebesgedichten, von Minnesängern, die sie mit den Klängen ihrer Lauten betören, in Liedern mit wohlgesetzten Worten ihre Schönheit besingen und sich nach ihr verzehren. Mindestens einmal am Tag kommt ihr der Gedanke, bei Nacht und Nebel mit Gerbodo das Weite zu suchen.

Doch wohin?

Als Afra zur Welt kam, hatte der Herrgott wohl einen schlechten Tag. Die Augenzahl ihres Lebenswürfels beträgt nicht mehr als eins. Sie legt sich wieder ins Bett, nützt den Tumult aus und genießt es, für kurze Zeit etwas mehr Platz zu haben. Sie muss sich nicht mehr ihre Hände schmutzig machen, jetzt sorgen andere für ihre Rache.

»Schafft diesen Thilmann heraus!«, mischt der Mönch sich nun wieder ein. »Wenn es zu lange dauert, bis der Schultheiß eintrifft, dann soll der Herr über diesen Sünder richten. Er soll Zeugnis ablegen, warum er in diese Schmiede eingedrungen ist. Dann wird ein Gottesurteil über ihn richten.«

Keiner widerspricht, immerhin sind es die Worte aus dem Munde eines Gottesmannes.

Mehr tot als lebendig wird Thilmann von einigen Männern aus der Schmiede herausgeschleift.

Die umstehenden Neugierigen bilden einen Kreis, und in dessen Mittelpunkt liegt verkrümmt der Unglückselige. Ihm ist vollkommen klar, dass er sein Leben verwirkt hat. Egal, was ihm an Ausreden in den Sinn kommt, niemand wird ihm, dem stets nur geduldeten Außenseiter, glauben.

Eine gespenstische Szene. Fackeln erhellen den Kreis. Alle warten gespannt, was nun geschehen wird. Der Mönch geht vor Thilmann in die Hocke.

»Rede, mein Sohn«, spricht er leise, »erleichtere dein Gewissen. Der Herr wird dir verzeihen.«

Thilmann öffnet die Augen, blickt ihn hasserfüllt an.

»Fahr zur Hölle, Pfaffe«, sagt er nur, »spar dir dein verlogenes Gewäsch!« und verliert abermals das Bewusstsein.

Der Mönch schlägt das Kreuzzeichen, erhebt sich.

»Er ist ein verstockter Sünder, kennt keine Reue. Nun denn, dann möge der Herr richten. Ihm ist nicht mehr zu helfen.«

Gerbodo drängt sich durch den Kreis der Umstehenden, nimmt einem der Nachbarn die Fackel aus der Hand. Sein Gesicht ist wie versteinert, wirkt wie eine Maske. Er tritt ein paar Schritte vor, wirft die Fackel auf Thilmann, dessen Lumpenkleidung sofort Feuer fängt.

Nach und nach tun es die anderen Gerbodo gleich. Thilmanns Körper wird unter den brennenden Fackeln begraben. Seine infernalischen Schmerzensschreie gellen durch die Nacht, und das Gässchen ist zur gruseligen Richtstätte geworden.

Meister Jobst packt seinen Ziehsohn am Kragen, zerrt ihn zu sich.

»Warum?«, fragt er. »Warum hast du das getan?«

»Jetzt ist endlich Ruhe«, antwortet Gerbodo, während sich seine Augen mit Tränen füllen, »jetzt kann Thilmann niemandem mehr Schaden zufügen.«

Damals hatte der Knabe mitangesehen, was dieser Thilmann seiner Ziehmutter angetan hatte, und er hatte nicht eingegriffen, hatte Afra nicht beigestanden. Es waren Feigheit und Angst, die sich die Waage hielten. Angst vor Thilmanns Dolch, dass er Afra die Kehle durchschneiden und auch ihn töten würde. Gegen den körperlich überlegenen Mann wäre Gerbodo chancenlos gewesen. Doch niemals wird er seine Ziehmutter verraten.

Der Gestank verbrannten Fleisches erfüllt die Luft. Von Thilmann ist nur mehr ein verkohlter, schwarzer, unkenntlicher Haufen übrig geblieben. Der Mönch betet für die verlorene Seele. Nach und nach verschwinden die Leute nach Hause, machen dabei einen großen Bogen um Meister Jobst und Gerbodo.

Noch in der gleichen Nacht packen Afra und ihr Mann ihre Habseligkeiten und das bisschen Hausrat, das Werkzeug in die Truhe und zurren sie auf dem Leiterwagen fest, spannen davor den Esel und kehren nie mehr zurück. Niemand weiß, wohin sie zogen und was später aus ihnen geworden ist.

… und leider wird Markgraf Adalbert, der Streitbare, niemals Meister Jobsts Schmiedekunst kennenlernen.

Trotz intensiver Suche wird Thilmanns angebliches Versteck seines Diebesguts nicht gefunden. Vielleicht existiert es auch nur in der Fantasie der Leute.

Wer durch die Schönlaterngasse im 1. Wiener Gemeindebezirk schlendert, wird unweigerlich eine alte Schmiede mit Originalwerkzeugen entdecken. Die Gasse selbst vermittelt einen Eindruck, wie es damals in Wien gewesen sein mag. Vielleicht hat sich die vorangegangene Geschichte tatsächlich am Ort dieser alten Schmiede so zugetragen? Wer weiß das schon so genau? …

HOCHMITTELALTER

Tödliche Lust

anno Domini MCLV (1155)

Jemandem den Laufpass geben

Ein Soldat bzw. Ritter durfte sich nur von seiner Truppe erlaubt entfernen, wenn er im Besitz eines besonders ausgestellten Dokuments war, dem Laufpass. Heute gibt man einer Person im übertragenen Sinn den Laufpass, wenn eine Trennung erfolgt.

Um 1068 *Ein gewisser Friedrich übergibt ein Gut in Simanniggan (heute Simmering, 11. Wiener Gemeindebezirk) an das Kloster St. Emmeran in Regensburg.*

Vor 1075 *Markgraf Ernst schenkt mit Zustimmung seiner Gemahlin Swanihild und seines Sohnes Leopold dem Kloster Melk das Weikendorf. Unter den Zeugen die Ministerialen Rupert, Heimo und Gundakar von Hezingin (heute Hietzing, 13. Wiener Gemeindebezirk).*

1096/99 *Der erste Kreuzzug ohne Beteiligung deutscher Fürsten und ausgerufen durch Papst Urban II. führt durch Österreich.*

12. Jahrhundert *Ein sonderbares Marktrecht verbietet Händlern »in Sonne und Regen, Sommer und Winter den Kopf zu bedecken, damit sie sich rascher wegsehen und so ihre Ware billiger verkaufen«.*
In österreichischen Bergwerken kommt erstmals der Blasebalg zum Einsatz. Hopfen wird in großen Teilen Österreichs angebaut.

Herbst 1105 *Markgraf Leopold II. von Österreich verbündet sich mit Heinrich (dem späteren V.), der sich gegen seinen Vater, Kaiser Heinrich IV., stellt.*

7. August 1106 *Kaiser Heinrich IV. stirbt in Lüttich. Sein Sohn, der den Vater zur Abdankung gezwungen hatte, tritt als Heinrich V. die Nachfolge an.*

August 1106 *(?) Markgraf Leopold III. vermählt sich mit Agnes, Tochter Kaiser Heinrichs IV. und Witwe Herzog Friedrichs von Hohenstaufen. Sie gebärt ihm acht Söhne und zehn Töchter. Darunter Leopold IV., Heinrich II. Jasomirgott und den späteren Bischof von Freising.*

1108 *König Heinrich V. weilt in Österreich, um einen Feldzug gegen die Ungarn zu organisieren. Während dieses Aufenthalts dürfte der König Markgraf Leopold III. alle Reichsrechte und -güter übergeben haben.*

1112 *Ulrich I., Bischof von Passau, vergibt dem Stift St. Georgen eine halbe Hufe in Pezilinisdorf (Pötzleinsdorf, heute Teil des 18. Wiener Gemeindebezirks).*

11. Mai 1112 *Udalschalk von Stille gründet das Benediktinerstift Seitenstetten in Niederösterreich.*

Um 1113 *Markgraf Leopold III. verlegt seine Residenz von Gars am Kamp oder Tulln – historisch nicht belegbar – in die neue Pfalz im heutigen Klosterneuburg in Niederösterreich.*

1114 *Ulrich von Sufrigen (heute Sievering, Teil des 19. Wiener Gemeindebezirks) übergibt dem Stift Klosterneuburg einen Weingarten in Sievering und eine Hufe in Niederkreuzstetten (heute Niederösterreich). Eppo von Nuzdorf (heute Nussdorf, Teil des 19. Bezirks) schenkt dem Stift Klosterneuburg einen Weingarten in Grinzingan (heute Grinzing, Teil des 19. Bezirks).*

12. Juni 1114 *Der Grundstein für die Stiftskirche von Klosterneuburg wird durch Markgraf Leopold III. gelegt. Bereits vor 1108 war hier von einem unbekannten Adelsgeschlecht ein Kloster gegründet worden. Das Stift erhält von Leopold III. eine großzügige Ausstattung und wird 1133 dem Orden der regulierten Augustiner-Chorherren übergeben.*

1118 *Leopold III. führt nach einem Überfall der Ungarn unter König Stephan II. einen Vergeltungsschlag, bei dem das Gebiet um die heutige burgenländische Landeshauptstadt Eisenstadt weitgehend zerstört wird.*

25. Dezember 1119 *In einer Zusammenkunft in Melk in Anwesenheit Leopolds III., zahlreicher Adeliger und der Bischöfe von Passau sowie Freising werden die kirchlichen Besitzrechte der niederösterreichischen Kirchen und Pfarren festgelegt.*

1120 *Rudolf, der »servus« (eig. Sklave, jedoch ist Beamter gemeint) des Babo von Gottinesfeld, übergibt dem Stift Klosterneuburg einen Weingarten in Azichinstorf (heute Atzgersdorf, Teil des 23. Wiener Gemeindebezirks).*

1122 *Das Salzburger Domkapitel erhält durch Erzbischof Konrad I. eine neue Organisationsstruktur. Diese Verfassung bleibt bis 1514 bestehen. Salzburg wird zum größten geistlichen Fürstentum, und die Erzbischöfe regieren auch als weltliche Herren in diesem Gebiet.*

23. September 1122 *Das Wormser Konkordat beendet den 1075 ausgebrochenen Investiturstreit mit einem Kompromiss. Ein geistlicher Fürst erhält die Regierungsgewalt durch Kaiser oder König in Form der Belehnung mit dem Zepter; die geistlichen Würden durch Belehnung mit Ring und Stab verleiht der Papst. Markgraf Leopold III. von Österreich ist für dieses Konkordat ein wichtiger Vermittler.*

1123 *Beginn der Aufzeichnung der »Melker Annalen«, und sie werden über vierhundert Jahre fortgeführt. Annalen führen auch andere Stifte wie Kremsmünster, Heiligenkreuz, Zwettl und Göttweig bereits ab 1115.*

23. Mai 1123 *Kaiser Heinrich V. stirbt in Lüttich. Mit ihm ist auch das salische Königshaus ausgestorben.*

30. August 1123 *Markgraf Leopold III. von Österreich lehnt bei der Wahl in Mainz die Königsweihen aus Altergründen ab, verweist auf seine acht Söhne und unterstützt die Wahl des Sachsenherzogs Lothar. König Lothar III. wird am 13. September 1125 in Aachen gekrönt.*

1125 – 1136 *Im Auftrag seines Vaters tauscht der junge Markgraf Leopold IV. vom Stift Klosterneuburg genannte Orte gegen das Dorf Alpiltowe (heute Leopoldau, Teil des 21. Wiener Gemeindebezirks) ein.*

7. Februar 1127 *Die Eremitin und Klausnerin »Frau Ava« stirbt ent-*

weder in Melk oder Göttweig in Niederösterreich. Sie war die erste namentlich bekannte deutschsprachige Dichterin. Ihre Werke waren religiösen Inhalts.

1128/29 Graz wird erstmals urkundlich genannt.

1129 Markgraf Leopold I. von Steier und seine Gemahlin Sophie gründen das Zisterzienserstift Rein (auch Reun in der Steiermark), das älteste noch bestehende Stift der Welt dieses Ordens.

1130 oder 1135 Die Markgrafschaft Österreich wird erstmals »Austria« genannt. Eine genaue Zeitangabe ist nicht mehr belegbar.

Um 1130 Die Münzstätte in der Gozzoburg in Krems an der Donau in Niederösterreich wird zur ersten Prägeeinrichtung der Babenberger, jedoch nach 1200 bereits wieder geschlossen.

11. September 1133 Markgraf Leopold III. von Österreich gründet das erste Zisterzienserstift der Markgrafschaft in Heiligenkreuz in Niederösterreich.

1136 Markgraf Leopold III. gründet das Benediktinerkloster Kleinmariazell im Wienerwald in Niederösterreich, das bis 1782 besteht.

15. November 1136 Markgraf Leopold III., der Heilige, stirbt wahrscheinlich durch einen Jagdunfall. Über seine zweite Ehefrau Agnes war er mit dem Kaiserhaus verschwägert. Er genoss hohes Ansehen und große Macht, stärkte durch seine Politik die Babenberger. Am 6. Jänner 1485 wird er heiliggesprochen und ist seit 1663 Landespatron von Niederösterreich.

Der Babenberger Leopold IV., der Freigiebige, wird siebenter Markgraf von Österreich. Seine Brüder Adalbert und Heinrich gehen leer aus.

1137 Wien wird erstmals als »civitas« (Stadt, Bürgergemeinde) bezeichnet. Markgraf Leopold IV. und Bischof Reginmar von Passau beschließen eine neue Pfarrordnung für Wien. Wahrscheinlich wurde die Frühform von St. Stephan anstelle von St. Peter zur Pfarrkirche ernannt.

3. oder 4. Dezember 1137 Kaiser Lothar III. stirbt in einer Almhütte im *heutigen Breitenwang bei Reutte in Tirol während seiner Rückkehr aus Italien. Kurz vor seinem Tod übertrug er die Reichsinsignien und das Herzogtum Baiern seinem Schwiegersohn, Herzog Heinrich dem Stolzen.*

31. Dezember 1137 *Hadmar I. von Kuenring gründet das Zisterziensersstift Zwettl in Niederösterreich.*

7. März 1138 *Konrad III. wird, unterstützt durch den Papst, mit einer Minderheit in Koblenz zum König gewählt und am 13. März in Aachen gekrönt. Er ist ein Halbbruder des Markgrafen Leopold IV.. Heinrich der Stolze wird übergangen.*

Juli 1138 *König Konrad III. ächtet Herzog Heinrich von Baiern den Stolzen, da er ihm Huldigung und Gehorsam verweigert. Ein Kampf zwischen dem Geschlecht der Welfen und dem Königshaus der Staufer bricht aus.*

1139 *Der erste namentlich bekannt deutschsprachige Minnesänger Dietmar von Aist wird urkundlich erwähnt.*

Markgraf Leopold IV. von Österreich heiratet Maria, Tochter des Herzogs Sobieslaw I. von Böhmen.

Mai 1139 *Leopold IV. wird von König Konrad III. mit dem Herzogtum Baiern belehnt.*

Oktober 1139 *Konrad III. bestätigt per Urkunde die Schenkungen Hadmars I. von Kuenring für das Stift Zwettl in Niederösterreich. Es ist die erste Urkunde eines deutschen Königs für ein österreichisches Zisterzienserkloster. Darin werden Vogtfreiheit und Königsschutz gewährt.*

20. Oktober 1139 *Heinrich der Stolze stirbt.*

Markgraf Leopold IV. von Österreich fällt in Baiern ein. Die bairischen Stände huldigen ihm in Regensburg. Widerstand leisten der Adel, die Stifte und Klöster unter Führung von Welf VI., dem Bruder von Heinrich dem Stolzen. Die Welfen anerkennen den zehnjährigen Sohn Heinrichs, Heinrich den Löwen, als Landesherrn, dessen Vormund Welf ist.

Um 1140 *Ulrich von Gaaden wird erster Forstmeister der babenbergischen Wienerwaldbesitzungen.*

1140 *Aufstand der Baiern gegen Markgraf Leopold IV. Die bairischen Grafen von Scheiern, Wittelsbach und Dachau besiegen die österreichischen Truppen. König Konrad III. eilt zu Hilfe, rückt in Baiern ein, schlägt die Welfen und unterdrückt dadurch die Erhebung gegen Leopold IV.*

26. Februar 1141 *Papst Innozenz II. gewährt den Stiften Zwettl und Heiligenkreuz in Niederösterreich besondere Privilegien wie Besitzbestätigung und Zehentfreiheit.*

Ende April 1141 *belehnt König Konrad III. auf dem Reichstag in Frankfurt am Main den Bruder von Markgraf Leopold IV., Heinrich II. Jasomirgott, mit der Pfalzgrafschaft am Rhein.*

1141 *Otto von Wittelsbach zettelt eine Verschwörung gegen Leopold IV. an, als der Markgraf in Regensburg einen Gerichtstag abhalten will. Als Vergeltung lässt Leopold IV. Teile von Regensburg niederbrennen und entkommt. Regensburg muss zusätzlich eine hohe Geldbuße zahlen, Welfenburgen im Lechgebiet werden zerstört.*

18. Oktober 1141 *Markgraf Leopold IV., der Freigiebige, stirbt auf seinem Rückweg von Baiern im bairischen Kloster Niederaltaich. Sein älterer Bruder, Heinrich II. Jasomirgott, wird achter babenbergischer Markgraf von Österreich. Heinrich II. muss die Pfalzgrafschaft am Rhein an Graf Hermann von Stahleck sowie die salischen Hausgüter seiner Mutter Agnes an die Staufer abtreten. König Konrad III. übernimmt das Herzogtum Baiern in sogenannter Reichsverwahrung, wogegen Gertrud, Mutter Heinrichs des Löwen, erfolglos protestiert.*

1142 *Herzog Wladislaw I. von Böhmen und Schwager von Markgraf Heinrich II. wird von Graf Konrad von Znaim aus Prag vertrieben, worauf der Markgraf sich mit König Konrad III., ebenfalls mit Wladislaw verschwägert, verbündet, Truppen nach Prag entsendet und Graf Konrad von Znaim absetzt.*

__Mai 1142__ Durch Vermittlung von König Konrad III. kommt der Friede von Frankfurt zustande.

Markgraf Heinrich II. Jasomirgott heiratet Gertrud, Tochter von Kaiser Lothar I. und Witwe Heinrichs des Stolzen. Gertruds Sohn Heinrich der Löwe wird mit dem Herzogtum Sachsen belehnt.

***Mitte Jänner 1143** Heinrich II. Jasomirgott wird in Goslar von König Konrad III. mit dem Herzogtum Baiern belehnt, nachdem Heinrich der Löwe darauf verzichtet.*

***18. April 1143** Gertrud, Gemahlin Heinrichs II. Jasomirgott, stirbt bei der Geburt der Tochter Richardis. Sie wird zuerst in Klosterneuburg beigesetzt und im 13. Jahrhundert nach Stift Heiligenkreuz in Niederösterreich überführt.*

Die Welfen fordern von König Konrad III. den Rücktritt Heinrichs II. Jasomirgott als Herzog von Baiern, wollen an dessen Stelle Gertruds Sohn, Heinrich den Löwen. Nach der Ablehnung erfolglose Kämpfe der Welfen gegen die Truppen von Herzog Heinrich und König Konrad III..

***24. September 1143** Agnes, Tochter Kaiser Heinrichs IV. und Witwe Markgraf Leopolds III., stirbt und wird in Klosterneuburg beigesetzt. Sie war auch die Mutter u. a. von Markgraf Leopold IV. und Markgraf Heinrich II. Jasomirgott.*

***1145** Eine Fehde zwischen Heinrich II. Jasomirgott und Heinrich III. von Regensburg, dem Gemahl seiner Schwester Bertha, bricht aus. Es kommt zu Verwüstungen im Stadtgebiet und zu bewaffneten Einfällen in Österreich des Markgrafen Otakar III. von Steier, der sich mit den Regensburgern verbündet.*

***11. September 1146** Auch die Ungarn sind alles andere als friedlich und greifen Österreich an. Magyarenkönig Geisa II. fügt Heinrich II. Jasomirgott an der Fischa in Niederösterreich eine schwere Niederlage zu und rückt mit siebzigtausend Mann bis nach Wien vor, zieht sich allerdings überraschend wieder zurück, plündert dafür den Osten Österreichs.*

1147 *Bischof Reginbert von Passau weiht die romanische Urform der Kirche St. Stephan in Wien.*
Heinrich II. Jasomirgott und König Konrad III. formieren ihre Heere in Regensburg für den von Papst Eugen III. und Abt Bernhard von Clairvaux ausgerufenen zweiten Kreuzzug. Oberstes Ziel, die Wiedereroberung der Stadt Edessa in Kleinasien aus den Fängen der Sarazenen.
Am Kreuzzug nehmen u. a. teil: Markgraf Otakar III. von Steier, die Grafen Bernhard von Marburg, Konrad von Peilstein, Friedrich von Poigen, Rudolf von Machland und die Bischöfe von Regensburg, Passau und Freising.
An die siebzigtausend Kreuzritter, von Baiern kommend, ziehen wahrscheinlich entlang der Donau durch Österreich, lagern in und um Wien. König Ludwig VII. von Frankreich durchquert ebenfalls mit seinem Kreuzfahrerheer das Land, wobei sein Hofkaplan Odo von Denil Österreich als »unwirtliche Gegend« bezeichnet.

25. Februar 1147 *König Konrad III. stellt dem Augustiner-Chorherrenstift Klosterneuburg eine Urkunde mit Besitzbestätigung und Königsschutz aus. In diesem Dokument findet sich die erste urkundliche Erwähnung von »Austriae«.*

19. März 1147 *Auf dem Hoftag zu Frankfurt am Main bringt Heinrich der Löwe abermals seine Ansprüche auf Baiern zur Sprache.*

Mai 1147 *Während des Kreuzzugs geht König Konrad III. in Ardagger, Niederösterreich, an Land, um die nötigen Vorbereitungen für die Bewaltigung des gefährlichen Donaustrudels für die Weiterfahrt zu bewerkstelligen.*

26. Oktober 1147 *Der zweite Kreuzzug endet katastrophal am Fluss Tembris in Kleinasien. Nur wenigen Rittern gelingt die Flucht, darunter Heinrich II. Jasomirgott und Friedrich von Schwaben, der spätere Friedrich I. Barbarossa.*

Sommer 1148 *Markgraf Heinrich II. Jasomirgott heiratet, vermutlich in Byzanz, die fünfzehnjährige Theodora Komnena, Nichte des Kai-*

sers Flavius Manuel I. Komnenos. Durch diese Hochzeit verbessern sich die politischen und gesellschaftlichen Beziehungen der Babenberger, und sie gewinnen strategische Vorteile gegenüber den Magyaren, die jetzt auch im Südosten zur Gefahr werden.

1149 *Reginberts Nachfolger als Bischof von Passau wird Konrad, der Bruder von Heinrich II. Jasomirgott.*

Mitte des 12. Jahrhunderts *Das Mühlviertel in Ober- und das Waldviertel in Niederösterreich werden erschlossen. Zahlreiche Orte entstehen. In der Landwirtschaft wird häufig Hafer angebaut, da er als Nahrung, Viehfutter und für die Malzherstellung benötigt wird. Dazu noch Roggen, Hülsenfrüchte, Gemüse, Flachs, Hanf und Hopfen.*

Die Burg Dürnstein wird von den Kuenringern in der Wachau, in Niederösterreich, erbaut.

Die »Wiener Genesis«, eine Sammelhandschrift in mittelhochdeutscher Sprache, ist vollendet und zählt zu einem der bedeutendsten Werke in der österreichischen Literatur. Geschrieben wahrscheinlich in einem Kloster in der Steiermark oder in Kärnten, besonders wertvoll auch wegen der Buchmalerei; heute in der Österreichischen Nationalbibliothek in Wien.

Zu dieser Zeit schrieb auch der »Kürenberger« Lieder, die ein Mix aus Volkslied und Minnesang waren. Seine Burg stand nördlich von Linz, die Dynastie existierte von 1100 bis 1217.

Ritter Heinrich von Piela, nunmehr ein Laienbruder und der sich Heinrich von Melk nennt, ist der erste deutschsprachige Satiriker. Er schreibt Gedichte wie »Pfaffenleben« oder »Erinnerung an den Tode«.

Wahrscheinlich eine Frau verfasst die »Vorauer Sündenklage«, geschrieben im Stift Vorau in der Steiermark, eine dichterische Selbstanklage.

Die Admonter Riesenbibel, eine zweibändige Handschrift im Großformat, ein Hauptwerk der Salzburger Buchmalerei, ist vollendet.

Möglicherweise wurde sie bereits um 1140 geschaffen. Seit 1937 befindet sie sich in der Österreichischen Nationalbibliothek in Wien.

Um 1150 *Im niederösterreichischen Stift Heiligenkreuz leben rund dreihundert Mönche und Konversen (Laienbrüder). Dem Stift unterstehen zahlreiche Klöster, auch in Böhmen und Mähren. In Niederösterreich (u. a. in Trumau, Grub, Sulz und Thallern) verfügt Heiligenkreuz über zahlreiche »Grangien« (Wirtschaftshöfe) und Landwirtschaftsbetriebe; ebenso im Burgenland, z. B. in Mönchs- und Königshof. Zum Stiftsbesitz zählen auch einundzwanzig Weingärten. Stift Klosterneuburg besitzt dreiundfünfzig Rieden.*

1150 *Herzog Heinrich der Löwe gibt nicht auf, erhebt abermals Anspruch auf das Herzogtum Baiern.*

Der Erzberg in der Steiermark wird erstmals urkundlich erwähnt.

Das Wort »deutsch« hält Einzug in den allgemeinen Sprachgebrauch. Schon um 1100 wurde »diutisch« verwendet. Erstmals wurde 786 »theodisce« als Volkssprache und Pendant zu Latein erwähnt.

1151 *Gertrud, Schwester von Markgraf Heinrich II. Jasomirgott und Gemahlin von Herzog Wladislaw II. von Böhmen, stirbt.*

15. Februar 1152 *Konrad III. stirbt in Bamberg.*

4. März 1152 *Friedrich von Schwaben, ein Neffe Konrads, wird aufgrund seiner testamentarischen Verfügung in Frankfurt am Main zum König gewählt und am 9. März als Friedrich I. Barbarossa in Aachen gekrönt.*

Juni 1152 *Vergeblicher Versuch Friedrichs I. Barbarossa, Herzog Heinrich II. Jasomirgott von Baiern und österreichischer Markgraf zum freiwilligen Verzicht auf das Herzogtum Baiern zu überreden. Der König überträgt Markgraf Otakar III. von Steier die Vogtei über das steirische Stift Vorau.*

Barbarossa entzieht Jasomirgott die Reichsabtei Niederaltaich in Baiern, was unweigerlich zum Konflikt führt, da der Herzog über die ausgedehnten Besitzungen Niederaltaichs in Österreich die Vogteirechte in Anspruch nimmt.

Oktober 1152 *Reichstag zu Würzburg; Barbarossas Absicht, Jasomirgott abermals zu einem Verzicht auf Baiern zu bewegen, scheitert, da der Herzog nicht erscheint.*

Um 1153 *Markgraf Heinrich II. Jasomirgott holt den französischen Scholastiker Magister Petrus nach Wien und betraut ihn vermutlich mit der Leitung der Pfarrschule zu St. Stephan; ein erster Hinweis auf scholastische Wissenschaft in Wien.*

Im geografischen Sammelwerk des Arabers Idrîsî werden die Handelsstädte an der Donau Ghermêsîa (Krems, Niederösterreich) und Bîêna (Wien) genannt.

Pfingsten 1153 *Auf dem Reichstag zu Worms will König Friedrich I. Barbarossa das Baiernproblem endlich zugunsten von Heinrich dem Löwen regeln. Abermals bleibt Heinrich II. Jasomirgott fern, weil er seiner Ansicht nach nicht gesetzmäßig geladen ist. Ebenso stellt er die Ladung für den Hoftag zu Speyer im kommenden Dezember infrage.*

Februar 1154 *In einer Besprechung zwischen Barbarossa und Jasomirgott über die Rückgabe der Herzogswürde lehnt Heinrich II. abermals ab.*

Juni 1154 *Auf dem Reichstag zu Goslar entziehen die bairischen Fürsten auf Druck Barbarossas Jasomirgott den Herzogtitel. Heinrich der Löwe wird als Herzog von Baiern anerkannt. Allerdings wird Heinrich der Löwe nicht von Barbarossa belehnt. Das östliche Baiern hält Jasomirgott weiterhin die Treue, auch führt er den Herzogtitel in Dokumenten weiter.*

1155 *Jasomirgott beruft aus dem Kloster St. Jakob in Regensburg – seine Residenz als bairischer Herzog – irische Mönche nach Wien. Diese »Scotia maiore« werden bald als nur als »Schotten« bekannt sein.*

Markgraf Otakar III. von Steier begleitet König Friedrich I. Barbarossa zu dessen Kaiserkrönung am 18. Juni nach Rom.

Mitte Oktober 1155 *Auf dem Hoftag zu Regensburg lässt Barbarossa die bairischen Adeligen auf Heinrich den Löwen den Lehens- und Treueid schwören. Die Bürger von Regensburg allerdings halten zu dem Babenberger Heinrich II. Jasomirgott. Kurzerhand lässt Barbarossa Geiseln nehmen, um ihre Loyalität gegenüber Heinrich dem Löwen zu erzwingen.*

Um 1156 *Herzog Heinrich II. Jasomirgott sendet einen Boten nach Wien, der ihm einen Pelz und einen Kursen (Pelzrock) aus Luchsfell bringen soll. Irrtümlicherweise werden dem Herzog diese Kleidungsstücke aus Ochsenfell nach Apulien gebracht, worüber Heinrich äußerst zornig wird.*

1156 *Jasomirgott verlegt seine Residenz vom niederösterreichischen Klosterneuburg nach Wien, in die knapp vor der Stadtmauer gelegene Burg »Am Hof«.*

5. Juni 1156 *Geheimkonferenz in der Nähe von Regensburg zwischen Barbarossa und Jasomirgott über das leidige Baiernproblem.*

8. September 1156 *Endgültige Lösung der Baiernfrage auf dem Reichstag in Regensburg. Jasomirgott verzichtet endgültig, und Heinrich der Löwe wird belehnt. Die Mark Österreich wird von Baiern getrennt und zu einem selbstständigen Herzogtum erhoben. Jasomirgott und seine Gemahlin Theodora werden mit Österreich gemeinsam belehnt, sie wird zur ersten österreichischen Herzogin. Ebenso ist die Erbfolge in männlicher und weiblicher Linie ausgehandelt worden. Bei Kinderlosigkeit bestimmt das Herzogpaar selbst seinen Nachfolger.*

Ab sofort darf in Österreich niemand mehr ohne Zustimmung des Herzogs Gerichtsbarkeit ausüben. Die Heerfahrtspflicht Jasomirgotts beschränkt sich auf die Nachbarländer Österreichs. Die verpflichtende Teilnahme an Hoftagen reduziert sich auf die bairischen Hoftage.

Da Jasomirgott nicht gewillt ist, Regensburg zu betreten, lagert er mit seinem Gefolge auf den Barbinger Wiesen östlich der Stadt, wo auch die feierliche Übergabe des ausgehandelten Vertrags erfolgt. Kaiser Friedrich I. Barbarossa lässt sich herab und sucht mit seinem Fürstengefolge das Babenberger Lager auf.

Der Vertrag, das »Privilegium minus«, auch der »Österreichische Freiheitsbrief« genannt, ist besiegelt.

*

Jede Woche und jeden Monat dieser unheilvolle Tag. Zumindest denkt so das gemeine Volk. Am *Phinstag* oder auch *Phinstagsehr* – dem Donnerstag – ist Vorsicht geboten. Dieser Aberglaube pflanzt sich von Generation zu Generation weiter, daran wird sich niemals etwas ändern. Also ist es an diesem Phinstag im *Brachmanot* – in diesem Juni – auch nicht anders. Das hat sich in den Köpfen der einfachen Leute fest eingebrannt, daran gibt es nichts zu rütteln.

Daher ist es in diesem winzig kleinen Wien völlig normal, dass man am Donnerstag Angst verspürt. Woher diese Irrglaube stammt, niemand kann darüber Auskunft geben. Bei den Römern hieß der Donnerstag *Iovis*, der Tag des Jupiters. Die Germanen nannten diesen Tag *Thor*, nach ihrem Gott Thor oder Donar, den *Thorstag*. Später wurde daraus in Baiern und Österreich der Phinstag.

Wahrscheinlich rührt die Furcht vor diesem Tag daher, dass es in früheren Zeiten ein heidnischer Festtag war. Niemand kann sagen, warum an diesem Tag nicht Holz gehackt, kein Mist ausgeführt und am Abend nicht gesponnen werden darf. Dass man sich vor allerlei Zauberei schützen muss, denn Hexen sind überall, wollen Christenmenschen dem Teufel zuführen. Ob sich tatsächlich alle an diese nicht niedergeschriebenen Verbote halten, ist ungewiss.

Es ist drückend schwül und heiß. Am Morgen hatte es noch heftig aus allen Schleusen des Himmels geschüttet. Entsprechend versinken die Straßen und Gassen in knöcheltiefem Morast. Es stinkt erbärmlich nach Hühnerdreck, Schweinekot, Pferdemist und menschlichen Fäkalien. Aus offenen Hauseingängen dringen Ziegenmeckern, grunzende Schweine und blökende Schafe. Irgendwo wiehert ein Pferd. In dem Unrat flitzen fette Ratten und Mäuse auf der Suche nach Essbarem herum. Wer unterwegs ist, ist bestens beraten, stets die Augen offen zu halten, wenn er nicht vom üblen Inhalt eines Eimers, der aus den offenen, unverglasten Fenstern ohne Warnung herausfliegt, getroffen und besudelt werden will.

Die Häuser sind meist Fachwerkhäuser für jene, die es sich leisten können, die überwiegende Mehrheit lebt in einfachen, baufälligen, windschiefen Holzhäusern mit rot gestrichenen Schindeldächern.

Inzwischen ist die eher brüchige und an vielen Stellen leicht zu überwindende Stadtmauer, die vielerorts aus der Römerzeit stammte, größtenteils grundlegend saniert worden. Das weithin sichtbare und mächtigste Gebäude mit seinen vier Türmen in diesem Areal ist die herzogliche Pfalzburg »Am Hof« des Babenbergers Heinrich II. Jasomirgott, wo er mit seiner jungen Gemahlin Theodora residiert.

Die Burg besteht aus mehreren Gebäuden, die sich um einen großen Platz gruppieren, und ist durch Tore mit Wachen gesichert, grenzt sich von der Bürgerstadt ab. Gerüchte machen die Runde, dass es im Inneren prachtvoll ausgestattet sein soll, doch selbstverständlich kann keiner aus dem Volk etwas Genaueres erzählen. Das ist eine völlig andere Welt und zeit ihres Lebens bleibt den einfachen Leuten der Zugang verschlossen.

Vor der Burg, auf dem großen Platz, verschwendet kaum einer einen Gedanken an das höfische Leben hinter den Mauern. Jeder muss trachten, sich seinen Lebensunterhalt zu verdienen, die hungrigen Mäuler halbwegs stopfen.

Es herrscht ein buntes Treiben auf dem Platz, wobei man sehr vorsichtig bei größeren Menschenansammlungen sein muss. Dieses Gesindel der Beutelschneider ist sehr gefinkelt und raffiniert. Wenn die Leute von einem Spektakel abgelenkt sind, tauchen sie augenblicklich auf und umschwirren ihre ausgeguckten Opfer wie die Schmeißfliegen. Entweder mimen sie einen Bettler, drängen sich an ihr Opfer heran, sind dabei blitzschnell mit Messer und Dolch. Ein rascher Schnitt und die Geldkatze, vom Gürtel abgetrennt, verschwindet unter den Lumpen des Täters, und bevor der Bestohlene es merkt, ist der Dieb bereits verschwunden.

Besonders Abgebrühte tätigen ihre Raubzüge alleine, andere arbeiten zu zweit oder zu dritt. Einer lenkt ab, einer stiehlt und gibt die Katze an den Dritten weiter, der längst über alle Berge ist. An einem sicheren Treffpunkt teilen sie die Beute. Wird der Diebstahl bemerkt, spielen die beiden anderen die Unschuldslämmer und kommen meist damit durch, weil der Beweis fehlt.

Jetzt bietet sich wieder eine hervorragende Gelegenheit. Ein Gaukler jongliert äußerst geschickt mit drei bunt bemalten Keulen, und während seiner Darbietung tanzt dazu barfuß eine eher dunkelhäutige Schönheit wild zu den Schlägen ihres Tamburins, wirbelt um die eigene Achse. Ihr tief ausgeschnittenes Kleid gewährt Einblicke, was manchen Mann sofort in Wallung bringt. So ein Frauenzimmer in einem solch offenherzigen, engen Kleid hat man hier noch nie gesehen. Einige tippen, dass sie irgendwo aus dem Süden stammen muss.

Ein Gruppe Mönche bleibt stehen, bekreuzigt sich und kann dennoch nicht den Blick abwenden. Natürlich bestätigt sich einmal mehr, das Weib ist ein Teufelsgeschöpf und ein lebendiger Sündenpfuhl. Da sind sie einhelliger Meinung.

Rund um den Platz wird emsig gearbeitet. Waffenhandwerker hämmern auf Harnischen herum, Schmiede schärfen Schwerter und Dolche. Die Feuer in den Essen brennen lichterloh, die Gesichter der Männer sind rußgeschwärzt. Ein paar streunende Straßenköter treiben sich herum, werden verjagt, kommen aber immer wieder zurück, in der Hoffnung, dass doch irgendwo etwas für sie abfällt.

Auf hölzernen Rahmen haben *Pergamenter* Tierhäute aufgespannt, meist von Kälbern, Ziegen und Schafen, um sie beschreibbar zu machen. Allerdings wird daraus nicht Pergamentpapier aus Zellstoff hergestellt. Das ist eine völlig andere Herstellungsart.

Noch dauert es, bis der Landwein verkauft werden darf. Das ist nur zwischen Michaelis und Martini – vom 25. September bis zum 11. November – erlaubt. Aber deswegen muss die Stadt nicht dürsten.

Ein Schneider ordnet auf dem Pult seines Standes einen Stoß Wämser, die unter den Harnischen getragen werden. Daneben bietet ein Haubenmacher seine Erzeugnisse für Frauen und Männer feil. Hier ist der Ort, an dem sich die Menschen bei den *Käufel*, *Joppnern*, *Mäntlern* und *Gewändlern* einkleiden können.

Allerdings stehen hier auch Verkaufsstände und Buden, die einen Geruch verströmen, der die Eingeweide zusammenkrampft, weil Fische und Krebse angeboten werden. Zwischen den Verkäufern schreitet ein wichtig scheinender Mann herum, vor dem alle Respekt haben und der nicht besonders beliebt ist. Es ist der *Krebsenrichter*, der penibel auf die Frische der Ware achtet. Gibt es eine Beanstandung, müssen die *Krewsler*[34] die *umbgestandenen und crepirten Krebsen,* die verdorbenen und toten Krebse, zurück in die Donau werfen.

Für die beiden jungen Mönche ist diese Stadt völlig neu. Sie haben einen weiten, beschwerlichen, gefährlichen Weg hinter sich. Jetzt sind sie in diesem Wien, das der Herzog von Baiern und Markgraf Heinrich II. Jasomirgott in den Grundzügen nach seiner alten Residenzstadt Regensburg nachbauen lässt. So eine Ansammlung an unterschiedlichen Menschen haben sie noch nie gesehen, und sie kommen aus dem Staunen nicht heraus. Was war doch dieser Flecken in Irland für ein überschaubares Dörfchen! Ein wenig haben sie auch Angst, aber sie vertrauen auf Gottes Beistand bei ihrer Mission.

Der Abt des Klosters ließ sie in seine Studierstube rufen und erklärte ihnen, dass er sie auserwählt hätte, da sie Gottes Wort verstanden hätten und am besten von allen Mitbrüdern seine Botschaft verkünden würden. Daher schickte er sie auf diese Reise, um in Wien ein Kloster mit zu erbauen, das dieser Herzog finanziert.

Nun sind Gilchrist und Macadam entsprechend aufgeregt und nervös, da sie in wenigen Augenblicken diesem hohen Herrn ihre Aufwartung und Reverenz erweisen müssen. In einer kleinen Herberge an der Stadtmauer haben sie sich vom Reisestaub gesäubert und stehen nun vor der Burg. Noch ein letzter gegenseitiger prüfender Blick, ob ihre Kutten auch entsprechend sitzen, dann gehen sie auf das Tor zu, und augenblicklich versperren die Wachtposten ihnen mit gekreuzten Hellebarden den Weg. Gilchrist zieht das Empfehlungsschreiben ihres Abtes aus der Kutte, entrollt es und zeigt es dem Soldaten, der erstaunt daraufblickt und es an seinen Kollegen weiterreicht. Es ist in gälischer Sprache abgefasst. Doch Macadam reicht sofort ein weiteres Pergament nach, die deutsche Übersetzung. Zwar können die Wachtposten lesen und schreiben, dennoch wagen sie es nicht, eigenmächtig zu entscheiden, ob die beiden Iren in die Burg hinein dürfen.

Einer der Wachhabenden deutet den beiden Mönchen zu warten, während der andere das Tor einen Spalt breit öffnet, durchschlüpft und mit einem Vorgesetzten zurückkehrt. Der Wachtmeister prüft eingehend die beiden Dokumente und die Siegel. Nach seiner Einschätzung sind beide echt, doch er ist vorsichtig.

Heinrich II. Jasomirgott ist nicht unbedingt ein beliebter Herrscher und liegt mit Kaiser Friedrich I. Barbarossa wegen Baiern im Streit. Erst vor wenigen Tagen kehrte der Herzog von geheimen Gesprächen mit Seiner Majestät nahe Regensburg wegen dieses Problems nach Wien zurück. Der Wachtmeister muss es wissen, schließlich war er im Begleittross seines Herrn. Selbstverständlich kennt er das Ergebnis dieses Treffens nicht. Daher ist Vorsicht geboten, gedungene Meuchelmörder sind leicht zu finden, und sich als Mönche zu verkleiden, ein Kinderspiel.

Deshalb winkt er mit einer energischen Handbewegung einen weiteren Wachsoldaten herbei, befiehlt ihm, sofort Frater Galahad zu holen. Die Wartezeit überbrücken Gilchrist und Macadam noch ein wenig damit, das Leben auf dem Platz zu beobachten. Der Gaukler und die Frau sind inzwischen weitergezogen. Sicherlich sehr zum Leidwesen einiger Männer. Wenn sie zum Ziehbrunnen hinübersehen und die Gruppe tratschender und kichernder Weiber betrachten mit ihren Schürzen und Häubchen, dann war diese tanzende Frau ein wahres Gottesgeschenk.

Ein barfüßiger, buckliger Bettler mit offenen, vereiterten und verkrätzten Beinen, in Lumpen gehüllt, gestützt auf einen Stock, schnarrt mit einer Holzklapper, um auf sich aufmerksam zu machen, und bittet um milde Gaben. Sein Gesicht hat er mit einem Tuch bedeckt, um etwaige Spender nicht abzuschrecken. Der Aussatz hat ihn völlig entstellt, tiefe Löcher in seine Wangen gefressen. Nur manchmal hat sein verzweifeltes Flehen Erfolg, und eine mitleidige Seele wirft eine Münze in seinen Holzbecher.

Jetzt haben zwei *musici,* zwei Musikanten mit Laute und Drehleier, den Platz des Gauklers und seiner Tänzerin eingenommen. Die Texte ihrer Lieder sind äußerst anrüchig, was bei den männlichen Zuhörern für Gelächter sorgt, während es dem weiblichen Auditorium die Schamesröte in die Antlitze treibt.

Kurzfristig macht sich Unruhe breit. Eine Männergruppe schreitet mit gesenkten Häuptern und schnellen Schritten vorbei. Ihre Schläfenlocken und Spitzhüte verraten sie als Juden, die nur geduldet sind und jederzeit mit Repressalien rechnen müssen.

»Christusmörder!«, ruft jemand und wirft einen Dreckklumpen nach ihnen.

Gilchrist und Macadam wenden sich ebenfalls ab, wollen mit solchen Menschen nichts tun haben. Schnell sind sie abgelenkt, als sie in ihrem Rücken eine vertraute Sprache hören, ihre Muttersprache.

»Gelobt sei Jesus Christus, meine Brüder«, werden sie von Frater Galahad mit ausgebreiteten Armen empfangen und umarmt. Es ist schön, in Wien Gälisch zu hören und zu sprechen.

Der Frater stammt aus einem benachbarten Kloster in Irland, wurde bereits als Vorhut vorausgeschickt, doch davon sagte ihr Abt ihnen kein Wort. Galahad spricht ein paar Worte mit dem Wachtmeister, und die beiden Mönche dürfen anstandslos passieren.

»Ich werde euer Übersetzer für Seine Hoheit sein«, erklärt Frater Galahad, während er mit ihnen über den Burghof geht und sich hier bereits bestens auszukennen scheint.

Hinter den Burgmauern geht es um einiges gesitteter zu als draußen. Einige Jungen spielen eine Art Turnier. Zwei ziehen einen kleinen, gebauten hölzernen Streitwagen, auf dem auf einem alten, ausgedienten Sattel ein weiterer Knabe sitzt und eine Holzlanze unter dem Arm geklemmt hat. Etwas weiter entfernt ist ein Holzpflock in die Erde gerammt, an dem eine Tafel mit einem Hufeisen befestigt ist. Es gilt, mit der Lanze in die Mitte des Hufeisens zu treffen. Knapp daneben. Sichtlich enttäuscht gleitet der Kleine aus dem Sattel, überlässt einem der ziehenden Buben seinen Platz, übergibt ihm die Lanze und spannt sich selbst vor den Wagen.

Einige Ritter beobachten amüsiert das Spiel, und einer verspottet lautstark den Knaben, meint, als Pferd tauge er mehr. Der Gedemütigte zieht den Kopf ein, wagt keine Widerrede. Nach der Kleidung sind es die Kinder des Personals, von Dienern, Stallknechten oder vielleicht Knappen.

Auch ein paar Mädchen sind zu sehen. Eines treibt mit einem Stock einen Kreisel vor sich her, andere spielen mit bunten kleinen Steinen Murmeln. Vom Fenster einer Kemenate aus beobachten zwei Hofdamen der Herzogin Theodora die beiden Besucher, wie sie mit Frater Galahad über den Burghof gehen. Die hübschen jungen Männer haben es ihnen angetan, und entsprechend tuscheln sie.

Die drei Mönche streben dem größten Gebäude zu, in dem Heinrich II. Jasomirgott residiert. Inzwischen hat Frater Galahad ihnen erzählt, dass er schon einige Wochen hier ist. Anscheinend hohes Ansehen genießt, da er ehrfürchtig gegrüßt wird. Sämtliche Wachen gewähren Einlass.

Frater Galahad schreit voran Richtung *Palas*, gefolgt von Gilchrist und Macadam. Sie steigen die Steintreppe hoch ins erste Stockwerk, wo sich der Repräsentationssaal befindet, der auch für Feste und Bankette genutzt wird. An den Wänden hängen kostbare Teppiche mit unterschiedlichen Motiven wie Jagd- und Kampfszenen, geknüpft in mühevoller, langer Handarbeit. Fackeln, Kienspäne und Öllampen sorgen in den düsteren Räumlichkeiten für spärliches Licht.

Vor dem Saal wird Einhalt geboten. Mit jedem Schritt näher werden Gilchrist und Macadam nervöser, doch Frater Galahad beruhigt sie. Schließlich ist es das erste Mal, dass die beiden jungen Mönche in wenigen Augenblicken einem hohen Adeligen Auge in Auge gegenüberstehen.

In den Gängen und Fluren herrscht große Geschäftigkeit. Pagen, Edelknaben, Ritter, Dienerschaft, Geistliche und Ministerialen tummeln sich, und keinem scheint langweilig zu sein. Ab und zu lässt sich auch ein weibliches Wesen kurz blicken, um sogleich wieder hinter einer der zahlreichen Türen zu verschwinden.

Ein Ministeriale, ein Hofbeamter, geht auf Frater Galahad und die Neuankömmlinge zu, erteilt ihnen leise einige Unterweisungen, während Galahad übersetzt. Ein Zeremonienmeister klopft mit einem kunstvoll verzierten Stab dreimal auf den Boden, und wie von Geisterhand öffnen sich die schweren, mit Schnitzereien versehenen Eichenholzflügel zum Eingang in den Saal. Die Blicke der Hofschranzen richten sich auf die Eintretenden. Der hohe Saal mit der Eichenholzdecke und den riesigen Teppichen an den Wänden wirkt furchteinflößend auf Gilchrist und Macadam, während es für Galahad bereits Routine ist.

Am Kopfende steht auf drei samtüberzogenen Stufen der Thron. Trotz der Schwüle draußen ist es hier kühl. Nicht nur deswegen frösteln Gilchrist und Macadam. Frater Galahad geht wieder vor, dicht gefolgt von seinen irischen Mitbrüdern. Ein paar Armlängen vom Thron entfernt bleibt das Trio stehen, beugt die rechten Knie und senkt die Häupter als Zeichen der Huldigung.

Heinrich II. Jasomirgott richtet sich in seinem Thron auf, deutet mit einer Handbewegung an, dass die Mönche sich erheben sollen. Frater Galahad stellt die Besucher vor.

»Seid willkommen in der neuen *civitas*«, eröffnet der Herzog die Audienz mit einer wohltönenden Stimme, während sein hageres Gesicht regungslos bleibt und mit keiner Miene verrät, was er denkt. »Wir haben große Pläne mit diesem Wien vor, solange Uns der Herrgott walten lässt. Wir hoffen, Ihr hattet eine angenehme Reise.« Galahad übersetzt, und beide Mönche nicken, bedanken sich. »Ihr seid also Gilchrist, der Diener Gottes, wie es in Eurer Sprache heißt, und Ihr Macadam, Sohn des Adams.«

Die beiden Mönche lächeln. Anscheinend hat der Herzog sich eingehend von seinem Hofstaat informieren lassen. Er beugt sich ein wenig vor, richtet sein besticktes Wams. Darüber ist um seine Schultern eine ebenso wertvolle *Heuke*, ein ärmelloser, glockenförmig und fast bis zu den Waden reichender Umhang gelegt, der um den Hals von einer edelsteinbesetzten Spange zusammengehalten wird und auch die Beinlinge bedeckt. An seinen Füßen stecken teure Schnabelschuhe mit aufgebogenen Spitzen.

»Frater Galahad wird Euch Näheres mitteilen. Wir haben Euch rufen lassen, weil Ihr zum einen ehrwürdige Gottesmänner seid und zum anderen irische Mönche als geschickte Handwerker bekannt sind. Aus diesem Grund seid Ihr hier, und Wir wünschen, dass Ihr Uns nicht enttäuscht und Euch bewährt.« Wieder eine Handbewegung. Dieses Mal bedeutet sie das Ende der Audienz. Die drei Mönche beugen abermals ihre Knie, verneigen sich und gehen rückwärts zurück aus dem Saal.

Frater Galahad lädt seine Mitbrüder in sein Gemach ein, kredenzt ihnen Wein und frisch gebackenes Brot, erklärt ihnen genauer, was des Herzogs Pläne sind. Gilchrist und Macadam reisten nicht direkt aus Irland an, sie kamen aus dem Kloster St. Jakob in Regensburg nach Wien. Ihre alte Heimat haben sie schon sehr lange nicht mehr gesehen. Die Klostermauern zu verlassen, war nur äußerst selten erlaubt und dann nur für kurze Zeit. So sahen sie auch nicht viel von Regensburg. Sie waren viel zu sehr mit Theologie und Scholastik, der Beschäftigung mit verschiedenen Wissenschaften beschäftigt.

Eigentlich nennt man Mönche wie Gilchrist und Macadam *scoti*. So werden alle Gälen, insbesondere die Iren im Kirchenlatein bezeichnet. Die *iroschottische* Kirche war bis zum zehnten Jahrhundert in Irland, auf der Isle of Man und in Schottland verbreitet. Der Name *iroschottisch* stammt wieder von den Skoten ab, die vom dritten bis zum fünften Jahrhundert beiderseits der Irischen See sesshaft waren.

Das Schottenkloster außerhalb der Stadtmauer, das nach Heinrichs II. Jasomirgott Wünschen entstehen wird, soll in weiterer Folge ein Hort für Pilger und Gäste werden, ebenso ein Zentrum kulturellen Lebens und vor allem eine *Freyung*, ein Freistätte für Verfolgte und Asylsuchende. Der Herzog ist ein weit vorausblickendender und kunstsinniger Herrscher.

Deshalb sind Frater Galahad, Gilchrist und Macadam nach Wien berufen worden. Es werden noch weitere *scoti* folgen, die auch am Bau Hand anlegen müssen. Die Babenberger, eben Heinrich II. Jasomirgott, lassen sich nicht lumpen. Die Klostergründung ist mit reichlich Grundbesitz versehen worden. Dafür stellen die gebildeten Mönche Gelehrte und Verwaltungskräfte, werden später Pilger, Reisende und Schutzsuchende versorgen, wie es die *Regula Benedicti* vorschreibt.

Zu den weiteren Aufgaben gehören die seelsorgerische Betreuung des Herzogs und seiner Familie, des Bürgertums und allen jenen, die Hilfe bei Gott suchen. Ebenso haben sich die Mönche um St. Ruprecht, St. Peter und Maria am Gestade zu kümmern, die innerhalb der Stadtmauer liegen.

Ein weiterer Sakralbau, außerhalb der Mauer, ist im Entstehen. Noch ist St. Stephan eine kleine, unbedeutende Kirche, doch wird sich das bald ändern, und sie steht unter der Obhut des ersten Wiener Pfarrers namens Eberger.[35]

In das Läuten zur Vesper stimmen auch die Glocken der Pankraz- und Johanneskapelle ein, die sich innerhalb der Pfalzburg »Am Hof« befinden. Auf Geheiß des Herzogs findet heute die Abendmesse im Beisein der Herzogin in der Johanneskapelle statt, und es ist sein ausdrücklicher Wunsch, dass Frater Galahad den Gottesdienst zelebriert. Gilchrist und Macadam ministrieren.

Im Gefolge von Herzogin Theodora befinden sich auch ihre beiden Hofdamen, die heute von ihrer Kemenate aus frivol über die beiden Mönche tuschelten und Possen rissen. Euthalia und Polyxena, beide junge Backfische, kamen mit der Herzogin aus Konstantinopel nach Wien, stammen aus einem angesehenen Adelsgeschlecht in Byzanz, sind Basen[36]. Bereits im heiratsfähigen Alter wären sie nur zu gerne bereit, einen Mann zu empfangen, doch bislang schiebt die Herzogin ihnen einen Riegel vor.

In der Kemenate heckten die lüsternen Mädchen einen waghalsigen Plan aus und möchten zumindest die Zärtlichkeiten eines Mannes verspüren, wenn ihnen schon der Akt versagt bleibt, da sie Jungfrauen bleiben müssen. Wann immer sich während der Messe eine Gelegenheit bietet, werfen sie Gilchrist und Macadam verstohlen kokette Blicke zu, stets darauf bedacht, um Gottes Willen nicht dabei ertappt zu werden. In ihrer blühenden Fantasie bilden sie sich ein, dass die beiden Mönche sie bemerkt haben und ihre Avancen erwidern.

Natürlich ist ihnen bekannt, dass viele Geistliche oftmals im Geheimen der Fleischeslust frönen und dem gutgläubigen, dummen Volk weismachen, dass sie keusch leben.

Inzwischen hat es sich bis zu Euthalia und Polyxena herumgesprochen, dass die Männer *scoti* sind und aus Irland stammen. Sie haben vereinbart, dass sie die Männer heue Nacht in ihren Kammern verführen werden. Zufällig haben die Hofdamen nach der Audienz mitanhören können, als Frater Galahad mit seinen Mitbrüdern durch einen Gang an ihnen vorüberging und sagte, dass sie auf jeden Fall einige Zeit in der Pfalzburg wohnen dürfen.

Das war der entscheidende Hinweis für die Hofdamen, und sie wissen, wo Galahads Kammer ist. Daneben gibt es noch einige leere Unterkünfte, und dort werden wohl die beiden Iren untergebracht werden. Selbstverständlich wissen sie, dass sie bildschön sind und ihnen zahlreiche Männer in der Burg den Hof machen. Aber sie sind nicht nur hochnasig, sondern auch wählerisch. Ebenso wissen sie, dass sie bei der Wahl ihrer künftigen Ehemänner kein Mitspracherecht haben werden. Liebe ist zweitrangig, es zählen andere Kriterien, wirtschaftliche und politische. Daher wollen sie sich, bevor sie unter die Haube kommen, noch ein wenig austoben. Gilchrist und Macadam mit dem blendenden Aussehen entsprechen genau ihren Vorstellungen von Männern. Viel zu schade, die beiden der Kirche zu überlassen.

Ein Glück, dass die Mönchszellen im gleichen Trakt liegen, in dem auch die Hofdamen wohnen. Sie müssen nur über die Treppe hinunter ins Erdgeschoss. Eigentlich sind sie müde, ihre naiven Vorstellungen und was gleich passieren wird, halten sie wach.

Hand in Hand und mit nackten Füßen, in ihren weißen bodenlangen Nachtgewändern, mit offenen Haaren, huschen sie hinaus aus ihrer Kemenate in den langen Flur. Die brennenden Fackeln an den Wänden weisen ihnen den Weg. Euthalia und Polyxena bemühen sich, keinen Laut von sich zu geben und jedes Geräusch zu vermeiden. Vor Aufregung sind ihre Gesichter gerötet, und sie haben sich bereits den Abend über ausgemalt, dass die Gottesmänner gar nicht anders können, als zuzugreifen, wenn sie sich erst einmal entblößt haben und ihre anmutigen Köper präsentieren. Außerdem sind sie überzeugt, dass die Mönche schweigen. Zur Verschwiegenheit verdammt sind. Sie können es sich nicht erlauben, beim Herzog und bei der Kirche in Ungnade zu fallen. Schließlich verstoßen sie gegen den Zölibat. Eine schwere Sünde, die mit fürchterlichen Konsequenzen verbunden ist.

Die beiden Wachen am Ende des Flurs sind im Stehen eingenickt, dösen vor sich hin und klammern sich an ihre Hellebarden. Doch die Steintreppe liegt nicht in deren Sichtbereich, und die Mädchen können unbemerkt an ihnen vorbeischleichen.

Da Euthalia und Polyxena immer extrem neugierig sind, wissen sie ganz genau, wo Frater Galahads Zelle ist und dass an seiner Tür ein schlichtes Holzkreuz hängt. Daneben befinden sich die unbewohnten Kammern. Sie tapsen von Tür zu Tür, lauschen, brauchen nicht lange zu suchen. Gleich aus der Nachbarkammer dringt leises Schnarchen, also wird der andere daneben schlafen oder beide in der gleichen Zelle. Die Mädchen verspüren eine bislang unbekannte Erregung, es kribbelt von den Zehen bis zu den Haarspitzen.

Doch der Schatten hinter der Säule entgeht ihnen. Frater Galahad hat sich die Kapuze seiner Kutte über den Kopf und tief ins Gesicht gezogen. Während der Abendmesse ist ihm nicht entgangen, wie die beiden mit seinen Ministranten zu kokettieren versuchten. Außerdem weiß er, dass es für die Mädchen der schönste Zeitvertreib ist, Männern die Köpfe zu verdrehen. Seine Menschenkenntnis lässt ihn nicht im Stich. Nun wollen sie seine Mitbrüder verführen. Allerdings kennt er seine Landsleute zu wenig, kann nicht beschwören, ob Gilchrist und Macadam tatsächlich standhaft bleiben, obwohl ihnen von ihrem Abt beste Referenzen ausgestellt wurden.

Die Mädchen nicken sich zu, während Galahad sie beobachtet, als sie nochmals an der Türe lauschen. Jetzt können sie nur hoffen, dass nicht verriegelt ist. Sie haben Glück, und es wird zugleich ihr Unglück sein. Kaum sind sie drinnen, tritt Galahad aus seinem Versteck hervor, horcht ebenfalls, alles ruhig. Vorsichtig drückt er die Türe auf. Da draußen eine klare Nacht ist, fällt etwas Licht des Sternenhimmels durch das kleine Fenster in die Kammer und beschert Galahad einen Anblick, den er bislang noch nie sah. Die makellosen, nackten Hinteransichten der Hofdamen, ihre abgestreiften Nachtgewänder liegen zu ihren Füßen. Von alledem bemerkt Gilchrist nichts. Er schläft tief und fest.

Galahad nützt das Überraschungsmoment, steht dicht hinter den Mädchen, packt sie grob an den Haaren, zieht ihre Köpfe zu sich.

»Keinen Laut«, flüstert er, »wenn euch euer Leben lieb ist. Nehmt eurer Zeug und raus hier.«

Angstschlotternd heben sie ihre Nachtgewänder auf, pressen sie vor ihre Blößen, während sie Galahad unsanft aus der Kammer stößt, und Gilchrist schnarcht vor sich hin. Im Flur sieht sich der Mönch kurz um, alles ruhig.

»Vorwärts«, befiehlt er und stößt die Mädchen vor sich her.

Sie wagen nicht aufzumucken, vermuten, dass Frater Galahad sie erwischte, sind sich aber nicht sicher. Das Ziel des Gottesmannes ist einer der Vorratskeller. Dort unten hält sich um diese Zeit niemand auf. Galahad treibt die Mädchen wie Vieh vor sich her, und am Ziel angekommen, reißt er ihnen die Gewänder aus den Händen, stellt sie an eine Wand, zündet eine Fackel an, zieht seine Kapuze vom Kopf und leuchtet ihnen ins Gesicht.

»Erkennt ihr mich wieder, ihr gottlosen byzantinischen Huren?«

Galahad weidet sich an ihrer Angst.

»Schreit ruhig, hier sind wir so tief unten, da hört euch oben niemand. Dachtet ihr, ich habe nicht gemerkt, was ihr während der Heiligen Messe getrieben habt? Ihr wollt einen Gottesmann verführen? Nun, ich bin einer …«

Natürlich ist Galahad ebenso ein Mann wie alle anderen und keineswegs vor Versuchungen gefeit. Obwohl er sich den beiden gegenüber freundlich und höflich gab, zeigten sie ihm stets die kalte Schulter. Mit Sicherheit wird er für diese Tat in der Hölle landen, doch diese beiden schamlosen Teufelskreaturen haben nichts anderes verdient. Von ihnen wird er sich nicht seine Pläne für das Schottenkloster durchkreuzen lassen.

Nachdem er Euthalia und Polyxena mehrmals nacheinander brutal vergewaltigte und misshandelte, fesselt er die wehrlosen und geschundenen Mädchen mit Stricken, schleift sie an den Haaren zur Zisterne, bindet ihnen noch jeweils schwere Steine um die Hälse und wirft sie gnadenlos in den finsteren Schlund.

Danach kehrt Frater Galahad in seine Kammer zurück, bittet auf dem Betschemel um Vergebung und geht zu Bett.

Am Morgen ist der Aufruhr gewaltig, als Herzogin Theodora vergeblich nach ihren Hofdamen läutet. Trotz intensiver Suche im gesamten Burgareal werden die Mädchen nicht gefunden. In der Frühmesse beten Frater Galahad, Gilchrist und Macadam für die armen, verschwundenen Seelen.

Heinrich II. Jasomirgott und seine Gemahlin, niemand in der Pfalzburg »Am Hof« erfahren jemals, was in dieser grauenvollen Nacht geschah.

Doch Frater Galahad kommt nicht ungeschoren davon. Gottes Mühlen mahlen langsam, aber stetig. Wochen später begutachtet er die Baufortschritte des Klosters, steigt auf ein Gerüst, tritt auf ein morsches Brett. Es bricht durch, der Mönch stürzt in die Tiefe und wird von einem Eisenspieß durchbohrt.

Das eindeutige Muttermal
anno Domini MCLXXXIX (1189)

Aller guten Dinge sind drei

Ein Ausspruch in der mittelalterlichen Rechtspraxis. Dreimal jährlich wurden »Thing«- oder »Ding«-Gerichtstage abgehalten. Ein Angeklagter war dreimal vorzuladen. Erschien er auch nicht zum dritten Mal, wurde in seiner Abwesenheit verhandelt.

1. Mai 1158 *Der Stiftsbrief des Schottenklosters in Wien bestätigt die Übergabe des Stiftes an die Mönche unter Abt Sanctinus. Die Urkunde selbst stammt aus späterer Zeit, um 1250.*

Juni 1158 *Kaiser Friedrich I. Barbarossa führt einen Feldzug gegen die lombardischen Städte. Obwohl durch das »Privilegium minus« befreit, unterstützt Heinrich II. Jasomirgott den Kaiser. Mailand leistet den größten Widerstand und gibt erst nach längerer Belagerung am 7. September auf.*

22. September 1158 *Bischof Otto von Freising stirbt im Zisterzienserkloster Morimond in Burgund. Sein Nachfolger wird Bischof Adalbert. Gegen eine jährliche Tributzahlung für den Freisinger Besitz in Österreich wird die herzogliche Gerichtsbarkeit auf Lebenszeit aufgehoben.*

3. Mai 1159 *Bischof Konrad von Passau verleiht als Stadtherr von St. Pölten in Niederösterreich dem Ort besondere Privilegien, die als ältestes Stadtrecht Österreichs gelten. Das führt zum Konflikt mit seinem Bruder Herzog Heinrich II. Jasomirgott, der sich in seinen Gerichts- und Vogteirechten beschnitten sieht.*

Ab 1159 *Schwere Unruhen brechen im Erzbistum Salzburg durch das Schisma (Kirchenspaltung) der Päpste Alexander III. und dem seit 7. September 1159 amtierenden kaiserlichen Gegenpapst Viktor IV. aus. Erzbischof Eberhard I. steht anfänglich, ebenso wie Heinrich II.*

Jasomirgott, aufseiten Alexanders III.. Die päpstliche Partei leitet in Österreich Propst Gerhoch von Reichersberg. Salzburger weltliche Adelige und die Klöster St. Florian und St. Pölten unter Führung von Bischof Rupert von Passau schlagen sich auf die Seite des Gegenpapstes.

Um 1160 *Markgraf Otakar III. von Steier erhält von Kaiser Friedrich I. Barbarossa für sein gesamtes Hoheitsgebiet das »Bergregal«, das Bergrecht. Der Markgraf gründet ein Hospital im »Cerewald« (Spital am Semmering) für die Reisenden, die von Wien über den Semmering nach Venedig wollen. Es wird Quartier für Reisende und Pilger bieten.*

Februar 1160 *In der Lombardei findet die Synode von Pavia statt. Viele deutsche Bischöfe bekennen sich zum kaiserlichen Gegenpapst Viktor IV.. Erzbischof Eberhard I. von Salzburg hält Papst Alexander III. weiterhin die Treue.*

24. März 1160 *Alexander III. verhängt über Kaiser Friedrich I. Barbarossa den Kirchenbann.*

18. September 1162 *Papst Alexander III. bittet in einem Brief Erzbischof Eberhard I. von Salzburg, den Kaiser für sich zu gewinnen. Dafür würde er auch Barbarossa als den »mächtigsten Fürsten« ehren.*

28. Februar 1163 *Eberhard I. wird von Alexander III. zum Legaten für Deutschland ernannt.*

April 1163 *Der Reichstag zu Mainz wird von Barbarossa eröffnet. Versöhnungsversuche durch Eberhard I. zwischen Kaiser und Papst bleiben ergebnislos.*

März 1164 *Barbarossa bestimmt Eberhard I. und die Bischöfe von Gurk und Brixen als Parlamentäre im Streit zwischen Heinrich II. Jasomirgott und seinem Bruder Konrad, dem Bischof von Passau.*

22. Juni 1164 *Eberhard I. stirbt in Stift Rein in der Steiermark.*

29. Juni 1164 *Jasomirgotts Bruder Konrad wird als Konrad II. Erzbischof von Salzburg. Das Salzburger Domkapitel beharrt auf unbedingter Treue zu Papst Alexander III.. Deswegen verweigert Barbarossa die*

Belehnung.

Ende Mai 1165 Reichstag zu Worms. Barbarossa zwingt die anwesenden geistlichen und weltlichen Fürsten, den »Würzburger Eid« abzulegen, niemals für Papst Alexander III. Partei zu ergreifen.

Juli 1165 Barbarossa hält sich zwei Wochen lang in Wien auf, lässt Jasomirgott den Eid auf Gegenpapst Paschalis III., den Nachfolger von Viktor IV., schwören.

29. März 1166 Hoftag zu Laufen in Baiern. Barbarossa verhängt über Erzbischof Konrad II. von Salzburg wegen seiner Papsttreue zu Alexander III. die Reichsacht. Seine Güter werden eingezogen und an Laien verteilt. Barbarossa verlangt von Jasomirgott, gegen seinen Bruder vorzugehen.

5. April 1167 Salzburg steht in Flammen. Im Auftrag Barbarossas soll der Graf von Plain der Brandstifter sein. Erzbischof Konrad II. flieht nach Admont in die Steiermark.

1168 Herzog Heinrich II. Jasomirgott erlässt den in Klosterneuburg angesiedelten Bürgern mit Einverständnis seiner Gemahlin Theodora, seiner Söhne Leopold und Heinrich sowie auf den Rat seiner Getreuen Albero von Kuenring, Heinrich von Mistelbach und Rudolf von Chalnperge (heute Kahlenbergerdorf, Wiener Stadtgrenze) die ihm zustehende jährliche Weinabgabe. Als Dank schenken die Bürger ihm zwei Weingärten.

28. September 1168 Konrad II. stirbt in Admont.

1. November 1168 Adalbert II., Sohn von König Wladislaw II. und der Babenbergerin Gertrud, wird zum Erzbischof von Salzburg gewählt. Er steht hinter Papst Alexander III., lässt sich entgegen des Wormser Konkordats von Ulrich von Aquileia weihen, übt seine Lehensrechte ohne Barbarossas Zustimmung aus.

1169 Propst Gerhoch vom Augustiner-Chorherrenstift Reichersberg stirbt. Ein erklärter Gegner Barbarossas im Schisma sei 1159; Vorkämpfer für ein strenges Kirchenleben und vehementer Kritiker der mehr und mehr aufkommenden Scholastik.

August 1169 *Erzbischof Adalbert II. von Salzburg wird, da er ohne Barbarossas Erlaubnis seine Lehensrechte ausübt, zum Verzicht seiner weltlichen Hoheitsrechte gezwungen.*

1170 *Ein Geistlicher namens Rupert stiehlt ein in Wien gefundenes goldenes Reliquienkreuz mit Kreuzpartikeln und anderen Reliquien. Er wird gefasst und gehenkt.*

Zwischen *1170* und *1180* *Eine gewisse Sophia, Witwe des Heinrich von Leûbs, übergibt dem Stift Klosterneuburg zwei Lehen in Vrleubisdorf (heute Jedlersdorf, Teil des 21. Wiener Gemeindebezirks).*

März 1170 *Barbarossa hält sich wegen der Verfolgung von Adalbert II. in Friesach (Kärnten) und Leibnitz (Steiermark) auf.*

1171 *Papst Alexander III. befiehlt Herzog Heinrich II. Jasomirgott, dem Erzbischof Adalbert II. von Salzburg Schutz zu gewähren.*

Jänner 1172 *Herzog Heinrich der Löwe von Baiern besucht auf seiner Pilgerreise ins Heilige Land das Grab seiner Mutter Gertrud in Klosterneuburg. Im seinem Gefolge reist der Benediktinerabt und Chronist Arnold von Lübeck, der Wien als »metropolitana« bezeichnet.*

Februar *1172* *Jasomirgott begleitet Heinrich den Löwen bis nach Ungarn, wo ihn die Nachricht vom Tod seines Schwiegersohnes, dem König Stephan von Ungarn, erreicht. Zurück nach Wien kehrt Jasomirgott mit seiner verwitweten Tochter Agnes.*

Zwischen 2. Februar und 4. *März 1172* *Herzog Heinrich der Löwe von Baiern und Sachsen wird von seinem Stiefvater Herzog Heinrich II. Jasomirgott in Klosterneuburg empfangen und in civitatem metropolitanam Wene – nach Wien – geleitet. Heinrich der Löwe kauft Schiffe, Proviant und Wein, bevor er weiter ins Heilige Land zieht.*

12. Mai 1174 *Leopold V., Jasomirgotts ältester Sohn, heiratet Helene (Ilona), die Schwester von König Béla III. von Ungarn. Im Thronstreit zwischen Béla III. und seinem Bruder Geisa stellt sich Jasomirgott allerdings hinter Geisa.*

Juni 1174 *Reichstag zu Regensburg. Barbarossa setzt Erzbischof Adalbert II. von Salzburg ab. An seine Stelle tritt Propst Heinrich von Berch-*

tesgaden. Bis 1177 befindet sich Salzburg in der kuriosen Situation mit einem päpstlichen und einem kaiserlichen Erzbischof. Papst Alexander III. stärkt Adalbert II. weiterhin den Rücken. Die Klöster Heiligenkreuz, Zwettl, Göttweig, Klosterneuburg und Garsten ziehen mit.

1175 *Kämpfe zwischen Markgraf Otakar IV. von Steier mit den benachbarten Babenbergern und den Spanheimern in der Steiermark. Otakars Familie steht hinter Papst Alexander III.. Deshalb lässt Jasomirgott die Orte Fischau in Nieder- und Enns in Oberösterreich niederbrennen. Nach dem Überfall steirischer Ministerialen sterben im St. Veit an der Gölsen im südlichen Niederösterreich dreihundert Menschen in einer Kirche.*

1175/76 *Herzog Sobieslaw II. von Böhmen überfällt Österreich. Große Teile des Waldviertels werden zerstört.*

August 1176 *Abermals fällt Sobieslaw II. mit rund sechzigtausend Mann, unter ihnen Polen, Russen, Sachsen, Ungarn und Steirer, in Österreich ein. Dörfer und Kirchen werden niedergebrannt, Gebiete nördlich der Donau und westlich der March verwüstet.*

Herbst 1176 *Herzog Heinrich II. Jasomirgott schlägt zurück, verbündet sich mit Herzog Hermann von Kärnten. Raubzüge bis nach Znaim (damals Niederösterreich) werden unternommen*

29. November 1176 *Jasomirgott bricht sich während dieser Plünderungen ein Bein und muss sich zurückziehen.*

1177 *Papst Alexander III. nimmt in Venedig das Schottenkloster zu Wien auf Bitten von Herzog Leopold V. von Österreich mit allem Besitz unter seinen Schutz. Dafür muss die Abtei jährlich ein Goldstück an den Apostolischen Stuhl zahlen.*

Um 1177 *Hadmar II. von Kuenring erhält für seine Loyalität und Unterstützung im Kampf gegen Sobieslaw II. das Gebiet um Weitra in Niederösterreich, erbaut die Burg Weitra. Später wird Weitra zur Zollstätte.*

1177/78 *Die österreichische Fürsten- und Landesgeschichte »Breve chro-*

nicon Austriacum Mellicense« ist im Stift Melk fertig geschrieben worden.

13. Jänner 1177 *Herzog Heinrich II. Jasomirgott stirbt an den Folgen seiner Beinverletzung in Wien. Sein Sohn Leopold V., der Tugendhafte, wird neunter babenbergischer Herzog von Österreich.*

Mitte Jänner 1177 *Leopold V. und sein Bruder Heinrich von Mödling fallen in Mähren ein, wüten in den Provinzen Brünn und Olmütz.*

24. Februar 1177 *Leopold V. trifft zusammen mit seinem Schwager Hermann II. von Kärnten und hundertsechzig Rittern in Barbarossas Lager in Candelara bei Pesaro ein, wird vom Kaiser formell mit dem Herzogtum Österreich belehnt.*

22. Juli 1177 *Barbarossa anerkennt auf der Friedenskonferenz von Venedig Papst Alexander III.. Der Papst lässt danach Erzbischof Adalbert II. von Salzburg fallen, ebenso wie Heinrich von Berchtesgaden. Sie müssen auf das Erzbistum verzichten und werden durch den Wittelsbacher Kardinal Konrad von Mainz als Erzbischof Konrad III. ersetzt.*

1. Juli 1179 *Reichstag zu Eger. Barbarossa regelt die Grenzprobleme zwischen Österreich und Böhmen, bringt einen Vergleich zwischen Herzog Leopold V. und Herzog Friedrich von Böhmen zuwege. Friedrich ist der Sohn der Babenbergerin Gertrud und König Wladislaw II., der Herzog Sobieslaw II. ablöste, nachdem er von Barbarossa abgesetzt wurde. Während dieses Reichstags heiratet Herzog Heinrich von Mödling, der jüngere Bruder von Leopold V., Riceza, die Tochter von König Wladislaw II. von Böhmen.*

Jänner 1180 *Fürstentag zu Würzburg. Dem geächteten Welfenherzog Heinrich dem Löwen werden seine Reichslehen und die Herzogtümer Baiern sowie Sachsen entzogen.*

April 1180 *Reichstag zu Gelnhausen. Sachsen erhält Graf Bernhard von Anhalt, Bayern ergeht an den Pfalzgrafen Otto von Wittelsbach, dem Begründer der Wittelsbacher Dynastie. Die Steiermark, bisher Bayern angegliedert, wird zum selbstständigen Herzogtum mit Mark-*

graf Otakar IV. erhoben.

1182 *Barbarossa erhebt Mähren zur »reichsunmittelbaren« Markgrafschaft und verleiht sie Konrad Otto von Znaim, einem Przemysliden. Diese Reichsunmittelbarkeit besteht bis 1197.*

1183 *Barbarossa belehnt Erzbischof Adalbert III. mit dem Erzbistum Salzburg, sein Vorgänger Konrad III. kehrt nach Mainz zurück.*

17. August 1186 *Im oberösterreichischen Enns wird der Georgenberger Vertrag zwischen Herzog Leopold V. von Österreich und Herzog Otakar IV. von Steiermark unterzeichnet. Der kinderlose, unheilbar an Aussatz erkrankte Otakar setzt den Babenberger als Erbe der Steiermark ein. In dem Unterpunkt, der Georgenberger Handfeste, erhalten steirische Ministeriale und Klöster Sonderrechte. Das Dokument ist das älteste und wichtigste verfassungs- und verwaltungsrechtliche österreichische Vertragswerk.*

November 1187 *Papst Gregor VIII. ruft zum dritten Kreuzzug auf. Zuerst führt Barbarossa ihn an, nach seinem Tod übernehmen König Philipp II. August von Frankreich und König Richard I. Löwenherz die Führung.*

23. April 1189 *Das Kreuzfahrerheer bricht von Regensburg auf. Barbarossa und andere hohe Würdenträger reisen per Schiff auf der Donau, das Heer reitet und marschiert beiderseits des Stromes. Angeblich an die sechshunderttausend Mann, doch Belege dafür existieren nicht.*

11. Mai 1189 *Die Flotte der Kreuzfahrer landet in Wien. Herzog Leopold V. empfängt Barbarossa an der Landesgrenze. Der Festzug führt zur Kirche Maria am Gestade, wo ein Hochamt zelebriert wird.*

*

Was für ein wunderbarer *sunnetac* in diesem *ostermanot*?

Der 23. April 1189 im Jahr des Herrn ist ein prachtvoller Sonntag mit herrlichem Frühlingswetter. Der Herrgott weiß genau, was sich für dieses besondere Ereignis gebührend geziemt.

Die Wiener haben sich vor der Stadtmauer versammelt, versuchen die besten Plätze zu ergattern. Bürger mischen sich mit dem einfachen Volk, haben selbst ihrer Dienerschaft erlaubt, diesem Spektakel beizuwohnen. So etwas sieht man nicht alle Tage, dass der Kaiser und der Herzog zusammen in der Stadt eintreffen werden. Es kann nicht mehr lange dauern, am Horizont zeichnet sich bereits eine riesige Staubwolke ab.

Einige meinen schon, die Fanfaren der Herolde zu hören, und sie haben recht. Die Klänge vermischen sich mit donnerndem Hufgetrappel, kommen näher und näher, untermalt von dumpfen Trommelschlägen, die den Rhythmus vorgeben.

»Jetzt sind sie gleich hier«, sagt Joachim aufgeregt zu seinem Freund Anselm und deutet in die Richtung. »Dann sind endlich die Majestät und die Hoheit von Angesicht zu Angesicht zu sehen.«

»Von mir aus«, knurrt Anselm wenig begeistert. »Wenn die hohen Herren einen Haufen scheißen, stinken sie ebenso wie wir. Herrscher kommen und gehen. Trotzdem haben wir nicht mehr zu fressen. Denen sind wir doch in ihren Burgen egal.«

Eigentlich ging Anselm nur aus purer Langeweile mit. In der Schenke, in der er meist mit Joachim hockt, ist heute nichts los. Alle wollen den Rotbart und den Babenberger sehen. Die jungen Männer sind zusammen aufgewachsen, eigentlich wie Brüder, unternehmen und teilen alles gemeinsam.

Vor einigen Jahren, genau können sie sich nicht mehr erinnern, kamen sie aus St. Veit an der Gölsen nach Wien und strandeten. Ihre Eltern und ihre Geschwister verbrannten hilflos bei lebendigem Leib in einer Kirche, als Leopolds Vorgänger, dieser verfluchte Jasomirgott, wegen irgendwelcher Streitigkeiten Fischau im Niederösterreichischen und Enns im Oberösterreichischen niederbrennen ließ. Die Steirer überfielen St. Veit und steckten das Dorf und die Kirche in Brand. Die damals noch kleinen Buben konnten noch rechtzeitig fliehen, aber ihre Familien waren nicht mehr zu retten. So schlugen sie sich bis in die Stadt durch, in der Hoffnung, ihren Zipfel vom Glück zu erwischen.

Bislang vergeblich, doch die Waisen geben nicht auf. Gegen Kost und Quartier arbeiten sie für Bauern im Frondienst rund um Wien, dann wieder für einige Zeit als Taglöhner für verschiedene Handwerker.

Sie haben sich im Laufe der Zeit einiges aneignen können, doch so richtig gut können sie eigentlich nichts. Nur vom Überleben mit allen Mitteln in der Stadt verstehen sie sehr viel.

In der vergangenen Woche verdingten sie sich auf der Baustelle von St. Stephan, schleppten Steine herbei, rührten Mörtel an. Niemand kann sich vorstellen, dass aus diesem unscheinbaren Kirchlein irgendwann ein mächtiger Dom entstehen soll. Zumindest erzählen es die Maurer, Zimmerer und Steinmetze auf der Baustelle. Eines ist ihnen klar, alle, die dort arbeiten, werden es nicht mehr erleben.

Das bisschen Geld, was sie verdienten, haben sie gestern Nacht noch in der Schenke versoffen und beim Würfelspiel verloren. Nun wissen sie nicht, wie sie diesen Sonntag überstehen sollen, und ihre Mägen machen sich bemerkbar. Wenn Joachim und Anselm sich umsehen, die Bürger in ihren prächtigen Gewändern, die Frauen im Sonntagsstaat sehen, überkommt sie der blanke Neid. Was ist das für ein Gott im Himmel, der manche Menschen bevorzugt und andere nur benachteiligt? Die Pfaffen predigen doch, dass vor dem Herrn alle Menschen gleich sind. Zornig kickt Anselm einen Stein weg. Es wird wohl nichts anders übrig bleiben, als morgen wieder nach St. Stephan zurückzukehren und weiterzuschuften.

Der Festzug kommt immer näher. Die Leute jubeln und schreien enthusiastisch, winken und schwenken ihre Hauben. An der Spitze reiten der Rotbart und an seiner Seite der Herzog. Beide in kunstvollen, wertvollen Rüstungen, flankiert von ihren zu Fuß gehenden Knappen. Sie tragen auch die Schilde ihrer Herren. Kunstreich und farbenprächtig mit den Wappen verziert. Ebenso sind Zaumzeuge und Sättel mit kostbaren Applikationen versehen.

Kaiser Friedrich I. Barbarossa trägt über seiner blitzblanken Rüstung einen roten Samtumhang, der über den Rücken seines Rappens fällt und fast den Boden berührt, mit einem Kragen aus feinstem Hermelin.

Je nach Stand unterscheiden sich die Rüstungen der Ritter in ihrer handwerklichen Ausführung durch die Waffenschmiede, das wohl angesehenste Handwerk. Je höher der Status, desto teurer und wertvoller in der Herstellung.

Der wichtigste Teil ist das *Strit-*, *Sturm-*, oder *Wicgewan*t – kurzum, der Harnisch. Unbequem zu tragen, aber unerlässlich im Kampf. Ein Erbe der Römer, der *lorica squamata*, der Schuppenpanzer, der sich bis ins neunte und zehnte Jahrhundert bewährte.

Die *Brünne*, wie man es damals nannte, war ein mit Horn-, Metallschuppen oder Ringen benähtes Kleid aus Leder oder aus einem anderen festen Material. Im elften Jahrhundert kam als weiterer Schutz der *Halsberc*, ein Geflecht aus Metallringen, hinzu.

Der Harnisch wird über Hemd und Wams angelegt, dazu das *Huffenier* und *Senftenier*, Schutzpolster für Hüften und Unterleib. Am *Lendenier*, einem Gürtel, hängen die Beinkleider, die auch die Füße umschließen. Zum Schutz der Unterschenkel dienen die *Schinneliere,* eiserne Schienen. Die Füße stecken in schweren eisernen oder eisenbeschlagenen Schuhen.

Unter dem Harnisch liegt das gefütterte, meist seidene *Spaldenier* auf den Schultern, und den Hals schützt das *Kollier*. Die *Härsenier*, eine Kapuze, reicht bis zum *Halsberc.* Kaiser, Könige, Herzöge und Fürsten verzieren es mit Goldborten.

Auf die Arme sind ebenso eiserne Schienen, die *Armeisen* oder *Meuseniere* geschnallt. Verstärkt wird der Harnisch oft mit zusätzlichen Brustplatten darunter. Die Hände schützen lederne, mit Ringen und Eisenblechen verstärkte Handschuhe.

Das Haupt wird nicht nur von der *Härsenier*, sondern auch von der *Ventaille für die untere Gesichtshälfte bedeckt.* Nun kommt ein weiterer Schutz, die eiserne *Huot* oder Beckenhaube darüber und zuletzt erst der Helm.

Durch die Kampferfahrungen der Ritter, die sie an die Waffenschmiede weitergeben, entwickelt sich dieser Kopfschutz laufend. Momentan ist ein Helm in Topfform gebräuchlich, mit einem breiten, eisernen Nasenband.

Ohne fremde Hilfe, und dafür sind die Knappen zuständig, kaum vollständig anzuziehen. Nicht nur ein- und beengend, auch extrem schweißtreibend, das Atmen und das Gehör beeinträchtigend. Es kommt öfters vor, dass Ritter in ihrem eisernen Kleid vor Hitze und Luftmangel ersticken.

Das Sonnenlicht bricht sich auf den unterschiedlichen Rüstungen, als der Festzug immer näher der Stadtmauer entgegenrückt. Kronen, Adler, Drachen, Löwenköpfe sind fein in unterschiedliche Harnische ziseliert. Viele Helme schmücken lange Pfauenfedern. Es wimmelt von den unterschiedlichsten Standarten und Bannern mit den jeweiligen Wappen der verschiedenen Adelsgeschlechter und Dynastien. Auch etliche Bischöfe mit den Mitras auf den Köpfen und Kardinäle in Purpurrot reiten mit.

Die Pferde sind gestriegelt, dampfen, schnauben und wiehern. Mancher Ritter hat Mühe, sein Tier im Zaum zu halten. Ihre Köpfe sind mit einer Art von Hauben, mit Metallplatten verstärkt, bedeckt. Auch ihre Körper sind größtenteils mit Schabracken verhullt, geziert mit den Wappen ihrer Besitzer. Manche Mähnen und Schweife sind kunstvoll geflochten.

»Warum lassen sich die hohen Herrschaften eigentlich blicken?«, will Anselm wissen.

»Das weißt du nicht?« Joachim sieht seinen Freund mehr als verwundert an. »Der Papst hat zu einem neuen Kreuzzug ins Heilige Land aufgerufen.«

Anselm schabt sich mit der Hand übers Kinn. Zwar ist er nicht unbedingt mit Intelligenz gesegnet, aber er ist durchtrieben, gerissen und bauernschlau.

»Aha«, meint er, »und alle ziehen mit dem Rotbart und dem Herzog dorthin mit.«

»Die Leute sagen«, erklärt Joachim, »es sind so viele, dass man sie gar nicht zählen kann. Ein gewaltiges Heer bricht in das Land dieser Barbaren auf, um sie zum Christentum zu bekehren.«

Anselm nickt nachdenklich.

Obwohl er versucht, den Abgebrühten zu spielen, geht selbstverständlich dieses außergewöhnliche Ereignis auch an ihm nicht spurlos vorüber, als Barbarossa und der Herzog an den beiden, nur ein paar Armlängen entfernt, langsam vorbeireiten. Anselm laufen kalte Schauer über den Rücken, denn der Kaiser blickt ihn tatsächlich kurz an. Zumindest bildet er es sich ein.

Inzwischen haben sich auch die Dirnen versammelt. Alle fein herausgeputzt, mit Blumen im Haar, sehr freizügig gekleidet, und sie geizen nicht mit ihren Reizen. Die Freudenmädchen sind leicht zu erkennen, nicht nur an ihrer Aufmachung, da sie als Kennzeichnung gelbe Tüchlein an den Achseln tragen müssen. Es ist eine alte Tradition, dass die Huren während offizieller Empfänge den hohen Herren und ihrem Gefolge zu Diensten stehen. Heute, an diesem Sonntag, müssen wohl eine Menge Männer befriedigt werden. In den Schenken, Herbergen und Spelunken wird es hoch hergehen, die Nacht sicherlich zum Tag gemacht.

Joachim und Anselm erkennen einige der Freudenmädchen, mit denen sie bereits das Vergnügen hatten.

Der Festzug befindet sich nun innerhalb der Stadtmauer, bewegt sich langsam auf die Kirche Maria am Gestade zu, das Gotteshaus für die Donauschiffer. Kaiser Friedrich I. Barbarossa kam mit seiner Flotte nach Wien. Daher wird als Dank für die glückliche Fahrt ein Hochamt zelebriert, von dem natürlich das gemeine Volk ausgeschlossen ist. Abgesehen davon, dass dieses Kirchlein, das im neunten Jahrhundert als Kapelle entstanden war, gar nicht solche Massen fassen kann.

»Wie immer«, knurrt Anselm unzufrieden. »Wer holt sich Gottes Segen ab? Natürlich wieder nur jene, deren Tische sich biegen und die keine Not kennen.«

Während die Glocken erklingen, errichten draußen vor der Stadtmauer die Truppen ihr Lager. Zelte werden aufgebaut, Feuerstellen errichtet und für die Pferde Koppeln. Es herrschen ein unglaublicher Wirbel und ein infernalisches Geschrei. Knappen, Diener, Gesinde werden von ihren Herren hin und her gescheucht. Manche kassieren Ohrfeigen, Fußtritte oder Peitschenhiebe, wenn sie zu langsam sind und nicht spuren.

»He, ihr da!«, brüllt eine raue Männerstimme herüber. »Haltet keine Maulaffen feil! Packt mit an!«

»Was gibt es dafür?«, fragt Anselm blitzschnell, reibt Daumen und Zeigefinger aneinander, das Zeichen für Geld.

»Zum Fressen und Saufen könnt ihr Strauchdiebe haben!«, schallt es wieder zu Anselm und Joachim herüber. »Wenn ihr nicht wollt, suche ich mir zwei andere! Von euch Gesindel lungert genug herum!«

Anselm zerrt Joachim mit sich, der beinahe ins Stolpern gerät. Zumindest die Bäuche werden heute voll, und das bisschen Arbeit dafür ist zu überleben.

»Gut«, nickt der vierschrötige, schwitzende Mann mit Wams und Beinlingen. »Ich bin Ottokar, einer von den Quartiermachern während dieses Kreuzzugs. Und ihr zwei Galgenvögel, wer seid ihr?«

Anselm und Joachim nennen ihre Namen.

»Soll mir auch recht sein«, brummt Ottokar. »Da, diese Stangen müssen dort hinüber. Danach ladet ihr das Holz ab. Hinter euch auf dem Wagen. Holt euch Äxte, die dort drüben lehnen. Und ich will ordentliche Scheiter sehen. Das gehackte Holz schlichtet ihr wieder ordentlich auf den Wagen. Danach geht ihr zu dem gelben Zelt, dort gibt es etwas für eure Wampen. Wenn ihr dann noch weiterarbeiten wollt, meldet euch bei mir. Ich kann jeden fleißigen Mann gebrauchen.«

Dann dreht sich der Quartiermacher um, brüllt irgendeinen Burschen zusammen und überlässt die beiden ihrem Schicksal. Anselm und Joachim lassen sich diese Chance, wieder einmal satt zu werden, nicht entgehen. Die Arbeit ist auf jeden Fall um einiges leichter als Steine schleppen und klopfen für St. Stephan. Anselm ist ohnehin der Ansicht, dass dieser Dom unvollendet bleiben wird.

Plötzlich unterbricht Anselm das Holzhacken, schlägt die Axt in den Hackstock, wischt sich seine Schweißhände am Hemd ab.

»Was ist?«, fragt Joachim. »Schon genug? Da wird der Quartiermacher aber etwas dagegen haben. Und unser Essen können wir in den Wind schreiben.«

»Ich habe mir etwas überlegt«, sagt Anselm geheimnisvoll.

»Und was?«

»Hält dich etwas in Wien?«

Joachim verneint.

»Eben. Mich auch nicht. Ziehen wir mit denen in dieses Heilige Land. Er hat gesagt, er kann jeden fleißigen Mann gebrauchen.«

Nun legt auch Joachim die Axt aus der Hand und denkt nach.

»Du hast recht«, nickt er zustimmend. »Was sollen wir in dieser Stadt?« Dann beginnt er zu grinsen. »Und wenn ich mich so umsehe ... Die Weiber gehören alle zum Tross. Das ist schon ein Grund, von hier zu verschwinden und sich denen anzuschließen.«

Es stimmt, diese Frauen sind Marketenderinnen, ziehen mit in die Schlacht, versorgen die Männer, halten sie bei Laune, kümmern sich um ihre Wunden. Manche führen eheähnliche Verhältnisse, andere sind gleichsam für alle da. Mitunter sehr harte und abgebrühte Frauen, die abgeschlagene Gliedmaßen kaum mehr aus der Ruhe bringen. Sie haben bereits zu viel Blut fließen sehen, ihnen ist keine Grausamkeit mehr fremd. Sie fürchten weder Tod noch Teufel. Im Ernstfall greifen sie auch oft selbst zum Schwert, schwingen den Morgenstern oder spalten mit der Streitaxt Feindesschädel.

Was Anselm und Joachim beobachten, bringt die jungen Männer ziemlich in Wallung. Die Kreuzfahrer sind weder zimperlich noch Kostverächter. Raue Gesellen, die sich kaum an Regeln und Anstand halten, Manieren nur vom Hörensagen kennen. Ausgenommen die Knappen und die Dienerschaft. Sie sind rechtlos, haben sich zu fügen, sind stets von den Launen ihrer Herren abhängig. Ein Leben zählt nichts.

Richtige Ritter müssen sich an einen bestimmten Ehren- und Standeskodex halten, sind die Verpflichtung eingegangen, niemals aus dem Rahmen zu fallen. In diesem Versorgungszelt tummeln sich hauptsächlich rekrutierte Söldner, die Handwerker des Todes, und schrecken für Geld vor keiner Gräueltat zurück.

Kaum eine dieser Marketenderinnen kann an den Männern vorbeigehen ohne anzügliche Bemerkungen, ordinäre Zoten oder eindeutige Handbewegungen. Manche kräftige Männerhand klatscht auf einen drallen Arsch oder greift auf die Brüste. Die Sitten sind mehr als liederlich. Genau das gefällt Anselm, Joachim ist da weitaus schüchterner und zurückhaltender.

»Wenn wir mit ins Heilige Land gehen«, Anselm grinst verschlagen, »ist doch noch viel mehr für uns zu holen. Wir kämpfen gegen die Sarazenen, bringen sie um, und ihre Weiber gehören zur Beute. Ich habe gehört, sie sollen auch andere Hautfarben haben. Weitaus dunkler als wir und sogar pechschwarze Weiber soll es geben. Und denk an das Gold, das Silber, die Juwelen und Edelsteine, unvorstellbare Reichtümer, die wir erbeuten. Wenn die Beute aufgeteilt wird, erhalten wir unseren Anteil. So lautet das Kriegsrecht.«

Vor Euphorie und Aufregung über die Raubzüge in seiner Fantasie bekommt Anselm rote Backen.

»Dann müssen wir kämpfen, und davon verstehen wir nichts«, dämpft Joachim die Begeisterung seines Freundes.

»Wie? Nichts verstehen?«

»Kannst du mit einem Schwert, einem Morgenstern, einer Streitaxt oder Armbrust umgehen? Ich nicht. Es ist etwas anderes, in einer Schenke mit einem Krug dem Gegner den Schädel einzuschlagen oder einen in der Nacht zu überfallen und abzustechen.«

»Dann werden wir es uns beibringen lassen. Benütz deinen Verstand, Joachim, wir sind weder adelig noch Ritter, aber auch unsereins kann eines Tages in diesen Stand erhoben werden. Und wir haben immer etwas zu fressen und saufen, Weiber zuhauf, eine Unterkunft, bekommen Sold und kriegen etwas von der Kriegsbeute ab. Warum also nicht das Kriegshandwerk ausüben?«

»Lass uns das Holz fertig hacken und danach etwas essen«, lenkt Joachim ein. »Anschließend fragen wir den Quartiermacher, wie es mit uns weitergehen soll.«

Zumindest bei Anselm klappt das Holzhacken wie von selbst. Späne und Scheiter fliegen ihm um die Ohren. Er sieht sich in seiner Naivität bereits als tapferen, unbesiegbaren Ritter hoch zu Ross, während Joachim das Holz aufsammelt und auf den Wagen stapelt. Die Zukunftsaussicht auf ein Ritterleben scheint seinen Freund zu beflügeln. Joachim kann sich nicht erinnern, Anselm jemals so zupacken gesehen zu haben.

Als das letzte Scheit auf dem Wagen liegt, kommt der Quartiermacher herbei, sieht sich die geleistete Arbeit an. Dann nickt er anerkennend.

»Das ging ja sehr flott«, lobt er. »Euer Essen habt ihr euch redlich verdient. Wenn ihr wollt, könnt ihr bei mir bleiben. Überlegt es euch, ich bin in der Nähe.«

Nachdem er wieder gegangen ist, stößt Anselm seinen Freund freudestrahlend in die Rippen. »Das geht schneller als erwartet«, meint er. »Komm, jetzt schlagen wir uns die Bäuche voll.«

Beide können auf der Stelle von Wien aus aufbrechen. Alles, was sie besitzen, tragen sie am Leib. Besitz kann, aus ihrer Sicht, auch eine Belastung sein. Nun ist es von Vorteil, bettelarm wie eine Kirchenmaus zu sein. Keiner der beiden muss irgendwelche Verpflichtungen einhalten. Sie sind freie junge Männer.

Schon von Weitem dringt Höllenlärm aus dem Versorgungszelt. Es wird gegrölt, gesungen, gelacht, herumgebrüllt. Die Kreuzfahrer haben bereits über die Barbaren gesiegt, die Mordlust ist ihnen in die Gesichter geschrieben. Viele tragen hässliche entstellende Narben aus früheren Kämpfen und Schlachten. Einigen fehlt ein Auge, tragen über der leeren Augenhöhle eine Lederklappe.

Jeder versucht, den anderen im Abschlagen von Sarazenenköpfen zu übertrumpfen, schildert seine bevorzugten Foltermethoden, schwelgt von den Reichtümern, die sie erbeuten werden. Viele flunkern, erzählen von nie begangenen Heldentaten. Andere widmen sich dem Würfelspiel. Fühlt einer sich betrogen, fliegen rasch die Fäuste.

Abgenagte Knochen fliegen nach hinten, um die sich wiederum die Hunde balgen. Der Wein fließt in Strömen. Die Todsünde der Völlerei wird in vollen Zügen praktiziert, dass sich jeder ehrbare Christenmensch nur mehr bekreuzigen kann. Hier geben sich sämtliche Sünden ein Stelldichein.

Nun sind auch Joachim und Anselm ziemlich kleinlaut geworden. Was sie sehen, übersteigt ihre Vorstellungskraft. Besonders Anselm hat es die Rede verschlagen. Diese verwegenen Männer, die zu allem bereit sind, flößen ihnen Angst ein. Einer rempelt sie im Vorbeigehen an, deutet auf einen der Kessel. Zaghaft und eingeschüchtert folgen sie ihm. Ein Diener schöpft Suppe daraus, gibt Anselm und Joachim je einen gut gefüllten Teller und Brot dazu. Beide verdrücken sich in den hintersten Winkel und schlürfen gierig ihre Suppe.

Die Kreuzfahrer sitzen aneinandergereiht auf Bänken an langen groben Tischen. Dazwischen gehen Marketenderinnen mit Weinkrügen und schenken unaufhörlich nach. Dabei werden sie derb angefasst, Scham gibt es nicht. Ein besoffener Ritter packt eines der Mädchen brutal am Oberarm, zerrt sie zu sich auf seinen Schoß, reißt ihr das Hemd auf, die Brüste sind für alle sichtbar, zwingt sie zum Küssen, greift ihr zwischen die Beine.

Der feiste, ausgefressene Kardinal mit den Fettflecken auf seiner Robe neben ihm verschluckt sich fast mit hochrotem Schädel an seiner Hühnerhaxe, als er so viel nacktes Fleisch hautnah zu sehen bekommt. Das Mädchen wehrt sich nicht, weiß, wenn sie es dennoch wagen würde, wäre sie todgeweiht.

Nun kommt der Gottesmann auf den Geschmack, grabscht schweißüberströmt nach ihren Brüsten, zieht das halb nackte Mädchen unter dem dröhnenden Gelächter der Tischrunde zu sich.

Während Anselm an dem unwürdigen Schauspiel mehr und mehr Gefallen findet, dreht sein Freund angewidert den Kopf zur Seite, stiert in seinen Teller. So könnte er niemals mit einer Frau umgehen, niemals. Obwohl er mit Huren auch nie zimperlich umspringt, das hier geht ihm entschieden zu weit. Anselm ist da weitaus weniger zart besaitet. Joachim steht auf, muss dringend an die frische Luft. Aus den Augenwinkeln sieht er den stöhnenden Kardinal, das Mädchen ist unter dem Tisch, unter seiner Robe verschwunden.

Joachim tritt hinaus und muss fürchterlich kotzen. Bisher hat er Ritter und Gottesmänner für besonders edle Menschen gehalten, doch jetzt wird er eines Besseren belehrt.

»Na, schon satt?« Es ist der Quartiermacher, und als er die frische Kotze sieht. »Ist der Fraß heute so schlecht?«

»Nein, nein«, stammelt Joachim, »es hat sehr gut geschmeckt. Hab nur länger nichts Warmes gegessen.«

Dann will der Quartiermeister Genaueres über ihn und Anselm wissen. Joachim berichtet wahrheitsgemäß, und er hat den Eindruck, dass der Mann ihnen wohlgesonnen ist.

»Beide Waisen also«, grummelt er vor sich hin. »Ihr könnt für mich arbeiten. Wenn ihr euch bewährt, wer weiß, vielleicht werden aus euch eines Tages noch brauchbare Ritter? Jetzt seid ihr erst mal im Tross und mir unterstellt.«

»Wir können nicht kämpfen«, gibt Joachim zu, »aber wir wollen es lernen. Müssen wir überhaupt kämpfen?«

»Das kann ich nicht versprechen. Wenn Not am Mann ist oder der Feind ins Lager eindringt, werdet ihr euch wohl oder übel verteidigen müssen. Es ist sehr gut, dass ihr Freie seid, eure Väter weder Bauern noch Geistliche waren.«

»Wieso?«

»Der Kaiser hat vor zwei Jahren ein Gesetz erlassen, dass solche Söhne nicht in den Ritterstand erhoben werden dürfen. Andererseits erhebt er aber Bauern, die sich in Schlachten bewährten, zu Rittern. Na ja, was wissen wir Untergebene schon, was in den Köpfen unserer Herrscher vorgeht? Wenn's dir wieder besser geht, hol dir noch etwas zu essen. Was heute hier los ist, wird es nicht jeden Tag geben. Also, seid klug, nützt es weidlich aus. Später könnt ihr eine feierliche Zeremonie im Lager erleben, und danach gibt es ein großes Gelage.« Er flüstert Joachim ins Ohr. »Heute lassen sich der Rotbart und sein Herzog nicht lumpen.«

Joachim ist der Appetit vergangen, er geht nicht mehr ins Zelt zurück. Er hat genug gesehen. Anselm ist da aus anderem Holz geschnitzt. Wahrscheinlich hat er sich bereits eine dralle Dirne gegriffen und treibt seine Spielchen mit ihr.

Inzwischen ist ein Podest errichtet worden. Interessiert sieht Joachim zu, es hat sicherlich mit dieser Zeremonie zu tun. Er setzt sich auf einen Stein und wartet ab. Plötzlich ertönen Fanfarenstöße. Alle, die unmittelbar mit dieser Zeremonie zu tun haben, sind sehr aufgeregt. Der Kaiser kehrt aus der Pfalzburg »Am Hof« des Herzogs ins Lager zurück. Nach dem Hochamt war er Gast mit einigen Auserwählten seines Gefolges.

Auch Seine Eminenz, der Kardinal, war dabei. Nach dem Festmahl zogen der Kaiser und der Herzog sich zu einem Vier-Augen-Gespräch zurück, und der Kirchenmann beeilte sich, ins Lager zurückzukommen. Auf jeden Fall viel unterhaltsamer, wie er erleben durfte, als diplomatische und politische Verhandlungen.

Im Versorgungszelt blieb die Ankündigung nicht ungehört. Nach und nach kommen alle heraus, einige mit ziemlicher Schlagseite. Jetzt gilt es, sich zusammenzureißen, wenn Seine Majestät und Seine Hoheit eine Reihe von auserwählten Knappen und andere freie Männer, die sich durch besondere Tapferkeit auszeichneten, zu Rittern schlagen werden und sie somit Fürsten ebenbürtig sind.

In wenigen Augenblicken wird sich deren Leben entscheidend verändern. Entsprechend nervös sind diese Männer. Nach der *Schwertleite*, dem Umgürten des Schwertes, werden sie das Recht haben, *Herr* genannt zu werden, erhalten goldene Sporen, den Rittergürtel und dürfen einen Scharlachmantel tragen.

Inzwischen haben die Truppen rund um das Podest in Reih und Glied, teils zu Pferd, teils zu Fuß Aufstellung genommen. Auch Anselm kommt nun bestens aufgelegt aus dem Zelt. Joachim muss nicht lange über den Grund nachdenken.

»Da bleiben wir«, sagt er grinsend und schnalzt mit der Zunge. »Solange die Weiber hier so willig sind, bin ich dabei.«

Nun siegt doch die Neugier.

»Hast du auch mit denen mitgemacht?«, fragt Joachim. »Du weißt schon, was.«

»Nein«, versichert Anselm, »die Kleine hat der Kardinal sich unter den Nagel gerissen. Außerdem hätten mich die anderen nie an sie drübergelassen. In deren Augen bin ich nur ein unwürdiger Nichtsnutz.«

»Wo ist das Mädchen jetzt?«

»Keine Ahnung«, Anselm zuckt mit den Schultern, »irgendwo drin im Zelt.«

Neue Fanfarenklänge. In gemäßigtem Trab reiten der Kaiser und der Herzog mit ihrem Gefolge heran, nehmen die Huldigungen der Ritter und der Truppen entgegen. Vor dem Podest halten sie an. Knechte ergreifen die Zügel ihrer Pferde, Knappen helfen ihnen aus den Sätteln.

Kaiser Friedrich I. Barbarossa streift seine Handschuhe ab, steckt sie in den Gürtel und steigt zusammen mit dem Herzog die drei Stufen hinauf aufs Podest. Nach einer kurzen Ansprache beginnt die eigentliche Zeremonie der Ritterschläge.

Ein Herold entfaltet ein Pergament, verliest den ersten Namen. Nun ist auch der feiste Kardinal mit den Bischöfen auf dem Podest, der Segen Gottes wird erfleht und erteilt. Der erste künftige Ritter steigt mit schlotternden Beinen hinauf zu seinem Kaiser und Herzog, beugt die Knie. Der Herold verliest das Gelöbnis.

»Sei hochgemut im Unglück, beständig gegen deine Verwandten, freigiebig gegen alle, tadellos im höfischen Geiste und ehrenfest in männlichen Tugenden. Höre täglich die Messe, setze dein Leben für den christlichen Glauben ein. Erlöse die Kirche von ihren Drängern, beschütze Witwen und Waisen, nimm an keinem ungerechten Streite teil, leiste keine unbilligen Dienste, fechte für jeden Unschuldigen, wenn es Not tut, den Zweikampf aus. Gehorche dem römischen Kaiser, achte das Reich, erwirb kein ungerechtes Gut und lebe überhaupt vor Gott und Menschen unsträflich.«[37]

Einer nach dem anderen legt den Eid ab, und der Kaiser nimmt das Schwert und gürtet es dem neuen Ritter um. Danach erhalten die Ausgezeichneten ihre Insignien. Diener übergeben ihnen ihre goldenen Sporen, die Rittergürtel und Scharlachmäntel.

Danach erteilt Barbarossa die Erlaubnis zum Feiern. Ungeheurer Jubel bricht aus, die Ritter gratulieren ihren neuen Kampfgefährten. Jene, die heute in den Ritterstand erhoben wurden, sind nun *Schildgefährten* und durch eine lebenslange Freundschaft miteinander verbunden.

Nun sind sie Würdige, da sie während eines Kreuzzugs geweiht wurden. Auch bei Ritterschlägen gibt es gravierende Unterschiede. *Die Besten* sind jene, die bei Kaiserkrönungen in Rom in diesen Stand erhoben werden. *Ritter ohne Mühen* erhalten ihre Weihen bei Königswahlen und Reichstagen. *Gestrenge* sind jene, die vor oder nach Schlachten zu Rittern werden.

Nach alter Sitte gewährt der Landesherr, in dem Fall heute der Herzog von Österreich, seinen neuen Streitern einen Wunsch. Natürlich ist den Männern bewusst, dass sie keine absurden Forderungen stellen dürfen. Einer bittet um Gnade für einen nahestehenden Verwandten, der im Kerker schmachtet. Ein anderer um Fürsprache beim Vater seiner Angebeteten, der sich wegen der geplanten Heirat querlegt.

Barbarossa lädt den Herzog in sein Zelt ein, das selbstverständlich das prächtigste und größte im gesamten Lager ist. Er will bei seinen Männern sein und mit ihnen feiern. Heute wird nur mehr ausgiebig gezecht, bevor morgen der große Aufbruch ins Heilige Land erfolgt.

Es wird wieder ein Hochamt geben, und danach nimmt der Kaiser persönlich die Musterung der Truppen vor. Angeblich sollen sich an die fünfhundert Männer ins Lager eingeschlichen haben, die nun aussortiert werden müssen.

Selbstverständlich ist Anselm mittendrin im Gelage, und je später es wird, ist er einer von vielen. Auch die hohe Geistlichkeit versteht es, wieder ausgelassen und vor allem lüstern zu feiern. Joachim sieht ein Weilchen zu, aber es gefällt ihm nicht, was sich vor seinen Augen abspielt.

Das Mädchen aus dem Versorgungszelt, das von allen so rüde behandelt wurde und obendrein noch diesem Kardinal zu Diensten sein musste, will ihm nicht aus dem Kopf. Daher beschließt er, es zu suchen, will wissen, wer es ist, woher es stammt und wie es zum Freiwild geworden ist. Er versucht sein Glück im Versorgungszelt, und tatsächlich findet er es zusammengekauert, mit zerfetzten Kleidern, hinter Weinfässern.

Im Zelt ist nichts mehr los. Das Feiern hat sich ins Freie verlagert. Gaukler, Spielleute, Bänkelsänger und mit ihnen sind zahlreiche Dirnen ins Lager gekommen. Einige der käuflichen Frauen führen wilde Tänze rund um die Lagerfeuer auf, und die *Musici* sorgen für die musikalische Unterhaltung.

Das Mädchen bemerkt Joachim nicht, als er sich auf Zehenspitzen nähert. Sachte berührt er sie an der Schulter. Sie erschrickt, zuckt zusammen, sieht ihn mit leeren, toten Augen an, beginnt zu zittern. Nur sie weiß, was sie bereits alles über sich ergehen lassen musste.

»Wollt Ihr mich nehmen, Herr?«, fragt sie leise.

»Nein, hab keine Angst. Ich will nichts von dir.«

Joachim geht in die Hocke, streicht ihr durchs schwarze Haar. Mit ihren Armen bedeckt sie ihre Blöße.

»Wie heißt du? Und ich bin kein Herr. Man nennt mich Joachim.«

»Sie rufen mich Elsbeth.«

Langsam taut sie auf. Ein Mann, der sie nicht benutzen will, der nur mit ihr redet. Wann war das zuletzt der Fall? Sie kann sich nicht erinnern. Joachim schluckt, als er ihren Namen hört. So hieß seine jüngere Schwester, und sie ist mit den dreihundert damals in der Kirche verbrannt.

»Komm mal näher zur Fackel«, fordert er sie auf, nimmt sie an der Hand, zieht sie hoch.

Zweifelsohne, sie hat eine gewisse Ähnlichkeit mit seiner Schwester Elsbeth. Jetzt muss sie achtzehn Jahre alt sein. Als die Kirche in Brand gesteckt wurde, war sie ein kleines Mädchen von vier. Dann fällt ihm plötzlich etwas ein.

»Stammst du aus Sankt Veit an der Gölsen?«

Sie nickt.

»So hat man es mir später gesagt. Wieso fragst du das?«

»Zeigt mir bitte doch deine linke Schulter.«

»Was?«

»Ich will deine Schulter sehen.«

Also doch wieder so einer und keinen Deut besser als die anderen. Zumindest sagte er bitte. Elsbeth zieht den Stoff herunter. Tatsächlich, seine Ahnung bestätigt sich. Das Mädchen hat genau so ein herzförmiges Muttermal wie seine Schwester, weshalb viele in dem Dorf glaubten, es ist das Stigma des Teufels. Andere meinten, so ein Merkmal tragen nur von Gott besonders auserwählte Geschöpfe.

»Dann bist du meine Schwester«, sagt er mit belegter Stimme, und seine Augen füllen sich mit Tränen. Er nimmt sie in den Arm und drückt sie fest an sich. »Ich bin Joachim, dein Bruder. Und ich glaubte, du bist tot, mit unserer Familie mitverbrannt.«

Elsbeth presst die Hand auf ihren Mund, starrt ihn mit großen Augen an, fasst sein Gesicht an, und dann brechen auch bei ihr alle Dämme.

»Sie sind alle tot«, bricht es aus ihr heraus, »unsere Mutter, der Herr Vater, Christophorus …«

»… die kleine Sophie, Jakob und Engelbert«, setzt Joachim fort, »nur wir beide sind von unserer Familie mehr übrig. Wie hast du dich retten können?«

Elsbeth erzählt, dass sie im letzten Moment durch ein geborstenes Kirchenfenster springen konnte. Sie versuchte zwar noch, Familienmitglieder zu retten, aber herabstürzende, brennende Dachbalken versperrten ihr den Weg. Außerdem war sie damals viel zu klein, das hätte sie niemals geschafft. Ähnliches widerfuhr auch ihrem Bruder Joachim. Natürlich hat Elsbeth auch keine Ahnung, dass Anselm ebenfalls diesem Inferno entkommen konnte. Doch sie erinnert sich, dass Joachim und Anselm wie Brüder waren.

Eine Bauernfamilie aus der Umgebung fand das kleine weinende Mädchen und zog es auf. Vor vier Jahren wurde sie, während sie im Wald Pilze sammelte, von einem Trupp marodierender Soldaten geschnappt und entführt. Seither ist sie Marketenderin und Hure für die Truppen, wird von Heerlager zu Heerlager weitergereicht.

»Damit ist nun endgültig Schluss«, presst Joachim hervor. »Kein Mann wird dich mehr anrühren. Du stehst unter meinem Schutz.« Dann sieht er etwas, was sie in ihren Faust zu verbergen versucht. »Was hast du da? Zeig's mir.«

Zögernd öffnet sie ihre Hand, und darauf liegt ein kleines Leinensäckchen.

»Was ist das?«

»Dich schickt rechtzeitig der Himmel«, sagt Elsbeth leise, »ich halte es nicht länger aus. Das ist zerstoßene Alraune und Tollkirsche. Das Zeug mit einem Becher Wein hinuntergespült und es ist vorbei. Ich weiß, es ist eine Todsünde, aber ich kann nicht mehr.«

Joachim nimmt seine wiedergefundene Schwester in den Arm.

»Nein, das wirst du nicht tun, Elsbeth. Wir verschwinden hier, versuchen, uns durchzuschlagen. Vielleicht schaffen wir es, und uns ist ein neues gemeinsames Leben in Frieden gegönnt. Zumindest probieren müssen wir es.«

»Diese Männer sind fürchterlich, besonders die hohen Herren der Geistlichkeit.«

»Der fette Kardinal …«

»Er ist einer der Schlimmsten.«

»Gib mir das Gift.« Ohne ihre Antwort abzuwarten, nimmt er ihr das Säckchen aus der Hand. »Elsbeth, du wartest hier. Versteck dich gut. Ich hole dich dann ab.«

»Was hast du vor, Joachim?«

Wortlos verschwindet der Bruder, sucht zuerst nach Anselm. Er findet ihn rasch. Dort, wo am meisten los ist, steckt auch Anselm. Wie nicht anders von ihm zu erwarten, treibt er seine Späße mit zwei Frauen, die seine Mütter sein könnten, und sie lassen es sich gerne gefallen.

Joachim drängt sich durch, stößt ihn an, deutet ihm mitzukommen. Widerwillig gibt Anselm nach, nicht ohne den beiden zu sagen, dass sie ihm ja nicht untreu werden sollen. Joachim sucht ein Plätzchen, an dem es ruhiger ist, und erzählt ihm, was sich ereignet hatte und von seinem Plan.

Anselms Gesicht verzieht sich zu einem breiten Lächeln.

»Scheint ihn doch zu geben, diesen Herrgott«, meint er nachdenklich. »Sei mir nicht böse, ich bleibe hier. Ich bin nun einmal hinter jedem Weiberkittel her. Das steckt in mir drin, ich kann nicht aus meiner Haut heraus. Und ich gestehe, ich will es auch nicht. Wer weiß, wenn wir zu dritt unterwegs sind, ob ich nicht eines Tages auch über deine Schwester herfalle? Ich möchte unsere Freundschaft deswegen nicht zerstören. Behüt euch Gott.«

Er umarmt Joachim nochmals, bevor er wieder in die Nacht hinein verschwindet. Joachim hat damit gerechnet, obwohl er ihn gerne dabeigehabt hätte. Doch ist er dankbar, dass Anselm so offen und ehrlich ist.

Joachim streunt durch das Lager auf der Suche nach dem Kardinal. In einem der Prunkzelte sieht er ihn wohlgelaunt und schwer betrunken sitzen. Auf seinem Schoß ein nahezu nacktes Mädchen. Am liebsten würde Joachim hinstürzen und ihm seinen Dolch in den Hals rammen. Doch er gönnt diesem liederlichen Gottesmann nicht die Gnade eines schnellen Todes. Dieser Fettsack wird nie wieder seine Schwester unsittlich berühren. Joachim hält einen der Diener am Arm zurück, nimmt ihm den Krug Wein aus der Hand.

»Ruh dich aus, ich bin jetzt hier zugeteilt.«

Dem Diener ist es nur recht und fragt erst gar nicht nach, wer das angeordnet hat. Unbeobachtet leert Joachim den giftigen Inhalt aus Elsbeths Leinensäckchen in den Krug, geht dann auf den Kardinal zu, der ihn gar nicht bemerkt, weil er viel zu sehr mit dem Mädchen beschäftigt ist. Erst als der junge Mann neben ihm steht, nimmt er von ihm Notiz.

»Was willst du, Bürschlein?«, schnauzt er Joachim an.

»Diesen besonderen Trunk schickt Eurer Eminenz Seine Majestät, der Kaiser.«

»Schenk ein, Tölpel!«

Der Kardinal hält ihm den Kelch hin und trinkt gierig, sodass ihm ein Teil des vergifteten Weines wieder aus den Mundwinkeln rinnt. Joachim stellt den Krug auf den Tisch und macht sich rasch aus dem Staub. Er eilt zurück ins Versorgungszelt, wo Elsbeth auf ihn wartet.

»Weg hier«, sagt er leise, »ich kenne einige gute Verstecke außerhalb der Stadt. Im Morgengrauen ziehen wir weiter.«

Joachim nimmt einen Sack und stopft einiges an Verpflegung hinein. Zusätzlich noch zwei lederne, mit Wein gefüllte Lederbeutel, die er sich über die Schultern hängt. Die Flucht aus dem Lager gelingt. Sämtliche Wachen sind viel zu besoffen. Elsbeth sagt kein Wort, ist nur dankbar, endlich dieser Hölle entrinnen zu können.

Die Geschwister sind längt in dem Versteck und bekommen von dem Aufruhr in dem Prunkzelt nichts mit. Nach dem zweiten Becher des vergifteten Weins greift der Kardinal sich ans Herz, verdreht mit Schaum vor dem Mund die Augen, röchelt und fällt kopfüber auf die Tischplatte. Dabei geht der Weinkrug zu Bruch, sodass niemand anderer außer dem, der es verdient hat, zu Schaden kommt. Zwar wird gemunkelt und getratscht, dass Seine Eminenz mit vergiftetem Wein ermordet wurde, doch der Beweis ist längt im Boden und auf dem Tisch versickert.

Für den Kaiser und den Herzog ist es zwar ein bedauerlicher Zwischenfall, aber es war nur ein Kardinal unter vielen. Ein Günstling ohne jegliche politische Macht und Einfluss. Zwar pfeifen es die Spatzen von den Dächern, dass es Mord war, aber die offizielle Version lautet, dass der Kardinal wegen seines schwachen Herzens zum Herrn vorausgegangen ist.

Als Anselm erfährt, was passierte, wird ihm doch der Boden zu heiß, und er verschwindet. Vergeblich klappert er sämtliche gemeinsamen Verstecke ab, doch von Joachim und seiner Schwester keine Spur.

Am nächsten Tag wird wieder ein Hochamt in Maria am Gestade zelebriert. Danach hält Barbarossa persönlich eine Musterung ab, und es gelingt tatsächlich, fünfhundert Männer herauszufinden, die sich einschlichen. Sie werden mit Schimpf und Schande, teilweise auch verprügelt aus dem Lager gejagt.

Am Nachmittag setzt sich der Kreuzzug in Bewegung. Angeführt von Herolden und Bannerträgern führen die Österreicher das Heer mit fünfzig Armbrustschützen, dreihundert Lanzenträgern zu Fuß, fünfzig Edelleuten und hundert Rittern an.

Barbarossa, der Rotbart, ist selbst nie zimperlich gewesen. Weil Mauthausen im Oberösterreichischen Maut für die Durchreise der Kreuzfahrer verlangen wollte, ließ er den Ort kurzerhand niederbrennen. Zumindest will dieses Gerücht nicht verstummen.

Über Anselm, Joachim und seine Schwester Elsbeth legt sich der dunkle Mantel der Geschichte. Man wird ihre Namen vergeblich in den Annalen suchen.

Mazel tov

anno Domini MCCXXIII (1223)

Jemand lebt auf großem Fuß

Der Graf von Anjou ließ sich im zwölften Jahrhundert spitze Schnabelschuhe anfertigen, um auf diese Weise seine deformierten Füße zu kaschieren. Nichtsahnend, dass er damit einen Modetrend auslöste. Die Schuhgröße wurde für das gesellschaftliche Prestige enorm wichtig.
Wer heute über seine Verhältnisse lebt, lebt auf »großem Fuß«.

10. Juni 1190 *Während des Kreuzzugs ertrinkt Kaiser Friedrich I. Barbarossa im Fluss Saleph in Kleinasien, nachdem er bei Iconium siegreich war.*

August 1190 *Herzog Leopold V. von Österreich bricht mit seinem Bruder Heinrich von Mödling und einem Großteil seiner Ministerialen zum dritten Kreuzzug auf.*

September 1190 *Leopold V. zieht mit seinem Heer durch Italien, eine große Streitmacht aus Köln schließt sich an.*

12. Juli 1191 *Die Stadt und Seefestung Akkon, nördlich von Jerusalem, wird nach dreijähriger Belagerung erobert. Leopold V. zeichnet sich durch besondere Tapferkeit aus. Er hisst seine Fahne – fünf goldene Adler auf blauem Grund – auf einem Turm. Daraufhin begeht der englische König Richard I. Löwenherz einen folgenschweren Fehler, indem er die Fahne herunterreißen und in den Schmutz werfen lässt. Mögliche Gründe, dass Löwenherz seine Vormachtstellung als Führer der Kreuzfahrer gefährdet sieht oder wegen der Verwandtschaft seines Hauses mit den Welfen, die wegen der steirischen Erbschaft mit den Babenbergern verfeindet sind. Aufgrund dieser Demütigung verlässt Leopold V. das Heer und kehrt nach Wien zurück.*

8. Mai 1192 *Herzog Otakar IV. von Steiermark stirbt. Der Vertrag von Georgenberg tritt in Kraft, die Steiermark fällt an Österreich.*

*24. **Mai 1192** Kaiser Heinrich VI. belehnt in Worms Herzog Leopold V. von Österreich mit dem Herzogtum Steiermark. Die Herzöge von Österreich führen nun den Titel Herzog von Österreich und Steier.*

*11. **Juli 1192** Leopold V. setzt für die Regensburger Kaufleute Gerichts- und Handelsrecht fest. Bei Streitfragen – de conventione mercationis eorum – dürfen Zeugenbeweise ausschließlich von den »ehrenwerten Männern«, auch »Wirte« genannt, erbracht werden. Dabei ist es egal, ob es Wiener oder Regensburger sind. Zusätzlich muss dem Richter in Wien für eine Wagenladung Stoffe aus Regensburg eine Gebühr von zweiundfünfzig [Wiener] Pfennigen bezahlt werden.*

*9. **Oktober 1192** Löwenherz zieht aus dem Heiligen Land ab. Der dritte Kreuzzug ist beendet.*

*21. **Dezember 1192** Löwenherz wird in Erdberg (heute Teil des 3. Wiener Gemeindebezirks) bei Wien erkannt und gefangen genommen. Der König war auf der Heimfahrt bei Aquileia schiffbrüchig geworden und reiste, verkleidet als Pilger, weiter. 1191 war bereits zwischen Kaiser Heinrich VI. und dem französischen König Philipp II. in Mailand der Beschluss gefasst worden, den englischen Herrscher gefangen zu nehmen. Bei der Belagerung von Akkon gab es Zwistigkeiten zwischen dem Franzosen und dem Engländer. Herzog Leopold V. wusste von dieser Vereinbarung, ist wegen der Demütigung mit der Fahne Löwenherz' Feind. Leopold V. übergibt den gefangenen König Hadmar II. von Kuenring, der ihn auf seiner Burg Dürnstein in Niederösterreich interniert.*

Papst Coelestin III. bannt Leopold V. wegen der Gefangennahme des englischen Königs.

***1193/94** In Wien wird die Münzstätte eingerichtet. Beaufsichtigt vom obersten Kämmerer, der Münzmeister, verantwortlich für »Schrot und Korn« (Gewicht und Feinheit). Über ihm steht der Münzanwalt. Es wird die Körperschaft der »Hausgenossen« ins Leben gerufen, angesehene und kapitalstarke Bürger vereinigen sich. Ihre Aufgabe ist es, für den ungestörten Betrieb bei Metallbeschaffung und*

Prägung zu sorgen. Dafür sind sie am Ertrag beteiligt. Das sichert Leopold V. Kontrolle und Einfluss, und er hat gleichzeitig Kreditgeber an der Hand.

2. Jänner 1193 *Leopold V. führt Löwenherz mit großem Gefolge von Dürnstein nach Regensburg, um ihn an Kaiser Heinrich VI. auszuliefern.*

10. Jänner 1193 *Hadmar II. von Kuenring bringt Löwenherz zurück nach Dürnstein, da der Kaiser und Leopold V. sich nicht über die Übergabebedingungen einigen können.*

28. März 1193 *Löwenherz wird in Speyer abermals an Heinrich VI. ausgeliefert. Leopold V. soll die Hälfte des Lösegeldes erhalten. Die Summe beträgt hunderttausend Mark Silber nach Kölner Gewicht, dazu kommen zusätzliche Abgaben. Die Abgaben des Gewichts für das Lösegeld divergieren zwischen 11.690 und 25.000 Kilogramm. Löwenherz erlangt erst am 4. Februar 1194 seine Freiheit.*

1194 *Papst Coelestin III. exkommuniziert Leopold V. und verhängt über Österreich das Interdikt, das Verbot aller kirchlichen Handlungen. Wien wird durch ein Feuer verwüstet. Eine neuerliche Donauüberschwemmung überflutet die umliegenden Orte.*

26. Dezember 1194 *Leopold V. stürzt während eines Turniers in Graz vom Pferd, verletzt sich schwer.*

31. Dezember 1194 *Der Herzog stirbt in Graz. Sein Nachfolger wird sein Sohn Friedrich I., der Katholische, als zehnter babenbergischer Markgraf. Entgegen den Bestimmungen des Georgenberger Vertrags wird sein jüngerer Bruder Leopold Herzog von Steiermark. Diese Entscheidung fällte der Vater bereits zu Lebzeiten, um einen Bruderzwist zu vermeiden.*

1195 *Kaiser Heinrich VI. und der steirische Adel anerkennen Leopold als Herzog von Steiermark.*
Friedrich I., der Katholische, ernennt Schlom, den ersten namentlich bekannten Juden, zum Wiener Münzmeister.

1197 *Friedrich I. beschließt, im Frühjahr am Kreuzzug von Kaiser Hein-*

rich VI. teilzunehmen. Dieser vierte Kreuzzug im März 1195 war bereits geplant, musste wegen eines abermaligen Aufstandes in Sizilien verschoben werden.

28. September 1197 *Heinrich VI. stirbt in Messina an Malaria. Nachfolger wird sein Sohn Friedrich II. Da er allerdings noch zu jung ist, wird seine Mutter Kaiserin Konstanze Vormund. Nach ihrem Tod im November 1198 übernimmt Papst Innozenz III. die Vormundschaft.*

1198 *Wien erhält sein erstes Stadtrecht.*

König Philipp von Schwaben verleiht Przemysl Ottokar I. von Böhmen die erbliche Königswürde und das Recht der Bischofsinvestitur.

16. April 1198 *Herzog Friedrich I. von Österreich stirbt im Heiligen Land, vermutlich in Akkon, an Malaria.*

Leopold VI., der Glorreiche, Sohn von Herzog Leopold V., wird elfter Babenbergerherzog von Österreich und Steiermark.

9. Juni 1198 *Der Welfe Otto IV. wird von Erzbischof Adolf I. von Köln zum König gewählt und am 12. Juni in Aachen gekrönt. Beginn des deutschen Thronstreits bis 1208 bzw. 1215. Im ostdeutschen Raum war bereits der Staufer Philipp II. von Schwaben zum König gewählt worden. Er will seinem unmündigen Neffen die deutsche Königskrone erhalten. Herzog Leopold VI. steht hinter den Staufern.*

Um 1200 *Walter von der Vogelweide weilt am Wiener Hof von Herzog Leopold VI., lernt von Reinmar dem Alten »singen und sagen«, nennt die Stadt »wünecliche (wonnereiche) hof zu Wiene«.*

Der bayrische Minnesänger Neidhart von Reuenthal lebt ebenfalls am Wiener Hof.

Ende 12. Jahrhundert *Der Wiener Hof ist kultureller Mittelpunkt, wird von nahezu allen bedeutenden Minnesängern des deutschsprachigen Raumes besucht, wie Reinmar dem Alten, Neidhart von Reuenthal und Walther von der Vogelweide.*

Um 1203 *Das Nibelungenlied entsteht. Der Verfasser ist möglicherweise ein österreichischer Spielmann, vielleicht steckt auch der Passauer Kaplan und Kanzleischreiber am Wiener Hof, Konrad von Rußbach* *dahinter. Im Nibelungenlied wird Wien als wesentlicher Stützpunkt der Herrschaft König Etzels erwähnt, wo an einem Pfingsttag die Hochzeit zwischen ihm und Kriemhild gefeiert wird.*

September 1203 bis Jänner 1204 *Reiseabrechnungen des Bischofs Wolfger von Passau*

In Zeiselmauer zwei Pfund an den Wiener Dekan (wohl der für den Wiener Bereich zuständige Dekan des Bistums Passau).

Für Heu und eisernes Werkzeug zu Wien drei Pfennige.

Am 25. Oktober 1203 empfängt Bruder Heinrich in der Kammer des Bischofs zehn und ein Viertel Mark minus ein Loth nach Kölner Gewicht, was in Wien nicht mehr als neun Mark und sechs Pfennige wiegt.

Am 4. November 1203 auf dem Weg von Zeiselmauer nach Schwadorf (heute beides Orte in Niederösterreich) in Wien vierundsiebzig Pfennige für Wachs.

Dem Bruder Heinrich in Schwadorf für ein zu Wien gekauftes Gewand siebzig Pfennige.

Für Ausgaben in Wien fünf Pfennige.

Beim Durchzug durch Wien, als der Bischof im Haus des Dekans speiste, drei Pfennige für Futter.

Zu Wien für die Anschaffung von Bänken und Stühlen vierundzwanzig Pfennige.

Oktober 1203 *Herzog Leopold VI. heiratet die byzantinische Prinzessin Theodora. Bischof Wolfger von Passau nimmt in Wien die Trauung vor.*

Der Herzog wird von den Wiener Bürgern mit großen Ehren und Pomp empfangen. Man schenkt ihm prachtvolle silbergeschmückte Gürtel, silberne Becher und Ringe, verziert mit Edelsteinen, sowie goldene Spangen. Die Kaufleute bringen ihm prächtiges Gewand als Geschenk, bunte Federn und Hermelinpelze erhält er von den Wildwerkern (Kürschnern). Die Krämer schenken ihm seidenes Gewand und Gewürze, die Fleischhacker geben dreißig Rinder, und die Bäcker sorgen für Unmengen an Gebäck. Im Gegenzug erklärt sich der Herzog auf Bitten der Bürger bereit, ihre Geldforderungen gegenüber den Ministerialen auf dem Lande zu unterstützen und Streitigkeiten vor das herzogliche Gericht bringen zu lassen.

Vor 1204 *Die sogenannte Kommende des Deutschen Ritterordens, gegründet von Leopold VI., entsteht in Wien. Bereits 1210 wird der Ordenshof in der Singerstraße (1. Wiener Gemeindebezirk) erwähnt. Gegründet wurde der Orden 1198 in Akkon.*

1204 *Der »Wiener Pfennig« ist erstmals belegt. Bis 1400 sind von dieser Währung hundertfünfzig Variationen bekannt. Ab Mitte des 13. Jahrhunderts wird der Wiener Pfennig jährlich eingezogen und neu geprägt. Wegen seines beständigen guten Silbergehalts ist die Münze in Bayern und Florenz sehr angesehen.*

Um den 29. Mai 1205 *Konstanze, die verwitwete Königin von Ungarn, flüchtet mit ihrem kleinen Sohn Ladislaus vor dem Bruder ihres verstorbenen Mannes, dem König Emmerich, nach Wien. Dessen Bruder Andreas will die ungarische Krone für sich. Sie wird, da sie auch große Schätze mit sich führt und in Begleitung eines großen Gefolges kommt, von Herzog Leopold VI. von Österreich ehrenvoll empfangen und aufgenommen. Kurze Zeit später stirbt Ladislaus in Wien, der legitime Nachfolger für Ungarns Krone. Nur mit Mühe können Feindseligkeiten zwischen Andreas und Leopold VI. vermieden werden. Der Herzog lässt Konstanze in ihr Geburtsland Aragon zu ihrem Bruder König Peter II. geleiten.*

In Wien gibt es jetzt eine Synagoge und eine jüdische Schule.

1207 *Herzog Leopold VI. plant ein eigenes Landesbistum in Wien und schickt Gesandte zu Papst Innozenz III. nach Rom. Der Papst verlangt von Erzbischof Eberhard II. von Salzburg und Bischof Manegold von Passau ein Gutachten, woraufhin der Passauer Bischof nach Rom reist und den Papst überredet, eine negative Entscheidung zu fällen.*

Der Minnesänger Reinmar der Alte von Hagenau stirbt in Wien.

1208 *Leopold VI. gewährt den »Flandrensern«, den Tuchmachern aus Flandern, ein besonderes Privileg und entzieht sie damit der Gerichtsbarkeit des Wiener Stadtrichters.*

1211 *Gründung des Heiligen-Geist-Spitals in Wien durch Kaplan Gerhard, Arzt und Pfarrer in Felling an der Pielach in Niederösterreich. Das Spital befand sich im heutigen Bereich Karlskirche und Paniglgasse im 4. Wiener Gemeindebezirk. Der »Orden des Heiligen Geistes« wurde Ende des 12. Jahrhunderts in Rom gegründet, widmet sich vorwiegend der Betreuung Kranker, Armer und Waisen.*

September 1211 *Papst Innozenz III. lässt in Nürnberg Friedrich II. mit französischer Hilfe zum König wählen. Alle süddeutschen Fürsten stehen hinter dem neuen Herrscher.*

16. Dezember 1211 *Bischof Manegold von Passau weiht die von dem reichen Bürger Dietrich erbaute Kirche St. Ulrich auf seinem Besitz in Zeismannsbrunn ein. Nach ihr wird später der Vorort St. Ulrich benannt (heute Teil des 7. Wiener Gemeindebezirks).*

1212/13 *Herzog Leopold VI. nimmt an einem Kreuzzug gegen die Mauren in Spanien teil, kommt allerdings zu spät an und kämpft dafür erfolgreich gegen die Albigenser in Südfrankreich.*

22. April 1212 *Leopold VI. verleiht Enns in Oberösterreich das Stadtrecht, das älteste vollständig erhaltene österreichische Stadtrecht.*

27. Juli 1214 *Kaiser Otto IV. unterliegt in der Schlacht von Bouvines bei Lille in Frankreich, was ihn den Thron kostet.*

10. Juni 1215 *Bischof Manegold von Passau stirbt in Wien. Ulrich, Domherr von Passau und Sekretär Leopolds VI., wird als Ulrich II. zum neuen Bischof ernannt.*

November 1215 *Während des Vierten Laterankonzils wird Friedrich II. als König bestätigt.*

Jänner 1217 *Leopold VI. sammelt für den fünften Kreuzzug ein Heer, um sich König Andreas II. von Ungarn anzuschließen. Österreichische und steirische Adelige, wie die Kuenringer, Stubenberger, Auersperger und Liechtensteiner, wie auch der Abt von Melk nehmen teil.*

August 1217 *Die Streitkräfte von Leopold VI. und Andreas II. von Ungarn sammeln sich im dalmatinischen Spalato.*

Anfang September 1217 *Leopold VI. erreicht nach sechzehn Tagen von Spalato aus mit seinem Heer Akkon; Andreas II. von Ungarn stößt zwei Wochen später hinzu.*

3. November 1217 *Das Kreuzfahrerheer bricht von Akkon aus auf, zieht bis an den See Genezareth und durch Galiläa. Der Kreuzzug blieb ohne großen Erfolg, obwohl Sultan el'Adil zurückweichen muss.*

19. Mai 1219 *Kaiser Otto IV. stirbt zurückgezogen in Harzburg bei Goslar. Er war der Gegenkönig zum Staufer Philipp von Schwaben.*

Erweiterung und Ausbau der Wiener Burg. Anstelle der heutigen Stallburg und des Schweizertraktes der Hofburg stand ein viereckiger Bau mit mächtigen Türmen an jeder Ecke.

Mai 1219 *Herzog Leopold VI. verlässt mit seinen Truppen ehrenhaft das Kreuzfahrerheer. Er verbrachte achtzehn Monate im Heiligen Land, meist an der Spitze der deutschen Ritter, der Johanniter und der Templer.*

Vor dem 18. Oktober 1221 (vielleicht bereits vor 1208?) *Bestimmungen über die forma mute, que purchmaut dicitur, die Burgmaut in Wien: Ausländische Kaufleute müssen je nach Ware (Stoffe, Honig, Hopfen) und je nach Transportmittel (deihselwagen, ennzwagen, carruca) zwischen drei und zwölf Pfennige bezahlen. Burgmaut und Marktzoll werden dann eingehoben, wenn die Ausländer beabsichtigen, in Wien ihre Waren zu verkaufen oder von den Wägen abzuladen.*

Ebenso ist Maut für Lebensmitteltransporte fällig. Ohne Erlaubnis ist der Import von ungarischem oder anderem ausländischen Wein verboten und wird bei Zuwiderhandeln konfisziert.

Die Warentransporte auf Schiffen (zwiwentiger schef, einpaum, cymba, floz) sind ebenfalls festgelegt.

Falls fremde Kaufleute nach dem Verkauf ihrer Waren andere Güter nach Ungarn exportieren wollen, zahlen sie am [Stadt-]Tor je nach

Art ihres Wagens zwischen drei und zwölf Pfennige. Ziehen sie allerdings gleich nach Ungarn weiter, ist nur die Pfundmaut an den Toren fällig.
Alle Schwaben, Regensburger, Aachener, Metzer und Maastrichter zahlen nur Burgmaut.
Alle Wiener Bürger sowie die aus anderen österreichischen Städten und die Einwohner dieses Landes haben einen Pfennig für nach Wien gebrachte Ladungen zu leisten.
Hingegen wird der Import aus Ungarn durch Bürger von Hainburg und Bruck (an der Leitha) mit zwei Pfennigen berechnet.
Für den Verkauf von Tieren durch Einheimische werden gesonderte Mautgebühren verlangt, wobei die Wiener Fleischhauer begünstigt sind.
Salz-, Getreide-, Stroh- und Holzlieferungen sowie sonstige Waren über dreißig bzw. sechzig Pfennige unterliegen ebenfalls eigenen Abgaben.
Alle Lebensmittel, die auf den Schultern in die Stadt getragen werden, sind von jeglicher Maut befreit. Ebenso Lebensmittelkäufe in Häusern, Einkünfte aus bürgerlichen Landgütern, der Kauf und Verkauf eines Pferdes durch einen Bürger.
Alle Regensburger und Passauer, alle Händler und Kaufleute, aus welchen Teilen Bayerns sie auch kommen, zahlen für ihre Tuchimporte pro Schiff drei Pfennige Wassermaut und bei der Burgmaut pro Ballen zwölf Pfennig. Verlassen sie Wien wieder, sind an den preco (Büttel, Gerichtsdiener) für hundert Lederhäute zwei Pfennige und pro Schiff zwölf Pfennige nach dem sogenannten Stechenrecht zu entrichten.

Um 1220/21 (vielleicht bereits vor 1208?) *Bestimmungen über die Wagenmaut in Wien: Die Mautsätze für Fahrten von und nach Böhmen mit einzwagen und deihselwagen werden insofern festgesetzt, dass für die Hinfahrt mit Hüten, Fischen und Kleidung, für die Rückfahrt mit Kleidung und Wein gerechnet wird.*

In einer Aufstellung ist festgelegt, wie viel Stück Tuch jeweils ein Saum (= Maßeinheit) ergibt, wobei die Herkunftsorte Ypern, Huy, Tournay, Loeviir (Löwen) und Paerst (heute nicht mehr zu eruieren) wichtig sind.

Fische sind mautfrei.

Für den Handel mit Venedig gelten eigene Tarife; es wird mit Öl und Feigen gehandelt. Grazer Bürger und aus der Mark (gemeint ist Krain) müssen nach Wiener Recht bezahlen.

Eigene Mautsätze werden auch für Handelsleute aus Aachen und Regensburg hinsichtlich des Tuchhandels berechnet. Auch die Salzburger sind nach dem Gästerecht zu bestimmten Abgaben verpflichtet.

Pfingsten 1221 *Herzog Leopold VI. stiftet neben der Wiener Burg eine Kirche »zu Ehren Unserer Frau Maria und des Heiligen Erzengels Michael« mit einem Pfarrhof, ausgestattet mit »pfarrherrlichen« Rechten über »alle Dienstleute, die in der neuen Burg wohnen, und über alle Bürger und das Hofgesinde, die umher gebaut haben oder ferner bauen«.*

Burg und Kirche liegen außerhalb der Stadtmauer.

18. Oktober 1221 *Leopold VI. verleiht Wien ein Stadtrecht, das älteste erhaltene Stadtrecht Wiens.*

Darin sind die strafrechtliche Verfolgung durch den Stadtrichter bei Totschlag, Verwundungen, Beherbergung von Geächteten, Notzucht, Hausfriedensbruch, Schlägereien, Beleidigungen, Meineid, Gotteslästerung und das Tragen von Waffen geregelt. Wer dagegen verstößt, muss mit Geld- und Leibesstrafen rechnen.

Hundert besonders treue und weise Männer aus allen Stadtteilen überwachen alle wichtigen Geschäfte und Gütertransaktionen über einen Wert von mehr als drei Pfund.

Im Stadtrecht sind detaillierte erbrechtliche Bestimmungen ebenso enthalten wie die Regelung des Handels mit Fremden. Der Handel nach Ungarn mit Ausnahme von Gold und Silber bleibt den Wie-

nern vorbehalten. Fremde Kaufleute dürfen sich nicht länger als zwei Monate in der Stadt aufhalten.

Im Stadtrecht sind auch die Strafen für das fahrlässige Auslösen von Bränden niedergeschrieben wie auch die betrügerische Verwendung falsche Maße (Elle und Gewicht). Aber auch die Entlohnung von Unterrichtern und Schergen.

Ein »Stapelrecht« sichert Wien ein Zwischenhandelsmonopol. Es verbietet den Gästen den Geschäftsverkehr untereinander sowie fremden Kaufleuten den Handel über Wien hinaus. Darauf gründet sich der spätere Reichtum der Wiener Kaufleute und verhilft der Stadt zu einem Aufschwung als Umschlagplatz nach Südosten.

Leopold VI. schafft einen Stadtrat von vierundzwanzig Bürgern mit »hundert Genannten« als Zeugen bei gerichtlichen und außergerichtlichen Angelegenheiten. Deren Beschlüsse darf der Stadtrichter nicht infrage stellen.

Ehebruch fällt jedoch nicht in den Kompetenzbereich des Stadtrichters, dafür ist der Pfarrer von Wien zuständig.

Wien befindet sich seit 1219 in ständigem Wachstum, verfügt über tausend Häuser mit zwanzigtausend Einwohnern.

Sommer 1222 *Mit großem Pomp wird am Wiener Hof Agnes, die älteste Tochter von Herzog Leopold VI., mit Herzog Albrecht von Sachsen vermählt.*

1224 *Gründung der »Provinz des Ordens der minderen Brüder« in Wien, der 1225 die Gründung des Minoritenklosters folgt.*

6. Mai 1224 *Leopold VI. beruft einen Fürstentag für den 7. und 8. Mai ein, der mit dem »Friesacher Turnier« eröffnet wird. Rund sechshundert weltliche und geistliche Fürsten nehmen daran teil. Anlass dafür ist der jahrelange Streit zwischen Herzog Bernhard von Kärnten und Markgraf Heinrich von Istrien. Es droht Krieg. Doch Leopold VI. gelingt eine Versöhnung zwischen den beiden Streithähnen.*

22. November 1224 *Margarethe, Tochter von Leopold VI., heiratet den 1220 zum deutschen König gewählten Heinrich VII., ein Sohn*

Kaiser Friedrichs II. von Hohenstaufen. Durch diese Heirat werden die Bindungen zwischen Babenbergern und Staufern sehr eng. Zum Nachteil von König Przemysl Ottokar I. von Böhmen, der vergeblich um Margarethes Hand anhielt.

1226 *Der Dominikanerorden lässt sich in Wien nieder.*
Heinrich, der Grausame, zweitgeborener Sohn Leopolds VI., unternimmt in Frühjahr einen Aufstand gegen seinen abwesenden Vater und besetzt Hainburg in Niederösterreich. Er vertreibt seine Mutter Theodora. Leopold VI., zu diesem Zeitpunkt Vermittler zwischen Kaiser und Papst in Italien, kehrt zurück und beendet rasch diese Palastrevolution.

Mai bis Juli 1226 *König Przemysl Ottokar I. von Böhmen greift Österreich an. Unter Führung des Kuenringerritters Heinrich können die Böhmen erfolgreich abgewehrt werden.*

1230 *Walther von der Vogelweide stirbt bei Würzburg.*

23. Juli 1230 *Friede von San Germano zwischen Papst Gregor IX. und Kaiser Friedrich II. von Hohenstaufen durch Vermittlung Leopolds VI.*

28. Juli 1230 *Leopold VI., der Glorreiche, stirbt in San Germano in Apulien. Sein Nachfolger wird sein jüngster Sohn als zwölfter und letzter Babenberger, Friedrich II., der Streitbare, als Herzog von Österreich und Steiermark. Seine beiden Ehen werden jeweils wegen Kinderlosigkeit geschieden.*

Herbst 1230 *Der österreichische Landadel probt den Aufstand, angezettelt von den Brüdern Heinrich, dem Landmarschall von Österreich, und Hadmar V. von Kuenring gegen Friedrich II.. Der Adel ist unzufrieden, da stets die Städte bevorzugt werden.*
Weitra, der stark befestigte Sitz Heinrichs im niederösterreichischen Waldviertel, sowie Dürnstein und Aggstein als uneinnehmbar geltende Burgen Hadmars V. sperren und kontrollieren den Donauraum in ihrem Hoheitsgebiet. Insgesamt besitzen die Kuenringer zehn der mächtigsten Burgen im Land, die sie angeblich die zehn Finger ihrer Hände nennen.

1231 Herzog Friedrich II., der Streitbare, bezwingt den Aufruhr, belagert und erobert die Kuenringerburgen Weitra, Dürnstein und Aggstein.

*

Mit letzter Kraft schleppt sich der Mann bis vor den Eingang des Heiligen-Geist-Spitals, bevor er laut stöhnend zusammenbricht und sich, in Krämpfen windend, im Dreck wälzt. Ein mitleidiger Bettler, der neben der Pforte kauert, erhebt sich mühsam und zieht an dem Strick für die Türglocke, läutet Sturm, bevor er sich wieder zurück auf seinen Platz setzt, um weiterhin um Almosen zu *fechten*[38].

Anscheinend hat der Unbekannte inzwischen das Bewusstsein verloren, er liegt regungslos im Staub.

Sofort eilen zwei Mönche aus dem Spital heraus, rufen nach einer Trage. Der Fremde wird behutsam daraufgelegt und ins Spital geschafft.

Die im Heiligen-Geist-Spital arbeitenden *medici* und *physici* halten sich an die Lehren des Galenos von Pergamon[39], dem bedeutenden griechischen Arzt und Anatom des Altertums. Er vertrat die Lehre, dass die Gesundheit des Menschen von vier Säften im Körper bestimmt wird. Diese Säfte müssen sich im Gleichklang befinden, ansonsten wird der Mensch krank.

Besonders *Miasmen* sind als Krankheitserreger gefürchtet. Darunter verstehen die Ärzte böse Dämpfe, die aus der Erde quellen, bestimmte ungünstige Planetenkonstellationen, schlechte Ernährung, aber auch üblen Dunst, Verunreinigung, Befleckung und Ansteckung.[40]

Daher ist es wichtig, dass die schädliche Materie aus dem Körper des Siechen entfernt und das Gleichgewicht der vier Säfte im Körper wieder hergestellt wird. In diesem Spital kümmern sich heilkundige Ordensmönche um ihre Patienten, halten sich vorwiegend an medizinische Überlieferungen aus dem antiken und arabischen Raum.

Stirbt ihnen allerdings ein Patient, müssen sie ihre Tätigkeit sofort aufgeben. Daher wechselt die Heilkunst im Laufe der Zeit verstärkt in den weltlichen Bereich, wodurch sich ein neuer Berufsstand etablieren kann. Die *Bader* schwören hauptsächlich auf Naturheilmethoden und Aderlässe, verordnen Bäder, Heilkräuter und Diäten. Der *minutor*, der Wundarzt, versorgt kleinere Wunden und behandelt gebrochene Glieder.[41]

»Könnt Ihr mich hören?«, fragt ein Mönch. »Versteht Ihr mich?«

Langsam öffnet der unbekannte Kranke seine Augen, blickt in das Gesicht eines freundlich lächelnden Gottesmannes.

»Ja«, antwortet er leise. »Ich höre Euch.«

»Wer seid Ihr?«

»Ich bin Bartholomeus, ein Kaufmann aus Regensburg. Ich handle mit feinem Tuch und edlen Stoffen. Was ist geschehen?«

Der ungefähr dreißigjährige Mann versucht, sich aufzurichten, aber der Mönch drückt ihn sanft an der Schulter wieder auf die Trage zurück.

»Bleibt liegen, Herr. Ihr seid vor der Eingangspforte zusammengebrochen. Verspürt Ihr Schmerzen?«

»In meinem Bauch tobt ein Höllenfeuer.«

»Seit wann habt Ihr diese Beschwerden?«

»Heute Morgen, nach der heiligen Messe, setzten sie ein und hören nicht mehr auf.«

»Habt Ihr etwas Schlechtes zu Euch genommen?«

Bartholomeus hebt langsam den Arm, deutet dem Mönch, näher zu kommen.

»Es war der Jud'«, flüstert er ihm ins Ohr. »Mordechai will mich vergiften.«

»Wie kommt Ihr darauf?«, fragt der verwunderte Mönch.

»Der Jud' denkt, ich habe ihn bei einem Geschäft betrogen, und nun will er sich dafür rächen. Doch das ist eine Lüge, ich bin ein ehrbarer Regensburger Kaufmann mit besten Referenzen.«

»Beruhigt Euch, Herr, vermeidet jegliche Aufregung. Man wird Euch zur Ader lassen, damit das Schlechte aus Eurem Körper herausfließen kann.«

»Nein, nein!«, wehrt Bartholomeus ab. »Das verweigere ich. Ich kann kein Blut sehen. Da wird mir sofort sterbenselend.«

Der Regensburger Kaufmann braucht gar keine Behandlung, er erfreut sich bester Gesundheit. Ihm geht es lediglich darum, Mordechai anzuschwärzen. In Wahrheit ist Bartholomeus der Betrüger, der Mordechai Tuch von minderer Qualität andrehen wollte. Der jüdische Geschäftspartner erkannte jedoch sofort Bartholomeus' Absichten und drohte, ihn beim Stadtrichter Heinrich in der *Schranne*[42] anzuzeigen. Ebenso will Mordechai den Juden- und Sackmeister sowie den Judenmesner über Bartholomeus' unlauteres Geschäftsgebaren in Kenntnis setzen.

Die Juden haben es den Babenbergern zu verdanken, die ihre Geschäftstüchtigkeit erkennen und sie zur Belebung des Handels ins Land holen. Doch die Juden waren bereits vor dieser Dynastie äußerst umtriebig und geschäftstüchtig. Die *Radaniten*, jüdische Handelsleute aus Spanien und Südfrankreich, unterhielten bereits im achten Jahrhundert Geschäftsbeziehungen bis zur Krim, hatten damals bereits auf ihren Reisen das noch unbedeutende Wien näher kennengelernt.

Jene Juden, die nun in der Stadt leben und ihren Geschäften nachgehen, sind zum größten Teil Vertriebene aus dem Rheinland und Böhmen, die hier eine neue Heimat gefunden haben und eine aufblühende, geschlossene Siedlung schaffen konnten. Nicht immer zum Wohlgefallen der übrigen nichtjüdischen Wiener Bevölkerung.

Einer von ihnen, Schlom, stieg unter Herzog Leopold V. sogar bis zum Münzmeister auf und genoss das vollste Vertrauen des Herrschers. Schlom war sehr reich, besaß in der Stadt vier Grundstücke[43], war das Oberhaupt der damaligen Wiener Juden. Er beschäftigte sowohl christliches wie auch jüdisches Dienstpersonal.

1196 stahl einer seiner Bediensteten, der sich den in Wien aufhaltenden Kreuzfahrern angeschlossen hatte, ihm vierundzwanzig Mark. Schlom bemerkte den Diebstahl, überführte ihn und ließ ihn in den Kerker werfen. Daraufhin wiegelte die Frau des Diebes die Kreuzfahrer gegen Schlom auf, und es kam zu einem fürchterlichen Blutbad.

Er und fünfzehn andere Juden wurden ermordet. Herzog Friedrich I., Sohn Leopolds V. und sein Nachfolger, ließ 1196 zwei der Rädelsführer enthaupten.

Zuerst siedelten sich die Juden im Schatten der Herzogsburg, im Areal zwischen Maria am Gestade und Am Hof an[44]. Nun leben sie rund dem Kienmarkt[45]. Neben dem Handel halten die Juden auch das Darlehensgeschäft in ihren Händen. Dafür verleihen sie nicht nur eigenes Geld, sondern auch das des Adels und des Klerus zu hohen Zinsen. Vorerst noch unter der Hand, da ihnen erst 1244 durch einen Schutzbrief Herzog Friedrichs II. 1244 das Recht für die offizielle Kreditvergabe verliehen werden wird.

Bartholomeus weißt nicht, dass Mordechais Wort in der jüdischen Gemeinde großes Gewicht hat und er ein direkter Nachfahre Schloms ist. Natürlich gibt es auch in Regensburg Juden, und der Händler hasst sie wie der Teufel das Weihwasser.

Sie sind so anders in ihrem Gehaben, Traditionen und Gebräuchen. Außerdem hatten sie Jesus Christus ans Kreuz geschlagen. Es ärgert Bartholomeus maßlos, dass dieser Mordechai ihn durchschaute und ihn nun anschwärzen will.

Da kam ihm die Idee mit der angeblichen Vergiftung durch den Juden. Da sich das geplatzte Geschäft unter vier Augen abspielte und keine Zeugen anwesend waren, kann er behaupten, was er will, dass Mordechai ihm vergifteten Wein kredenzt hatte. Man wird wohl einem ehrbaren Regensburger Kaufmann mehr Glauben schenken als einem durchtriebenen, windigen Juden.

»Trinkt das, Herr.«

Der Mönch ist mit einem Kelch zurückgekehrt und hält ihm das Gebräu hin.

»Was ist das?«

»Ein Extrakt aus verschiedenen Heilkräutern«, wird Bartholomeus erklärt. »Es wird Eure Pein lindern.«

Argwöhnisch nimmt der Händler das heiße Getränk entgegen, trinkt in kleinen Schlucken. Tatsächlich schmeckt das Gesöff sehr angenehm trotz des Geruchs, den es verströmt.

»Macht es Euch bequem, Herr«, sagt der Mönch. »Ich werde mit meinen Brüdern sprechen, wie man Euch helfen kann, und für Euch beten. Ruht Euch aus.«

Jetzt hat Bartholomeus genügend Muße, um sich umzusehen. Was sich vor seinen Augen abspielt, lässt ihn erschaudern, und er findet seinen Einfall mit der erlogenen Vergiftung überhaupt nicht mehr gut. Der Gestank schnürt einem die Luft ab. Eine Mischung aus Blut, Eiter, Erbrochenem, Kot und Urin. Er liegt in einem großen Saal. Betten und Tragen eng aneinandergereiht. Dazwischen Mönche und Hilfspersonal, die sich um die Kranken kümmern und sie versorgen.

Es ist die erste Wiener Spitalsgründung. Am 12. Mai 1211 auf Veranlassung Herzog Leopolds VI. und seinem Arzt und Kaplan, Meister Gerhard, ins Leben gerufen. Zugleich die erste Niederlassung auf deutschem Boden des Heiligen-Geist-Ordens aus Südfrankreich, der sich der Kranken- und Armenpflege widmet.

Ein infernalisches Gebrüll lässt Bartholomeus zusammenzucken. Es sind furchterregende Frauenschreie, und es klingt, als würde die Bedauernswerte gepfählt. Der Regensburger richtet sich auf und sieht hinter einem Verschlag, der nur mit einem Stück Stoff vor neugierigen Blicken notdürftig geschützt ist, eine Frau gebären.

Eine Hebamme bringt in einer Schüssel heißes Wasser und feuchte Tücher. Plötzlich verstummen die Schmerzensschreie schlagartig. Die Geburtshelferin und ihre Gehilfin kommen wieder heraus, bekreuzigen sich.

Bartholomeus hört, wie die Ältere zu ihrer jüngeren Helferin meint, eigentlich hätte sie es doch bereits können sollen. Schließlich wäre es ihr elftes Kind geworden.

Ein halb nackter, jüngerer Mann taucht wie aus dem Nichts auf, stößt spitze, schrille Schreie aus, wirft Gefäße um, tobt, dass er der Erlöser ist und nun das Jüngste Gericht beginnt. Zwei Mönche versuchen, ihn einzufangen, kriegen ihn zu fassen. Der Irre kann sich aber losreißen, schlägt auf die beiden ein. Ein alter Mann wirft mit seinem Krückstock nach ihm, verfehlt ihn nur knapp, trifft dafür eine Marienstatue, die von ihrem Sockel stürzt und dabei das Jesuskind aus ihrem Arm verliert.

Dieser arme Mann ist tatsächlich vergiftet. In ihm wütet das *Antoniusfeuer*. Es wird durch den Genuss von Roggenbrot ausgelöst, wenn der Roggen durch das Mutterkorn, einen schmarotzenden Pilz in der Roggenblüte, verunreinigt wird. Nach dem Verzehr kann es zu Wahnvorstellungen und Halluzinationen kommen. Einige Patres haben den Tobenden eingekreist, der sich wie ein waidwundes Tier um die eigene Achse dreht, auf der Suche nach einem Fluchtweg. Endlich gelingt es, ihn niederzuringen und fortzuzerren.

Nachdem noch einige Leichen an Bartholomeus vorbeigekarrt werden, will er nur mehr schleunigst weg von diesem düsteren Ort. Momentan ist keiner der Mönche zu sehen. Sie sind viel zu sehr mit dem Wahnsinnigen beschäftigt. Rasch erhebt sich Bartholomeus von seinem Lager, dreht sich um, und wie aus dem Boden gewachsen steht Mordechai vor ihm, lächelt ihn an. Bartholomeus erstarrt wie Frau Lot zur Salzsäule.

»No is' a Wunder geschehen? So ein *mazel tov*« [*Glück*], sagt Mordechai in bestem Jiddisch. »Fast schon vom *tayvl* [*Teufel*] geholt und dann a wundersame Genesung. Macht mit dem *ganev* [*Gauner*], was euch beliebt.«

Auf Mordechais Wink treten hinter einem Mauervorsprung zwei Schergen mit grimmigen Gesichtern vor. Sämtliche Beteuerungen helfen nichts. Augenblicklich wird Bartholomeus in Ketten gelegt und abgeführt. Ihm ist ein schwerer Fehler unterlaufen. Dem Mönch, der ihn zuerst in Augenschein nahm und ihm später den heilenden Trunk brachte, fiel sofort auf, dass dieser Mann nicht krank ist und schon gar nicht an einer Vergiftung leidet. Als Bartholomeus auch noch den Namen Mordechai nannte, schickte der Pater einen Bruder zu dem Juden, der ihn aufklärte, was tatsächlich vorgefallen war. Mordechai ließ es sich nicht nehmen, den Übeltäter selbst zu überführen.

Am nächsten Tag fällt der Stadtrichter in der Schranne sein Urteil. Zusätzlich zu seiner empfindlichen Geldstrafe muss der Regensburger noch zwei Wochen im Kerker bei Wasser und Brot ausharren. Danach wird er aus Wien verwiesen und darf die Stadt für ein Jahr lang nicht mehr betreten. Sein Pech, Mordechai unterhält auch beste Beziehungen zum Stadtrichter.

Das Heiligen-Geist-Spital stand am Wienfluss in der Nähe des heutigen Naschmarkts. Erst im letzten Viertel des 13. Jahrhunderts war dieses Krankenhaus durch Schenkungen in der Lage, Grundbesitz, Häuser und Höfe im Gebiet der verlängerten Kärntnerstraße bis zur Kettenbrucke(gasse) am Oberlauf des Flusses zu erwerben.

Trotzdem geriet das Spital 1345 in erhebliche finanzielle Schwierigkeiten, die zu einer Reduktion der Patientenzahl führten. Zu Beginn des 16. Jahrhunderts war das Ende nahe, es konnten nur noch geistliche Funktionen ausgeübt werden. 1529 erfolgte die endgültige Zerstörung, und es kam zu keinem Wiederaufbau mehr.

Geprellter Lohn
anno Domini MCCXL (1240)

Jemand verhaut etwas

Im Mittelalter ließen die Steinmetze ihre Gesellen und Lehrlinge die Inschriften in die Grabplatten nach Vorlagen meißeln. Da jedoch der Großteil Analphabeten waren, entstanden oft irreparable Fehler. Somit war der Grabstein »verhauen«.
Heute bedeutet es, etwas hat nicht geklappt und muss ausgebügelt werden.

2. Februar 1232 *Herzog Friedrich II. von Österreich und Steiermark erhält durch Bischof Gebhard von Passau in der Wiener Schottenkirche mit weiteren zweihundert jungen Edlen die »Schwertleite«, die Ritterwürde. Nach Jan Enikels Chronik aus 1280/85 sind zu diesem feierlichen Anlass erstmals die Farben Rot-Weiß-Rot getragen worden.*
Nach der Zeremonie misst sich die Schar der neuen Ritter in einem Turnier auf einem freien Feld im Westen Wiens. Der Legende nach soll durch die Zurufe des Publikums – »penzts enk« (müht euch ab!) – dieses Feld und die spätere Siedlung den Namen Penzing erhalten haben.

1. Mai 1234 *Konstanze, Schwester Friedrichs II., heiratet in Stadlau (heute Bezirksteil im 22. Wiener Gemeindebezirk) bei Wien Markgraf Heinrich von Meißen. Unter den Gästen sind die Könige von Böhmen und Ungarn, die Herzöge von Sachsen und Kärnten, der Landgraf von Thüringen, die Bischöfe von Salzburg, Passau, Freising, Bamberg und Seckau.*

Herbst 1234 *Das Verhältnis zwischen Herzog Friedrich II. und Kaiser Friedrich II. verschlechtert sich zusehends, da der Herzog sich auf die Seite seines Schwagers, König Heinrich VII., stellt, der sich wiederum gegen seinen Vater, den Kaiser, auflehnt.*

Mai 1235 *In Neumarkt in der Steiermark treffen die beiden Friedrichs – Kaiser und Herzog – aufeinander. Doch die Gegensätze scheinen unüberbrückbar.*

Juli 1235 *Kaiser Friedrich II. sitzt in Worms mit den deutschen Fürsten zu Gericht über seinen Sohn Heinrich. Der König wird entthront, nach Apulien verbannt, wo er als Gefangener im Februar 1242 stirbt.*

Herbst 1235 *Herzog Friedrich II. dringt mit einem Heer in Ungarn ein, da gewisse Kreise ihn nach dem Tod von König Andreas zum neuen Herrscher machen wollen. Doch der rechtmäßige Thronerbe, König Béla IV., schlägt den Herzog in die Flucht und treibt ihn bis vor Wiens Stadttore. Dabei wird das Land schwer verwüstet. Viele seiner Edlen lassen den Herzog im Stich, da sie eine günstige Gelegenheit wittern, endlich Friedrichs II. Willkürherrschaft abzuschütteln.*

Ende 1235 *Nur durch die Entrichtung einer beachtlichen Geldbuße kommt ein Frieden mit König Béla IV. von Ungarn zustande. Die ohnehin bereits bestehenden Abgaben werden nochmals durch eine Sondersteuer von Herzog Friedrich II. für Österreich und Steiermark erhöht, was den ungeliebten Herrscher noch unbeliebter macht. Klöstern, die diese neue Steuer verweigern, werden gewaltsam Gold und Silber geraubt. Der Landadel, Städte und der Klerus beschweren sich bei Kaiser Friedrich II..*

Ende Juni 1236 *Der Kaiser verhängt über den Herzog von Österreich und Steiermark die Reichsacht, entzieht ihm die Reichslehen, da er trotz dreimaliger Ladung nicht erschienen war.*

Sommer 1236 *Der Herzog Friedrich II. feindlich gesinnte Adel fällt in Österreich und in der Steiermark ein, um das kaiserliche Urteil zu vollstrecken. Der Kaiser will die Herzogtümer unter Reichsverwaltung stellen. Trotz fehlender Unterstützung der Bevölkerung gelingt es dem Herzog, sich durchzusetzen, zieht sich aber vorsichtshalber nach Wiener Neustadt in Niederösterreich zurück.*

Ende 1236 *Dem Kaiser reicht es, er fällt in Österreich ein und okkupiert große Teile des Landes.*

Anfang Jänner 1237 *Kaiser Friedrich II. wird in Wien feierlich empfangen. Er bleibt bis April. In seinem Gefolge sind u. a. König Wenzel von Böhmen, die Herzöge Otto von Bayern und Bernhard von Kärnten, Markgraf Heinrich von Thüringen, die Erzbischöfe von Mainz, Salzburg und Trier sowie der Patriarch von Aquileia.*

Februar 1237 *Der Kaiser lässt in Wien seinen neunjährigen Sohn Konrad zum deutschen König wählen.*

März 1237 *Der Kaiser bestätigt dem Wiener Schottenkloster die Privilegien, ausgestellt seinerzeit von Herzog Heinrich II. Jasomirgott und Herzog Leopold VI..*

April 1237 *Der Kaiser stellt Wien einen Freiheitsbrief aus und erhebt die Stadt zur unmittelbaren freien Reichsstadt. Die Verbriefung der neuen Rechte verleiht Wien den Rang einer kaiserlichen Stadt.*

1. Der Richter soll jährlich durch den Herrscher, falls erforderlich mit Rat der Bürger, eingesetzt werden. Er darf den Bürgern über das, was sie freiwillig geben, hinaus keine Reichssteuer auferlegen.

2. Die Heerfahrtspflicht der Bürger wird dergestalt begrenzt, dass sie von Kriegszügen noch am Tag des Aufbruchs vor Sonnenuntergang wieder zurückkehren können.

3. Die Juden dürfen nicht zu öffentlichen Ämtern zugelassen werden.

4. Für Zivil- und Kriminalklagen gegen Bürger sollen mit Ausnahme von Verbrechen gegen die Majestät oder die Stadt das Stadtrecht und die dort geltenden Rechtsgewohnheiten Gültigkeit haben.

5. Der zum Duell geforderte Bürger kann sich selbsiebent (selbstständig) von der Verpflichtung zum Kampf frei machen.

6. Der vom Herrscher bestellte Wiener Schulmeister wird ermächtigt, mit dem Rat der weisesten Bürger weitere zum Unterricht geeignete Lehrkräfte einzusetzen.

7. Allen, die über Jahr und Tag unangefochten in der Stadt leben, wird die persönliche Freiheit zugesichert.

8. Den Wiener Bürgern wird im Fall von Schiffbruch der Anspruch auf die gerettete Habe zugesichert.

Diese »Goldene Bulle« existiert nur mehr als Abschrift im sog. »Eisenbuch«, der 1320 begonnenen »Handfeste der Stadt Wien«.
Ebenso bestellt der Kaiser Bischof Eckbert von Bamberg zum Reichsverweser in Österreich und in der Steiermark. Ihn unterstützen der Burggraf von Nürnberg und der Graf von Eberstein. Die Hoffnungen des Kaisers, dass Herzog Friedrich II. sich freiwillig unterwirft, erfüllen sich nicht.

Juni 1237 *Reichsverweser Bischof Eckbert von Bamberg stirbt am 5. Juni. Daraufhin zieht der Burggraf von Nürnberg auf dem Steinfeld bei Wiener Neustadt eine Streitmacht zusammen, um gegen Herzog Friedrich II. anzutreten. Doch der Herzog greift die noch unorganisierten Truppen an und vernichtet sie. Danach nimmt er sich die kaiserlichen Statthalter in Pitten und Tulln (beides Orte in Niederösterreich) vor und besiegt sie.*

Nach 1237 *Minnesänger Neidhart von Reuenthal stirbt.*

Juni 1238 *Herzog Friedrich II. belagert Wien. Ein kaiserliches Entsatzheer wird in die Flucht geschlagen.*

Weihnachten 1239 *Da sämtliche Nahrungsvorräte aufgebraucht sind, bleibt Wien nach langer Belagerung nichts anderes übrig, als sich Herzog Friedrich II. zu ergeben. Die kaiserlichen Privilegien für die Reichsstadt werden aufgehoben. Der Herzog verzichtet auf ein Strafgericht.*
Der bereits zum dritten Mal von Papst Gregor IX. gebannte Kaiser Friedrich II. söhnt sich Ende 1239 mit Herzog Friedrich II. aus. Die Reichsacht wird aufgehoben. Der Kaiser will in seinem Streit mit dem Papst nicht auch den Babenberger zum Feind haben. Der Erzbischof von Salzburg und der Bischof von Passau werden wegen ihrer Vermittlertätigkeit in dieser Auseinandersetzung vom Papst gebannt.

Frühjahr 1240 *Herzog Friedrich II. wird vom Papst gebannt.*

Juni 1240 *Sämtliche Differenzen zwischen Kaiser und Herzog sind ausgeräumt. Der Kaiser erweitert die Privilegien für die Babenberger; Befreiung von auswärtigem Gerichtszwang. Das Kreuz der Kai-*

serkrone darf auf dem Herzogshut getragen werden.

9. April 1241 Schlacht bei Liegnitz in Schlesien. Mongolen besiegen ein deutsches Ritterheer unter Führung Heinrichs des Frommen von Niederschlesien. Noch können mongolische Angriffe auf Böhmen und Mähren abgewehrt werden.

April 1241 Die Ungarn werden von den Mongolen auf der Heide von Mohi am Sajofluss geschlagen.

Mai 1241 König Béla IV. von Ungarn flüchtet zu Herzog Friedrich II., der ihm Waffenhilfe zusagt. Im Gegenzug erhält der Herzog die westungarischen Komitate Ödenburg, Wieselburg und Eisenburg.

13. Juni 1241 Herzog Friedrich II. berichtet in einem Brief an König Konrad IV., Sohn Kaiser Friedrichs II., über die gefährliche Lage im Osten durch die Mongolen und bittet um Unterstützung. Mongolische Horden sind bereits bis vor Wiener Neustadt und Korneuburg (Niederösterreich) vorgedrungen.

Sommer 1241 Herzog Friedrich II. stoppt den mongolischen Vormarsch, indem er die ungarischen Grenzfestungen besetzt.

April 1242 Die Mongolen ziehen endgültig über Ungarn und Serbien ostwärts. Herzog Friedrich II. stellt sich ihnen mit einer großen Streitmacht, in der auch Wladislaw von Böhmen, Herzog Bernhard von Kärnten, Patriarch Berthold von Aquileia und der Markgraf von Baden vertreten sind. Wahrscheinlich ist auch der plötzliche Tod des Oberkhans Dschgatai ein Grund für den mongolischen Rückzug.

1243 Herzog Friedrichs II. zweite Ehe mit Agnes von Andechs-Meranien wird wegen Kinderlosigkeit geschieden, dadurch entsteht eine Feindschaft mit der Dynastie seiner Ex-Gemahlin.

28. Mai 1244 Als Dank für erwiesene Treue erhält Wiener Neustadt von Herzog Friedrich II. eine neue Maut-, Markt- und Zollordnung.

1. Juli 1244 Der Herzog erlässt für Wien eine neue Stadtordnung. Es ist eine Überarbeitung von 1221, begünstigt jedoch die Wiener Bürger in rechtlicher und wirtschaftlicher Stellung.
Die Juden erhalten einen Schutzbrief, der ihnen das Recht auf Geld-

verleih gewährt. Dieses »Judenschutzgesetz« wird als Vorbild auch in Böhmen, Ungarn und anderen deutschen Ländern angewandt.

April 1245 *Zwischen Kaiser Friedrich II. und Herzog Friedrich II. finden Verhandlungen über die Erhebung der Herzogtümer Österreich und Steiermark zum Königreich Österreich statt, mit Krain als lehenspflichtigem Herzogtum. Die Urkunde soll bereits ausgestellt worden sein, der Babenberger hat angeblich schon den Königsring empfangen.*

Gertrud von Babenberg, Tochter Heinrichs des Grausamen und Nichte von Herzog Friedrich II., soll mit dem Kaiser vermählt werden. Der kinderlose Herrscher erhofft sich dadurch Anspruch auf den Babenberger-Besitz.

29. Juni 1245 *Die Hochzeit in Verona platzt, da Gertrud nicht vor dem Traualtar erscheint. Sie will den gebannten Kaiser nicht heiraten. Außerdem ist sie bereits mit dem böhmischen Königssohn, Markgraf Wladislaw von Mähren, verlobt. Wegen dieses Fauxpas scheitert auch die Erhebung des Herzogtums Österreich zum Königreich.*

26. Jänner 1246 *In der Schlacht von Staatz (Niederösterreich) besiegt Herzog Friedrich II. die in Österreich eingedrungenen Böhmen. Der böhmische König wollte die Hochzeit seines Sohnes mit Gertrud erzwingen, um sich das babenbergische Erbe zu sichern.*

Frühjahr 1246 *Streit zwischen König Béla IV. von Ungarn und Herzog Friedrich II. Der Ungar fordert die wegen der Mongolengefahr verpfändeten westungarischen Komitate zurück.*

15. Juni 1246 *Da sich die beiden nicht einigen können, kommt es zur Schlacht an der Leitha bei Wiener Neustadt. Wahrscheinlicher ist nach neuestem Forschungsstand, dass die kriegerische Auseinandersetzung sich in Ebenfurth (ebenfalls Niederösterreich) zuträgt. Das Pferd des Herzogs wird tödlich getroffen, begräbt Friedrich II. unter sich. Der Herzog wird von den Ungarn erschlagen. Der Oberbefehlshaber des Heeres, Heinrich von Liechtenstein, besiegt die ungarischen Streitkräfte. Friedrich II. hinterlässt keine Nachkommen und*

keine Bestimmungen über seine Nachfolge.
Das Ende der Babenberger in Österreich und in der Steiermark.

*

Magister Leopoldus ist sichtlich zufrieden mit dem Werk. Anerkennend nickend, betrachtet er dieses Kunstwerk, lässt sich von der Schar der Steinmetze, die ihn umringen, verschiedene Details erklären, sieht sich Pläne und Zeichnungen an, vergleicht sie mit den in Stein gehauenen Ergebnissen.

»Mehr und mehr nimmt Sankt Stephan dank Eurer geschickten Hände Arbeit Gestalt zum Ruhme unseres Herrgotts an«, lobt er die Arbeiter. »Diese *Ristür* ist Euch vortrefflich gelungen.«

Die Ristür – das Riesentor – ist endlich fertiggestellt, ganz nach dem Vorbild des Bamberger Doms, ein Trichterportal im Stil der späten Romantik.

»Euer Werk wird sicherlich auch das Wohlgefallen unseres hochlöblichen Herzogs erregen und Gnade vor seinen Augen finden«, ist Leopoldus überzeugt.

Erst seit einem Jahr – seit 1239 – ist der Magister für Herzog Friedrich II., den Streitbaren, wie er allgemein genannt wird, als *Protonotar*, als Leiter der herzoglichen Kanzlei, tätig. In dieser kurzen Zeit bewährt sich Leopoldus hervorragend und wurde von seiner Hoheit deshalb zum Pfarrer von Wien ernannt.

Obwohl die Ausmaße dieser Ristür beeindruckend sind, hat diese Bezeichnung nichts mit Riesen aus der Sagen- und Legendenwelt zu tun. Es handelt sich dabei um die allgemeine Bezeichnung für das Haupttor eines Gotteshauses.

Während sich die anderen über das Lob und die Anerkennung des Pfarrers sichtlich freuen, ist einer, der etwas hinten und abseits steht, sichtlich unzufrieden. Der Steinmetzgehilfe Adalbert ist maßlos verärgert, dass seine Arbeit einfach übergangen und mit keinem Wort erwähnt wird. Dabei ist es nur seinem Zeichentalent zu verdanken, dass diese beiden Symbole überhaupt in Stein verewigt werden konnten.

Wer dafür den Auftrag gab, weiß Adalbert nicht. Sein Meister sagte nur, da er die besonderen zeichnerischen Fähigkeiten seines Gehilfen bestens kennt, Adalbert solle sich darum kümmern. Nachdem er die geforderten Zeichnungen ablieferte, zeigte sein Meister nur auf zwei Steinblöcke und befahl ihm anzufangen.

Was Adalbert obendrein die Zornesröte ins Gesicht treibt, von unten, wenn man vor dieser Ristür steht, ist nur ein Bruchteil seiner Arbeit zu sehen. Niemals wird irgendwer auf Erden diese Detailgenauigkeit betrachten können, um die er so bemüht war. Das ist nur von oben zu sehen, und der Mensch müsste wie ein Vogel fliegen können, um diese Kunstwerke entsprechend zu würdigen. Auch Magister Leopoldus erwähnt mit keiner Silbe Adalberts Arbeit. Über das Unaussprechliche wird der Mantel des Schweigens gehüllt.

Diese Symbolik, die Adalbert geschaffen hat und links und rechts der Ristür zu sehen ist, hat mit dem Kirchgang zu tun. Der Eintritt durch diese Ristür ist nur dem Adel und Klerus vorbehalten. Frauen und Männer dürfen das Gotteshaus nicht gemeinsam betreten. Für das weibliche Geschlecht ist der rechte Seiteneingang vorgesehen, Männer treten links ein. Da das einfache Volk des Schreibens und Lesens nicht kundig ist, sind die Symbole der Geschlechtsteile die besten Wegweiser, die jeder Tölpel versteht.

Das eigene Geschlechtsorgan zu zeichnen, stellte für Adalbert kein Problem dar. Schwieriger wurde es mit der Frau. Der Steinmetzgehilfe ist ledig, ist selbst noch unberührt gewesen. Außerdem drängte sein Meister, dass es höchste Zeit war, den Auftrag endlich auszuführen.

Adalbert nahm all seinen Mut zusammen, ging hinaus vor die Stadtmauer und suchte eine der Spelunken auf, von denen er wusste, dass dort Dirnen zu finden waren.[46] Es wird sich doch eine *huer* finden lassen, die ihm erlaubt, ihr Paradies zu zeichnen. Natürlich könnte er es verlangen, und die Frau müsste sich gefälligst fügen.

Liebesdienerinnen sind rechtlos. Der Mann darf mit ihnen alles anstellen, wie es ihm in den Sinn kommt. Ihr gesellschaftlicher Status ist dem von Henkern, dem fahrenden Volk, Abdeckern und Abtritträumern gleichgestellt; sie sind ehrlos und stehen außerhalb der städtischen Rechtsordnung. Die einschlägigen Schenken, in denen diese Dirnen zu finden sind, befinden sich außerhalb der Kontrolle der Stadtwache. Außerdem ist auf diese Männer ohnehin kein Verlass. Sie sind Söldner, durchwegs korrupt und selbst vielfach in kriminelle Handlungen verstrickt.

Tatsächlich fand Adalbert ein junges Ding, das anfänglich mehr als verwundert war, nachdem sie sein Begehren gehört hatte. Das war auch für sie neu, obwohl sie inzwischen eigentlich alles kennenlernte, was sich an Perversionen in Männerköpfen abspielte.

Außerdem gefiel ihr der junge Mann. Nachdem sie seine Zeichnung sah, war sie entzückt und bat ihn, noch eine weitere Zeichnung, nur für sie, anzufertigen. Dafür zog sie sich vollkommen nackt aus, und Adalbert legte sich mächtig ins Zeug. Nun hatte sie ihren eigenen Akt. Keine der anderen *huern* konnte da mithalten, und sie war mächtig stolz auf ihr Ebenbild.

Allerdings darf sie sich nicht mit ihrer eigenen Aktzeichnung erwischen lassen. Das ist Teufelswerk und zöge schwere Konsequenzen mit sich. Mit Glück würde sie mit kahl geschorenem Kopf am Pranger oder in der Schandgeige zum Gaudium der Leute als Sünderin zur Schau gestellt, vielleicht auch im Kerker landen und nach Verbüßung der Haft aus der Stadt verjagt werden. Eher wahrscheinlicher, dass man sie auf dem Scheiterhaufen verbrennen würde.

Auch der Künstler muss höllisch aufpassen. Wird das Mädchen ertappt und verrät sie ihn vielleicht unter der Folter, könnte es für ihn ebenfalls den Tod durch Vierteilen, Pfählen oder ans Rad geflochten werden bedeuten.

Als Adalbert das Dirnenhaus verließ, sah er seinen Meister hineinhuschen, doch der bemerkte seinen Gehilfen nicht. Der junge Mann mag zwar von einfachem Gemüt sein, er ist jedoch keineswegs einfältig, und er hat längst begriffen, Wissen ist Macht.

So ist ihm bekannt, dass der Meister verheiratet ist und vier kleine Kinder zu versorgen hat. Ehemännern, Geistlichen und Juden ist der Besuch bei den leichten Mädchen verboten. Allerdings hält sich kaum jemand daran. Wer erwischt wird, berappt ein Bußgeld, und verheiratete Männer können nur hoffen, dass ihre Fehltritte nicht bekannt werden.

Mit der Vorlage der gezeichneten Vulva des Mädchens griff Adalbert zu Hammer und Meißel, schaffte eine wunderbare erotische Skulptur in allen Einzelheiten, musste sich täglich die Zoten seiner Kollegen anhören und gefallen lassen. Nach Vollendung und Begutachtung durch seinen Meister wurden Adalberts Werke der weiblichen und männlichen Geschlechtsorgane mit Seilwinden über ein Gerüst auf ihre vorgesehenen Plätze gehievt und fix verankert für die Ewigkeit.

Nun steht Adalbert mit den anderen Steinmetzen um Magister Leopoldus versammelt, doch niemand nimmt von dem jungen Mann Notiz. Zumindest einen Trost gibt es. Heute zahlt der Meister ihm seinen Lohn aus. Der Pfarrer von Wien verabschiedet sich, meint, andere Pflichten rufen, und geht zurück in sein Pfarrhaus. Die Steinmetze wenden sich wieder ihren Arbeiten zu, und der Meister erklimmt ein Gerüst. Adalbert folgt ihm.

»Meister!«, ruft er.

Auf halber Höhe hält der Angerufene inne, dreht sich auf dem Brett um und blickt hinunter zu Adalbert.

»Was willst du?«

»Mit Verlaub, darf ich den Meister um meinen Lohn bitten?«

»Ja, später.« Er will weiter hochsteigen.

»Bleibt es bei dem Betrag, den Ihr mir versprochen habt?«, will Adalbert es genau wissen.

»Welcher Betrag? Ich kann mich nicht entsinnen, dass ich dir etwas zugesagt habe.«

Zunehmend wird der Steinmetzmeister wütender, und er kehrt um. Was bildet dieser Lausbub sich nur ein? Noch nicht einmal trocken hinter den Ohren, aber schon Forderungen stellen! Nun steht er mit Adalbert auf dem gleichen Brett.

»Ihr habt es mir versprochen, Meister«, beharrt Adalbert weiter.

»Bürschchen, jetzt hörst du mir genau zu. Wofür willst du Geld? Für eine Arbeit, die nun niemand mehr sehen kann? Du hattest doch dein Vergnügen, als du diese *vut* gezeichnet hast, oder nicht? Aus dem Gedächtnis hast du das sicher nicht getan. Das ist Lohn genug für dich. Du hast doch noch nie eine Frau gehabt.«

Also doch. Adalbert hat geahnt, dass der Meister ein Galgenvogel ist und ihn betrügen wird. Er weiß auch, dass er nur deshalb von seinem Meister anerkannt wird, weil er sich eben sehr gut aufs Zeichnen versteht.

»Ich habe etwas gesehen«, sagt Adalbert leise, damit die anderen es nicht hören können.

»Was?«, fragt der Meister unwirsch. »Was hast du gesehen?«

»Neulich habe ich den Herrn Meister, draußen vor Mauer, zu den *huern* gehen gesehen, und der Herr Meister ist in einem dieser Häuser verschwunden. Ich weiß, dass es für den Herrn Meister verboten ist, weil der Herr Meister ein verheirateter Mann ist.« Wie du mir, so ich dir. »Wenn ich meinen Lohn, den der Herr Meister mir versprochen hat und der mir zusteht, erhalte, bin ich verschwiegen wie ein Grab. Allerdings kann ich es auch der Frau Meisterin sagen und dem Hochwürden.«

Der Meister wird plötzlich aschfahl im Gesicht. Das Bußgeld, das er bezahlen müsste, ist seine geringste Sorge. Vielmehr fürchtet er sich vor seiner herrischen Frau, und Magister Leopoldus wird seinen Seitensprung ebenfalls nicht befürworten. Die Konsequenzen mag sich der Meister gar nicht erst ausmalen. Dazu das Gespött auf der Baustelle, obwohl die anderen um nichts besser als er selbst sind.

Er geht einen Schritt auf Adalbert zu, beginnt, in den Knien zu wippen, das Brett beginnt, gefährlich zu schwanken.

»Pass auf!«, schreit der Meister und tippt Adalbert an die Brust. Der Bursche gerät aus dem Gleichgewicht, rudert verzweifelt mit den Armen in der Luft, doch er findet keinen Halt, keine Rettungsmöglichkeit. Rücklings, mit einem lauten Schrei stürzt Adalbert in die Tiefe. Zumindest betritt er als Mann das Jenseits. Das Mädchen, das er gezeichnet hatte, machte ihn aus Dankbarkeit für seine Kunst dazu.

… und dieser Mord bliebt für immer unaufgeklärt. Leider war es ein bedauerlicher Unfall.

Der Name »Riesentor« für den Haupteingang an der Westfront zwischen den beiden Heidentürmen ist legendenumrankt.

Angeblich wurden während des Baus Mammutknochen gefunden. Allerdings bedeutet »risen« im Mittelhochdeutschen »sinken« und »fallen«, bezieht sich auf die Trichterform des nach innen tief und schräg abfallenden Portals.

Im Tympanon – die Schmuckfläche in einem Giebeldreieck oder einem Portalbogenfeld – thront Christus als Weltenrichter mit unbedecktem Knie auf einem Regenbogen. Das entblößte linke Knie lässt sich als Herrschaftssymbol deuten und lässt Rückschlüsse auf das antike Kaiserbild griechischer Zeus-Statuen zu. Ihn umgibt eine Mandorla, eine Glorie oder Aura, gehalten von Engeln. Christus selbst erhebt seine rechte Hand zum Segensgruß, und in der Linken hält er das Buch des Lebens.

Auf den sogenannten Kämpfern der Portalsäulen finden sich halbfigurine Darstellungen der zwölf Apostel und die Evangelisten Markus und Lukas.

Darunter verläuft ein schmales Friesband mit Tieren, Teufeln, Drachen und Fantasiefiguren.

Rechts sind zwei Hunde mit einem gemeinsamen Kopf in Ranken gefesselt, ein Fuchs, der einen Menschen an den Haaren zerrt. Zwischen einem Löwen und einem Affen fasst ein Mensch seinem Vordermann an dessen spitzen Hut und hebt seine Axt zum Schlag. In der mittelalterlichen Darstellung sind Männer mit Spitzhüten die Juden. Die erhobene Axt bedeutet »Hackl ins Kreuz (Rücken)«, jemandem Böses antun, etwas Schlimmes im Schilde führen.

Ein kleiner Teufel und ein Mann mit erhobenen Händen finden sich vor ineinander verschlungenen Drachen. Den Reliefabschluss bilden ein Tierkörper mit Menschenkopf und eine tanzende Sirene, ein weibliches Fabelwesen aus der griechischen Mythologie.

Die Säulen schmücken Ornamentbänder und Pflanzenreliefs. Die Knospenkapitelle zeigen bereits erste Einflüsse der aufkeimenden Gotik.

Im Inneren des Riesentors tragen sieben Säulen, teilweise mit Bind- und Flechtwerk, um das Böse zu binden, das Portal. Am oberen Ende der Pflanzenkapitelle sind Menschenköpfe mit weit aufgerissenen Augen, Fratzen und Tierschädel zu sehen.

Über ihnen wird das menschliche Leben zwischen Seligkeit und Verdammnis dargestellt. Affen und Teufel versuchen, den Menschen Schlingen um die Hälse zu legen, um sie am Betreten der Kirche zu hindern. Zwei Gerichtsvögel weisen auf Rettung und Verdammnis hin. Daneben befinden sich Mensch und Teufel im immerwährenden Kampf gegen die Versuchung.

Der Besucher, der vor dem Riesentor steht, wird nicht auf Anhieb die Sexualsymbolik an der Front des Doms entdecken. Links ist naturgemäß der Phallus leichter zu erkennen als rechts die Vagina. Vielleicht leitet sich deshalb auch die Bezeichnung »Heidentürme« ab? Nicht nur wegen des »heidnischen« Baumaterials aus altrömischen Ruinen, sondern genau wegen dieser beiden nichtchristlichen Symbole.

Interessant ist, dass sich mit dem Blick zum Hochaltar im Osten der Bereich für die Frauen plötzlich nach links verkehrt, während die Männer nun auf der rechten Seite sitzen. Diese Umkehr kann auch so ausgelegt werden, dass man auf diese Weise den Einfluss dieser heidnischen Symbole brechen wollte.

Eine andere These geht davon aus, dass die übergroßen Geschlechtsorgane Fruchtbarkeitssymbole aus keltischer Zeit sind. Dabei handelte es sich um den Platz, auf dem der Stephansdom steht. Die Vermutung, dass die Kelten an diesem Ort ihre Orakel und kultischen Riten abhielten, in denen es auch um Fruchtbarkeit und das Jenseits ging. Vielleicht wollte der Erbauer der Westfassade mit diesen überdimensionalen Geschlechtsteilen auf die ehemalige Bedeutung des Platzes für die Kelten vom fünften bis ersten Jahrhundert v. Chr. darauf hinweisen.[47]

SPÄTMITTELALTER

Fataler Verdacht

anno Domini MCCLXXVI (1276)

Jemand hat etwas auf dem Kerbholz

Wer die Dienste einer »gemainen Frau«, also einer Dirne, in Anspruch nahm, musste nicht unbedingt bar bezahlen. Dafür gab es den Rabisch, einen Holzstab mit Kerben. Wenn den Mann die Lust überkam, schnitt er eine Kerbe ab, gleichsam sein Guthaben. So lange, bis eben der Stab aufgebraucht war. Allerdings gibt es keine Aufzeichnungen darüber, wie kurz oder lang dieser Rabisch war.

Heute bedeutet es, jemand ist kriminell gewesen bzw. geworden, wenn er etwas auf dem Kerbholz hat.

Mit dem Ende des letzten Babenbergers *folgen Jahre des Interregnums bis 1276. Österreich ist herzoglos und später auch ohne Kaiser. Die Herzogtümer Österreich und Steiermark fallen an das Kaiserreich zurück. Allerdings kann Kaiser Friedrich II. sich nicht um eine Neuregelung kümmern, da er zu sehr in seinem Kampf mit dem Papst verstrickt ist.*

Ende 1246 *Friedrich II. ernennt Graf Otto von Eberstein zum Statthalter von Österreich und Graf Meinhard III. von Görz für die Steiermark.*

1247 *Die babenbergischen Prinzessinnen berufen sich auf das »Privilegium minus« und stellen Erbansprüche. Gertrud, Nichte Friedrichs II. und mit Markgraf Wladislaw von Mähren verheiratet, der allerdings am 19. Jänner 1247 stirbt. Margarete, Schwester Herzog Friedrichs II. und Witwe von König Heinrich, dem Sohn von Kaiser Friedrich II. und Konstanze, ist verheiratet mit Markgraf Heinrich von Meißen. Sie ist die zweite Schwester von Herzog Friedrich II.. Im Verlauf dieser komplizierten Verhältnisse wird Papst Innozenz IV. angerufen, der* *schließlich Gertrud für erbberechtigt erklärt.*

Die Böhmen fallen am linken Donauufer ein, und die Ungarn dringen in der Steiermark ein.

Gegen den Willen des Papstes Innozenz IV. wählt das Salzburger Domkapitel Philipp von Spanheim zum Erzbischof. Der Sohn von Herzog Bernhard von Kärnten gibt sich nun den Beinamen der »Erwählte«, weil er kein Angehöriger des Klerus ist. Ebenso verweigert er Priester- und Bischofsweihe. Seine klerikale Karriere ist bereits 1256 wieder beendet, er wird abgesetzt.

April 1247 *Wien wird abermals zur unmittelbaren Reichsstadt erhoben.*

Sommer 1248 *Reichsverweser bzw. Statthalter Graf Otto von Eberstein tritt zurück, ihm folgt Herzog Otto von Bayern.*

Die Babenbergerin Gertrud heiratet Markgraf Hermann von Baden und lässt sich in Mödling, Niederösterreich, nieder. Hermann ist ein Günstling der Kirche und wird von seinem Onkel Herzog Otto von Bayern gefördert. Obwohl sich ein Teil des Adels hinter Hermann stellt, kann er sich in Österreich nicht durchsetzen.

1250 *Beginn des Spätmittelalters*

1. Hälfte 1250 *Zwar nennt sich Markgraf Hermann von Baden Herzog, doch kann er sich nicht durchsetzen. Die Zustände in Österreich und in der Steiermark verschlimmern sich zusehends. Zudem brechen wieder die Ungarn herein, brandschatzen und plündern, über die Leitha kommend, dringen bis nach Kleinmariazell in Niederösterreich vor.*

4. Oktober 1250 *Markgraf Hermann von Baden stirbt. Seine Witwe Gertrud flieht zu ihrer Tante, Markgräfin Konstanze von Meißen. Der gemeinsame Sohn mit Friedrich, Hermann, wird später ein enger Freund von König Konradin von Hohenstaufen. Hermann wird, zusammen mit dem König, am 29. Oktober 1268 in Neapel enthauptet.*

13. Dezember 1250 *Kaiser Friedrich II. von Hohenstaufen stirbt in Fiorento bei Lucera in Apulien.*

Frühjahr 1251 *Der Landtag der österreichischen Stände trifft in Trübensee, Niederösterreich, zusammen. Man will einen Sohn von Kons-*

tanze von Meißen zum Landesherrn. Eine Delegation unter Führung von Heinrich von Liechtenstein reist nach Meißen, darunter auch der Wiener Schottenabt Philipp, Abt Dietmar von Klosterneuburg und Friedrich der Schenk von Hausbach.

In Prag schlägt König Wenzel von Böhmen der Gesandtschaft seinen Sohn Przemysl Ottokar als Landesherrn vor. Für den König bereits eine klare Sache, wartet er erst gar keine Entscheidung ab. Sein Sohn ist bereits mit einem stattlichen Heer, viel Geld und kostbaren Geschenken auf dem Weg nach Österreich.

November 1251 *Przemysl Ottokar rückt von Böhmen über Linz und Enns in Oberösterreich nach Wien vor. Angesichts seines Heeres stößt er auf keinen Widerstand.*

12. Dezember 1251 *Przemysl Ottokar zieht in Wien ein, wird freundlich empfangen.*

Frühjahr 1252 *Przemysl Ottokar ist am Ziel, ganz Österreich ist in seiner Hand.*

7. April 1252 *Der erst zweiundzwanzigjährige Przemysl Ottokar von Böhmen heiratet die siebenundvierzigjährige Margarete von Österreich, eine Schwester von Herzog Friedrich II., in der Burgkapelle von Hainburg in Niederösterreich. Für diese Ehe ist ein Dispens des Papstes aufgrund der engen Verwandtschaft nötig. Przemysl Ottokar herrscht nun über Österreich, nennt sich Herzog von Österreich und Steiermark.*

Sommer 1252 *König Béla IV. von Ungarn dringt in Österreich ein, erhebt Ansprüche auf die Steiermark.*

Herbst 1252 *Przemysl Ottokar besetzt die Steiermark, verdrängt Béla IV., der jedoch nicht aufgeben will.*

Ende 1252 *Die steirischen Stände wählen Stephan, den Sohn Bélas IV., einstimmig zum Herzog von Steiermark.*

Béla IV. überredet Gertrud von Österreich, eine Nichte von Herzog Friedrich II., seinen Neffen, Fürst Roman von Halics, zu heiraten. Sie wird bereits kurz nach der Eheschließung verstoßen.

22. September 1253 König Wenzel I. von Böhmen stirbt, sein Sohn tritt als Przemysl Ottokar II. die Nachfolge an.

3. April 1254 Friede von Ofen, dem alten Teil in Budapest, zwischen Béla IV. von Ungarn und Przemysl Ottokar II.. Auf Wunsch von Papst Innozenz IV. werden die babenbergischen Länder geteilt. Przemysl Ottokar II. behält Österreich, bekommt noch den Traungau, das Salzkammergut und das Gebiet um Pitten in Niederösterreich dazu. Béla IV. erhält die übrigen Gebiete in der Steiermark.

28. Jänner 1256 Graf Wilhelm von Holland stirbt, der deutsche Gegenkönig seit 1247. Mit seinem Tod beginnt das eigentliche Interregnum.

1256 Streit um den Salzburger Bischofssitz. Während Przemysl Ottokar II. Philipp von Spanheim unterstützt, ist Béla IV. aufseiten von Bischof Ulrich von Seckau, der auch ab 1257 zum Erzbischof von Salzburg ernannt wird.

Der steirische Adel lehnt sich gegen die ungarische Willkürherrschaft auf. Mit Unterstützung des Kärntner und österreichischen Adels wird die ungarische Besatzung vertrieben. Auch Przemysl Ottokar II. wird um Hilfe gebeten.

16. April 1257 Wiener Bürger gründen das »Bürgerspital« außerhalb des Kärntnertores am linken Ufer des Wienflusses. Die »Bürgerspitalsbruderschaft« sorgt für die finanziellen Mittel. Zuerst war es ein Asyl für mittellose Kranke, erst später entwickelt sich das tatsächliche Bürgerspital.

7. August 1258 Die Stephanskirche fällt einem Brand zum Opfer. König Przemysl Ottokar II. unterstützt den Wiederaufbau.

1259 Die Mehrheit des steirischen Adels bietet Przemysl Ottokar II. die Landesherrschaft an. Die ungarische Unterdrückung ist abermals unerträglich geworden.

Frühjahr 1260 König Béla IV. von Ungarn überfällt Österreich.

12. Juli 1260 Schlacht von Kroissenbrunn bei Marchegg in Niederösterreich. Przemysl Ottokar II. besiegt Béla IV.. Alte Chroniken berichten von vierzehntausend ertrunkenen Ungarn in der March.

31. März 1261 *Erster Friede von Wien. Béla IV. verzichtet zugunsten Przemysl Ottokars II. auf die Steiermark. Das Land »ob der Enns« wird durch die Vereinigung des Traungaus mit den übrigen oberennsischen Gebieten errichtet; Linz entwickelt sich langsam zur Landeshauptstadt.*

25. Oktober 1261 *Przemysl Ottokar II. löst mit Zustimmung des Papstes Urban IV. seine Ehe mit Margarete von Österreich, heiratet danach Kunigunde von Machow, eine Enkelin Bélas IV..*

6. August 1262 *Przemysl Ottokar II. lässt sich vom deutschen Schattenkönig, dem Engländer Richard von Cornvallis, dessen Wahl er unterstützte, ohne Zustimmung der Kurfürsten schriftlich mit Böhmen, Österreich und der Steiermark belehnen. Ein glatter Rechtsbruch. Am 23. Dezember lässt er sich in Prag feierlich krönen.*

1263 *König Przemysl Ottokar II. baut zügig seine Macht aus, fordert Güter und Rechte zurück, die der österreichische Adel sich seit 1246 angeeignet hat, verlangt die Schleifung sämtlicher neu angelegter Burgen. Die Bestimmungen des babenbergischen Landrechts werden überarbeitet und erneuert. Böhmische und mährische Adelige übernehmen die wichtigsten Ämter in Österreich und in der Steiermark.*

1264 *Die Grafschaft Kyburg fällt an Graf Rudolf von Habsburg, nachdem sein Onkel als letzter Kyburger starb. Die Kyburger waren die Erben der Zähringer und eine der mächtigsten Dynastien in der Schweiz mit einem Herrschaftsgebiet von der Glatt bis an den Rhein.*

1267 *Gründung des Siechenhauses zum Klagbaum auf der Wieden in Wien durch Pfarrer Gerhard von St. Stephan für an Aussatz Erkrankte. Er gründet auch das Prämonstratensernonnenkloster zur Himmelpforte. Abt Heinrich von Heiligenkreuz gründet das Zisterzienserkloster St. Niklas in der Wiener Singerstraße.*

10. – 12. Mai 1267 *In der Stephanskirche findet die »Provinzial-Synode« statt. Themen sind die Verbesserung von Zucht und Ordnung innerhalb der Kirche und die Bekämpfung der Irrlehren, besonders durch die »Geißler« (Flagellanten).*

Neben besonderen Vorschriften und Geboten für den Klerus (Mäßigung, Religiosität und Keuschheit) werden auch strenge Verhaltensmaßregeln für die Juden in der Öffentlichkeit und gegenüber Christen beschlossen. Juden haben, um sie besser erkennen zu können, den »cornutum pileum«, den gehörnten Hut, zu tragen.

Frühjahr / Sommer 1268 *Der Adel erhebt sich gegen die unerbittliche Herrschaft von König Przemysl Ottokar II.. Nur mithilfe der Kirche sowie der Städte und Märkte kann er wieder die innere Ordnung in Österreich und der Steiermark herstellen.*

27. Oktober 1269 *Herzog Ulrich III. von Kärnten stirbt. Abgesichert durch den Vertrag vom 4. Dezember 1268, fallen Kärnten und Krain an seinen Vetter, König Przemysl Ottokar II.. Nun reicht der Herrschaftsbereich des böhmischen Königs vom Riesengebirge bis zur Adria.*

Herbst 1270 *König Stephan V. überfällt Österreich. Er hat mit dem letzten Spanheimer, Philipp, dem Erwählten von Salzburg, ein Bündnis geschlossen. Dieser war im Vertrag vom Dezember 1268 übergangen worden.*

April 1271 *König Przemysl Ottokar II. vom Böhmen erobert einen Teil des nordwestlichen Ungarns.*

14. Juli 1271 *Zweiter Friede von Wien zwischen Ottokar II. und Stephan V.. Philipp von Spanheim verzichtet auf seine Ansprüche. Der König von Ungarn anerkennt Ottokars Herrschaft über Kärnten und Krain.*

1. Oktober 1273 *Graf Rudolf von Habsburg wird in Frankfurt einstimmig von den deutschen Kurfürsten zum deutschen König gewählt. Przemysl Ottokar II., einziger Gegner Rudolfs und mit umstrittenem Stimmrecht, erhebt vergeblich Einspruch bei Papst Gregor X.*

Die Habsburger verfügen über ausgedehnte Besitzungen in Südwestdeutschland und in der Schweiz, sind Landgrafen des Zürich- und Aargaus, üben Vogteirechte am Vierwaldstätter See, in Schwyz, Uri und Unterwalden aus.

König Rudolf I. von Habsburg wird von Papst anerkannt, verspricht eine Abkehr von der staufischen Hausmachtspolitik. **Ende des Interregnums.**

24. Oktober 1273 *König Rudolf I. von Habsburg wird in Aachen feierlich zum König gewählt.*

Dezember 1273 *Rudolf I. verkündet den allgemeinen Landfrieden für das Reich. Er fordert das seit 1245 widerrechtlich erworbene Reichsgut zurück. Die Forderung richtet sich hauptsächlich gegen Przemysl Ottokar II..*

November 1274 *Reichstag zu Nürnberg. Rudolf I. wird ermächtigt, alle seit 1245 »erledigten« oder neu vergebenen Reichslehen einzuziehen. Jeder Fürst soll »binnen Jahr und Tag« um Neubelehnung ansuchen. Unterlässt er es, verfällt sein Besitz. Ein Beschluss, abermals gegen Przemysl Ottokar II. gerichtet.*

20. November 1274 *Albrecht von Habsburg, ältester Sohn Rudolfs I., heiratet Elisabeth, Tochter des Grafen Meinhard II. von Görz-Tirol.*

25. Jänner 1275 *Przemysl Ottokar II. wird nach Würzburg geladen, er hat noch nicht um Neubelehnung angesucht. Doch der König von Böhmen erscheint nicht.*

Frühjahr 1275 *Neuerlicher Aufstand gegen Przemysl Ottokars II. Gewaltherrschaft in Österreich und der Steiermark. Nur mehr wenige Städte halten zu ihm. Auch die Kirchenfürsten von Salzburg, Passau und Regensburg erheben sich gegen ihn, doch Rudolf I. zwingt sie nachzugeben.*

24. Juni 1275 *Przemysl Ottokar II. verliert die babenbergischen und spanheimischen Güter. Über ihn wird die Reichsacht verhängt.*

28. März, 16. und 30. April 1276 *Ausgedehnte, schwere Brände vernichten knapp zwei Drittel von Wien. Das Feuer vom 30. April bricht vor dem Schottentor aus, und, angefacht vom Wind, greift es auf die Stadt über. Viele Kirchen, Klöster und die herzogliche Burg werden schwer beschädigt. Das Dach- und Glockengestühl der Stephanskirche werden vernichtet. Przemysl Ottokar II. hilft der Stadt beim Wiederaufbau.*

Sommer 1276 *Graf Meinhard II. von Görz-Tirol besetzt nahezu kampflos Kärnten, Krain und die Steiermark.*

Rudolf I. zieht mit dem Reichsheer gegen Przemysl Ottokar II. anfänglich direkt nach Böhmen, dann durch Österreich Richtung Wien.

24. Juni 1276 *Die »Aberacht«, die neuerliche Reichsacht, wird über Przemysl Ottokar II. verhängt und der Reichskrieg gegen ihn beschlossen.*

Juli 1276 *Erzbischof Friedrich II. von Salzburg enthebt alle Untertanen des Reiches vom Eid, den sie auf den Böhmenkönig geleistet haben.*

19. September 1276 *Rudolf I. wird von Adeligen aus der Steiermark und Kärnten im Stift Reun (Rein bei Graz) als König und Landesherr anerkannt.*

18. Oktober 1276 *Nach Stationen in Passau, Linz und Enns steht König Rudolf I. vor Wien. Unter Führung des Wiener Patriziers Paltram leistet die Bevölkerung erbitterten Widerstand. Immerhin verdanken die Wiener Przemysl Ottokar II. sehr viel, er hat ihnen immer geholfen. Das Heer des Böhmenkönigs lagert im Marchfeld. Allerdings haben seine Truppen längst genug von ihm. Ein Großteil seiner Streiter verlässt ihn, er wird zur kampflosen Unterwerfung gezwungen. Durch Bischof Bruno von Olmütz bittet Przemysl Ottokar II. um Frieden.*

21. November 1276 *Friede vor den Toren Wiens. Przemysl Ottokar II. verzichtet auf Österreich, Steiermark, Kärnten, Krain, die Windische Mark und das Egerland; erhält dafür die Belehnung von Böhmen und Mähren durch Rudolf I.. Der Beschluss wird von Bischof Berthold von Würzburg, Pflazgraf Ludwig am Rhein, Bischof Bruno von Olmütz und Markgraf Otto von Brandenburg bestätigt.*

25. November 1276 *Przemysl Ottokar II. erhält im Lager von König Rudolf I. auf der Donauhaide die Belehnung mit Böhmen und Mähren. Danach zieht er sich über Znaim nach Brünn zurück.*

30. November 1276 *Wien kapituliert, und Rudolf I. zieht in die Stadt ein.*

3. Dezember 1276 *Der König verkündet in Wien einen fünfjährigen*

Landfrieden. Sollte er vorher sterben, bestimmt er Bayernherzog Ludwig den Strengen zum Reichsvikar.

*

Anfang Dezember schlägt der Winter richtig zu, es schneit seit mehreren Tagen. Die weiße Pracht deckt zumindest für eine Zeit lang den Dreck in den Straßen und Gassen zu. Wohlbeleibt sitzt der sechsundfünfzigjährige Mann, eingehüllt in einen dicken Pelz, im Empfangsraum für seine Gäste in dem steinernen Patrizierhaus und blickt aus dem Fenster hinunter auf das bunte Treiben in der Stadt.

Hinter diesen dicken Mauern ist die Winterkälte leichter zu ertragen, zumal im Kamin dicke Scheiter knacken und knistern. Sobald das Feuer herunterbrennt, legt eine Magd sofort wieder Holz nach. Düstere Gedanken schwirren im Kopf des Mannes herum.

»Der Habsburger wird mir nie verzeihen«, murmelt er vor sich hin, »dass ich Ottokar die Treue gehalten habe. Doch der kann mir nun nicht mehr helfen. Ich werde vor dem Habsburger nicht das Knie beugen. Niemals! Jetzt hat er sich in der Stadt breitgemacht. Ich bin in diesem Wien nicht irgendwer.«

Gleichsam zur Bekräftigung seiner eigenen Aussagen leert er den Zinnbecher mit Wein auf einen Zug. »Mein Wort hat noch immer Gewicht. Ich werde vor dem Habsburger nicht zu Kreuze kriechen. Es war Przemysl Ottokar, der uns immer wieder geholfen hatte und nicht dieser Habsburger.«

Das stimmt, und er hat recht, er ist in Wien eine angesehene Persönlichkeit, dieser Paltram vor dem Freithof. Sein Haus, der Margaretenhof, ist stadtbekannt, grenzt direkt an den Stephansfriedhof. Paltram mit seiner Familie zählt mit den Haimonen zur Wiener Oberschicht.

Deren Name leitet sich vom Vornamen Haimo ab. Bereits 1155 gab es den ersten Haimo in Wien, dem Begründer dieser Dynastie. Danach nach folgten Haimo I., seine Söhne Otto I. und Haimo II.. Otto hinterließ aus seiner Ehe mit Mechthild, einer geborenen Scheuch, die Söhne Otto II. und Haimo III..

Obwohl Paltram der Reichere ist, verbindet eine Gemeinsamkeit die Familien. Sie mögen die Habsburger nicht, und Paltrams Familie ist in der Stadt weitaus gewichtiger. Dennoch kann es nicht schaden, sich demnächst bei einem Schoppen Wein mit den Haimonen an einem Tisch zusammenzusetzen und zu beratschlagen, wie man künftig diesem Habsburger gegenübertreten soll.

Es ist eine alte ritterliche Familie. Paltrams Vater lebte von 1230 bis 1233 am Hohen Markt, die Mutter ist ein Spross aus dem Geschlecht der Greifen.

Paltram war als Wiener Bürger ab 1239 am Hofe des letzten Babenbergers, Herzog Friedrich II., tätig. Seit 1267 ist er *Kammergraf*, ein leitender Beamter im Finanzwesen. Dieser Titel ist auch im Montanwesen gebräuchlich. Dazwischen übte Paltram die Ämter des Stadtrichters und des Amtsmannes aus. Ebenso ist er in der Stadt als mildtätiger, freigiebiger und gottesfürchtiger Mann bekannt.

In seinem Haus stiftete er eine eigene Margaretenkapelle, und er ist dem Orden der Zisterzienser eng verbunden. Er bedachte die Stifte Zwettl, Heiligenkreuz und das Zisterziensernonnenkloster St. Niklas vor dem Stubentor, dem er auch vor vier Jahren, 1272, ein Haus in der Singerstraße schenkte.

In gleichem Jahr übergab er dem Johanniterorden seine Burg in Unterlaa[48]. Auch bayrische Klöster und das Kloster Strahov in Prag standen in seiner Gunst.

Zwar konnte nach Rudolfs I. Einzug in Wien Przemysl Ottokar II. noch eine Amnestie für Paltram als Anführer des Widerstandes bei dem Habsburger erbitten, doch darauf will Paltram sich nicht verlassen. Wie oft werden Kaiser, Könige, Fürsten, selbst Päpste und Bischöfe wortbrüchig. Seine Haltung gegen den Böhmenkönig wird Paltram nicht ändern, selbst wenn es ihn das Leben kosten sollte.

Nachdenklich blickt er eine Zeit lang in die Flammen, dann wieder aus dem Fenster und hinüber zu St. Stephan. Der Anblick bessert ein wenig seine üble Laune. Von den schweren Feuerschäden ist kaum mehr etwas zu sehen. Dach- und Glockengestühl sind wieder intakt, den Ruß auf den Steinen hat längst zum größten Teil der Regen abgewaschen. Der Dom blüht wieder auf und gedeiht.

Es ist hoch an der Zeit, dass endlich Ruhe in der Stadt einkehrt. Zwar versprach der Habsburger einen Landfrieden für die nächsten fünf Jahre, doch was wird sein Wort tatsächlich wert sein? Paltram steckt noch die Erinnerung an die Kämpfe, die erst vor wenigen Tagen ein Ende fanden und diesem Habsburger erst den Einzug in Wien ermöglichten, tief in den Knochen.

Es war Paltrams Entscheidung, letztendlich zu kapitulieren, um Wien zu retten, die Stadt nicht vollständig von Rudolf zerstören zu lassen. Ausgerechnet jetzt, wo dieses Wien immer mehr zu einem wichtigen Zentrum aufsteigt, ein gefragter Handelsplatz ist.

Paltrams Blicke schweifen hinüber zur Stadtmauer, die erst vor wenigen Jahren grundlegend erneuert und verstärkt wurde. Glücklicherweise hielt sie Rudolfs Ansturm stand, und der Habsburger war nicht zimperlich in seinem Vorgehen. Er wollte die Bewohner zermürben, ließ mit seinen Katapulten zur Abschreckung abgeschlagene Köpfe von Gefangenen über die Mauer schießen, ebenso Mist, Kot und Tierkadaver, um dadurch Seuchen auszulösen.

Paltram verdankt sein Leben einem aufmerksamen Ritter, die ihn rechtzeitig zu Boden riss, sonst wäre er von einem toten Pferd, das über die Mauer geflogen kam, erschlagen worden.

Die neue Mauer ist mit dem Lösegeld für den gefangen genommenen englischen König Richard I. Löwenherz finanziert worden. Eine ausgezeichnete Investition. Seither kann Wien durch fünf Tore, bestens bewacht, betreten werden. Neunzehn Türme, strategisch bestens verteilt, und die Wachen sind stets auf der Hut, sorgen für zusätzliche Sicherheit. Einige Türme wie Kärntnerturm, Roter Turm, Stuben-, Widmer- und Schottenturm sind sehr hoch und verfügen über mehrere Stockwerke.[49]

Auch der extrem tiefe Burggraben vor der Mauer lässt Angreifer mutlos werden. In Friedenszeiten wird er für den Anbau von Futtergras genutzt. Angelegte Fischteiche sorgen für eine Verbesserung des Nahrungsangebots in der Stadt.

Nein, es war die richtige Entscheidung, zur rechten Zeit die weiße Fahne zu hissen und nicht ums Verrecken weiterzukämpfen und dafür Wien zu opfern. Der Habsburger wäre ohnehin nicht aufzuhalten gewesen. Dann schon lieber als Anführer des Widerstands, in Ketten gelegt, abführen lassen.

Paltram sah bereits sein Haupt auf dem Richtblock liegen und den Henker den Bihänder schwingen. Doch sein Schutzengel ließ ihn auch dieses Mal nicht im Stich. Der Herrgott redete dem Habsburger ins Gewissen, und Ottokar wurde zu seiner Stimme. Paltram durfte gehen, aber er weiß, dass der Habsburger es ihm eines Tages heimzahlen wird. Wenn er sich in Rudolfs Lage versetzt, bleibt dem Habsburger gar nichts anderes übrig. Einer der angesehensten Bürger der Stadt, ein Aufwiegler und somit sein Feind. Rudolf muss ihn im Auge behalten.

Je länger Paltram das Stadtleben beobachtet, umso mehr steigt seine Stimmung, und leise singt er ein bekanntes Schwanklied vor sich hin. Niemand weiß, wer der Verfasser und Compositeur dieses Werkes ist. Man kennt nur den Spitznamen, *der Freudenleere*, und das Lied heißt *Wiener Meerfahrt*. Die Leute singen es gerne in den Schenken, wenn sie besoffen sind.

Wien, das ist Lobes wert,
da findet man Ross und Pferd,
großer Kurzeweile viel,

Sagen, Singen, Saitenspiel,
das findet man zu Wien genug,
Hübschkeit und Ungefug.
Welch Mann hat den Pfenning,
der findet mancherhand Ding,
den Hausen und den guten Wein
und mannig schönes Fräuelein
viel wonniglichen Mutes
und reich des Gutes.[50]

Es pocht zaghaft an der Türe.

»Ja, herein!«

Ein Diener kommt herein.

»Was ist?«

»Ein Bote möchte Euch etwas geben, Herr.«

»Warum gibt er es nicht Ihm?«

»Er sagt, er muss es Euch selbst übergeben, es ist sehr wichtig.«

»Hat er einen Namen genannt?«

»Nein, Herr.«

»In Gottes Namen, er soll eintreten.«

Der Diener verbeugt sich, bittet den unbekannten Besucher herein.

»Wer ist Er, und was will Er?«, fragt Paltram den Fremden in eher rauem Ton, da er es nicht leiden kann, unangemeldet gestört zu werden.

Der Mann wirkt jung, ist völlig schwarz gekleidet, trägt auch einen bodenlangen schwarzen Umhang. Auf seinen Schultern glitzern geschmolzene Schneeflocken.

»Das darf ich nicht verraten, sonst schneidet man mir die Zunge heraus«, sagt der unheimliche Besucher. »Doch ich soll Euch das geben.«

Er zieht unter seinem Umhang ein zusammengerolltes Pergament hervor, das mit einem Siegel verschlossen ist. Paltram streckt den Arm aus, nimmt das Schriftstück entgegen, betrachtet das Siegel eingehend.

»Wessen Siegel ist das?«

»Ich weiß es nicht. Man hat es mir nicht gesagt, nur, dass ich Euch diese Botschaft bringen und Eure Antwort mitteilen soll. Ich bin nur der Bote.«

»Ihr seht aus wie Gevatter Hein. Habt Ihr einen Namen?«

Der Überbringer ignoriert die Frage.

»Schickt Euch Seine Majestät, der König?«

Abermaliges Schweigen.

»In meinem Haus nennt man seinen Namen, wenn man etwas von mir will.«

Der Bote senkt seinen Blick. Einen Augenblick überlegt Paltram, ob er den Mann hinauswerfen lassen soll, doch dann siegt die Neugier über die Unhöflichkeit, und er bricht das Siegel auf.

»Heute bei zwölften Glockenschlag am Grab von der Else Schonthaller am Stephansfreithof.«

Keine Unterzeichnung, nichts. Nur diese wenigen Worte. Paltram beschleicht ein mulmiges Gefühl. Dann richtet er sich auf, geht auf den Boten zu, steht dicht vor dem Mann, fixiert ihn mit seinem Blick.

»Ihr kommt vom Hof des Königs«, sagt Paltram ihm auf den Kopf zu, »dann bestellt Seiner Majestät, ich werde dort sein. Und jetzt verschwindet.«

Paltram dreht sich um, stellt sich wieder ans Fenster. Der Diener führt den Fremden hinaus. Gleich darauf ruft Paltram ihn zu sich, trägt ihm auf, dem Mann nachzugehen, aber sich keinesfalls erwischen zu lassen, und wenn er weiß, wohin, sofort wieder zurück und Bericht erstatten. Paltram ruft nach neuem Wein.

Der Bote verzog keine Miene, als Paltram ihm unterstellte, vom Königshof geschickt worden zu sein. Bestätigt sich nun seine Ahnung, und der Habsburger will ihn aus dem Weg räumen lassen? Warum bestellt man ihn auf den Gottesacker? Wenn er ermordet werden soll, warum so umständlich? Dafür gibt es ungezählte Möglichkeiten.

Nach einer Weile kehrt der Diener kleinlaut zurück und gesteht, den Mann aus den Augen verloren zu haben. Dieses Geständnis bringt ihm einen fürchterlichen Hieb von Paltram mit dem Schürhaken ein.

Paltram ist fest entschlossen, um Mitternacht an diesem Grab zu sein. Feigheit kennt er nicht, aber er wird sich wappnen. Sein Dolch wird im Gürtel stecken und sein Schwert umgeschnallt sein. Wer immer heute Nacht dort auf ihn wartet, wird ihn erst besiegen müssen.

Er beschließt, noch ein Weilchen zu ruhen, danach kräftig zur Vesper zu essen und danach noch in der Stadt herumzuflanieren. Vielleicht ein paar Leute treffen, vielleicht bahnen sich neue Geschäfte an.

Das Grab dieser Schonthallerin ist leicht zu finden. Eine junge Frau, die im Kindbett verstorben war. Ihr Mann dürfte sie wirklich geliebt haben. Öfters sah Paltram zu unterschiedlicher Zeit einen Mann vor dem Grabhügel stehen, und an seinen zuckenden Schultern konnte er sehen, dass dieser weinte. Vielleicht war es auch ihr Bruder. Paltram hat sich nie näher dafür interessiert.

Der zehnte, elfte und der zwölfte Glockenschlag ertönen von St. Stephan. Es ist stockdunkel, die Hand ist kaum vor den Augen zu sehen. Nachdem die Glocke verstummte, ist jetzt das einzige Geräusch der knirschende Schnee unter Paltrams Füßen.

Plötzlich löst sich ein Schatten von den Grabsteinen, und Paltram gefriert das Blut in den Adern, als er leise die Stimme hört. Der Mann ist eindeutig der Bote, der ihm die Nachricht überbrachte.

»Ihr?«, stößt Paltram und friert nicht nur wegen der Kälte. Seine Hand umklammert den Schwertgriff. »Was wollt Ihr von mir?«

»Könnt Ihr Euch das nicht denken?«

»Nein«, schnauzt Paltram ihn an, der sich inzwischen wieder etwas gefangen hat. »Wisst Ihr überhaupt, mit wem Ihr es zu tun habt? Was fällt Euch eigentlich ein?«

Dabei achtet er sehr genau auf jedes Geräusch und jede Bewegung, so, wie es eben in der Finsternis möglich ist, um nicht in eine Falle zu tappen.

»Ich weiß nur zu gut, wer vor mir steht, und ebenso weiß ich, was Ihr mir angetan habt.«

»Was habe ich? Macht endlich Euer Maul auf!«

»Ihr seid schuld, dass sie gehen musste. Mein einziger Trost, sie wird sicherlich bei unserem Herrn im Himmel sein. Ihr habt mir das Liebste genommen.«

»Seid Ihr von Sinnen? Ich bin ein verheirateter Mann! Ich habe mit der Frau, Eurer Frau, nie etwas zu schaffen gehabt.«

»Das glaube ich Euch sogar. Doch Ihr habt dafür gesorgt, dass sich ein anderer Hundsfott mit Else vergnügen konnte, ihr einen Balg machte, und daran ist sie verreckt.«

Mit einem Mal fällt es Paltram wie Schuppen von den Augen. Er muss sich am Grabstein abstützen.

»Dann weiß ich, was Ihr meint. Doch ich versichere Euch, ich habe mit dem Tod Eurer Frau nichts zu tun. Wollt Ihr Geld? Ich kann Euch für Euren Verlust fürstlich entschädigen.«

»Pah«, verächtlich spuckt Paltrams Widersacher in den Schnee. »Mich könnt Ihr nicht kaufen. Steckt Euch Euer verdammtes Geld an den Hut. Ich will nur Rache. Ich will Euer Blut.«

Paltram spürt die Kälte nicht mehr. Es ist ihm siedend heiß geworden. Er weiß, dass er diesem jungen Mann unterlegen ist, im Kampf chancenlos. Außerdem muss Paltram sein Gesicht wahren. Unmöglich, um Hilfe zu rufen. Als Verteidiger von Wien würde das seinem Ansehen ungeheuer schaden, wenn er nicht selbst mit einem dahergelaufenen Strolch fertig wird.

Längst kann er sich erinnern und glaubt den Grund für dieses gefährliche nächtliche Treffen zu kennen. Nochmals versucht Paltram es in Güte.

»Ich kann Euch versichern, ich trage keinerlei Schuld am Tod Ihrer Else. Vielleicht habe ich diese Frau das eine oder andere Mal gesehen, aber mehr nicht. Ihr verwechselt mich. Was immer man diese armen Frau angetan hat, ich habe nichts damit zu tun.«

»Könnt Ihr das bei allem, was Euch lieb und teuer ist, beschwören?«

»Selbstverständlich.«

»Dann …«

Mehr kann der Unbekannte nicht mehr sagen. Plötzlich ist nur mehr ein gurgelnder Laut zu hören, und ein Blutschwall spritzt aus seinem aufgerissenen Mund. Er kippt kopfüber auf den schneebedeckten Grabhügel. Zwischen seinen Schulterblättern steckt eine Streitaxt. Hinter einem Grabstein taucht Paltrams Diener auf, den er Stunden zuvor mit dem Schürhaken gezüchtigt hatte.

»Er?« Paltram ist völlig überrascht. »Was hat Er hier zu suchen?«

Binnen Kurzem ist es nun das dritte Mal, dass Paltrams Schutzengel seine schützende Hand über ihn gehalten hat.

»Ich habe mir erlaubt, Herr, Euch zu folgen. Mir war Euer Besucher gestern Nachmittag sehr unheimlich, und ich dachte mir, mit dem kann etwas nicht stimmen. Als Ihr Euer Mahl zur Vesper eingenommen habt, warf ich einen Blick auf die Botschaft, die er Euch hinterließ. Und ich bin Ihnen gefolgt. Es ist meine Wiedergutmachung für meinen Fehler, dass ich den Mann bei der Verfolgung verloren hatte.«

»Komm Er her«, fordert Paltram ihn auf und drückt ihm fest die Hand. »Vergelt's Ihm Gott. Ich werde es Ihm nie vergessen. Gehen wir nach Hause. Es ist schon sehr spät.«

»Und die Leiche?«, fragt der Diener.

»Man wird ihn finden«, antwortet Paltram, nun wieder völlig gelassen. »Ist er eben irgendeinem Strauchdieb in die Hände gefallen. Keine Angst, ich werde Ihn nicht verraten. Immerhin verdanke ich Ihm mein Leben.«

Der Diener hatte allen Grund, seinem Herrn aus der Klemme zu helfen. Vor rund einem Jahr gab Paltram in seinem Haus eine große Gesellschaft, und für diesen Abend musste das Dienstpersonal aufgestockt werden. Eine der kurzzeitig beschäftigten Mägde war Else Schonthaller, die dem Diener sofort ins Auge gestochen war. Seine Annäherungsversuche wies sie brüsk ab, was ihn in Rage brachte. Unter einem Vorwand lockte er sie in den Weinkeller und nahm sie sich mit Gewalt. Danach warf er sie hinaus. Sein Herr und die übrigen Gäste waren längst viel zu betrunken, bekamen von dem schändlichen Vorfall nichts mit. Ebenso wie die anderen dienstbaren Geister im Haus.

Rüdiger, der Diener, konnte nicht ahnen, dass er sie schwängerte. Wie ihr Mann dahinterkam, dass es nicht sein Kind war, weiß er nicht. Jetzt ist es nicht mehr wichtig. Jedenfalls schien Elses Mann anzunehmen, dass Paltram ihr Gewalt antat, aus welchen Gründen auch immer.

Vielleicht wollte er sich bereits vorher für diese Schmach rächen, doch dann kam der Habsburger ihm in die Quere. Sicher ist, dass er heute Nacht auf dem Stephansfriedhof Paltram töten wollte. Rüdiger hat mit der Rettung seines Herrn zwei Fliegen mit einer Klappe getroffen. Bei ihm hat er nun einen Stein im Brett, und gleichzeitig ist er den Mann losgeworden, der ihm sehr gefährlich werden konnte.

Tatsächlich bleibt dieser Mord ungesühnt. Paltram vor dem Freithof wird nie die wahren Hintergründe erfahren. Und er sollte recht behalten, dass Rudolf I. ihm weiterhin gram bleibt. Da Paltram weiterhin offen seine Gefolgschaft zu Przemysl Ottokar II. zeigt, lässt der Habsburger ihn 1278 ächten.

Paltram vor dem Freithof ist gezwungen, mit seiner Familie aus

Wien nach Niederbayern zu fliehen. Doch wo Tauben sind, fliegen Tauben zu. Er wird mit der Burg Karlstein bei Bad Reichenhall belehnt und lässt sich auch in Landshut nieder.

1287 oder 1288 unternimmt er eine Pilgerfahrt ins Heilige Land, wo er vor Akkon in Palästina stirbt. Seine Söhne kehren später wieder nach Wien zurück.

… und Rüdiger, der Diener, nimmt sein schreckliches Geheimnis mit ins Grab.

Es ist nicht sicher, doch Paltram vor dem Freithof ist möglicherweise in der von ihm gestifteten Bernhardskapelle im Stift Heiligenkreuz bestattet.

Hovegumpelman

anno Domini MCCXCI (1291)

Jemand ist ein Schlitzohr

Betrüger wurden im Mittelalter mit dem Einschlitzen der Ohren bestraft. Ursprünglich stammte diese Bezeichnung aus der Zunft der Zimmerleute, die »auf der Walz«, auf Wanderschaft waren.
Sie trugen einen Ohrring als einzigen angesparten Reichtum. Mit dem Erlös sollte später ihr Begräbnis bezahlt werden. Verstieß ein Zimmerer gegen die Zunftregeln oder wurde kriminell, wurde ihm der Ohrring ausgerissen. Durch dieses Stigma waren sofort künftige Arbeitgeber und Meister vorgewarnt.
Heute wird ein Mensch, der hinterhältig und durchtrieben ist, als Schlitzohr bezeichnet.

18. Jänner 1277 *König Rudolf I. hält in der Wiener Minoritenkirche eine Versammlung ab, die sich um die kirchlichen Lehen dreht. Künftig darf kein Kirchenfürst ohne Wissen und Willen des Domkapitels Kirchengüter verkaufen oder verleihen.*

4. März 1277 *Rudolf I. bestätigt den Juden, dass kein Stadtrichter mehr über sie richten darf. Dieses Recht steht ausschließlich dem König zu.*

Juni 1277 *Gertrud, die Gemahlin Rudolfs I., trifft in Wien ein und wird mit großem Jubel empfangen. Seit der Königskrönung wird sie jedoch Anna genannt.*

Sommer 1277 *Rudolf I. verhängt eine horrende Grundsteuer über Österreich, um die Kosten für den vergangenen Feldzug abzudecken, wobei Bischöfe und Kirchenstifter kräftig in ihre Schatullen langen. Dennoch entstehen Zwistigkeiten, vor allem unter den Gefolgsleuten Rudolfs I. und Przemysl Ottokars II.*

12. Juli 1277 *Rudolf I. schließt mit dem ungarischen König Ladislaus IV. ein Bündnis.*

13. August 1277 *Rudolf I. verleiht den Bürgern der Stadt Eggenburg in Niederösterreich die gleichen Rechte wie den Wienern.*

Frühjahr 1278 *König Przemysl Ottokar II. von Böhmen schürt abermals das Feuer, fördert die Streitigkeiten und Fehden, stellt ein Heer auf.*

April 1278 *Heinrich von Kuenring schlägt zu früh los, dadurch fliegt die Verschwörung gegen Rudolf I. frühzeitig auf. Einer der Rädelsführer, der Wiener Stadtrichter Paltram vor dem Freithof, muss fliehen, um der Todesstrafe zu entrinnen.*

20. und 24. Juni 1278 *Rudolf I. bestätigt die alten Stadtrechte, erhebt Wien zum insgesamt dritten Mal zur freien Reichsstadt.*

27. Juni 1278 *Przemysl Ottokar II. zieht mit einem riesigen Heer von Prag aus gegen Österreich.*

12. August 1278 *Rudolf I. bricht mit seiner Streitmacht von Wien auf, setzt bei Hainburg in Niederösterreich über die Donau, lagert bei Marchegg und vereinigt sich mit dem Heer des ungarischen Königs Ladislaus IV..*

26. August 1278 *Schlacht bei Dürnkrut und Jedenspeigen auf dem Marchfeld in Niederösterreich. Es ist wahrscheinlich die größte Ritterschlacht, da jedes Heer an die dreißigtausend Mann in den Kampf schickt. Für Rudolf I. fallen Österreicher, Steirer, Kärntner, Salzburger, Schwaben, Schweizer und Ungarn. An Przemysl Ottokars II. Seite stehen Böhmen, Mähren, Thüringer, Meißner, Bayern, Schlesier, Sachsen und Polen.*

Vor der Schlacht singen die österreichischen Ritter noch das Lied »Es sungen drei Engel einen süßen Sang«.

Um sechs Uhr morgens beginnt das große Hauen und Stechen. Nach wechselndem Schlachtglück gewinnt Rudolf. Ottokars Heer wird vernichtet. Der König von Böhmen stirbt. Möglicherweise ist er von seinen persönlichen Feinden Seifried von Mährenberg und Berthold von Emmerberg erschlagen worden.

Nach altem Brauch verbringt Rudolf I. noch drei Tage auf dem Schlachtfeld.

17. Oktober 1278 *Friede von Sedletz in einem Kloster bei Kuttenberg in Böhmen. König Wenzel II. sichert sich die Herrschaft über Böhmen und Mähren. Dauerhaften Frieden sollen zwei Ehen zwischen den Kindern von Rudolf I. und Przemysl Ottokar II. sichern.*

Mitte November 1278 *Doppelhochzeit in Iglau. König Wenzel II. mit Gitta (auch Jutta) und Rudolf II., jüngster Sohn Rudolfs I., mit Agnes, der Schwester Wenzels. Damit ist die angestrebte Vormachtstellung der Przemysliden für alle Zeiten gebrochen, und die Habsburger legen den Grundstein für ihre spätere Machtfülle.*

21. Juli 1279 *Philipp von Spanheim, der letzte Spanheimer, stirbt. Kärnten fällt als freies Lehen an das Reich. Graf Meinhard II. von Görz-Tirol, Statthalter in Kärnten seit 1276, übernimmt die Verwaltung. Krain und die Windische Mark werden verpfändet.*

15. Februar 1281 *Anna (ehemals Gertrud), die Gemahlin König Rudolfs I., stirbt in Wien. Ihr Leichnam wird nach Basel überführt.*

Mai 1281 *Rudolf I. setzt seinen ältesten Sohn Albrecht als Reichsverweser für Österreich und die Steiermark ein.*

1282 *Rudolf I. erhält nach langer Verhandlungsdauer die Zustimmung der Kurfürsten, seine Söhne mit den freien Herzogtumern der Babenberger belehnen zu dürfen.*

22. August 1282 *Konrad »Pollo« Poll wird erster Wiener Bürgermeister.*

17. – 21. Dezember 1282 *Reichstag zu Augsburg. Albrecht und Rudolf, die Söhne Rudolfs I., werden mit den Herzogtümern Österreich und Steiermark zur »gemeinsamen Hand« (gemeinsame Regentschaft) belehnt. Krain und die Windische Mark, mit denen die Brüder ebenfalls belehnt werden, bleiben an Graf Meinhard II. von Görz-Tirol verpfändet. Damit ist die habsburgisch-österreichische Hausmacht gegründet.*

Frühjahr 1283 *Österreichische und steirische Adelskreise ersuchen König Rudolf I., die Doppelregierung seiner Söhne aufzuheben.*

1. Juni 1283 *Vertrag von Rheinfelden in der Schweiz. Die »Rheinfelder« auch »Habsburgische Hausordnung« wird beschlossen. Herzog Alb-*

recht I. wird alleiniger Regent in Österreich, der Steiermark, Krain und in der Windischen Mark mit allen alten Babenberger-Rechten. Sein Bruder, Herzog Rudolf, soll binnen vier Jahren mit Land oder Geld abgefunden werden. Daraus wird nichts, da er 1290 stirbt. Österreichische Ministeriale bestätigen mittels Urkunde die Habsburgische Hausordnung – der eigentliche Beginn der Habsburgerherrschaft in Österreich.

1. Februar 1288 *Als Dank für seine Hilfe im Kampf gegen Przemysl Ottokar II. belehnt König Rudolf I. Graf Meinhard II. von Görz-Tirol mit dem Herzogtum Kärnten. Krain und die Windische Mark bleiben ihm weiterhin verpfändet.*

Sommer 1286 *Rudolf I. führt Krieg gegen die verbündeten schwäbischen Grafen und Graf Ulrich von Montfort-Bregenz.*

1287 Aufstand der Wiener Patrizier gegen Herzog Albrecht I., der vielfach Schwaben in verschiedene Ämter eingesetzt hat. Nachdem sich die Auseinandersetzungen zuspitzen, flüchtet der Regent auf den Kahlenberg (den heutigen Leopoldsberg), nicht ohne vorher die Lebensmittellieferungen nach Wien blockieren zu lassen.

1288 Erster Nachweis der St. Nicolai-Bruderschaft in Wien nachweisbar, die älteste Musikervereinigung im deutschsprachigen Raum. Ebenso wird die Bruderschaft der Steinmetze als Zunft erstmals genannt.

18. Februar 1288 *Der Aufstand der Wiener ist gescheitert. Bürgermeister, Ratsherren und die Bürgergemeinde werden in Klosterneuburg gezwungen, Herzog Albrecht I. als ihren Regenten anzuerkennen. Einige vornehme Patrizier müssen zusätzlich Treuebriefe unterzeichnen.*

28. Februar 1288 *In einem feierlichen Akt verzichten die Wiener gezwungenermaßen auf die Rudolfinischen Privilegien. Wien wird zu einer landesfürstlichen Stadt degradiert.*

Sommer 1289 *König Rudolf I. und die Grafen Rudolf und Hugo von Montfort schließen Frieden, jedoch zu harten Bedingungen. Die Montforter müssen Güter und Ländereien an die Habsburger verkaufen.*

31. August 1290 *König Rudolf I. belehnt seinen Sohn Herzog Albrecht I. von Österreich mit Ungarn. König Ladislaus IV., ein Enkel König Bélas IV., war ermordet worden, woraufhin Rudolf I. Lehensansprüche des Reiches geltend macht. Papst Nikolaus IV. erhebt Einspruch. Daraufhin wählt der ungarische Adel den Neffen Bélas IV., Andreas, als Andreas III. zum König.*

Spätherbst 1290 *Andreas III. stellt sich gegen Herzog Albrecht I..*

1291 *Hofspielleute sind am Wiener Hof Herzog Albrechts I. nachweisbar. Man weiß von zwei »Hovegumpelman« und dem Pfeifer Gemperlein.*

*

Herzog Albrecht I. ist an diesem Abend bester Laune und in Feierstimmung. Seit drei Jahren sind diese vormals renitenten Wiener demütig und unterwürfig, so, wie es sich für Untertanen geziemt. Es herrscht Friede in der Stadt. Außerhalb der Stadtmauer ist es weniger friedlich. Wieder einmal bereiten Albrecht die Ungarn Kopfzerbrechen, doch heute werden sämtliche Sorgen verdrängt und dafür ausgelassen gefeiert.

Der Wiener Hof ist nahezu in allen Räumlichkeiten hell erleuchtet. Fackeln, Kienspäne und Kandelaber mit unzähligen Kerzen sorgen für das nötige Licht.

Heute gibt es ein großes Fest, ein Bankett, und es wird an nichts fehlen. Der Anlass dafür ist die *Schwertleite*, die feierliche Umgürtung mit dem Schwert. Drei seiner ehemaligen Lieblingspagen wurde heute diese hohe Ehre zuteil. Seine Hoheit erhob sie mit dem heutigen Tage in den edlen Ritterstand.

Zuerst dienten sie dem Vater des Herzogs, nun stehen sie im Dienst des Sohnes Albrecht. Nachdem die drei jungen Männer sich sieben Jahre lang wohlgefällig verhielten, wurden sie mit ihrem vierzehnten Lebensjahr zu Knappen ernannt. Bravourös leisteten sie ihre zahlreichen Reit- und Waffenübungen ab, zeichneten sich durch besonderen Mut und Tapferkeit aus. Daher stand ihrem gesellschaftlichen Aufstieg nichts mehr im Wege.

Während eines Hochamts in St. Stephan wurden die Schwerter der drei neuen Ritter vom Erzbischof gesegnet.

»Herr, mache dieses Schwert Deiner wert, damit es zum Schutz von Kirchen, Witwen, Waisen und allen, die Gott dienen, gegen die Wildheit der Heiden helfen kann.«[51]

Im feierlichen Festzug ging es danach zurück in die Burg »Am Hof«, und die Wiener konnten wieder einmal Maulaffen feilhalten. Die Burg ist bestens für jegliche Feierlichkeiten gerüstet. Im trutzigen Bergfried lagert Albrecht seine Vorräte und bewahrt seine Besitztümer auf. Im Erdgeschoss halten sich seine ständig in Bereitschaft stehenden Ritter auf.

Darunter liegt der weitläufige Keller für Wein und Bier. Noch einiges tiefer der feuchtkalte Kerker. Einige schmachten, angekettet mit schwerem Eisen in den Gewölben. Ihre ausgemergelten Körper mit Krätze überzogen, verdreckt und besudelt, in den eigenen Exkrementen dahinvegetierend, schikaniert und geschlagen von den Wachen, geplagt von Mäusen, Ratten und Ungeziefer. Sie werden wieder erst Tageslicht sehen, wenn sie ihren letzten Weg zum Henker antreten.

Im *Palas*, dem Wohngebäude der herzoglichen Familie, im großen Festsaal ahnen die Gäste des Herzogs nichts von den fürchterlichen Zuständen unter der Erde, nur wenige Schritte von ihnen entfernt. Und wenn, es würde sie nicht im Geringsten interessieren. Der Herr im Himmel schafft nun einmal Menschen für oben und jene, die für unten bestimmt sind.

Der sechsunddreißigjährige Albrecht sitzt mit seiner Gemahlin Elisabeth zu seiner Rechten am Kopfende der weitläufigen, ausladenden Tafel. Als besondere Ehre und Auszeichnung dürfen die drei frischgebackenen Ritter in unmittelbarer Nähe des Herrscherpaares sitzen.

Natürlich war es keine Liebesheirat wie meist in Adelskreisen üblich. In Nürnberg führte Albrecht die Gräfin von Görz und Tirol, eine Tochter von Graf Meinhard II., aus politischen Gründen 1274 vor den Altar.

Bisher erfüllt sie getreulich ihre Pflichten, schenkt dem herzoglichen Gemahl eine Reihe von Nachkommen beiderlei Geschlechts, und wie sie ihm heute in einer ruhigen Stunde zuraunte, ist sie bereits wieder in guter Hoffnung.

Albrecht hebt seinen Arm, das Zeichen für den Beginn der Völlerei. Diensteifrige Pagen, Diener und Mundschenke tragen die Speisen auf, wofür sich in der Küche die Köche und ihr Personal für die Gaumenfreuden abrackerten, in den Saal. An oberster Stelle stehen verschiedene Fleischsorten.

Ein geflügeltes Wort lautet »hüte dich vor Salaten, grünen Speisen und rohem Obst«[52]. Da die Ernährung durch den übermäßigen Fleischgenuss unausgewogen ist, leiden viele der Adeligen und Patrizier unter Verstopfung, werden von Rachitis und Skorbut gequält. Etliche der herzoglichen Gäste, egal, ob Männer oder Frauen, weisen Zahnlücken auf, von denen selbst die prächtigen Gewänder nicht ablenken können.

Doch das ist alles heute Abend zweitrangig. Selbst wenn die Gedärme zu platzen scheinen, jetzt wird nach Herzenslust getafelt. Seltsame Kreationen stehen auf den Tischen: Spanferkel mit Krabben, Hase mit Hecht, Kalb mit Forelle, Ente mit Karpfen, Pasteten vom Rind und Aal, verschiedenes Fleisch und Fisch in Aspik. Sämtliche Fleischgerichte sind mit einer Panier aus Eigelb, Safran und Mehl überzogen.

Unter den Beilagen können die Gäste aus gebratenem Ziegenfleisch, Wildbret, eingelegter Ochsenzunge, Bohnen, Topfenspeisen[53], Käse und Obst wählen. Dazu fließen Wein und Bier in Strömen, kaum dass die Mundschenke die hochgehaltenen Krüge, Kannen, Kelche und Becher nachfüllen können.

Dem festlichen Anlass entsprechend und zugleich eine Huldigung an das Herzogspaar erscheinen die Gäste in vornehmer Gewandung. Selbst im Saal bleiben die Köpfe bedeckt. Nur bei bestimmten Trinksprüchen und anderweitigen Reverenzen an Albrecht und Elisabeth werden die Häupter entblößt. Man trägt breitrandige Hüte, Hauben und Beutelmützen; verziert mit Federn, kostbaren Schmuckstücken und Pelzbesatz.

Neueste Mode bei Männern ist die *Zaddeltracht*. Die Kleidung ist mit langen Zacken oder Streifen, den *Zaddeln*, besetzt. Jedoch nicht nur auf der Oberbekleidung wie dem Mantelrock, auch auf den Gewändern darunter. Selbst die Ärmel und Hemdsärmel, die mitunter bis auf den Boden reichen können, und die Kopfbedeckungen sind mit diesen Zaddeln ausgestattet.

Natürlich unterliegt auch die Frauenmode gewissen Strömungen. Die bunten, mehrlagigen Kleider sind reich mit Perlen, Spitzen und Borten verziert. Der Schnitt betont besonders die Hüften, den Bauch und Busen. Je schwerer das Kleid, desto teurer. Die Taille hat eng zu sein, und das Dekolleté muss entsprechend aus- wie einladend sein. Doch einige Farben sind für Damen absolut tabu. Gelb tragen nur Dirnen, Bettler und Juden, während Schwarz, Grau und Braun Nonnen und Witwen vorbehalten sind.

Natürlich müssen die Kleider über *Schwänzlein* – Schleppen – verfügen. Auf diesen hockt dann der Teufel, um die putzsüchtigen Frauenzimmer zu verfolgen. Zumindest spricht so der Volksmund darüber.

Über dem Kleid trägt die vornehme Frau die *Seydl*, einen Überzieher mit Ärmelansätzen. Ist der Herr Gemahl sehr betucht, kann es auch der *Chursen* sein, ein bodenlanger Pelzmantel.

Unbehütet zeigt sich die Frau nur in ihrer Kemenate oder im ehelichen Schlafgemach. Die *Hennin*, von der Form her einem Zuckerhut ähnlich, ist nur adeligen Damen und Fräuleins erlaubt. Im Alltagsleben wird der Kopf mit einer einfachen Haube, der *Hulle* oder *Kruseler*, bedeckt, allerdings mit Rüschen und Zacken verziert und von kunstvoll gearbeiteten Kopfreifen, dem *Gebenden*, gehalten.

Viele Frauen verwenden Schleier, die mit Kinnriemen befestigt sind. Im Alltagsleben genügt das *Drum*, ein einfacher Schleier, der bis zum Kragen reicht.

Im Stadtleben sieht man oft Mädchen mit der *Schapel*, einem Kranz aus natürlichen oder Kunstblumen. Ein Zeichen, dass sie ledig und noch unberührt sind. Ein Hinweis, der vielfach das Anbandeln durch Männer erheblich vereinfacht.

In Albrechts Palas geht es hoch her. Im Gegensatz zu den Frauen sind die Männer wenig zurückhaltend. Es wird gelacht, gesungen, gegrölt, Hochzeitspläne für die Kinder geschmiedet und so einiges an Handel per Handschlag abgemacht.

Manche Männerhand verirrt sich absichtlich und heimlich unter dem Tisch auf weibliche Oberschenkel und Knie. Warum muss so verdammt viel Stoff nackte Haut bedecken?

Selbstverständlich wird dabei weiterhin nicht auf ausgiebiges Fressen und Saufen vergessen. Im Unterschied zu Jungen werden Mädchen von ihren Müttern sehr früh zu Anstand und Sitte erzogen. Es ist wichtig, Manieren, Sprachen, aber auch häusliche Arbeiten zu lernen. Die Kleider schneidern sie für sich selbst und für männliche Angehörige. Deren Verzierung mit Borten und Edelsteinen sowie das Sticken sind Frauen von gehobenem Stand ebenbürtig. Spinnen und Weben nur, wenn es sich um besonders feine Sachen oder um Kirchliches wie Altardecken oder Messgewänder handelt.

Auf jeden Fall gilt es als unschicklich, dass eine Frau in gehobenem Stand große Schritte macht, ihre Arme lebhaft schlenkert, den Blick erhebt und umherschweifen lässt, sich Kleider nachschleppen lässt, die Beine übereinanderschlägt, zuerst einen Mann anblickt und anspricht, laut redet und lacht.

Frauen haben sich auch um Kranke und Verwundete zu sorgen. Ärzte sind rar, und die Abgeschiedenheit mancher Burg lässt kaum eine andere Versorgungsmöglichkeit zu. Viele weibliche Adelige verstehen sich bestens auf das Verbinden von Verletzungen, kennen heilsame Kräuter und Hausmittel, können Salben und andere Arzneien herstellen.

Bei Ungehorsam dürfen Eltern sowohl ihre Söhne wie auch die Töchter züchtigen. Selbstverständlich steht dem Ehemann das Recht zu, seine Angetraute zu verprügeln. Allerdings darf ein Mann keine Frau schlagen, die ihm nicht untergeordnet ist. Frauen ist gestattet, sich handgreiflich durchzusetzen, wenn jüngere Verwandte Widerrede leisten oder Verehrer zu aufdringlich sind.

Die Verehrung und Glorifizierung der holden Weiblichkeit drückt sich besonders in der *hohen Minne*, der Verherrlichung der anmutigen Mädchen und betörenden Frauen mit wohlgesetzten Versen in den Liedern der Minnesänger aus. Im Gegensatz zur *niederen Minne*, in denen die Lebenslust und Ausschweifungen oft sehr vulgär besungen werden.

Minnesänger sind stets willkommen, egal, ob auf Fürstenhöfen oder in düsteren Schenken. Ihre Stimmen, ihre Musik und ihr Unterhaltungstalent sorgen für willkommene Abwechslung. Die Instrumente sind mannigfaltig. Für die Troubadoure eignet sich die Laute am besten, wenn sie die Saiten zupfen, mit ihrem Gesang Frauenherzen zu betören. Aber ebenso eignen sich Hackbretter, Dudelsäcke, Leiern und Fideln hervorragend als Begleitinstrumente.

Wer sein musikalisches Talent erkennt und es einzusetzen weiß, kann rasch sehr gut davon leben, einen hohen Bekanntheitsgrad erreichen und bare Münze machen. Der Adel und die Patrizier lassen sich nicht lumpen, wenn ihnen die Darbietungen gefallen.

Der erste dieser Minnesänger war Friedrich von Hausen, der bald merkte, dass Musik, wenn man sie entsprechend zu verkaufen verstand, ein lukratives Einkommen beschert. Die berühmtesten dieser Minnesänger, die durch die Lande ziehen, werden hoch verehrt und bewundert, selbst wie Fürsten hofiert, und sie verstehen es bestens, diese Gunst entsprechend für sich zu nützen und ihr Publikum für sich zu vereinnahmen.

Nahezu jedermann kennt die Namen Walther von der Vogelweide, Neidhart von Reuenthal, Wolfram von Eschenbach, Dietmar von Aist, Hartmann von Aue, Tannhäuser oder Oswald von Wolkenstein.[54]

Für das heutige Fest sorgt Herzog Albrecht I. für eine besondere Attraktion. Er winkt einen Pagen herbei, erteilt ihm einen knappen Befehl. Danach erhebt sich der Regent, hebt die Arme, um den allgemeinen Lärm einzudämmen, der augenblicklich verstummt. Sämtliche Augenpaare sind voller Spannung auf ihn gerichtet, und der Herzog mustert mit einem Lächeln die versammelte Gästeschar.

»Nun«, sagt er mit fester Stimme. »Wir denken, es ist an der Zeit, etwas Natur in diesen Saal zu holen.«

Erstaunte Blicke, niemand weiß, was der Herzog damit meint. Dann klatscht Albrecht in die Hände.

»Man bringe den Gemperlein!«, ruft er aus.

Ein junger Bursche wird hereingeleitet. Eher schmächtig, aber dennoch eine eindrucksvolle Erscheinung. Formvollendet erweist er dem Herzog und seiner Gemahlin die gebührende Reverenz.

»Mach Er uns die Nachtigall!«, wünscht Albrecht.

Gemperlein verbeugt sich, zieht aus seinem Wams eine Flöte, und tatsächlich hört es sich an, als würde der Vogel irgendwo in diesem Saal herumfliegen und seine Lieder zwitschern. Während seines Spiels führt Gemperlein äußerst laszive Tanzbewegungen aus, die wiederum den Damen leichte Röte auf die Wangen zaubert. Tosender Applaus und Jubel sind Gemperlein sicher. Selbst der Herzog und seine Gemahlin lassen sich zu einer Beifallskundgebung herab.

Keiner weiß, woher dieser Gemperlein stammt, woher er kommt. Vor Kurzem traf er in Wien ein. Seither zieht er mit seinem meisterhaften Flötenspiel sein Publikum in den Schenken und Wirtshäusern in den Bann. Das kam auch dem Herzog zu Ohren, und er ließ ihn für heute Abend rufen. Gemperlein selbst macht um seine Person ein großes Geheimnis, sagt nur, er ist ein einfacher Spielmann. Das gehört wohl zu seiner Geschäftstaktik. Wer es versteht, um seine Person die Aura des Geheimnisvollen zu spinnen, wird interessant.

Gemperlein muss noch etliche Vögel auf seinem Instrument wie Drossel, Amsel, Spatzen und viele andere imitieren, bevor er flotte Weisen zum Besten gibt. Bisher ist es für ihn ein besonders ertragreicher Auftritt. Der Herzog warf ihm bereits das dritte Goldstück zu. Doch Gemperlein bleibt nicht die einzige Belustigung.

Während einer bestimmten Melodie stürmen zwei bunt gekleidete *Hovegumpelman* in den Saal, ziehen sofort alle Aufmerksamkeit auf sich, indem sie gekonnt Räder schlagen und sogar aus dem Stand Salti springen. Sie laufen herum, stiebitzen dabei frech etwas von der Tafel, trinken ungefragt aus fremden Bechern Wein, und niemand ist ihnen deswegen gram. Die Hovegumpelman dürfen das. Es sind Possenreißer, Hofnarren, die Einzigen, denen es erlaubt ist, Dinge anzusprechen, die ansonsten verschwiegen werden, und Kritik, selbst am Herzog, zu üben, ohne dass ihnen Kerker oder noch Schlimmeres droht.

Zuerst ziehen sie über die Stadt her, dann über die Wiener selbst, und zuletzt bekommt der Herzog ordentlich sein Fett weg. Alle lachen, klatschen begeistert bei jedem Witz. Auch diese beiden sind erst kurz in Wien, kamen zusammen mit Gemperlein und sind bestens aufeinander eingespielt.

Nun erfreuen die Hovegumpelman ihr erlauchtes Publikum mit verblüffenden Taschenspielertricks. Mal streicht einer der beiden einem Mann über die Hand, verwickelt ihn in ein lustiges Gespräch und zieht ihm dabei unbemerkt einen Ring vom Finger. Bevor der Gast es bemerkt, ist der Schmuck bereits auf einen Finger seines Nachbarn gesteckt. Natürlich klären die Possenreißer ihre Spielchen auf, verraten jedoch nicht ihre Tricks.

Gleiches erlauben sie sich mit Frauen. Blitzschnell verschwindet ein Ohrgehänge, eine Kette oder Brosche. Wieder zeigt sich der Herzog spendabel, wirft mit Goldstücken, hält sich dabei den Bauch vor Lachen, während Gemperlein dazu immer schnellere Stücke spielt.

Das gehört alles zum abgekarteten Spiel dieses Trios. Selbst vor Geldkatzen machen die Hovegumpelman nicht halt. Sie sind wahre Meister der Täuschung. Sie lassen Münzen aus den Geldkatzen scheinbar verschwinden, geben sie ebenso scheinbar wieder zurück, allerdings sind es dann wertlose Fälschungen. Nichts weiter als billiger Tand. Natürlich suchen sie sich ihre Opfer gezielt aus. Wer bereits etwas zu viel dem Wein zugesprochen hat, eignet sich bestens dafür. Die Zauberkunststückchen mit dem Schmuck dienen nur zur Ablenkung. Das würde auffallen. Ein Blick zwischen den drei Partnern, es reicht für heute. Mit einem eher harmlosen Witz über das Herzogspaar, begleitet von Gemperlein auf seiner Flöte, verabschiedet sich das Trio, begleitet von Applaus, Bravo- und Bravissimo-Rufen. Auf dem Weg hinaus aus dem Saal wird ihnen noch einiges Geld zusätzlich von begeisterten Gästen zugesteckt.

Jetzt gilt es, sich unauffällig aus dem Staub zu machen, bevor die Betrügereien der Hovegumpelman mit ihrem Kumpan Gemperlein auffliegen. Wahrscheinlich werden die Betrogenen erst viele Stunden später dahinterkommen, wenn ihre weinschweren Plutzer wieder halbwegs klar sind. Doch auf dieses Risiko will sich das Trio nicht einlassen. Daher kehrt es Wien rasch den Rücken. Bisher sind die drei immer ungeschoren davongekommen. Doch heute gelang ihnen tatsächlich ihr Meisterstück. Erstmals hatte ein Adeliger sie in seine Burg geladen. Lieber nicht den Herrgott herausfordern, der es bisher gut mit ihnen meint. Es gibt noch so viele Städte und Orte, wo sie ihre zwielichtigen Talente unter Beweis stellen können.

… und in Wien werden sich künftig bei manchem Flötenklänge, so lieblich sie auch sein mögen, schwer auf den Magen schlagen.

Das steinerne Vaterherz
anno Domini MCCCXXVI (1326)

Etwas unter den Tisch fallen lassen

Wenn der Kunde neue Kleider brauchte, wog er vorher genau den Stoffballen ab, bevor er zum Schneider ging. Die Kleidermacher hatten den üblen Ruf, im Schneidersitz auf den Tischen sitzend, nicht benötigte Stoffreste, die während des Zuschnitts und der Fertigung anfielen, allzu gerne für die eigene Verwendung unter den Tisch fallen zu lassen.
Heute bedeutet es, etwas zu verheimlichen, zu verschweigen, zu vertuschen.

Frühjahr 1291 *König Andreas III. von Ungarn dringt bis Wien vor. Doch ein Vergleich und ein Bündnis zwischen dem König und Herzog Albrecht I. verhindern eine kriegerische Auseinandersetzung.*

Zweites Halbjahr 1291 *Der steirische Adel revoltiert gegen Albrecht I., ein Teil des Kärntner Adels schließt sich dem Aufstand an. Unnachgiebig fordert der Herzog die Rückgabe der während des Interregnums erworbenen Güter. Die Revolte der Steirer richtet sich auch gegen Abt Heinrich II. von Admont, einem treu ergebenen Gefolgsmann des Herzogs.*

15. Juli 1291 *König Rudolf I. von Habsburg stirbt auf dem Weg nach Speyer und findet neben dem Stauferkönig Philipp von Schwaben in Dom zu Speyer seine letzte Ruhe.*

1292 *Der Vergleich von Friesach in Kärnten beendet den Streit Herzog Albrechts I. mit dem steirischen Adel, der gewisse Zugeständnisse erhält. Abt Heinrich II. von Admont wird abgesetzt.*

5. Mai 1292 *Da die deutschen Kurfürsten ein zu starkes Wachsen der Habsburgermacht fürchten, wählen sie überraschend in Frankfurt Adolf von Nassau zum deutschen König.*

10. November 1295 *Rasch verbreitet sich ein Gerücht über den vermeintlichen Tod Herzog Albrechts I.. Der österreichische Adel nützt die*

Gelegenheit zum Aufruhr, da er nie mit Albrechts Politik einverstanden war. Adelige aus den habsburgischen Stammländern werden stets bevorzugt, der niedere Adel gegen den Hochadel ausgespielt. Doch der Herzog erfreut sich bester Gesundheit.

1296 *Das Schulpatronat von St. Stephan in Wien wird von Albrecht an den Stadtrat übertragen. Die Stephansschule wird zur Wiener Bürgerschule.*

12. Februar 1296 *Da Wien nicht an der Adelserhebung gegen Albrecht beteiligt war, verleiht der Herzog der Stadt ein neues Stadtrecht, das im Wesentlichen die alten Rechte bestätigt.*

Frühjahr 1296 *Der deutsche König Adolf von Nassau anerkennt die Forderungen des Adels, erhält dabei Unterstützung von König Wenzel II. von Böhmen und Erzbischof Konrad IV. in Salzburg.*

Frühjahr 1297 *Die Aussöhnung zwischen Herzog Albrecht I. mit Böhmen, Bayern und Salzburg beendet den Adelsaufstand.*

Juli 1297 *König Wenzel II. von Böhmen wird in Prag feierlich in Anwesenheit von Herzog Albrecht I. gekrönt. Die deutschen Kurfürsten fordern Albrecht zum Kampf gegen den deutschen König Adolf von Nassau auf. Nun stellen sie sich gegen den König, da ihnen Adolfs Machtausweitung ein Dorn im Auge ist.*

14. August 1297 *Das Kloster und die romanische Klosterkirche von Melk in Niederösterreich werden durch einen verheerenden Brand zerstört. Dabei gehen fast alle Bestände der wertvollen Bibliothek verloren.*

24. September 1297 *Gegenseitige Zugeständnisse zwischen Herzog Albrecht I. und dem Erzbistum Salzburg. Jetzt unterstützt Salzburg die Habsburgerpolitik.*

Februar 1298 *In der Fürstenversammlung zu Wien wird die Absetzung Adolfs von Nassau als deutscher König und die Wahl von Herzog Albrecht I. beschlossen.*

23. Juni 1298 *Adolf von Nassau wird abgesetzt.*

2. Juli 1298 *In der Schlacht von Göllheim in der Nähe von Worms besiegt Albrecht I. Adolf von Nassau, der auch im Kampf umkommt. Aufsei-*

ten Adolfs stehen auch die Grafen Rudolf und Wilhelm von Montfort, die seit Jahrzehnten wegen Besitzstreitigkeiten mit den Habsburgern im Streit liegen.

27. Juli 1298 *Herzog Albrecht I. wird von den deutschen Kurfürsten zum deutschen König gewählt. Papst Bonifatius VIII. legt sein Veto ein, doch der neue deutsche König kann rasch seine Macht durch Bündnisse mit Böhmen, Brandenburg und Frankreich ausbauen.*

21. November 1298 *König Albrecht I. belehnt seine Söhne zu »gemeinsamer Hand« mit den Herzogtümern Österreich und Steiermark. Die Regentschaft übernimmt der älteste Sohn, Rudolf III., als Herzog von Österreich und Steiermark.*

Dezember 1298 *Der »Christkindlmarkt« in Wien erstmals urkundlich nachweisbar.*

1300 *Herzog Rudolf III. heiratet Blanche von Valois, Schwester des Königs von Frankreich. Im Ehekontrakt wird das wechselseitige Erbfolgerecht beider Herrscherhäuser niedergeschrieben.*

14. Jänner 1301 *König Andreas III. von Ungarn stirbt. Mit ihm erlischt die männliche Linie der Árpáden.*

27. August 1301 *Wenzel III., Sohn König Wenzels II. von Böhmen, wird als Ladislaus V. zum König von Ungarn gewählt, kann sich allerdings nie durchsetzen.*

1303 *Vereinzelte Pogrome gegen die Juden in Wien.*

1304 *Baubeginn für den gotischen Albertinischen Chor in der Stephanskirche; 1340 vollendet.*

18. August 1305 *Der Friede von Nürnberg beendet den Krieg König Wenzels III. von Böhmen und gleichzeitig König von Ungarn als Ladislaus V., den er nach dem Tod seines Vater weiterführte, mit König Albrecht I.. Wenzel verzichtet auf Ungarn, die Mark Meißen und das Egerland.*

6. Dezember 1305 *Der Wittelsbacher Herzog Otto III. von Niederbayern wird in Stuhlweißenburg zum neuen König von Ungarn gewählt und kann sich ebenfalls nicht durchsetzen.*

4. August 1306 *König Wenzel III. von Böhmen wird in Olmütz ermordet, das Ende für die männliche Linie der Przemysliden. König Albrecht I. zieht das ledige (= freie) Reichslehen Böhmen und Mähren ein. Er verleiht es an seinen ältesten Sohn Herzog Rudolf III. von Österreich und Steiermark. Rudolf überlässt diese Lehen seinen Brüdern Friedrich I., dem Schönen, und Leopold I..*
Friedrich I. wird Herzog von Österreich und Steiermark, sein Bruder Leopold I. Mitregent.

16. Oktober 1306 *Rudolf III. heiratet Elisabeth von Polen, Witwe König Wenzels II. von Böhmen, und wird in Prag zum König von Böhmen gewählt.*

Frühjahr 1307 *Schwere Probleme für Rudolf III. mit dem oppositionellen böhmischen Adel.*

4. Juli 1307 *Rudolf III. stirbt in Horaždovice während einer Vergeltungsaktion gegen den Adel vermutlich an der Ruhr.*

16. August 1307 *Die böhmischen Stände wählen Herzog Heinrich VI., Sohn Graf Meinhards II. von Görz-Tirol, zu ihrem neuen König von Böhmen. Heinrich ist seit 1306 mit Anna, der älteren Schwester von König Wenzel III., vermählt.*

1. Mai 1308 *König Albrecht I. von Habsburg wird von seinem Neffen Johann bei Brugg in der Schweiz ermordet. Der Neffe wird fortan Johann Parricida – Vatermörder – genannt. Sein Motiv, die ihn betreffende Abmachung in der Habsburgischen Hausordnung, wurde nicht erfüllt. Der Täte kommt vorerst ungeschoren davon.*

16. August 1308 *Im Frieden von Znaim wird Herzog Heinrich von Kärnten als König von Böhmen von den Habsburgern anerkannt.*

27. November 1308 *Der Luxemburger Heinrich VII. wird in Frankfurt am Main zum deutschen König gewählt.*

17. September 1308 *Heinrich VII. vergleicht sich in Speyer mit den Habsburgern. Die Söhne König Albrechts I., Friedrich I., der Schöne, und sein Bruder Leopold I. werden mit Österreich und der Steiermark belehnt.*

Herzog Leopold I. bleibt Verwalter der habsburgischen Vorlande. Unter diesem Begriff versteht man den Besitz der Habsburger in der Schweiz (Aargau, Thurgau, Zürichgau), Besitzungen in Schwaben und im Elsass (Sundgau).

Herbst 1308 *Der österreichische Landadel nützt die Abwesenheit der Herzöge Friedrich I. und Leopold I. für eine Revolte. Die Regenten sind mit der Verfolgung des Mörders ihres Vaters, Johann Parricida, mit vier weiteren Adeligen beschäftigt. Otto III. von Niederbayern stachelt die österreichischen Adeligen auf.*

Einige Wiener Patrizier schließen sich dem Aufstand an, allerdings bliebt der überwiegende Teil der Wiener herzogstreu und sorgt selbst für Ruhe und Ordnung mithilfe der ebenfalls treu ergebenen Steirer unter Ulrich von Walsee und Abt Ulrich von Melk. Aus Rache verwüstet der Landadel deswegen die Weinberge rund um Wien, während Otto III. von Niederbayern Neuburg am Inn belagert.

September 1309 *Der Königsmörder Johann Parricida und seine Mittäter werden von König Heinrich VII. von Luxemburg in Speyer geächtet und ihr Vermögen konfisziert.*

1310 *Eine Lateinschule wird bei den Schotten in Wien gegründet.*

Das erste Zunfthaus der Schuster wird in Wien gebaut.

Die religiöse Genossenschaft der »Lollhalden« taucht in Wien auf. Eine Sekte, die es sich zum Ziel setzt, Kranke zu pflegen und für Armenbegräbnisse zu sorgen. Die Gemeinschaft stammt aus den Niederlanden, ihr Name »lollen« bedeutet »leise singen«.

Jänner 1310 *Es rollen die Köpfe. Herzog Friedrich I., der Schöne, hält ein strenges Strafgericht in Wien gegen die Anführer des Aufruhrs während seiner Abwesenheit ab. Sein Bruder, Herzog Leopold I., statuiert ein Exempel in den habsburgischen Vorlanden gegen die Mörder des Vaters.*

Dezember 1310 *Herzog Heinrich von Kärnten und zugleich König von Böhmen wird aus Böhmen vertrieben.*

7. Februar 1311 *Feierliche Krönung von König Johann von Böhmen in*

Prag. Der Luxemburger ist der einzige Sohn von König Heinrich VII. und mit Elisabeth, einer Tochter von König Wenzel II., verheiratet. Böhmen wird zum Grundstein der luxemburgischen Hausmacht.

1312 Getarnt als Augustinermönch, bittet Königsmörder Johann Parricida um Gnade in Pisa bei Heinrich VII.. Die Reichsacht wird aufgehoben, der Mörder in das Kloster San Nicola in Pisa verbannt, wo er ein Jahr später, 1313, stirbt.

***29. Juni** 1312 Krönung Heinrichs VII. von Luxemburg zum Kaiser. Dieser Akt führt zu Differenzen zwischen den Habsburgern und den Wittelsbachern.*

1313 Herzog Friedrich I., der Schöne, und seine Brüder stiften das Kartäuserkloster in Mauerbach im Wienerwald.

24. August 1313 *Kaiser Heinrich VII. von Luxemburg stirbt in Buonconvento bei Siena in Italien.*

Herbst 1313 *Der Streit zwischen Herzog Ludwig IV. von Oberbayern und den Herzogsbrüdern Friedrich I., dem Schönen, und Leopold I. um die Vormundschaft der minderjährigen Söhne Herzog Ottos III. von Niederbayern spitzt sich zu. Friedrich I. fällt in Bayern ein und bezieht bei Gammelsdorf bei Landshut Stellung.*

9. November 1313 *Schlacht bei Gammelsdorf. Das österreichisch-steirische Heer unter Führung von Dietrich von Pilichsdorf unterliegt, der Befehlshaber wird gefangen genommen. Friedrich I., der Schöne, muss die Vormundschaft an die oberbayrischen Wittelsbacher abtreten.*

Jänner 1314 *Das unter habsburgischem Schutz stehende Kloster Einsiedeln wird von den Schwyzern überfallen. Der Auftakt zum Ausbruch eines seit 1291 schwelenden Konflikts zwischen den verbündeten Schweizer Waldstätten mit den Habsburgern.*

30. Jänner 1314 *Friedrich I., der Schöne, vermählt sich mit Elisabeth, Tochter König Jakobs II. von Aragon.*

19. Oktober 1314 *Friedrich I., der Schöne, wird in Sachsenhausen bei Frankfurt am Main von der habsburgischen Partei, bestehend aus Köln, Pfalz und Sachsen-Wittenberg, zum deutschen König gewählt.*

20. Oktober 1314 *Einen Tag später wählt die luxemburgische Partei, bestehend aus Mainz, Trier, Böhmen, Brandenburg und Sachsen-Lauenburg, Herzog Ludwig IV. von Oberbayern ebenfalls zum deutschen König. Beginn des deutschen Thronstreits.*

15. November 1315 *Schlacht am Morgaten, einem Schweizer Pass südlich des Ägerisees. Herzog Leopold I. von Österreich greift Schwyz und Unterwalden an, um die von seinem Bruder Friedrich I., dem Schönen, verhängte Reichsacht zu vollziehen und habsburgische Rechte wiederherzustellen. Doch Leopold I. unterliegt, sein Heer von zwei- bis dreitausend Mann wird fast vollständig aufgerieben.*

9. Dezember 1315 *Erneuerung des Bundes der Schweizer Waldstätten vom 1. August 1291 als Folge des Sieges von Morgaten.*

1316 *Herzog und Gegenkönig Friedrich I., der Schöne, benötigt dringend Geld. Den Klerus schröpft er bereits, nun verpflichtet er die Bürger seiner Länder mit eidesstattlichen Erklärungen, in denen sie sich verpflichten, den zehnten Teil ihres Vermögens als außerordentliche Steuer zu entrichten. Der Thronstreit verschlingt Unsummen.*

Friedrich I., der Schöne, gibt den Bürgern von Wien das anheimfallende Haus des Bürgers Otto Haymo. Es wird das Rathaus in der (heutigen) Wipplingerstraße im 1. Wiener Gemeindebezirk bis 1883.

29. März 1316 *Gegenkönig Ludwig IV. bestätigt den Schweizer Waldstätten ihre Privilegien und zieht die in ihrem Gebiet liegenden habsburgischen Besitzungen für das Reich ein.*

19. Juli 1318 *Herzog Leopold I. von Österreich bleibt nichts anderes übrig, als mit den Schweizer Waldstätten einen Waffenstillstand zu schließen. Für den deutschen Thronstreit muss er sich den Rücken frei halten.*

28. September 1322 *Schlacht von Mühldorf am Inn in Bayern, der Höhepunkt im deutschen Thronstreit; die letzte große Ritterschlacht auf deutschem Boden. König Ludwig IV. besiegt Gegenkönig Herzog Friedrich I., den Schönen, der nicht auf seinen zu Hilfe eilenden Bruder Leopold I. wartet.*

König Johann von Böhmen steht auf Ludwigs Seite. Friedrich wird gefangen genommen und auf der Burg Trausnitz an der Nab in Bayern interniert. Als Dank für die Waffenhilfe in der Schlacht gibt König Ludwig IV. Stadt und Land Eger dem böhmischen König als Pfand. Durch die Niederlage in der Schlacht bleiben die Habsburger für über hundert Jahre von der Regierung im Deutschen Reich ausgeschlossen.

1324 *Herzog Leopold I. erlangt nach langen Verhandlungen endlich die Zusagen von Frankreich und von Papst Johannes XXII. für seinen Krieg gegen Bayern.*

13. März 1325 *Herzog Leopold I. besiegt bei Burgau in Bayern König Ludwig IV.. Zwischen den beiden deutschen Königen wird der Vertrag von Trausnitz geschlossen. Gegen Thronverzicht erhält Friedrich I., der Schöne, seine Freiheit. Er kehrt wieder nach Wien zurück. König Ludwig IV. plagen große Sorgen. Er liegt mit dem Papst wegen Brandenburg im Streit und hat sich mit dem König von Böhmen überworfen.*

Sommer 1325 *Herzog Leopold I., eine Anzahl deutscher Fürsten und der Papst sind gegen den Trausnitzer Vertrag und den Thronverzicht. Allerdings hält sich Friedrich I., der Schöne, an den Pakt und kehrt freiwillig in sein Gefängnis auf Burg Trausnitz zurück.*

5. September 1325 *Friedrichs Entscheidung hinterlässt Eindruck bei König Ludwig IV.. Im Vertrag von München wird die gemeinsame Regierung beider gewählter Könige festgelegt. Der Papst und die deutschen Kurfürsten sind dagegen, verweigern die Anerkennung. Friedrichs Bruder, Herzog Leopold I., zieht sich auf die Burg Gutenstein in Niederösterreich zurück.*

7. Jänner 1326 *König Ludwig IV. und Herzog Friedrich I., der Schöne, unterzeichnen den Ulmer Geheimvertrag. Ludwig verzichtet auf die Herrschaft im Deutschen Reich, besteht jedoch auf die Kaiserkrone.*

28. Februar 1326 *Herzog Leopold I. von Österreich stirbt in Straßburg.*

5. Dezember 1326 *Eine Feuersbrunst vernichtet Wien zu zwei Dritteln.*

*

Mit Neidhard Pippinger konnte man noch reden. Er war ein Ehrenmann von Wort und zu Kompromissen bereit. Vor hundert Jahren, 1226, suchte er um Audienz beim Babenberger Herzog Leopold VI., dem Glorreichen, an, und sie wurde ihm gewährt.

Leider hatte Seine Hoheit diesen fremden Kaufleuten, den *Flandrensern*, dermaßen viele Rechte gewährt, dass diese Tuchfärber zunehmend eine Gefahr für das heimische Gewerbe in Wien darstellten. Außerdem waren diese Leute säumig, bezahlten ihre Schulden nicht.

Der Herzog verstand das Anliegen, und die Angelegenheit konnte gütlich geregelt werden, was Neidhard Pippingers Ansehen in der Stadt enorm förderte. Ihm zu Ehren wurde sogar die Straße, in der er in einem stattlichen Haus wohnte, nach ihm benannt.

Jetzt, zehn Jahrzehnte später, 1326, lebt in der Pippingerstraße[55] einer seiner Nachfahren, Albrecht Pippinger. Er gilt als aufbrausender, cholerischer, zorniger, von Herrschsucht und Rachegelüsten geplagter Mensch.

Dabei hat er keinerlei Grund zur Klage. Er ist reich, besitzt eine Anzahl prächtiger Häuser in der Stadt. Kurzum, es fehlt ihm an nichts. Trotzdem ist er verbittert und machtgierig, kann den Rachen nicht vollkriegen.

Ausgerechnet seinen alten Freund Otto Wülfleinstorfer zogen die Wiener ihm vor und wählten diesen Mann zu ihrem Bürgermeister. Daran zerbrach ihre Freundschaft, die schon seit Kindheitstagen bestand.

Damit nicht genug, muss sich ausgerechnet der Bürgermeistersohn Wiprecht in seine Tochter Anna verlieben! Selbstverständlich gibt es, seit Pippinger es weiß, für die Sippschaft der Wülfleinstorfer in seinem Domizil Hausverbot.

An diesem warmen Frühlingstag schlendern zwei junge Männer

durch die Stadt. An ihrer Kleidung lässt sich leicht erkennen, dass sie der Oberschicht in der Stadt angehören. Obwohl ihre Väter Erzfeinde sind, pflegen sie weiterhin ihre Freundschaft. Friedrich Pippinger weiß, dass Wiprecht Wülfleinstorfer unsterblich in seine Schwester Anna verliebt ist und sie dessen Gefühle erwidert. Leider stellt sich Annas Vater vehement dagegen. Der störrische und uneinsichtige Albrecht Pippinger sperrt seine Tochter im Haus ein, lässt sie kaum aus den Augen.

Wiprechts Freund kann nicht mehr länger mitansehen, wie sehr seine Schwester leidet und wie diese unerfüllte Liebe ebenso seinem Freund zu schaffen macht. Der Zwist ihrer Väter ist deren Sache und geht die Freunde nichts an. Daher möchte Friedrich ihnen helfen. Beim *Karnerthor* gibt es einen Garten, der einmal im Besitz der Familie Pippinger war. Der ideale Ort für heimliche Stelldicheins. Der alte Pippinger kann nicht dauernd den Wachhund für Anna spielen. Schließlich haben seine Geschäfte zu florieren. Diese Gelegenheiten seiner Abwesenheit müssen genützt werden. Mehrere heimliche Treffen gelingen, ohne dass der Alte es merkt. Friedrich spielt immer den Aufpasser, damit die beiden Liebenden in ihrem kleinen Garten Eden ungestört sein können.

Bislang ging alles gut, der alte Pippinger ist völlig ahnungslos. Doch das heutige Treffen ist von schweren Gewitterwolken überschattet. Albrecht Pippinger hat seine Tochter einem anderen Mann versprochen, und daran gibt es nichts mehr zu rütteln. Jetzt gibt es nur mehr eine vage Möglichkeit, ihren Vater umzustimmen.

Der Bürgermeistersohn spricht mit seinem Vater, und der erklärt sich bereit, mit dem alten Pippinger, dem früheren Freund, ein ernstes Wort zu sprechen.

Kaum hat Bürgermeister Otto Wülfleinstorfer das feindliche Haus betreten, wird er bereits schroff von Albrecht Pippinger abgewiesen. Keine Chance, alte aufgerissene Gräben zuzuschütten. Als auch noch der wahre Grund für diesen Überraschungsbesuch zur Sprache kommt, schreit Pippinger wie von Sinnen und voller Hass.

»Eh' will ich meine Tochter vermauert sehen, in einem Kloster, eh' ich sie zu Eurem Sohne gebe. Eh' will ich meinen einzigen Sohn, die Hoffnung meines Alters, mein Liebstes, Höchstes auf Erden, zerschmettert sehen zu meinen Füßen, eh' ich die Tochter Eurem Sohne gebe. Eh' will ich einsam, lieblos, gehasst und gemieden von den Menschen in bitterer, unfruchtbarer Reue verkümmern, eh' ich die Tochter eurem Sohne gebe!«[56]

Der Bürgermeister kann über so viel Starrsinn nur mehr den Kopf schütteln.

»Ich gehe, doch hört mein letztes Wort. Verhüte Gott, dass Euer Eid zur Wahrheit wird. Ich wünsch Euch's nicht!«[57]

Einige Tage später zieht Albrecht Pippinger die Zügel an, und in seinem grenzenlosen Hass steckt er seine Tochter Anna in das Kloster »Zur Heiligen Agnes«. Der Vater greift tief in die Privatschatulle, spendet einen ansehnlichen Betrag für die Nonnen. Somit wird das Noviziat übersprungen und Anna nach ihrem unfreiwilligen Eintritt sofort zur Ordensfrau geweiht.

Die Tochter will auf keinen Fall ihr Schicksal akzeptieren und wieder versucht Friedrich, ihr Bruder, der Schwester zu helfen. Während eines Besuches im Kloster erkundigt er sich bei ihr nach ihrer Zelle. Heimlich steckt er ihr eine seidene Schnur zu. Um Mitternacht solle sie auf den Ruf der Wachtel achten und die Schnur aus ihrem Fenster herunterlassen.

Zur vereinbarten Zeit wartet Wiprecht vor den Klostermauern der Chorfrauen zur Heiligen Agnes. Er imitiert die Wachtel, und die Seidenschnur gleitet herab. Er bindet daran eine mitgebrachte Strickleiter und steigt halsbrecherisch zu seiner großen Liebe empor.

Monatelang gehen diese heimlichen Treffen gut, niemand merkt etwas davon. Dann schlägt plötzlich das Schicksal unbarmherzig in der Person von Schwester Beatrix zu. Eine alte, hässliche Megäre, gefürchtet von allen Nonnen im Kloster wegen ihrer Bösartigkeit und scharfen Zunge. Alles Junge und Schöne ist ihr verhasst und zuwider.[58]

In dieser stürmischen Unwetternacht versieht Beatrix Pförtnerdienst. Nachdem sich das Gewitter verzogen hat, geht sie nach draußen und entdeckt die Strickleiter. Selbstverständlich schleicht sie sofort zu Annas Zelle und lauscht, hört eine Männerstimme, die sagt, dass sie in drei Tagen aus diesem Kloster befreit werde.

Ebenso klar, dass Schwester Beatrix der Äbtissin sofort am Morgen Anna und den Fluchtplan verrät.

In der darauffolgenden Nacht überzeugt sich Mutter Oberin selbst von diesem ungeheuerlichen Frevel und informiert umgehend Albrecht Pippinger. Die Äbtissin erzählt ihm auch, was einer Nonne, die sich mit einem Mann hinter Klostermauern einlässt, blüht. Sie wird lebendig eingemauert. Wie nicht anders zu erwarten – der Vater hat längst mit seiner Tochter gebrochen –, stimmt er sofort dieser barbarischen Todesstrafe zu.

Anna, Wiprecht und Friedrich sind völlig ahnungslos. Der Geliebte schmuggelt Männerkleidung ins Kloster, und Annas Bruder wird nach erfolgreicher Flucht mit einer Kutsche beim Karnerthor warten, damit seine Schwester mit ihrem Herzallerliebsten in den Süden flüchten kann.

Wieder ist die Nacht der Entscheidung stürmisch und unheimlich. Anna wartet, umgezogen als Mann, am Fenster ihrer Klosterzelle. Wieder ertönt das Erkennungszeichen, der Wachtelruf. Sie lässt die Strickleiter herab, hört eine leise Stimme, die fragt, ob sie bereit wäre.

In diesem Moment wird die Zellentüre aufgestoßen, eine Gestalt stürzt zum Fenster, schneidet die Strickleiter durch. Annas Liebster stürzt mit einem gellenden Schrei in die Tiefe. Ein dumpfer Aufprall, dann Totenstille. Anna wird ohnmächtig. Als sie wieder zu

Sinnen kommt, sitzt sie gefesselt auf einem Stuhl im Refektorium vor ihrem Tribunal.

Die Äbtissin, zwölf Schwestern und der eigene Vater sitzen zu Gericht. Anna fleht Albrecht Pippinger an, ihr doch zu helfen, aber der verstockte Griesgram erklärt, dass er sie nicht kenne.

Danach spricht die Mutter Oberin das grausame Urteil.

»Wenn sie, baar aller Scham, ein Pfand des losen Thuns auf diese Welt zu bringen droht, so werde sie sammt jener schon im Mutterleib verfluchten Sündenfrucht zur Strafe bei lebendigem Leibe eingemauert.«[59]

Eine unheimliche Prozession im Fackelschein unter andauerndem Gebetsgemurmel führt Anna in den Klosterkeller, wo bereits Ziegel aufgeschichtet sind, der Mörtel angerührt ist und die Kelle bereitliegt. Anna wird von zwei Schwestern in einer Mauernische angekettet und danach Stein für Stein zugemauert. Ihre Bitten und ihr Flehen bleiben ungehört.

Mit den Worten »Wiprecht, ich komme«[60] verlässt sie diese grausame Welt.

Albrecht Pippinger tritt vor das Kloster, will sich selbst überzeugen, dass mit zerschmetterten Gliedern der Sohn seines Todfeindes vor ihm im Morast liegt. Als er den Leichnam umdreht, blickt er in das tote, blutüberströmte Antlitz seines Sohnes Friedrich.

Warum plötzlich entgegen dem ursprünglichen Plan Friedrich und Wiprecht die Rollen tauschten, bleibt bis in alle Ewigkeit ein ungelöstes Rätsel.

Das Kloster »Zur Heiligen Agnes«, später auch Kloster »Zur Himmelspforte«, stand im Bereich der heutigen Rauhenstein-/Himmelpfortgasse im 1. Wiener Gemeindebezirk.

Die Geschichte selbst hinterließ der Schriftsteller Moriz Bermann (1823 – 1895).[61]

Magna mortalitas – das große Sterben

anno Domini MCCCXLIX (1349)

Jemand ist auf den Hund gekommen

Auf den Böden der Geldtruhen war meist ein Hundekopf abgebildet. Diese Behälter wurden auch in Kriegen und Schlachten als Kriegskassen mitgeführt. Kriege kosten viel Geld, auch im Mittelalter. Je mehr Geld entnommen wurde, umso näher kam man dem Hundekopf. War die Kasse leer, war man auf den Hund gekommen.

Heute steht diese Redewendung für einen Menschen, der in Konkurs gegangen, pleite ist.

1327 *Herzog Friedrich I., der Schöne, stiftet angeblich aufgrund eines Gelübdes während seiner Gefangenschaft auf Burg Trausnitz das Augustinerkloster und seine Burg in Wien.*

1. Halbjahr 1328 *Entgegen der Unteilbarkeitsbestimmungen der habsburgischen Länder verlangt Otto der Fröhliche, jüngster Bruder Friedrichs I., dennoch eine Teilung. Waffenbündnisse mit Königen von Böhmen und Ungarn zwingen ihn dazu.*

Böhmische und ungarische Streiter überfallen Gebiete im Osten und Nordosten Österreichs, richten Verwüstungen an.

21. September 1328 *Vertrag von Bruck an der Leitha in Niederösterreich. Otto der Fröhliche erhält die Vorlande und die niederösterreichische Stadt Hainburg.*

1330 – 1339 *Der bayrische Baumeister Dietrich Ladtner errichtet einen Großteil der Wiener Augustinerkirche.*

1330 *Die »Dienstbotenmadonna« in der Wiener Stephanskirche gilt als Hauptwerk der Wiener Gotik.*

13. Jänner 1330 *Herzog Friedrich I., der Schöne, stirbt auf Burg Gutenstein in Niederösterreich. Sein Bruder Albrecht II. wird Herzog von Österreich und Steiermark, Otto der Fröhliche Mitregent.*

9. Mai 1330 *Vergleich im bayrischen Landau zwischen König Johann von Böhmen mit den Habsburgern, die bis auf Weiteres auf die deutsche Königskrone verzichten.*

6. August 1330 *Vertrag von Hagenau im Elsass. Die Habsburger akzeptieren Ludwig von Bayern als König und Kaiser. Dafür erhalten sie von Kaiser Ludwig IV. Österreich und Steiermark als Lehen. Die Reichsstädte Schaffhausen, Rheinfelden, Breisach am Rhein und Neuenburg am Rhein erhalten sie als Pfand.*

September 1330 *Vermählung der zwölfjährigen (!) Margarethe, der Tochter und Erbin Herzog Heinrichs von Kärnten und Tirol, mit dem neunjährigen (!) Johann Heinrich, einem Sohn von König Johann von Böhmen. Die Luxemburger wollen sich dadurch die Anwartschaft auf diese Länder sichern. Margarethe wird Margarethe Maultasch genannt. Möglicherweise nach dem Schloss Maultasch bei Terlan in Südtirol.*

26. November 1330 *Kaiser Ludwig IV. durchkreuzt den Plan von König Johann von Böhmen, mit den Habsburgern den Augsburger Geheimvertrag zu schließen, in dem er ihnen die … Anwartschaft … übertragen will und sie ihm im Gegenzug beim Erwerb des restlichen Tiroler Gebiets ihre Unterstützung zusagen.*

5. Mai 1333 *Umfassende Räumung des Unrats in Wien. Es wird verboten, Unrat auf die Straßen und Gassen zu schütten »wie Mist, tote Hundt und Katzen«.*

1334 *Eine Orgel ist in der Wiener Stephanskirche nachweisbar.*
Das Wiener Bürgerspital vor dem Kärntnertor kann bereits sechshundert Kranke versorgen.

2. April 1335 *Herzog Heinrich VI. von Kärnten und Tirol stirbt auf Schloss Tirol in Südtirol.*

5. Mai 1335 *Kaiser Ludwig IV. belehnt in Linz die Habsburger mit Kärnten, Südtirol und Krain. Margarethe Maltausch und ihr Gemahl Johann Heinrich bleiben im nördlichen Tirol.*

Sommer 1335 *König Johann von Böhmen führt wegen der Belehnung* *einen erfolglosen Krieg gegen Herzog Albrecht II. und dessen Bruder Otto.*

9. Oktober 1336 *Im Frieden von Enns von Oberösterreich zwischen den Habsburgern und König Johann von Böhmen verzichtet der König auf Kärnten und Krain. Seine Söhne und die Tiroler Stände sind damit nicht einverstanden. Otto der Fröhliche, ein Bruder Albrechts II., wird in Kärnten zum Herzog gewählt.*

1338 Heuschreckenplage in den habsburgischen Ländern.

20. *Jänner* 1338 *Herzog Albrecht II. und sein Bruder Herzog Otto der Fröhliche erlassen eine Judenordnung. Missernten 1337 führten zu Pogromen gegen Juden.*

Um 1339 *Meister Jacobus von Paris beginnt mit dem Bau der gotischen Minoritenkirche in Wien.*

17. Februar 1339 *Herzog Otto der Fröhliche stirbt.*

März 1339 *Neuerlicher Vergleich zwischen Kaiser Ludwig IV. und König Johann von Böhmen. Johanns Sohn, Johann Heinrich und mit Margarethe Maultasch verheiratet, wird mit Tirol belehnt.*

1340 Hochwasserkatastrophe; die Donau und ihre Nebenflüsse überschwemmen große Gebiete in Österreich.

Der Chor in der Wiener Stephanskirche wird geweiht.

24. Juli 1340 *Herzog Albrecht II. verleiht Wien ein neues Stadtrecht, die Zahl der »Genannten« wird auf zweihundert erhöht.*

November 1341 *Die Tiroler Landstände vertreiben Johann Heinrich von Böhmen, da er zu viele Günstlinge und Hofschranzen aus seiner Heimat ins Land gebracht hat. Seine Gemahlin Margarethe Maultasch nützt die Gelegenheit und trennt sich von ihrem geistig zurückgebliebenen Mann.*

10. Februar 1342 *Margarethe Maultasch, Gräfin von Tirol, heiratet Markgraf Ludwig von Brandenburg, einen Sohn Kaiser Ludwigs IV.. Wegen Nichtvollzugs ihrer ersten Ehe wird diese für ungültig erklärt, jedoch nicht kirchlich gelöst. Das frischvermählte Paar wird von Papst Benedikt XII. gebannt.*

Frühjahr 1342 *Neuerliche Hochwasserkatastrophe in Österreich.*

1345 *Herzog Albrecht II. von Österreich lässt den ersten österreichischen Goldgulden prägen.*

11. Juli 1346 *Die Kurfürsten wählen in Rhens den Luxemburger Karl, den ältesten Sohn König Johanns von Böhmen, als deutschen Gegenkönig zu Kaiser Ludwig IV..*

26. August 1346 *Der seit 1340 erblindete König Johann von Böhmen fällt in der Schlacht von Crécy. Es ist eine Auseinandersetzung zwischen England und Frankreich, der König stand aufseiten der Franzosen.*

11. Oktober 1347 *Kaiser Ludwig IV. stirbt im bayrischen Fürstenfeldbruck. König Karl von Böhmen wird als Karl IV. deutscher König. Er bemüht sich um die Freundschaft mit den Habsburgern, begünstigt aber trotzdem sein Stammland. Das bringt ihm die Bezeichnung »Böhmens Vater, des Reiches Erzstiefvater« ein.*

1348/49 *Zwei Jahre der Katastrophen. Hungersnöte, ausgelöst durch Überschwemmungen und Missernten. Die Beulenpest entvölkert Städte und Dörfer. Wieder müssen die Juden als Sündenböcke herhalten. Schwere Ausschreitungen gegen sie, besonders in Krems, Stein und Mautern in Niederösterreich.*

Die fanatische Flagellanten-Bewegung fällt in Wien und Österreich ein.

*

So schnell kann es gehen, dass aus einer lebendigen Stadt ein riesiger Gottesacker wird. Sämtliches Leben ist verstummt, kaum jemand geht noch seinen Arbeiten nach. Kein Feilschen, kein Handeln auf den Märkten. Niemand macht Geschäfte.

Womit auch?

Zuerst die überfluteten Felder durch die Überschwemmungen. An vielen Wiener gemauerten Häusern ist noch deutlich die Wasserlinie zu sehen, die den Stand des Hochwassers markierte. Das Gemäuer ist feucht, das Holz der Hütten verfault, wenn die Behausungen nicht gleich samt Bewohnern und Hausrat von den Fluten mitgerissen wurden. Nun breitet sich der Schimmel aus.

Danach bescherte das Hochwasser zahlreiche Missernten, und die Menschen sind nun zum Darben verurteilt. Natürlich trifft es kaum den Hof und die Geldsäcke in der Stadt. Diese Herrschaften verfügen über volle Vorratskammern und Weinkeller. Nun hat die nächste Plage in Wien Einzug gehalten. Schlimmer als alle anderen zuvor.

Ein unsichtbares riesiges Leichentuch ist über die Stadt gebreitet. Jetzt regiert der Schwarze Tod, die Beulenpest übernimmt das Zepter. Gevatter Hein kann sich auf seine unzähligen Helferlein verlassen, damit er reiche Menschenernte einfahren kann.

Unzählige Ratten, Mäuse, Eichhörnchen und andere Nager, Flöhe und Wanzen sorgen für die ständige Ausweitung der Epidemie. Eingeschleppt wurden die Krankheitserreger vermutlich durch Schiffsbesatzungen und Schiffe aus dem Vorderen Orient. Nun breitet sich die Beulenpest in rasender Geschwindigkeit überall in Mitteleuropa aus. Wer es sich leisten kann, flüchtet aus den Städten, sucht Zuflucht auf dem Lande, wodurch sich die Seuche noch viel schneller und weiter fortpflanzt.

Die hygienischen Zustände in Wien sind ein einziger Graus. Da nützt auch nicht das Verbot, keinen Unrat sowie tote Haustiere wie Hunde und Katzen vor die Türen und aus den Fenstern in die Straßen und Gassen zu werfen.

Erst Jahrhunderte später wird man erste Schätzungen wagen und annehmen, dass zwischen 1347 und 1353 rund ein Drittel der europäischen Bevölkerung vom Schwarzen Tod geholt wurde, an die zwanzig bis fünfzig Millionen Menschen.

Das Wasser in den Brunnen ist verseucht, Lebensmittel wegen der Missernten extrem knapp geworden. Niemand kommt mehr nach Wien, die Gefahr der Ansteckung ist viel zu groß. Die Menschen tragen Masken und Tücher vor den Gesichtern. Ein völlig nutzloser Schutz. Die Bader und Ärzte verordnen Aderlässe, geben Brechmittel und Einläufe, die jedoch die ohnehin geschwächten Körper noch mehr strapazieren.

Ebenso ist das Abbrennen von duftenden Kräutern und Hölzern ein lächerliches Unterfangen, ohne auch nur im Geringsten Schutz zu bieten. Überall in Wien sind auf Türen weiße Kreuze gemalt, das Zeichen für Pesthäuser. Entweder sind die Bewohner bereits verstorben oder liegen im Sterben, verlassen selbst von der eigenen Familie und Freunden. Auch Geistliche verweigern aus Furcht den Beistand.

Im Bürgerspital, draußen vor dem *Karnerthor*, weiß man nicht mehr wohin mit all den vielen Todgeweihten. Das Haus ist restlos überfüllt. Viele liegen bereits auf den Böden, weil sämtliche Tragen und Strohsäcke belegt sind. Ständig kommen neue Todeslieferungen an. Man trägt die Menschen auf Brettern oder ausgehängten Türen herein, legt sie ab, wo noch ein Plätzchen zu ergattern ist.

Überall brennen Feuer, der Hausrat und das persönliche Eigentum der Pesttoten wird verbrannt. Es stinkt erbärmlich. Ein alter Mann, mehr tot als lebendig, schleppt sich durch die Gasse, bückt sich nach einem fauligen Apfel, den er zufällig im Dreck findet, isst gierig das Obst, geht noch ein paar schlurfende Schritte, bevor er zusammenbricht und endgültig seinen letzten Atemzug macht, den Apfelputzen noch in seiner verkrampften Hand haltend.

Auch auf der Baustelle von Sankt Stephan ruhen sämtliche Arbeiten. Nur auf dem Stephanfreithof gibt es keinen Stillstand. Die Totengräber kommen mit dem Ausheben der Gräber nicht mehr nach. Einige haben sich die Hände mit Fetzen umwickelt, da sie sich längst durch das unentwegte Schaufeln Blasen zugezogen haben. Viele sind bereits selbst infiziert. Plötzlich kippt einer in die Grube, die er soeben fertig ausgehoben hat. Niemand schert sich darum. Wieder einer weniger. Ein paar Schaufeln Erde werden auf seinen Körper gekippt. Ob er nur ohnmächtig wurde oder bereits tot ist, keinen interessiert es. Unentwegt werden frische Leichen herangekarrt, die Apokalypse ist angebrochen. Die Sargtischler haben längst aufgegeben. Es wird zu viel Holz verbraucht, das anderweitig bessere Verwendung findet. Holz ist teuer. Die Leichen werden in Leinensäcken bestattet. Darauf ungelöschter Kalk und die Gräber zugeschaufelt. Kaum jemand erhält noch ein christliches Begräbnis. Das Begraben ist zu einer Sisyphusarbeit ausgeartet.

An der Stadtmauer kauern ein paar Elendsgestalten und warten darauf, dass der Sensenmann sie endlich holt. Eine junge Frau, in Lumpen gehüllt, wiegt ihr kleines Kind in den Armen, summt dabei ein Schlaflied. Die dünnen Ärmchen des Mädchens hängen steif herunter und sind weiß wie Schnee. Das Köpfchen ist nach hinten gekippt, Mund und Augen stehen weit offen.

»Lass gut sein, Frau«, meint der Mann neben ihr mit brüchiger Stimme. »Deinem Mädel ist nicht mehr zu helfen. Es ist hin.«

Doch die Mutter will es nicht wahrhaben.

»Nein, meine Magdalena schläft nur«, antwortet sie trotzig. »Sie ist nur sehr müde. Schlaf weiter, mein Kindlein, schlaf ruhig weiter.«

»Bring sie hinüber«, rät der Mann ihr, »das Kind soll in geweihter Erde ordentlich begraben werden.«

»Du lügst!«, schreit sie hysterisch. »Meine Magdalena lebt! Dieser Herrgott hat mir schon meine Geschwister, meine Eltern, meinen Mann und drei Kinder genommen! Er kann mir nicht auch noch meine Magdalena nehmen! Das ist ungerecht! Das ist ein furchtbarer Gott!«

»Versündig dich nicht, Weib«, meint der Mann. »Es macht alles einen Sinn, was unser Herr tut.«

Die Mutter springt auf, völlig irrsinnig vor Verzweiflung, selbst übersät mit diesen furchtbaren Beulen, hält ihr totes Kind an der

Hand, schleift es wie eine Puppe hinter sich her, brüllt und schreit, dass ihre Tochter nur schläft. Die wenigen Menschen, die unterwegs sind und dieses fürchterliche Schauspiel mitansehen müssen, bekreuzigen sich und weichen ihr aus. Dann verlässt die junge Frau jegliche Kraft, sie stürzt zu Boden und begräbt ihre Tochter unter sich.

Aus der Ferne dringen plötzlich fromme Gesänge in die Ohren dieser Jammerfiguren. Wer noch ein bisschen Kraft besitzt, richtet sich auf oder geht den Klängen entgegen. Der Umzug kommt näher, nun sind auch die liturgischen Lieder deutlich verständlich.

»Wer sind diese Leute?«, fragt einer.

»Ich habe so etwas schon einmal in einer anderen Stadt gesehen«, antwortet sein Gefährte und stützt sich auf einen Stock, »das sind Geißler. Man nennt sie auch Flagellanten. Sie geißeln sich selbst, um Buße zu tun und um unseren Herr wohlzugefallen.«

»Herr Jesus Christus! Tatsächlich!«

Der Zug geht unbeirrt weiter. An die fünfzig Personen, überwiegend Männer, angeführt von einem Mönch. Die Männer tragen weiße, blutüberströmte Hemden und in ihren Händen Geißeln, Peitschen mit einem kurzen Stiel mit einem Bündel dünner Lederriemen, an denen unzählige kleine Eisenzacken befestigt sind. Mit so einer Geißel wurde auch Jesus Christus auf seinem Kreuzweg gequält.

Unter lautem Singen und Beten schlagen sie sich ununterbrochen auf Rücken und Arme. Dabei platzt die Haut, und das Blut fließt in Strömen. Für diese Flagellanten ist die öffentliche Selbstgeißelung eine religiöse Praktik, um Buße zu tun und sich von begangenen Sünden zu reinigen. Die Mutterkirche und der Papst sehen diese Geißler-Bewegung jedoch äußerst kritisch, obwohl sie auch von Teilen des höheren Klerus unterstützt und gefördert wird.

Im Grund ist diese Form einer Religionsausübung nicht neu. Im alten Ägypten kannte ebenso der Isis-Kult wie auch der griechische

Dionysos-Kult Selbstgeißelungen. In der Römerzeit war es Brauch zu den *Lupercalien*, dem Hauptfest für den römischen Herdengott Faunus mit dem Beinamen Lupercus, dem Wolfsabwehrer, Frauen öffentlich zu geißeln, um ihre Fruchtbarkeit anzuregen. Auch im Judentum sind Selbstgeißelungen in Tempelzeremonien gebräuchlich.

Die Geißler waren bereits einmal im Land. Ende 1260 kamen sie über Friaul nach Kärnten, in die Steiermark bis nach Wien, zogen nach Ungarn, Böhmen, Mähren, Schlesien, Polen; nach Bayern, Franken, Schwaben bis nach Straßburg. So, wie sie auftauchten, verschwanden sie wieder.

Plötzlich erscheinen sie und bereits wie damals ohne jegliche organisatorische Strukturen. Wieder sind sie bereits in der Steiermark, in Ober- und Niederösterreich sowie in Ungarn gesichtet worden. Nun sind sie in Wien eingetroffen. Sie sehen es als ihre Aufgabe, die Menschen auf die Apokalypse vorzubereiten und Endzeitstimmung zu schüren.

Der anführende Mönch hebt seine Arme, und die makabre, furchteinflößende Prozession kommt zum Stillstand. Der Gottesmann steigt auf einen Bretterstapel, streicht sich über den Kopf mit der Tonsur, schlägt das Kreuzzeichen. Anhand seiner Kutte ist schwer zu erkennen, welchem Orden er tatsächlich angehört.

»Gelobt sei der Herr!«, ruft er mit lauter Stimme. »Im Namen Jesu Christi! Ihr Wiener, wisst Ihr eigentlich wem Ihr euer Unglück zu verdanken habt?«

Wer sich noch halbwegs auf den Beinen halten kann, kommt langsam näher, hört sich an, was dieser Mönch zu sagen hat.

»Wer hat es seinerzeit gewagt, den Sohn Gottes ans Kreuz zu schlagen?«

Abwartend blickt er um sich. Er versteht sich ausgezeichnet auf das Verführen von Menschen.

»Die Spitzhüte!«, schreit einer aus der Zuhörerschar.

»Du sagst es, mein Sohn«, folgt prompt die Bestätigung. »Die Christusmörder waren die Juden. Und jetzt? Wer hat Eure Brunnen vergiftet, Euch den Schwarzen Tod beschert?«

Er wartet erst gar keine Reaktion ab.

»Wer entweiht heilige Gefäße?«, schreit er mit geifernder Stimme. »Wer schändet Hostien? Wer entführt Christenkinder und schlachtet sie? Wer ist für die Missernten, Eure Hungersnot, das große Wasser, für sämtliche Heimsuchungen der letzten Jahre in dieser Stadt verantwortlich zu machen? Es steht geschrieben:

Die Juden sollen einen gehörnten Hut tragen, um sie von den Christen unterscheiden zu können. Welcher Jud' sich aber unterfangen würde, ohne dieses Zeichen unter die Leute zu gehen, soll um Geld gestrafet werden. Auch sollten die Juden dem Pfarrer, in dessen Bezirk sie wohnen, nicht nur den Zehend, sondern auch die Stolgebühren, als wenn christliche Familien daselbst wohnen, bezahlen.

Sie [Juden] sollen weder in die Bäder noch in die Wirthshäuser der Christen zugelassen, weder zu den Mauthen noch zu anderen öffentlichen Aemtern verwendet werden. Auch sollen sie keine christlichen Dienstboten halten dürfen.

Wenn ein Jud' sich mit einer Christin vergisst, soll er so lange im harten Gefängnisse gehalten werden, bis er zur Strafe zehn Mark Silber bezahlt haben wird. Die Christin aber soll durch die Stadt gestäupet[62] *und aus derselben gänzlich verstoßen werden, ohne je wieder zurückkehren zu dürfen.*

Die Christen sollen mit den Juden nicht essen oder trinken, weder ihren Hochzeiten noch anderen Ergötzungen beiwohnen, auch nicht einiges Fleisch oder andere Eßwaaren von ihnen kaufen.

Wenn die Juden die Christen mit Wucher beschweren oder betrügen, soll ihnen die Gemeinschaft mit den Christen so lange entzogen werden, bis sie den Wucher ersetzt haben. Wenn es sich zuträgt, dass das Altarssakrament bei den Wohnungen von Juden vorbeigetragen wird, sollen sie, sobald sie das Glöcklein hören, sich sogleich in ihre Häuser verfügen und die Thüren und Fenster verschließen. Am Charfreitag soll es Keinem erlaubt sein, aus dem

Hause zu gehen. Sie sollen nicht mit ungelehrten Christen über Glaubenssachen streiten. Sie sollen ihre Weiber und Kinder, welche zum Christenthum übertreten wollen, davon nicht abhalten, viel weniger die Christen zum Judenthume verleiten oder beschneiden.

Es ist ihnen untersagt, bei den Christen die Arzneikunst zu treiben. Es ist ihnen nicht gestattet, neue Synagogen zu bauen; die alten dürfen sie zwar ausbessern, aber nicht höher, geräumiger und schöner zu machen. In der Fastenzeit sollen sie ihr Fleisch nicht öffentlich nach Hause tragen, damit sie nicht der Christen, die zu dieser Zeit kein Fleisch essen dürfen, zu spotten scheinen.[63]

Ihr kennt diese Gebote alle«, donnert der Mönch weiter, und alle hängen an seinen Lippen, »doch Ihr habt Euch nicht daran gehalten! Dafür schickt Euch der Herr nun diese Strafen, damit Ihr Euch besinnt. Und das ist erst der Anfang. Wie werdet Ihr am Tage des Jüngsten Gerichts unserem Herrn gegenübertreten? Was werdet Ihr ihm sagen, wenn Ihr gefragt werdet, was Ihr während Eures Erdenlebens getan habt? Ob Ihr gute, gottgefällige Christenmenschen wart! Ihr habt Euch mit Juden eingelassen, mit denen schändliche Geschäfte getrieben! Schließt Euch uns an! Nur wenn Ihr unablässig büßt wie diese braven Männer und Weiber, dann werdet Ihr in das Himmelreich Gottes, in das Paradies eintreten dürfen! Entledigt Euch der Juden! Der Jud' muss brennen! Wer Feuer sät, muss mit Feuer bekämpft werden! Folgt uns!«

Der junge Mann, versteckt auf dem Dachboden, hört jedes Wort dieses diabolischen Mönchs mit. Seit Tagen harrt er hier oben aus, noch ist er nicht von der Beulenpest infiziert. Er ist der Letzte seiner Familie. Der Schwarze Tod kennt keinen Unterschied zwischen Juden und Christen. Längst hat er sich seine Schläfenlocken abgeschnitten und den Judenhut ins Feuer geworfen. Sein Elternhaus wurde vom Pöbel niedergebrannt. Glück im Unglück für ihn, er war nicht zu Hause. Als er die Flammen sah, konnte er rechtzeitig untertauchen und sich verstecken.

Nur dem Herzog ist es zu verdanken, dass bisher in Wien nicht solche fürchterliche Pogrome wie in Krems, Stein und Mautern ausgebrochen sind. Angeblich wurden in diesen Orten sämtliche Juden wie tollwütige Hunde erschlagen und ihr gesamtes Hab und Gut geplündert.

Ausgerechnet jetzt müssen diese Flagellanten auftauchen, und dieser Mönch hat das Zeug, die Menschen aufzustacheln, je länger er redet. Vorsichtig öffnet der junge Jude die Dachluke, die Entfernung ist genau richtig. Es gibt keinen anderen Ausweg mehr. Er muss schleunigst aus der Stadt, und wenn sein Vorhaben gelingt, dann kann er den ausbrechenden Tumult nutzen und verschwinden.

Ein kurzes Pfeifen, kaum hörbar. Ein gewaltiger Aufschrei. Der Mönch greift sich an den Hals und kippt wie ein schwerer Sack vom Stapel. Der Pfeil der Armbrust hat ihm die Gurgel durchbohrt. Ein wahrer Meisterschuss. Jehova hat ihn im richtigen Moment diese Armbrust und die Pfeile finden lassen. Was er tun musste, ist jetzt erledigt. Er lässt die Waffe liegen.

Wie geplant, kann der Jude den Aufruhr nutzen, unbemerkt sein Versteck und das Haus verlassen. Doch seine Rechnung geht nicht auf.

»Bleib stehen, Jud'!«, fordert eine barsche Männerstimme ihn in seinem Rücken auf. »Was hat der Jud' in einem Christenhaus zu suchen?«

Es ist einer der Söldner, die von der Stadt als Wachen bezahlt werden. Besonders jetzt von enormer Wichtigkeit, wo es in den Pesthäusern ständig zu Plünderungen kommt.

»Ihr müsst mich verwechseln«, stammelt der Ertappte. »Ich bin kein Jude.«

»So?« Der Wächter verzieht seinen nahezu zahnlosen Mund. »Dann beweise es mir, Jud'.«

Mit seiner Hellebarde stößt er den dürren Mann in den Hauseingang.

»Hosen runter«, befiehlt er und duldet keinen Widerspruch. An Flucht ist nicht denken. Er muss sich fügen.

»Also doch«, der Söldner ist sichtlich zufrieden, als er die Beschneidung sieht. »Anziehen, mitkommen.«

Er schubst den Juden vor sich her, bringt ihn zu den Geißlern.

»Da«, sagt der verrohte Wächter. »Macht mit ihm, was Ihr wollt. Dann ist ein Jud' weniger in der Stadt.«

1349 erklärt Papst Clemens VI. die Geißler zu Ketzern.

Von der Locke
anno Domini MCCCLXVII (1367)

25. Jänner 1348 *Ein verheerendes Erdbeben zerstört Villach, gleichzeitig vernichtet ein Bergrutsch vom Dobratsch siebzehn Dörfer. Die Anzahl der Todesopfer in Kärnten konnte nie festgestellt werden.*

5. Juni 1348 *König Karl IV. belehnt Herzog Albrecht II. und seine Söhne mit Österreich, Steiermark, Kärnten, Krain, der Windischen Mark und anderen habsburgischen Gebieten in den Vorlanden.*
Rudolf, der älteste Sohn Albrechts, verlobt sich mit Katharina, der Tochter Karls IV..

Februar 1350 *König Karl IV. belehnt Markgraf Ludwig mit Tirol, Kärnten, Görz und der Vogtei über die Bistümer Brixen und Trient.*

1351 *Erste Erwähnung eines Apothekers namens Thomas in Wien.*

1. Mai 1351 *Das Bündnis der Schweizer Waldstätten mit Zürich führt zum Krieg Herzog Albrechts II. gegen die Eidgenossen.*

14. November 1351 *Friede zwischen Habsburg und den Schweizern. Die grundherrlichen Rechte der Habsburger werden anerkannt und die Verbindung zu habsburgischen Orten aufgegeben. Dafür verzichtet Herzog Albrecht II. auf seine gräflichen Rechte in Schwyz und Unterwalden.*

1353 *Rudolf IV., Sohn Albrechts II., heiratet Katharina, Tochter Karls IV..*

Sommer 1353 *Erneuter Krieg Albrechts II. mit den Schweizer Eidgenossen.*

1354 *Wiener Patrizier lassen Glas aus den Hütten des Böhmerwalds kommen, das sich als »Waldglas« einbürgert.*

Sommer 1355 *Der Friede zu Regensburg beendet den Streit Albrechts II. mit den Schweizern.*

25. November 1355 *Herzog Albrecht II. erlässt eine Hausordnung. In der »Albertinischen Hausordnung« wird bestimmt, dass nach seinem Tod seine Söhne Rudolf IV., Friedrich III., Leopold III. und Albrecht III. die österreichischen Länder gemeinsam besitzen und regieren sollen.*

10. ***Jänner 1356*** *Reichstag zu Nürnberg. Kaiser Karl IV. lässt das Reichsgrundgesetz beraten, vorbereiten und zum Teil veröffentlichen.*

25. ***Dezember 1356*** *Reichstag zu Metz. Kaiser Karl IV. veröffentlicht die »Goldene Bulle«, das Reichsgrundgesetz mit seinem zweiten Teil. Nun sind die Rechte der Kurfürsten und die deutsche Königswahl eindeutig festgelegt. Dieses Gesetz bleibt bis 1806, bis zum Ende des Reiches, gültig.*

Österreich wird dabei übergangen, dafür verfügen die Luxemburger über zwei Kurstimmen mehr, nämlich von Brandenburg und Böhmen.

1357 *Der Offizial des Bischofs von Passau verlegt seinen Amtssitz von Krems in Niederösterreich nach Wien, in die Nähe der Kirche Maria am Gestade.*

20. ***Juli 1358*** *Herzog Albrecht II. von Habsburg stirbt. Sein ältester Sohn Rudolf IV., der Stifter, wird sein Nachfolger als Herzog von Österreich, Steiermark, Kärnten und Krain.*

1359 *Rudolf IV., der Stifter, lässt wegen der Benachteiligung Österreichs in der Goldenen Bulle das sogenannte »Privilegium maius« ausstellen, die österreichischen Freiheitsbriefe. Mit Sonderrechten, auf die Österreich Anspruch hat und die weit über die Rechte im »Privilegium minus« aus 1156 hinausgehen und sich dabei zurück bis auf Julius Cäsar berufen.*

Allerdings sind die fünf Urkunden nahezu perfekte Fälschungen, von Rudolf IV. wahrscheinlich selbst in Auftrag gegeben. Doch Kaiser Karl IV. wird misstrauisch, lässt die Dokumente in seiner Prager Kanzlei durch den italienischen Humanisten, Geschichtsschreiber und Dichter Francesco Petrarca überprüfen, der außerdem als bester Kenner der römischen Antike seiner Zeit gilt.

Petrarca sieht zwar die Urkunden als echt an, jedoch deren Inhalte sind gefälscht. Daraufhin verweigert der Kaiser seine Zustimmung. Für Rudolf hat es keine Konsequenzen, denn der Kaiser ist zugleich auch sein Schwiegervater.

30. März 1359 *Rudolf IV., der Stifter, führt das unbeliebte »Ungeld«*

ein. Alle öffentlichen Schenken, Gast- und Wirtshäuser müssen zehn Prozent Abgaben für sämtliche ausgeschenkten Getränke abliefern. Dafür verzichtet der Herzog auf den sogenannten Münzverruf in Österreich.

Darunter versteht man die Ausgabe neuer Münzen an einem bestimmten Tag, die alten werden nur mehr zum Silberwert eingelöst. Davon ist die gesamte Geldzirkulation betroffen, sichert aber dem obersten Münzherrn, also dem Herzog, eine zusätzliche, nicht unbeträchtliche Einnahmequelle. Daher fordert die Bevölkerung vehement einen »ewigen Pfennig«.

7. April 1359 *Grundsteinlegung für den ausgebauten Südturm des Stephansdoms und Baubeginn. Gleichzeitiger Baubeginn für das Langhaus des Doms. Der Bau wird erst 1511 fertiggestellt sein. Die Baumeister sind Hans und Peter von Prachatitz und Anton Pilgram.*

15. – 23. Juni 1360 *Herzog Rudolf IV., der Stifter, sichert in mehreren Verträgen den Grafen von Montfort-Feldkirch seinen Schutz zu.*

25. Juli 1360 *Bischof Peter von Chur übergibt die weltliche Regierung des Bistums Chur an die Habsburger auf acht Jahre. Er hat sich bereits 1358 dieser Dynastie unterworfen.*

1361 und 1362 *Massive Spannungen zwischen Rudolf IV., dem Stifter, und Kaiser Karl IV. wegen der verweigerten Bestätigung des »Privilegium maius«. Es droht Krieg. Katharina, Rudolfs Gemahlin und Tochter des Kaisers, vermittelt erfolgreich zwischen Schwiegersohn und Vater.*

31. Mai 1361 *Ein neuerliches Flammeninferno vernichtet fast ein Drittel von Wien.*

Sommer 1361 *Gebietsstreitigkeiten zwischen Rudolf IV. und dem Patriarchen von Aquileia Lodovico della Torre in Friaul.*

5. Februar 1362 *Der Patriarch verliert den Krieg gegen Rudolf IV., wird als Gefangener nach Wien gebracht. Es folgt ein Friedensschluss in Kopreinitz (im ehemaligen Jugoslawien), den jedoch Kaiser Karl IV. für ungültig erklärt.*

13. Jänner 1363 *Meinrad III., der kränkliche Sohn der Gräfin Margarethe Maultasch und ihrem Gemahl, Markgraf Ludwig von Brandenburg, stirbt. Dann ist auch die oberbayrische-tirolerische Linie der Wittelsbacher ausgestorben. Ihr Mann ist bereits am 17. September 1361 verstorben.*

26. Jänner 1363 *Margarethe Maultasch übergibt in Bozen die Herrschaft über Tirol Herzog Rudolf IV., dem Stifter, jedoch unter der Bedingung ihrer Regierung auf Lebenszeit. Rudolf IV. setzt sich gegen den Widerstand des Tiroler Adels und der Ansprüche der Wittelsbacher durch.*

2. September 1363 *Margarethe Maultausch verzichtet endgültig auf die Regierung, zieht sich auf ihr Schloss in der Nähe Wiens, im heutigen 5. Wiener Gemeindebezirk »Margareten«, zurück.*

8. Februar 1364 *Während einer Zusammenkunft in Brünn belehnt Kaiser Karl IV. seinen Schwiegersohn Rudolf IV. und dessen Brüder mit der Grafschaft Tirol.*

10. Februar 1364 *Zwei Tage später, noch in Brünn, schließen Schwiegervater und Schwiegersohn einen wechselseitigen Erbvertrag ab. Beim Aussterben einer Dynastie soll der Länderbesitz auf die andere übergehen. Der Vertrag wird später von großer Bedeutung sein, da die Luxemburger bereits 1437 ausgestorben sein werden.*

August 1364 *Wieder kommt es zu Streit zwischen Rudolf IV. und dem Patriarchen von Aquileia.*

18. November 1364 *Rudolf IV. schließt mit seinen Brüdern einen Familienvertrag, die »Rudolfinische Hausordnung«. Darin ist der gemeinsame Besitz der ungeteilten habsburgischen Länder festgeschrieben. Keine Länderteilung, Gesamtregierung unter Bewahrung bestimmter Vorrechte des Ältesten, Außenpolitik, Hofhaltung, Belehnung und Staatsverträge.*

1365 *Beginn der Errichtung des gotischen Bischofstores der Stephanskirche; 1370 vollendet.*

12. März 1365 *Herzog Rudolf IV., der Stifter, gründet die »Alma mater*

Rudolphina«, die Wiener Universität, die zweite deutsche Universität. Ihr erster Rektor ist Albert von Riggendorf. Auf Betreiben Kaiser Karls IV., der Konkurrenz für seine Gründung der ersten deutschen Universität in Prag fürchtet, bestätigt Papst Urban V. nur teilweise die Stiftung. Da es (noch) keine theologische Fakultät gibt, ist es auch keine vollwertige Universität nach damaliger Auffassung.
Erst Herzog Albrecht III. erlangt 1384 die Bewilligung zur Errichtung eines theologischen Lehrstuhls.

Juli 1365 *Rudolf IV. führt in Mailand Verhandlungen zur Vermählung seines Bruders Leopold III. mit der Herzogin von Mailand, Viridis Visconti. Die ein Jahr später stattfindende Hochzeit beschert den Habsburgern eine reiche Mitgift.*

27. Juli 1365 *Herzog Rudolf IV., der Stifter, stirbt in Mailand. Sein jüngerer Bruder Albrecht III. wird sein Nachfolger und Herzog von Österreich und Steiermark. Bis 1379 regiert er gemeinsam mit seinem Bruder Leopold III.. Karl IV. belehnt beide gemeinsam.*

26. März 1366 *Kaiser Karl IV. schließt mit Herzog Albrecht III. einen erneuerten Erbvertrag zwischen Geschlechtern der Luxemburger und der Habsburger.*
Herzog Albrecht II. heiratet Elisabeth, eine Tochter Karls IV..

1367 *Mit hoher Wahrscheinlichkeit stiftet Herzog Albrecht III. den Ritterorden »von der Locke«, der auch »Zopforden« genannt wird. Es ist dies der älteste österreichische Orden.*

*

Wer als weltlicher Fürst etwas auf sich hält, muss zumindest Mitglied in einem Ritterorden, in einer Rittergesellschaft sein. Am besten, man tritt gleich selbst als Gründer einer *Societas* auf und setzt sich damit ein Denkmal.

Es sind hehre Ziele, für die ein Ritterorden eintritt. An oberster Stelle der Kampf gegen innere und äußere Feinde des Christentums und des Glaubens. Natürlich die Aufrechterhaltung der ritterlichen Ideale und deren Kultivierung ebenso wie das Erlebnis einer treuen, verschworenen Männergemeinschaft.

Man nimmt gemeinsam an Turnieren teil, erprobt gegenseitig die Kampfkraft, vernachlässigt dabei nicht gesellige Aktivitäten. Äußere Abzeichen dienen der Repräsentation und als Identifikation der Mitglieder.

Otto der Fröhliche gründet Anfang Juni 1337 die *Gesellschaft der Tempelaise – Sankt Georg*. Die *Societas Templois* trifft sich regelmäßig in der Sankt-Georgskapelle in der Wiener Augustinerkirche.

Herzog Albrecht III. und sein Bruder Leopold III. treten dieser Societas 1368 bei, doch nehmen sie es mit der Bezahlung der Mitgliedsbeiträge nicht sehr genau. Zumindest scheinen sie in den Mitgliederverzeichnissen als Schuldner auf.

In den Statuten nahezu aller Ritterorden und -gesellschaften ist es eine der oberste Pflichten, verstorbene Mitglieder mit Seelenmessen zu gedenken, einen Tag Trauer zu tragen und den Toten mit einer großen Ehrenrede zu würdigen.

So genau weiß es niemand mehr in der Hofburg, wer auf die Idee mit dem Zopf kam. So ist nun aus Herzog Albrecht III. Albrecht mit dem Zopf geworden. Eigentlich naheliegend, da Seine Hoheit meist seine langen braunen Haare geflochten trägt.

Politik ist nicht unbedingt seine Sache. Daher ist Albrecht sehr froh, die Regierungsgeschäfte mit seinem Bruder Leopold III. zu teilen. Außerdem ist er noch viel zu jung, um diese schwere Bürde alleine bewältigen zu können.

Vielmehr ist der Herzog ein Schöngeist, beschäftigt sich ausgiebig mit Mathematik und Astrologie, gilt als Förderer und Mäzen der Künste. Im Gegensatz zum Großteil seiner Vorgänger macht er sich nicht viel aus Reisen, hält sich lieber in der Hofburg und in der Burg Laxenburg bei Wien auf, die bereits sein Vater erworben hatte und der Sohn nun zu einem Jagschloss ausbauen lässt.

Vor einigen Tagen unterhielt der Herzog sich mit seinen Beratern über alle möglichen anstehenden Themen. Dann sprach einer seiner Grafen ihn darauf an, vielleicht in Erwägung zu ziehen, eine ritterliche Societas, einen Ritterorden zu gründen, sich damit unsterblich zu machen.

Keine schlechte Idee, warum eigentlich nicht?

Herzog Albrecht lässt sich überzeugen, fragt den Ideengeber, Graf Burckart von Ehingen, der selbst einen Zopf trägt, ob ihm ein möglicher Name für den neuen Ritterorden einfalle.

Spontan antwortet der Graf: »Von der Locke.«

Albrecht denkt kurz darüber nach, stimmt schließlich zu.

Nun sitzt er inmitten einer ausgewählten Ritterschar und hält die Gründerversammlung der neuen Societas ab, hält seine Eröffnungsrede.

»Ainem hertzogen von Österrich im Österland, der hett ain ritterliche geselschafft, daz war ain zopff, hette uff ain zeit ain schöne fraw abgeschnitten und im dem geben; also macht der selbigen schönen frawen zuo eren ain ritterliche geselschafft darausz.«[64]

(Ein Herzog von Österreich im österreichischen Land, der hat eine Rittergesellschaft. Da war ein Zopf, den hatte vor einiger Zeit eine schöne Frau abgeschnitten und ihm den gegeben. Also nimmt er das zum Anlass, dieser schönen Frau zu Ehren eine Rittergesellschaft zu gründen.)

Vielleicht flunkert der Herzog in seiner Gründungsrede, und die Schönheit übergab ihm gar nicht ihren abgeschnittenen Zopf? Vielleicht existiert sie gar nicht, ist nur ein Geschöpf seiner Fantasie?

Tatsache bleibt, die Societas »Von der Locke« ist ins Leben gerufen und braucht daher ein entsprechendes Erkennungszeichen für deren Mitglieder.

Albrecht III. lässt nach dem Goldschmied rufen, der bereits aufgeregt draußen vor dem Sitzungssaal in der Hofburg wartet und die schwere, mit Samt ausgeschlagene und reich verzierte Holzkassette nicht aus den Augen lässt, in der dieser neue Ritterorden liegt und nun erstmals Seiner Hoheit präsentiert wird. Im letzten Monat kam ein Herold in Meister Ambras' kleine Werkstatt im Auftrag des Herzogs und trug ihm auf, einen Orden zu entwerfen, der um den Hals wie eine Kette gelegt wird und stets an den Zopf Seiner Hoheit erinnern soll. Er möge sich etwas überlegen und Entwürfe anfertigen. In ein paar Tagen werde er wiederkommen, die Zeichnung in die Hofburg mitnehmen und dem Herzog vorlegen, der danach entscheidet.

Meister Ambras solle sämtliche Arbeiten ruhen lassen, der Orden habe Vorrang. Um seinen vorübergehenden Verdienstausfall etwas zu schmälern, legte der Bote ein kleines Ledersäckchen, randvoll mit Goldgulden gefüllt, auf den Werktisch des Goldschmieds.

Hocherfreut machte sich Meister Ambras sofort ans Werk, tüftelte einige Tage und Nächte, zeichnete, verwarf wieder einige Ideen. Etliche Pergamententwürfe landeten im Feuer.

Doch er bekam den Auftrag. Aus einer Reihe unterschiedlicher Vorentwürfe wählte der Herzog den aus, der dem Goldschmied selbst auch am besten gefiel.

Nun entscheidet sich in wenigen Augenblicken, ob sein Werk tatsächlich Gnade vor den Augen Seiner Hoheit findet. Ein Kämmerer ruft den Namen des Goldschmieds auf. Meister Ambras hält die Kassette fest, während ihm die Knie zittern und er bemüht ist, sich seine Nervosität nicht anmerken zu lassen. Die Wachen öffnen eine große Doppeltüre, und der Goldschmied wird vorgelassen.

Herzog Albrecht III. winkt ihn zu sich, während die anderen Ritter der Tafelrunde Meister Ambras erwartungsvoll anblicken. Der Goldschmied erweist Seiner Hoheit die Reverenz wie auch den anderen Herren.

»Nun, Meister Ambras«, richtet der Herzog das Wort an ihn, »wenn Sein Original auch nur annähernd dem Entwurf entspricht, ist Ihm mit Sicherheit ein exorbitantes Werk gelungen. Darum halte Er Uns nicht länger hin und öffne Seine Schatzkiste.«

Meister Ambras stellt die Kassette vor den Regenten auf den Tisch, öffnet mit leicht flatternden Fingern das Schloss, klappt den Deckel hoch, tritt einen Schritt zurück und wartet, innerlich aufgewühlt, die Reaktion des Herzogs ab.

Albrecht III. beugt sich vor, streicht über das wertvolle Schmuckstück. Es ist eine geflochtene, massive, dicke Goldkette, in der die Struktur eines geflochtenen Zopfes fein eingraviert ist. Mit einem Scharnier versehen, kann dieser Orden aufgeklappt und bequem um den Hals gelegt werden. Auf der Brustseite vereinigen sich danach beide Enden, und den Abschluss bildet auf einem Verlängerungsteil ein kunstvoll ausgeführter Haarknoten.

Das Gesicht des Herzogs verzieht sich zu einem breiten, huldvollen Lächeln.

»Er hat sich selbst übertroffen«, lobt er Meister Ambras, dem vor lauter Aufregung kleine Schweißperlen auf der Stirn stehen. »Es war sehr gut, auf einen meiner Ministeriale zu hören, der Ihn Uns empfohlen hat. Euch ist wahrlich ein Meisterwerk gelungen.«

Der Goldschmied bedankt sich untertänig, der *Zopforden* ist aus der Taufe gehoben und angenommen. Auch die edlen Herren der Runde bekunden ihre Bewunderung und zollen ausgiebig Beifall. Selbstverständlich ist dieser erste Zopforden dem Herzog vorbehalten.

»Wie viele Herren sieht Er?«, fragt Albrecht III. Meister Ambras.

»Fünfzehn, Hoheit.«

»Das bedeutet, Er wird vorerst die gleiche Anzahl anfertigen. Das Gold dafür erhält Er von Uns und wird Ihm geliefert. Wir hoffen, dass Er einen sicheren Platz für diesen Schatz hat, denn«, nun wird die Miene des Herzogs erstmals ernst, »Ihm ist wohl klar, dass Er dafür von Uns haftbar gemacht wird, sollte auch nur das geringste Stäubchen davon abhandenkommen. Nun entferne Er sich und lasse sich von Unserem Schatzmeister Seinen wohlverdienten Lohn auszahlen. Je zügiger Er arbeitet und schneller Er fertig ist, desto höher wird Er von Uns entlohnt werden.«

Meister Ambras verlässt die Hofburg wie auf Wolken. Was für ein Gottesgeschenk! Er kann es noch immer nicht glauben, was er soeben erlebt hat. Auf dem Weg zurück in seine Werkstatt kann er nicht anders, er muss in der Stephanskirche vor der Dienstbotenmuttergottes eine Kerze entzünden und ein Dankgebet sprechen.

Dieser Auftrag wird ihm und seiner Familie dermaßen viel einbringen, dass er sich für die Zukunft keine Sorgen mehr machen muss.

Doch überall ist der Neid ein Luder und in Wien besonders. Es kann der Frömmste nicht in Frieden leben, wenn es dem bösen Nachbar nicht gefällt.

Einer von Meister Ambras' Gesellen verplappert sich in weinseliger Laune, obwohl der Dienstherr seinem Personal strikt eingebleut hat, strengstes Stillschweigen über diesen lukrativen Auftrag zu bewahren. Aufmerksame, spitzbübische Ohren schnappten auf, was nicht für sie bestimmt ist.

Einige Tage später wird am Morgen Meister Ambras mit durchgeschnittenem Hals in seiner Werkstatt gefunden. Das Gold des Herzogs ist geraubt worden. Der oder die Täter bleiben für immer unentdeckt.

Aus dem Besitz der Grafen von Stubenberg ist nur ein einziges Exemplar des Zopfordens erhalten geblieben und befindet sich Landesmuseum Joanneum in der steirischen Landeshauptstadt Graz.

Die Ritterorden

Mit den Kreuzzügen entstanden auch die geistlichen Ritterorden. Sie stellten eine einflussreiche Macht im Mittelalter dar. Ihre *Meister*, später auch *Ordens-* und *Hochmeister (Großmeister)* kamen rangmäßig nach Päpsten, Kaiser und Königen, nannten sich selbst *von Gottes Gnaden* ernannt.

Oftmals anerkannten sie auch nichtweltliche Herrscher als oberste Instanzen, nur den jeweiligen Papst. Der Heilige Stuhl fürchtete den Einfluss und die Macht dieser Orden, versuchte daher, sie mit Privilegien und Sonderrechten auf seine Seite zu ziehen.

Die Meister der Orden wurden von einer Wahlgemeinschaft ernannt, deren Mitgliederanzahl unterschiedlich war. Beispielsweise wählten bei den *Templern* acht hochstehende Ritter ihren Meister.

Der Meister war Oberbefehlshaber der Ordensheeresmacht, seine Stellvertreter der *Seneschall* in Friedenszeiten und der *Marschall* im Krieg. Weitere Würdenträger waren der *Schatzmeister*, der *Drapierer*, zuständig für Rüstungen, Bekleidung, Ausrüstungsgegenstände und Waffen, und der *Turkopolier*, der Anführer der Hilfstruppen.

Der Meister bildete den *Konvent*, mit ranghohen Rittern das *Generalkapitel*.

Die Tempelritter (Templer)

Es begann 1118 oder 1119 in Jerusalem. Acht französische Ritter, angeführt von Hugo de Payns und Geoffroy de Saint-Omer, schlossen sich zur *Gemeinschafft der Armen Ritter Christi* zusammen. Sie lebten nach der Regel des Heiligen Benedikt, legten drei Mönchsgelübde ab und verpflichteten sich, das Heilige Land zu verteidigen, Pilger vor Heiden und Räubern zu beschützen.

König Balduin I. und der Patriarch von Jerusalem überließen ihnen eine Unterkunft in den Ruinen des Tempels Salomons und erhielten nun den Namen *Ritter des Tempels*. Auf der Synode von Troyes wurde 1128 der Orden bestätigt und anerkannt, erhielt seine Ordensregel und das weiße Ordenskleid der Zisterzienser, auf dem 1146 von Papst Eugen III. das rote Kreuz hinzugefügt wurde.

Bereits in den ersten fünfzig Jahren nach Gründung der Tempelritter besaßen sie ausgedehnte Latifundien in Asien und Europa, die ihnen von christlichen Regenten nahezu aufgedrängt wurden. Noch lebten sie einfach und bescheiden, doch mit zunehmendem Reichtum wurden sie immer weltlicher, hielten sich nicht mehr an die ureigenen Gebote und Regeln.

Die Tempelritter waren oft berüchtigt und gefürchtet für ihre Gewalttaten, schreckten auch nicht vor Verrat an Kampfgefährten zurück. Ebenso nachlässig waren sie bei der Aufnahme neuer Mitglieder. Viele mit dunkler Vergangenheit kamen so in die Reihen der Tempelritter.

Ursprünglich waren es nur weltliche Ritter, die nach geistlichen Regeln lebten. Später ging der Orden dazu über, auch Geistliche aufzunehmen, die *Kleriker*. Ihre Aufgabe war es, Gottesdienste abzuhalten und auf die Seelsorge für die Ritter zu achten. Allerdings hatten die Kleriker im Orden keinerlei Einfluss, waren vom Willen der weltlichen Ritter gänzlich abhängig.

Längst waren die Templer sich für jegliche Arbeiten viel zu schade, daher nahmen sie *Servienten*, die dienenden Brüder in ihre Dienste. Innerhalb des Ordens zwar rechtlos, dafür ein gesichertes, sorgenfreies Leben mit guter Verpflegung. Daher waren diese Posten sehr gefragt. Oft zogen sie als Söldner mit den Templern in die Schlachten.

Die *Affiliierten* bildeten die vierte Abteilung bei den Templern. Männer und Frauen, die keinerlei Gelübde ablegen mussten, auch nicht in den Ordenshäusern wohnten, aber für die Interessen der Templer arbeiteten und den Orden oftmals als Erbe einsetzten. Zu ihnen zählten auch die *Donaten*, die freiwillig Dienste für die Tempelritter leisteten, und die *Oblaten*, Kinder, die von ihren Eltern für den Ordenseintritt bestimmt waren und nach dessen Regeln erzogen wurden.

Unter allen geistlichen Orden besaßen die Templer die besten und einträglichsten Privilegien. Sie durften sogar gebannte Ritter aufnehmen und in Kirchen, die mit dem Interdikt belegt waren, Gottesdienste abhalten lassen. Ebenso Gotteshäuser und Friedhöfe erbauen. Sie unterstanden nur Rom, und Päpste taten gut daran, es sich nicht mit den Tempelrittern zu verscherzen. Dementsprechend groß waren Neid und Hass sowohl aufseiten der Weltlichkeit wie auch im Klerus.

Als der Orden unterging, besaßen die Templer ein Reich von fünf Provinzen im Okzident und sechzehn im Orient mit insgesamt 10.500 Burgen und Ordenshäusern. Zwar vermachte König Alfonso I. ihnen 1131 sein Reich Aragon mit Navarra, aber sie waren nicht imstande, dieses Geschenk in Anspruch zu nehmen, da das Testament letztendlich nicht vollstreckt wurde.

1191 kauften die Templer König Richard I. Löwenherz die eroberte Insel Zypern für hunderttausend Goldbyzantiner ab. Doch die Bevölkerung erhob sich wegen der Gewalttätigkeiten des Ordens, und das Eiland ging wieder verloren.

Dennoch waren die Templer äußerst geschäftstüchtig. 1307 bestand der Orden aus zwanzigtausend Rittern, und in den Kassen lagen sechzig Millionen Mark. Beispielsweise besaß der französische König nur zwei Millionen. Die Tempelritter betrieben erfolgreich Wechsel- und Handelsgeschäfte, verliehen Kredite an Fürsten, vermieteten ihre Flotte und spekulierten mit allem, was Geld einbrachte.

Dennoch spendeten sie nichts für wohltätige Zwecke, unterstützten nur Personen, die ihnen nützlich und dienlich waren. Ihr Plan war es, mithilfe des Papstes eine Art von Weltherrschaft zu errichten, den Heiligen Vater dafür zu schützen und ihn gleichzeitig als ihre Marionette zu benutzen.

Zunehmend wurden die Tempelritter zu einer ernsten Gefahr für sämtliche weltlichen Regenten. Der Vorschlag von Papst Clemens V. um 1305, alle bedeutenden Ritterorden zu einem einzigen zu vereinen, stieß auf Widerstand.

König Philipp IV., der Schöne, ahnte die finsteren Absichten der Templer und vernahm mit großer Freude, dass bei der französischen Inquisition Klagen über Ketzerei der Templer eingegangen waren und der Inquisitor Imbert seinen Herrscher aufforderte, dagegen einzuschreiten. Die gleiche Klage über die Templer erhielt auch der Papst.

Clemens V. lud daher die Johanniter und den Templer-Meister Jakob von Molay in Avignon vor, wo der Heilige Vater residierte. Die Johanniter belagerten gerade Rhodos und blieben der Aufforderung fern. Entgegen der Abmachung erschien Molay nicht alleine, kam mit seinem Konvent, dem Ordensarchiv, mit hundertfünfzigtausend Goldgulden und zwölf Pferdeladungen Silbergeld nach Avignon. Ein folgenschwerer Fehler.

In der Nacht vom 12. auf den 13. Oktober 1307 ließ König Philipp alle Templer in Frankreich gefangen nehmen und konfiszierte sämtliche Güter. Danach begann der Prozess gegen die Tempelritter wegen Ketzerei und ausschweifendem Lebenswandel, wobei mit Folter nicht gespart wurde.

Der Papst fühlte sich übergangen, war der Meinung, diese Verhandlung läge in seiner Kompetenz. Schließlich gab er nach und stimmte der Gefangennahme aller Templer in den anderen europäischen Ländern zu. Eigenartigerweise wurde in Portugal kein einziger Tempelritter in den Kerker geworfen.

Der Papst zeigte ungewöhnliche Milde, lehnte die Forderung des Königs nach der Todesstrafe ab. Inzwischen starben während der Untersuchung sechsunddreißig Templer im Gefängnis von Paris. Am 12. Mai 1310 wurden weitere zweiundsechzig und in Reims neun Tempelritter verbrannt.

Jetzt schwenkte auch der Papst um, forderte äußerste Härte und löste den Orden auf. Am 11. März 1313 wurde Jacob von Molay auf einer Insel in der Seine *bei langsamem Feuer* verbrannt.

Merkwürdig, dass in Deutschland, Spanien und England, aber auch in der Papst-Stadt Avignon die Templer als schuldlos galten. Auch in Italien wurden keine Todesurteile verhängt. Viele Templer landeten lebenslang hinter Kerkermauern.

Versprengte Tempelritter versteckten sich in den Gebirgen und Wäldern, liefen auch zu den Johannitern über, denen der Papst die Latifundien der Tempelritter geschenkt hatte, während der König sich das Hauptordenshaus und den Schatz aneignete.

In Portugal blieben die Templer völlig unbehelligt. Keine Gefangennahmen, keine Ordensauflösung. Die verbliebenen Tempelritter nahmen unter König Dionys nur einen anderen Namen an – *Orden Jesu Christi*.

Die Johanniter (Hospitaliter)

Nahezu gleichen Alters wie die Templer ist dieser geistliche Ritterorden. Der *Orden Sankt Johannis vom Spital zu Jerusalem* ist der einzige geistliche Ritterorden, der unmittelbar aus einem Mönchsorden entstanden war.

Er wurde nach der Benediktinerregel Mitte des elften Jahrhunderts von einem Kaufmann aus Amalfi gegründet. Später wurde neben dem Kloster ein Hospital zur Verpflegung von Pilgern und zu Ehren Johannes des Barmherzigen errichtet. Nach dem Tod des Obern Gerhard 1120 verwandelte sein Nachfolger Raymond du Puy den Mönchsorden in einen *Ritterorden des Hospitals Sankt Johannis* mit dem Patron Johannes der Täufer.

Die Ordenskrankenhäuser waren für die damalige Zeit bestens eingerichtet. Im 12. Jahrhundert konnten ständig an die zweitausend Kranke behandelt und versorgt werden.

Auch die Hospitaliter/Johanniter waren in verschiedene kriegerische Handlungen verstrickt, die sich in Kleinasien zutrugen. In Halikarnasoss, Herodots Geburtsort, wurde die Festung San Pietro errichtet. Nun wurden die Johanniter *Rodiser* genannt.

Sie gestatten sowohl lateinischen wie auch griechischen Christen die Religions- und Handelsfreiheit, stiegen rasch zu beachtlicher Größe auf, was wiederum den Türken überhaupt nicht gefiel.

Gegenüber den Griechen auf den benachbarten Inseln betrieben die Rodiser Piraterie, verübten Gewalttaten, führten ebenso einen ausschweifenden Lebenswandel.

Später, nach zahllosen Auseinandersetzungen, kam der Orden wieder zur innerlichen Ruhe.

Die Malteser

1530 überließ Kaiser Karl V. den aus Rhodos vertriebenen Johannitern Malta, Gozo und Comino und das von ihm 1509 eroberte Tripolis unter der Bedingung des beständigen Kampfes gegen die Ungläubigen, die von nun an Malteser-Ritter hießen.

Im Laufe der Zeit entwickelten sich die Malteser zu einer rein kriegerischen, politischen Truppe unter religiösem Deckmantel.

Der Deutsche Ritterorden

Ein deutscher Kreuzfahrer errichtete unter König Balduin I. 1118 in Jerusalem ein Haus für kranke Landsleute und ließ daneben eine Kapelle erbauen. Die anwachsende Gemeinschaft nannte sich *Deutsche Spitalbrüder bei der Sankt Marienkirche zu Jerusalem*. Später, 1192, wurde daraus der *Orden deutscher Ritter*, mit einem Regelsammelsurium der Templer und der Johanniter mit den Zielen Kampf gegen die Heiden und Krankenpflege.

Daraus entstand später auch eine Abspaltung, die *Brüder des Ritterdienstes Christi (Schwertorden)*.

Drachenorden

Vorbild ist der Sankt-Georg-Orden, gegründet 1326 von Karl I. von Ungarn. Den Drachenorden rief Kaiser Sigismund mit seiner zweiten Frau Barbara von Cilli 1408 ins Leben. Die Schutzpatrone dieses Ordens waren Drachentöter Georg und die heilige Margit von Antiochia. Der Drachenorden war ein katholischer Adelsorden. Der Wahlspruch lautete *O quam misericors est Deus justus et pius – Oh, wie barmherzig ist Gott, wie gerecht und fromm.*

Das Symbol war der Drache, der seinen Schwanz um den Hals schlang. Die führenden Familien des Ordens waren Gara und von Cilli, die sich um die Loyalität gegenüber der königlichen Familie und den Freunden des Ordens bemühten.

Das Scharlachrennen
anno Domini MCCCLXXXII (1382)

Jemandem die Leviten lesen

Das dritte Buch Mose im Alten Testament heißt Leviticus. Aus der Bibel bezogen Mönche ihren Verhaltenskodex. Verstießen sie dagegen, mussten sie im Leviticus nachlesen.

Sommer 1369 *Die Kärntner rebellieren gegen die Habsburger und werden bei ihrem Aufstand von den Wittelsbachern unterstützt. Die Bayern fallen in Tirol ein, müssen aber vor dem herbeieilenden Herzog Leopold III. den Rückzug antreten.*

3. September 1369 *Gräfin Margarethe Maultasch stirbt in Wien.*

29. September 1369 *Friede von Schärding (Oberösterreich). Die Wittelsbacher anerkennen die Erwerbung von Tirol und die Herrschaft der Habsburger. Die Habsburger zahlen ihnen eine Entschädigung und treten die Städte Rattenberg, Schärding und zwei weitere Orte an die Bayern ab.*

Um 1370 *Herzog Albrecht III. legt in Schloss Laxenburg bei Wien einen Tiergarten und einen botanischen Garten an, erstmals auf deutschem Boden.*

23. März 1372 *»vinum in antiquo monte apud Retzam« – Papst Gregor XI. lobt in einem Brief den Wein von Altenburg bei Retz.*

1374 *Graf Albert IV. von Görz-Istrien stirbt. Der Erbvertrag von 1363 wird wirksam, die Besitzungen in Istrien und der Windischen Mark fallen an die Habsburger. Ihre Herrschaft reicht nun bis zur Adria.*

Siegmund (auch Sigmund und Sigismund), Sohn Kaiser Karls IV., verlobt sich mit Maria, der Tochter König Ludwigs I. von Ungarn.

1375 *Baubeginn des gotischen Singertors der Stephanskirche, Vollendung 1380.*

25. September 1379 *Vertrag von Neuberg an der Mürz (Steiermark). Das*

Haus Habsburg teilt sich in eine albertinische (albrechtinische) und eine leopoldinische Linie, was nicht der Rudolfinischen Hausordnung entspricht. Der Vertrag schwächt Österreich bis zur Wiedervereinigung 1490.
Herzog Albrecht III. erhält Österreich ob und unter der Enns mit Steyr, Hallstatt und dem Salzkammergut.
Herzog Leopold III. bekommt die Steiermark mit Pitten und Wiener Neustadt (beide Orte heute in Niederösterreich), Kärnten, Krain, die Windische Mark, Istrien, Tirol und die Vorlande.
Zusicherung des gegenseitigen Erb- und Vorkaufsrechts.

Oktober 1379 *Leopold III. kauft von König Wenzel I. Landvogteien in Schwaben.*

1382 *Erstes Scharlachrennen in Wien.*

*

Ganz Wien ist im Aufruhr, und alle sind der Meinung, Seine Hoheit Herzog Albrecht III. ist ein wahrer Christenmensch. Wie ein Lauffeuer hat sich in der Stadt seine Verordnung herumgesprochen, dass ab sofort jedes Jahr zwei überregionale Jahrmärkte abgehalten werden dürfen. Jeweils am Himmelfahrtstag und am 25. November, dem Katharinentag.

Die Kauf- und Handelsleute reiben sich bereits die Hände ob der guten Geschäfte, die zu erwarten sind, und die Handwerker spucken in dieselben, denn da wird das eine oder andere Kleidungsstück gebraucht und neues Schuhwerk angefertigt werden müssen. Man wird schlemmen und zechen, dass die Tische wackeln. In den Patrizierhäusern wird aufgetischt werden. Dafür braucht man Unmengen an Zutaten und Lebensmitteln. Jeder wird an diesen beiden Tagen seinen kräftigen Schnitt machen.

Natürlich hat der Herzog diese Verordnung nicht nur aus Jux und Tollerei oder als reiner Menschenfreund erlassen.

Die Menschen werden von überall in die Stadt strömen und entsprechend ihr Geld ausgeben. Somit profitiert der Handel und letztendlich Albrecht selbst. Zumal er als besondere Attraktion zu jedem *derselben jarmark zu ainen Scharlach rennen* lädt. Ein Wettrennen von *lauffêrpherd*, von Rennpferden, wie Wien es noch nie gesehen hat.

Selbstverständlich werden die besten drei Reiter mit Preisen ausgezeichnet. Für den ersten Platz wird ein Stück wertvolles Scharlachtuch gegeben, der Zweite darf sich an einer *Spensau*[65] satt essen, und der Dritte auf dem Podest erhält eine Armbrust. Auch hochwertiges Barchent ist zu gewinnen.

Einen Tag vorher sind die Teilnehmer des Scharlachrennens bereits mit ihren wertvollen Pferden in der Stadt eingetroffen. Im Rathaus bezahlen sie einen ungarischen Gulden als Nenngeld [in der heutigen Wipplingerstraße im 1. Wiener Gemeindebezirk]. Dafür müssen sie nicht extra Maut für ihre Tiere bezahlen, die sie nach Wien gebracht haben.

Aus allen vier Windrichtungen strömen die Menschen herbei. Jahrmarktstände sind aufgebaut worden, in denen allerhand Zeug feilgeboten wird. Taschendiebe, Beutelschneider, Trickbetrüger und anderes zwielichtiges Gesindel haben die Qual der Wahl bei der Auswahl ihrer Opfer. Nur einige wenige Ungeschickte werden erwischt und entsprechend bestraft.

In den Schenken, Wirtshäusern und Herbergen wird die Nacht zum Tag gemacht. Neun Monate später wird so mancher Bastard zur Welt kommen, und zurück bleiben verzweifelte Frauen, die nicht wissen werden, wie sie mit dem ungewollten Balg weiterleben sollen, während die Erzeuger längst über alle Berge sind.

Strahlendes Wetter an diesem Himmelfahrtstag, besser kann es nicht sein. In den Straßen und Gassen stehen dichtgedrängt die Massen, um bloß nichts zu verpassen. Alle in ihrem Sonntagsstaat, selbst die Armen haben sich, so gut wie möglich, herausgeputzt.

Die Trompetenstöße des Stadttrompeters eröffnen das Spektakel. Eine strenge und genau festgelegte Ordnung sorgt für einen reibungslosen Ablauf. Vom Rathaus aus setzt sich der prachtvolle Festzug in Bewegung.

Hinter dem Trompeter folgen die Hauptpersonen, die Reiter für das Scharlachrennen auf ihren gestriegelten, glänzenden und geschmückten Pferden aus allen möglichen Gegenden im Reich. Teilnehmen darf im Prinzip jeder, der wie der Teufel zu reiten imstande ist und sich das Nenngeld leisten kann.

Vielen geht es weniger um die Preise, die es zu gewinnen gibt. Wer heute als Sieger aus diesem Rennen hervorgeht, kann sich der Gunst der holden Damenwelt sicher sein, da er als furchtloser und tollkühner Recke gilt.

Danach folgen die Läufer, und nach ihnen sind die leichten Mädchen an der Reihe, die *Fußrennen für Männer und Frauen*. Die Dirnen dürfen als einzige Frauen an dem Wettbewerb teilnehmen. So mancher Mann bekommt Stielaugen und handelt sich einen Rüffel von seiner Gemahlin ein, da diese Frauenzimmer einiges an nackter Haut zeigen, weil sie ihre Röcke schürzen müssen, um während des Laufes nicht zu stolpern oder zu stürzen.

Ihnen folgen die Patrizier der Stadt, die Bürger mit den Symbolen ihrer verschiedenen Gewerbe. Bürgerliche Armbrustschützen marschieren hinter ihnen, und die städtischen Spielleute sorgen für den musikalischen Rahmen. Von Trägern werden die Siegerpreise präsentiert, und den Abschluss des Festzuges bildet Bürgermeister Paul Holzkäufl mit seinem Stadtrat. Alle in vollem Ornat und mit ihrem schweren Goldketten um die Hälse als Insignien ihrer Würde.

Über den Rennweg [heute 3. Wiener Gemeindebezirk] zieht der Festzug durch die Weingärten hinaus nach Sankt Marx [heute 3. Wiener Gemeindebezirk]. Vor dem *Bürgerversorgungshaus*, einem Spital, nehmen Holzkäufl und seine Honoratioren an einer riesigen Tafel Platz und werden das Rennen überwachen, das in Kürze startet.

Warum der Herzog nicht an dem Festzug teilnimmt, ist ungewiss. Stört aber auch weiterhin kaum jemanden. Hauptsache, er hat diese Verordnung erlassen.

Die Reiter nehmen Aufstellung, überprüfen nochmals den Sitz der Sättel, das Zaumzeug und die Zügel, tätscheln die Hälse ihrer nervösen Pferde, versuchen, sie zu beruhigen. Manches Tier stellt sich auf die Hinterbeine, tänzelt, wiehert und schnaubt. Instinktiv spüren die Pferde, dass es heute um etwas Großes geht und von ihnen außergewöhnliche Leistungen erwartet werden.

Giselher sieht sich seine Mitstreiter genau an. Der Kaufmannssohn ist extra aus Salzburg nach Wien gekommen, und er will unbedingt den Sieg nach Hause bringen. Das rote Scharlachtuch will er dann seiner Angebeteten schenken, in der Hoffnung, sie doch noch für sich zu gewinnen.

Er weiß, er ist ein ausgezeichneter Reiter und dass er sich auf seinen Ikarus verlassen kann. Eigentlich nimmt er seine Konkurrenten nicht besonders ernst, obwohl er sie heute zum ersten Mal sieht. Giselher ist ein Kenner, sieht sofort an ihren Bewegungen und ihren Pferden, dass viele von ihnen sehr wenig von der hohen Reitkunst verstehen.

Nur einen nimmt er ernst, ebenfalls aus Salzburg, und dieser soll mit Adelheid verlobt werden. Hadrian kommt leider aus weitaus reicherem Hause als Giselher. Er will sich nicht damit abfinden, dass Hadrian der Vorzug gegeben werden soll.

Zwar konnte er mit Adelheid bisher nur ein paar Worte während eines Festes wechseln, aber er schwört alle Eide, dass Adelheid ebenso in ihn verliebt ist, wie es um ihn bereits geschehen ist.

Ohne Wissen seines Vaters suchte Giselher Adelheids Vater auf und hielt um die Hand der Tochter an. Doch der lachte ihn nur aus und ließ ihn aus dem Haus werfen.

Seither sinnt Giselher auf Rache. Nachdem er erfuhr, dass auch Hadrian am Scharlachrennen teilnimmt, war ihm sofort klar, wie er es anstellen muss. Als Sieger des Scharlachrennens kann Adelheids Vater ihm nicht mehr die Tür weisen.

Die Bürger und das sensationslüsterne Volk säumen die Rennstrecke. Die Pferde sind kaum mehr von ihren Reitern zu halten. Endlich ertönt der Trompetenstoß, das Signal für den Start. In einem halsbrecherischen Tempo galoppieren die Pferde los.

Von Sankt Marx geht es hinunter zur [heutigen] Kreuzung Rennweg – Ungargasse, über den Rennweg durch die [heutige] Beatrixgasse, wieder durch die Ungargasse zurück zum Ausgangspunkt. Die Reiter verlangen ihren Pferden alles ab, holen das Letzte aus ihnen heraus, geben ihnen die Sporen und die Peitsche.

Das Publikum tobt und jubelt vor Begeisterung, feuert die Reiter enthusiastisch an. Die Pferde triefen vor Schweiß, dampfen, aus ihren Nüstern strömen weiße Atemwölkchen.

Giselher liegt nur knapp hinter Hadrian. Das Ziel ist bereits in Sicht. Die Stimmung unter den Leuten ist auf dem Höhepunkt. Immer wieder dreht Hadrian sich um und weiß natürlich, wer ihm auf den Fersen ist. Die letzten Pferdelängen, Hadrian geht als Sieger im ersten Wiener Scharlachrennen durchs Ziel, Giselher wird Zweiter.

Danach folgt die feierliche Preisverleihung durch Bürgermeister Paul Holzkäufl. Notgedrungen und um die Contenance zu wahren, ist Giselher mit säuerlicher Miene gezwungen, seinem Kontrahenten zu gratulieren. Über die Spensau mag er sich nicht so recht freuen. Kurzerhand schenkt er seinen zweiten Preis der nächstbesten Familie am Wegrand, die darüber ihr Glück gar nicht fassen kann.

Langsam formiert der Festzug sich wieder, und in der gleichen Ordnung geht es nun wieder zurück in die Stadt, wo der Bürgermeister in seinem Haus für die Honoratioren ein feierliches Bankett geben wird. Das Volk vergnügt sich in den Straßen und Gassen, bevölkert die Wirtshäuser.

Plötzlich zupft jemand Giselher am Ärmel.

»Ich wusste schon immer«, raunt Hadrian ihm zu, »dir ist nicht zu trauen. Allerdings bin ich um einiges klüger als du. Den Bauchgurt meines Sattels anzuschneiden, in der Hoffnung, dass er im Galopp reißt und ich mir das Genick breche, war mehr als hinterhältig und verbrecherisch. Doch von diesem Sattel besitze ich zwei gleiche. Dein Pech, dass ich rechtzeitig deinen feigen Anschlag entdeckte. Zwar kann ich es dir nicht beweisen, aber wer sollte sonst einen Grund gehabt haben außer dir? Schlag dir Adelheid endgültig aus dem Kopf. Was soll sie auch mit so einem Hungerleider wie dir?«

Die Scharlachrennen wurden bis 1534 abgehalten, beliebt bei Adel und Landesfürsten. 1438 rügte König Albrecht II. den Stadtmagistrat, weil das Rennen ausfiel. 1486 ersuchte Matthias Corvinus, das Rennen um acht Tage zu verschieben, da er zum geplanten Zeitpunkt verhindert war.[66]

Essen und Trinken halten Leib und Seele zusammen

anno Domini MCD (1400)

Jemand macht blau

Das Färben von Stoffen war nur mit Naturstoffen möglich. Um einen Stoff blau zu färben, wurde eine Indigo-ähnliche Pflanze benutzt. Damit der Farbstoff aus der Pflanze herausgelöst werden konnte, wurde Urin verwendet. Den sammelte man in den Tavernen und Schenken. In dieser stinkenden, unappetitlichen Brühe wurde der Stoff gefärbt. Zuerst nahm er nur eine blaugrüne Farbe an. Erst am nächsten Tag reagierte der Stoff in der Sonne auf das UV-Licht und den Sauerstoff, wurde tatsächlich blau. Während dieses Vorgangs gönnten die Färber sich eine Pause, sie machten blau.
Heute bedeutet es, jemand gönnt sich einen freien Tag.

11. September 1382 *König Ludwig I. von Ungarn stirbt. Durch die Heirat seiner Tochter Maria mit Markgraf Siegmund von Brandenburg kommt die ungarische Krone in den Besitz der Luxemburger.*

30. September 1382 *Die Stadt Triest stellt sich unter den Schutz von Herzog Leopold III.. 1381 hatte Venedig Triests Selbstständigkeit anerkannt, doch die Triestiner trauen den Venezianern nicht. Triest wird zum wichtigsten Adriahafen der Habsburger.*

1384 *Herzog Albrecht III. beruft den berühmten Scholastiker Heinrich von Langenstein als Professor an die Wiener Universität.*

Juni 1386 *Feldzug von Herzog Leopold III. gegen Luzern in der Schweiz.*

9. Juli 1386 *Schlacht bei Sempach im Kanton Luzern. Obwohl die Österreicher zahlenmäßig überlegen waren, unterlagen sie, weil sie zu schwerfällig agierten. Leopold III. fällt. Die Österreicher verlieren an die 1800 Mann, die Schweizer nur zweihundert.*

10. Oktober 1386 *Der sechzehnjährige, älteste Sohn Leopolds III., Wilhelm von Österreich, schließt mit seinem Onkel Albrecht III. einen Vertrag über die Vormundschaft. Regierungsübernahme der leopol-*

dinischen Länder durch Albrecht; der Vertrag von Neuberg wird auf Lebenszeit von Albrecht aufgehoben.

1387 *Markgraf Siegmund von Brandenburg wird in Stuhlweißenburg zum ungarischen König gekrönt.*

Der Kanton Glarus in der Schweiz geht eigene Wege. Obwohl unter habsburgischem Schutz stehend, wird mit eidgenössischer Unterstützung ein eigenes Landrecht ausgerufen. Die Forderungen Albrechts III. nach der Wiederherstellung der alten Ordnung werden ignoriert.

9. April 1387 *Schlacht bei Näfels im Kanton Glarus. Wieder ist den Österreichern das Kriegsglück nicht hold. Sie verlieren 1700 Mann, die Schweizer fünfundfünfzig. Nach dem Waffenstillstand müssen die Habsburger auf die meisten Besitzungen in der Schweiz verzichten.*

1389 *Erster Kanalbau in Wien, der »Möhrung« genannt wird.*

2. Juni 1390 *Albrecht III. schließt mit König Siegmund von Böhmen und Markgraf Jobst von Mähren ein Bündnis zur gegenseitigen Machtsicherung.*

20. März 1393 *Johann von Pomuk, Generalvikar von Prag, wird auf Befehl König Wenzels von der Karlsbrücke in Prag in die Moldau gestürzt. Anlass ist ein kirchenpolitischer Streit zwischen König Wenzel und dem Erzbischof von Prag, Johann von Jenzenstein.*

1394 *Baubeginn für das Langhaus und den oberen Turmteil der Kirche Maria am Gestade; vollendet 1414.*

8. Mai 1394 *König Wenzel wird von rebellischen Aufständischen unter der Führung von Markgraf Jobst von Brandenburg gefangen genommen. Durch den Einspruch der deutschen Kurfürsten erlangt er wieder seine Freiheit.*

29. August 1395 *Herzog Albrecht III. von Habsburg stirbt in Laxenburg bei Wien.*

Albrecht IV., ein Sohn Albrechts III. aus der albertinischen Linie, wird Herzog von Österreich.

22. November 1395 *Vertrag von Hollenburg an der Donau in Niederösterreich. Herzog Wilhelm, Sohn Leopolds III. aus der leopoldinischen*

Linie, beansprucht als Ältester die Gesamtherrschaft. Es erfolgt ein Ausgleich zwischen Albrecht IV. und Wilhelm mit Gleichberechtigung und wechselseitigem Mitregierungsrecht.

30. März 1396 *Vertrag von Wien zwischen Herzog Wilhelm und Herzog Leopold IV., dem zweitältesten Sohn Leopolds III.. Die Spaltung der leopoldinisch-steirischen Linie zeichnet sich ab: Innerösterreich mit der Steiermark, Kärnten, Krain, Windische Mark, Triest, Istrien. Leopoldinisch-tirolerische Linie: Vorderösterreich mit Tirol und den habsburgischen Vorlanden.*

25. September 1396 *Schlacht bei Nikopolis an der Donau. König Siegmund von Ungarn wird von den Türken unter Sultan Bajesid I. besiegt. Die Türken dringen bis in die Steiermark vor.*

Um 1400 *neue größere Orgel von Jörg Behaim im Stephansdom.*

20. August 1400 *König Wenzel wird als deutscher König abgesetzt. Zwar erkennt er seine Absetzung nicht an, leistet aber auch keinen größeren Widerstand. Als Wenzel IV. bleibt er weiterhin König von Böhmen.*

21. August 1400 *Ruprecht I., Kurfürst von der Pfalz, wird in Rhens zum deutschen König gewählt.*

*

Ob Kaiser, König, Fürst, Adeliger, Ritter, Kaufmann, Handwerker, Bettler – jeder braucht, trotz kriegerischen Zeiten und dem ständigen Auf-der-Hut-Sein vor Spitzbuben und Gaunern, etwas täglich, sofern es möglich ist, in seinen Magen.

Wer welches Mahl mit welchen Zutaten zubereitet und wie es an den Tisch serviert wird, zeigt deutlich die Standeszugehörigkeit und den Unterschied zwischen Arm und Reich.

In den Arme-Leute-Haushalten sind die Speisezettel mehr als bescheiden und dürftig. Brei aus Hafer, Hirse oder verkochten Rüben. Oft gibt es nicht einmal Teller. Doch man muss sich zu helfen wissen. Gebackenes Fladenbrot aus Hafer- und Roggenmehl erfüllt den gleichen Zweck. Zumindest bis zum Herbst, wenn billiges Schlachtfleisch auf dem Tisch landet. Die Beilagen orientieren sich an den Jahreszeiten: Erbsen, Wicken, Saubohnen, Kraut und Hanf.

Darüber würde wohl jeder Habsburger nur die Nase rümpfen. Am Hof werden Geflügel, Kapaun, Ente und Gans serviert. Selbstverständlich auch Fleisch vom Rind, Schaf und Schwein. Dazu Käse, Eier, Obst, Semmeln und reichlich Wein.

Wild ist nicht so wichtig. Die Jagd gilt in höheren und höchsten Kreisen mehr der gesellschaftlichen Belustigung als der Nahrungsbeschaffung.

Während die *gemaine* Frau zum Würzen nur zwischen Knoblauch, Zwiebel und Küchenkräutern aus dem eigenen Garten wählen kann, haben die Köche in den herrschaftlichen Küchen eine weitaus größere Auswahl zur Verfügung: Pfeffer oder importierten Ingwer, Galgant, Muskatnuss und Muskatblüte, Nelken, Kardamon und den besonders teuren Safran. Ein Büchschen davon entspricht dem Wert einer Kuh.

Besonders in den armen Haushalten war Würzen sehr wichtig, da die schlechte Lagerung der Lebensmittel und deren mindere Qualität ausreichend Gewürze und Honig extrem wichtig machen, um den Eigengeschmack des stinkenden Fisches und des verdorbenen Fleisches zu kaschieren.

Ärmere Leute trinken billigen Wein mit Wasser vermischt. Die Reichen gönnen sich italienische Weine, wie *Malvasier* oder *Romanier*, die zusätzlich gewürzt und warm genossen werden. Bier setzt sich erst langsam durch, gilt in Adelskreisen als minderwertig.

In einigen Tavernen und Schenken wird Met kredenzt, aus gegorenem, mit Wasser vermischtem Honig. Schlechter Wein dient zur Herstellung von Essig und Branntwein.

In der Fastenzeit gibt es kein Fleisch. Nun kommen Karpfen, Hechte, Forellen und Krebse auf den Tisch, auch Milchreis mit Mandelkernen und Mandelmus.

Auch Naschkatzen kommen nicht zu kurz, sofern es leistbar ist: natürlich Kuchen, Obst, in Wein gekochte Feigen, Weichselmus und vom Apotheker hergestelltes Konfekt. Zucker ist sehr teuer, daher wird mit Honig gesüßt.

Nicht nur den einfachen Leuten bereitet die Konservierung der Nahrungsmittel Sorgen. Diese Probleme kennen ebenso reiche Haushalte. Durch Pökeln und Räuchern soll das Fleisch über längere Zeiträume haltbarer werden. Rüben und Kraut werden eingesäuert; Früchte eingekocht, gedörrt, zu Säften und Mus verarbeitet.

Besonders am Hof, in adeligen Häusern und in den Haushalten kursiert die Angst vor vergifteten Speisen, die natürlich leicht durch mangelnde Konservierung zu Krankheiten führen können. Wer keinen Vorkoster beschäftigt, bedient sich der *Natternzunge*, die auf dem Tisch steht. Ein kleines Bäumchen aus Metall, behängt mit Halbedelsteinen, Haifischzähnen und Korallen, soll es im naiven Aberglauben Gift anzeigen können.

So mancher wird um die Ecke gebracht, doch die Natternzunge steht nur sinnlos auf dem Tisch herum, während das Opfer an vergiftetem Kapaun krepiert.

Die Wiener sind stets Essen und Trinken besonders zugetan. Ein erwachsener Mann stopft in dieser Zeit und übers Jahr verteilt rund hundertachtzig Kilogramm Brot, zweiundfünfzig Kilogramm Fleisch, hundert Maß Bier, sechzehn Kilogramm Butter und Schmalz sowie elf Kilogramm Käse in sich hinein. Unabhängig von Milchgerichten, Fischen, Mus, Rüben und Kraut. Und sofern er es sich leisten konnte.[67]

An Wochentagen wird das Essen im reichen Haus auf großen runden Holztellern serviert, die Beilagen in Holzschüsseln, und Wein trinkt man aus Tonbechern. Bisher benutzt man die Finger und vielleicht einen hölzernen Löffel. Nur zum Zerlegen von Fleisch und Geflügel kommen Messer in Verwendung. Langsam setzt sich inzwischen die Gabel durch. Vorerst noch als Luxusgegenstand mit zwei Zinken, vorzugsweise für Obst.

An Feiertagen oder bei Besuch wird mit dem Geschirr geprotzt. Glasierte Tonteller, Silberbecher, silberne Messer und Löffel. Unvermeidlich meist in Tierform das *Aquamanile* zum Säubern der Hände, das Wasser wird in einer Kupferschale aufgefangen. Prunkvolle Tafelaufsätze und Kerzenleuchter vervollständigen die perfekte Tafel.

Viermal am Tag wird gegessen. Das Frühstück ist meist flüssig in Form von Wein. Die *Merenda* am Vormittag entspricht einem Mittagessen, später folgt am Nachmittag ein Imbiss, und so richtig reingehauen wird beim Nachtmahl als Hauptmahlzeit, das im Winter bereits ab fünfzehn Uhr stattfindet.

Im Gesellschafts- und Geschäftsleben spielen Essen und Trinken eine wichtige Rolle. Gesellen werden bei ihrer Aufnahme in die Zunft im Wirtshaus kräftig »eingeschenkt«, also sturzbesoffen gemacht. Die Zünfte legen ihre Überschüsse aus den Zunftkassen in wertvolle Trinkbecher an.

In der Jurisprudenz werden stets erfolgreiche Abschlüsse, Urteile und Verträge mit reichlich Wein begossen.

Bäurisch ist ein schlimmes Schimpfwort, besonders in höher gestellten Ständen, bedeutet es doch, dass man keine Tischmanieren hat und sich wie ein Bauer in der Fron während der Mahlzeiten benimmt.

Tischzuchten, eigene Lehrgedichte schulen für den richtigen Umgang bei Tisch: nicht rülpsen, nicht mit den Fingern in Soßen und Senf herumstochern. Abgenagte Knochen und Brotreste nicht wieder in die Schüsseln zurücklegen. Weder unfreundlich blicken noch auf sein Essen starren. Teilt man seinen Becher mit einem anderen Gast, nicht mit vollem Mund trinken.

Anwesende Frauen nicht mit Derbheiten, Zoten oder gar eindeutigen Handgreiflichkeiten in Verlegenheit bringen. Kein Ungeziefer bei Tisch. Daher zum Essen stets in frisch gewaschener Kleidung kommen und sich nach Möglichkeit nicht kratzen, auf keinen Fall mit der bloßen Hand.[68]

… zumindest erst dann, wenn niemand es bemerkt …

Scherbengericht

anno Domini MCDVII et MCDVIII (1407 und 1408)

Jemand hat etwas ausgefressen

Wer Steuerschulden nicht begleichen konnte, dem wurde der Fresser ins Haus geschickt, der sämtliche Vorräte zu vertilgen hatte. In dieser Zeit konnte der säumige Zahler seine Schulden begleichen. Schaffte er es, musste der Fresser augenblicklich das Haus verlassen. Konnte der Schuldner nicht bezahlen und der Fresser hatte alles bis auf den letzten Krümel aufgegessen, musste der Schuldner aus seinem Haus. Es kam unter den Hammer, wurde verkauft und auf diese Weise die Steuerschuld getilgt. Oft wanderte der Schuldner auch noch in den Schuldturm.

Heute bedeutet es, jemand hat etwas angestellt, sich etwas zuschulden kommen lassen.

1402 *Vertrag von Bruck an der Mur in der Steiermark zwischen Herzog Wilhelm und Herzog Leopold IV., eine Wiederholung des Wiener Vertrages. Mit der zusätzlichen Festlegung der Regierungsanteils der jüngeren Brüder. Wilhelm und Ernst der Eiserne in Innerösterreich, Leopold IV. und Friedrich IV. in Tirol und Vorderösterreich.*

König Wenzel IV. von Böhmen wird im Auftrag seines Bruders, König Siegmund von Ungarn, gefangen genommen. Sein Alkoholismus war u. a. einer der Gründe. Er wird zuerst auf Burg Schaunberg interniert, danach nach Wien gebracht.

29. Juni 1402 *Hochwasser verwüsten den niederösterreichischen und Wiener Raum.*

1403 *Teuerungswelle in Niederösterreich wegen der Hochwasserschäden und der Missernten.*

Dennoch hebt Herzog Albrecht IV. eine Sondersteuer wegen des bevorstehenden Feldzuges in Mähren ein.

»Von jede Pfunde Geldes zwölf Pfennige.«

1404 *Galeazzo de Sofia, ein Arzt aus Padua, wird von Albrecht IV. nach Wien berufen. Er nimmt an der Wiener Universität die erste Leichensektion vor, entgegen des Verbots der Kirche.*

Mährische Freibeuter, aufseiten Wenzels IV. stehend, terrorisieren das nördliche und nordöstliche Niederösterreich, dringen bis nach Wien vor.

Wenzel IV. gelingt die Flucht aus seiner Gefangenschaft.

März 1404 *Die Streitigkeiten innerhalb des Hauses Habsburg halten an. In einem Schiedsspruch werden das Erbrecht und die Gleichberechtigung Albrechts IV. und Herzog Wilhelms festgelegt und anerkannt. Wilhelm behält das Gebiet um Wiener Neustadt, Kärnten, Krain, die Windische Mark, Istrien und Triest.*

Leopold IV. Steiermark, Herzog Friedrich IV. (Friedel mit der leeren Tasche) Tirol.

Die Vorlande gehen gemeinsam an Wilhelm und Leopold IV..

Juli / August 1404 *Albrecht IV. und Siegmund von Ungarn belagern gemeinsam Znaim, wo die Mährer sich verschanzt haben. Doch unter den Belagerern bricht die Ruhr aus. Auch Albrecht erwischt es, die Belagerung wird abgebrochen.*

14. September 1404 *Herzog Albrecht IV. stirbt in Klosterneuburg, vermutlich an der Ruhr.*

Albrecht V., einer seiner Söhne, wird Herzog von Österreich. Zuerst übernimmt Herzog Wilhelm die Vormundschaft, von 1406 bis 1411 Leopold IV., danach Alleinregierung.

1405 *Jan (Johann) Hus predigt in der Bethlehemskirche von Prag, wettert gegen das Papsttum und die Sakramentslehre, fordert eine umfassende Reinigung der Kurie. Seine Anhängerschaft wächst über Böhmen und Mähren hinaus.*

15. Juli 1406 *Herzog Wilhelm stirbt. Erbitterter Streit unter den Brüdern Leopold IV., Friedrich IV. und Ernst dem Eisernen um Länderbesitz und die Vormundschaft für Albrecht V..*

6. August 1406 *Die Stände der Länder ob und unter der Enns erklären,* *nur den Herzog anzuerkennen, der von einem ständischen Ausschuss bestimmt wird. Die Herzöge akzeptieren. Jedoch fällt keine Entscheidung, dafür ergeben sich weitere Streitpunkte.*

16. September 1406 *Herzog Leopold IV. und Herzog Ernst der Eiserne einigen sich über die Vormundschaft Albrechts V.. Ernst der Eiserne wird Herzog von Österreich.*

Frühjahr 1407 *Der Bruderzwist der herzoglichen Brüder führt zu einer immer größer werdenden Parteinahme in der Bevölkerung, es kommt zu ersten Ausschreitungen. Besonders in Wien bilden sich zwei Lager: Patrizier und Landherren sind für Ernst den Eisernen, Handwerker und Ritter für Leopold IV.*

*

Wien ist zu einem Pulverfass geworden. Die Lunte ist längst gezündet und brennt lichterloh. Die Probleme in der Stadt nehmen überhand und sind kaum mehr zu bewältigen. Die sozialen Spannungen scheinen unüberbrückbar.

Auf der einen Seite die reichen Patrizier, die um ihre Pfründe bangen, und auf der anderen die aufstrebenden Handwerkerzünfte, die auf bereits verbriefte politische Mitspracherechte bestehen.

Wiens wirtschaftliche Lage ist prekär, ausgelöst durch Naturkatastrophen wie Hochwasser, die wiederum Missernten bescheren. Bisher traf es immer nur die armen Leute, jetzt leiden auch die reichen Bürger.

Damit nicht genug, die Familienstreitigkeiten im Hause Habsburg, die 1395 nach dem Tode Albrechts III. ausbrachen, und kein Ende in Sicht. Vielmehr sind die Wiener, ohne dass sie es wollen, mit hineingezogen worden, sind gezwungen, Partei zu ergreifen.

Reiche Bürger und Patrizier, Klöster und Studenten treten für Herzog Ernst den Eisernen ein, während Handwerker, Ritter und die armen Leute sich auf die Seite von Herzog Leopold IV. schlagen. Permanent krachen die beiden Lager zusammen. Es kommt zu wüsten Ausschreitungen, Schlägereien, Zerstörungen und Plünderungen.

Mittendrin in diesem Chaos Bürgermeister Konrad Vorlauf, Spross einer alteingesessenen Wiener Bürgerfamilie, die bereits seit 1353 in der Stadt lebt. Er ist bereits zum fünften Mal verheiratet.

Vorlauf ist ein reicher Mann, Besitzer mehrerer Liegenschaften in Wien und Umgebung. So gehören ihm auch das Haus Unter den Sattlern [heute Tuchlauben Nr. 15, 1. Wiener Gemeindebezirk] und ein Haus in der späteren Vorlaufstraße [1886 nach ihm benannt, 1. Wiener Gemeindebezirk].

Konrad Vorlauf engagiert sich politisch, war mehrmals Stadtrat, war bereits von 1403 bis 1404 Bürgermeister und bekleidet nun wieder dieses Amt seit 1406. Doch diese neue Amtsperiode setzt ihm vehement zu und ihn unter Druck. Plötzlich gerät der Bürgermeister im Bruderzwist der Habsburger zwischen die Fronten. Als reicher Bürger steht Vorlauf hinter Herzog Ernst dem Eisernen.

Allerdings sind da noch die Handwerker und ihre Verbündeten, die mit Ernst überhaupt nicht einverstanden sind. Daher wollen sie einen Aufstand anzetteln, damit Herzog Leopold IV. endlich in die Stadt einziehen kann. Doch Konrad Vorlauf bereitet diesem versuchten Handstreich ein radikales Ende. Das Drama beginnt mit dem ersten Akt.

Am 5. Jänner 1408 lässt der Bürgermeister fünf Rädelsführer öffentlich auf dem Hohen Markt enthaupten. Diese Hinrichtungen sollen die Wiener zur Räson und zur Vernunft bringen. Doch das genaue Gegenteil tritt ein, die ohnehin miserable Stimmung heizt sich noch mehr auf, und der Wind dreht sich nun endgültig gegen Konrad Vorlauf.

Ironie der Geschichte, am 14. Jänner 1408 einigen sich die verfeindeten herzoglichen Brüder. Für den Bürgermeister eine Brüskierung, die seine Stellung in der Stadt zusätzlich schwächt. Leopold IV., den Handwerkern und ihren Getreuen sehr verbunden, hört auf die Zünfte, die Vorlaufs Absetzung und seine Bestrafung für die vollstreckten Todesurteile fordern.

Es kommt zu Verhandlungen mit Leopold IV. außerhalb von Wien. Auf dem Rückweg in die Stadt wird die von Konrad Vorlauf angeführte Delegation mit Rudolf Angerfelder, einem ehemaligen Wiener Bürgermeister, am 9. April 1408 von Ritter Hans Laun von Grünau bei Gablitz in der Nähe von Purkersdorf in Niederösterreich überfallen. Dabei wird der Wiener Bürger Niklas Flusthart getötet.

Vorlauf und seine Leute werden gefangen genommen, zunächst auf der Burg Kogel in Sieghartskirchen, auf der Burg Kreuzenstein und schließlich auf Burg Dürnberg interniert. Erst am 16. Juni 1408 kommen sie wieder frei, nachdem Leopold IV. Lösegeld an Hans Laun bezahlte.

Abermals wendet sich das Blatt. Als der Herzog eine neuerliche Sondersteuer für Wien durchsetzen will, wenden die Handwerker sich gegen den Regenten und rebellieren. Leopold IV. will sich die Zünfte nicht endgültig zu Feinden machen und erfüllt eine alte Forderung.

Am 7. Juli 1408 lässt er Konrad Vorlauf und mehrere Stadträte, darunter Konrad Ramperstorffer, Hans Rockh, Rudolf Angerfelder, Hans »den Schröfel« Mosprunner und Hans »Zirnast« Stichel, den »alten Kürschner«, verhaften.

Vier Tage später folgt ein weiteres furchtbares Scherbengericht. Am 11. Juli 1408 lässt Leopold IV. auf dem Schweinemarkt [heute Lobkowitzplatz, 1. Wiener Gemeindebezirk] den Scharfrichter seine tödliche Arbeit ausführen.

Konrad Vorlauf, Konrad Ramperstorffer und Hans Rockh werden geköpft. Aufgrund seiner Stellung verlangte Konrad Vorlauf zuerst nach dem Schwert.

Nachdem Herzog Albrecht V. die Herrschaft über das Herzogtum

Österreich übernommen hat, kommt es zu einer posthumen Rehabilitierung der drei Hingerichteten.

Im 19. Jahrhundert gilt Konrad Vorlauf als Vorläufer eines liberalen Bürgertums.

Im Wiener Stephansdom erinnert eine Schutzmantelmadonna im Langhaus heute noch an Konrad Vorlauf. Ihr zu Füßen knien vermutlich der unglückliche Bürgermeister und seine fünfte Ehefrau Dorothea als Stifterin der Statue.

Vorlaufs Grabplatte im Südchor des Doms fiel jedoch den Zerstörungen der Kirche 1945 zum Opfer.

Geserah

anno Domini MCDXXI (1421)

Alles in Butter

Im Mittelalter Glas zu transportieren, war stets eine heikle Angelegenheit. Schützendes Verpackungsmaterial gab es nicht. Daher wurde Glas in Fässer gelegt und darüber erhitzte Butter gegossen. War sie wieder erkaltet und fest, war das Glas bruchsicher geschützt.

1409 *Hussitische Wirren ziehen immer weitere Kreise. Fünftausend deutsche Professoren und Studenten verlassen Prag, gehen meist nach Leipzig. Dort gründet Markgraf Friedrich von Meißen eine Universität.*

Der interne Habsburgerstreit, der sich nach dem 11. Juli 1408 weiter verschärft, weitet sich zum Krieg gegen Herzog Leopold IV. aus.

13. März 1409 *König Siegmund von Ungarn bestätigt den Schiedsspruch im Vormundschaftsstreit. Leopold IV. und Ernst der Eiserne sollen die Vormundschaft gemeinsam führen und die Einkünfte teilen.*

1410 *Jan Hus predigt in Wien. Andreas Grillenberg, der Offizial von Passau, und die Universität stellen sich gegen Hus. Er flieht nach Mähren.*

Erzbischof Sbynko von Prag verhängt den Kirchenbann über Jan Hus.

August 1411 *Abermalige Pestepidemie, die bis Februar 1412 andauert.*

20. September 1411 *König Siegmund von Ungarn wird von einer Minderheit zum deutschen König gewählt.*

23. April 1411 *Die Vormundschaft über Herzog Albrecht V. ist abgelaufen. Leopold IV. und Ernst der Eiserne wollen ihren Einfluss nicht aufgeben. Mit Einwilligung Albrechts entführen die österreichischen Landstände Albrecht von Wien nach Eggenburg in Niederösterreich, und er wird dort für großjährig erklärt.*

3. Juni 1411 *Leopold IV. von Habsburg stirbt. Ernst der Eiserne zieht sich in die Steiermark zurück.*

13. Oktober 1411 *König Siegmund von Ungarn und deutscher König verlobt seine zweijährige (!) Tochter Elisabeth mit Albrecht V..*

Anfang 1412 *Albrecht V. erlässt einen Landfrieden. Die Stände bewilligen eine außerordentliche Steuer für die Sicherung des Landes.*

25. Juli 1412 *Albrecht V. bestätigt Wien sämtliche alten Rechte und Freiheiten.*

10. Dezember 1413 *Siegmund von Ungarn zwingt in der Lombardei den Gegenpapst Johannes XXIII. (zu Papst Gregor XII.), ein Konzil in Konstanz am Bodensee einzuberufen, um das Schisma zu beenden.*

15. Oktober 1414 *Geheimvertrag zwischen Herzog Friedrich IV. und Gegenpapst Johannes XXIII.. Der Herzog übernimmt den Schutz des Papstes und befehligt als Generalhauptmann die päpstlichen Truppen.*

5. November 1414 *Eröffnung des Konzils zu Konstanz, des größten im Mittelalter.*

20. März 1415 *Mithilfe Friedrichs IV. flieht Johannes XXIII., als Stallknecht verkleidet, aus Konstanz nach Schaffhausen.*

30. März 1415 *wird über Friedrich IV. wegen der Fluchthilfe die Reichsacht verhängt.*

30. April 1415 *Der Herzog kehrt von Freiburg im Breisgau nach Konstanz zurück und wird von Siegmund gefangen genommen.*

Sommer 1415 *Aufstand der Tiroler Adeligen unter Führung des Minnesängers Oswald von Wolkenstein wegen des geächteten Herzogs.*

6. Juli 1415 *Unter Zusicherung freien Geleits kommt Jan Hus zum Konzil nach Konstanz, wird als Ketzer verurteilt und verbrannt.*

Sommer 1418 *Große Unruhen in Böhmen durch die Hussiten, die sich rasch ausbreiten. Albrecht V. befiehlt seinen Untertanen, umherstreifende Hussiten den Gerichten auszuliefern.*

30. Juli 1419 *Unter Führung von Ritter Johann Ziska von Trocnov erstürmen Hussiten das Prager Rathaus und werfen einige Ratsherren* *aus den Fenstern – erster Prager Fenstersturz. Beginn der Hussitenkriege.*

16. August 1419 *König Wenzel IV. von Böhmen stirbt auf Schloss Wenzelstein. König Siegmund, Wenzels Bruder, wird nun auch König von Böhmen.*

23. Mai 1420 *Albrecht V. befiehlt, alle Juden in den österreichischen Städten festzunehmen und ihr Vermögen zu konfiszieren. In Wien waren drei christliche Buben verschwunden, und in St. Lorenz in Enns soll die Frau des Mesners zu Ostern Juden Hostien für frevelhafte Handlungen verkauft haben. Es folgt ein Monsterprozess mit zahlreichen Todesureilen.*

Frühjahr 1421 *Albrecht V. ruft wegen der Hussitenkriege alle wehrfähigen Männer zwischen sechzehn und siebzig Jahren zu den Waffen.*

*

Kopf an Kopf steht die Menge auf der Gänseweide[69], einer der Wiener Hinrichtungsstätten.

Niemand, ob Groß oder Klein, will sich das grausige Schauspiel entgehen lassen. Die zahlreichen Gänse, die sonst auf den ausgedehnten Wiesen fröhlich schnattern, sind an diesem Tag weggesperrt worden.

Prächtige Stimmung und Volksfestcharakter. Man lässt sich Würstel und Bier schmecken. Wohlhabende gönnen sich den einen oder anderen Becher Wein. Ein Spielmann singt Spottlieder auf die Todgeweihten, begleitet sich selbst auf der Laute. Lachend singen die Umstehenden die bissigen und bösartigen Refrains mit. Ordinäre Zoten und unflätige Sprüche machen die Runde.

Ein Feuerschlucker versetzt vor allem die Kinder mit seinen Kunststücken in Erstaunen und Schrecken. Alle warten gespannt auf den Zug der Unglücklichen, die heute ihren letzten Weg ohne Wiederkehr antreten.

Henkersknechte kontrollieren die errichteten Scheiterhaufen, legen da und dort noch etwas Holz nach, aufmerksam von den Gaffern beobachtet.

Endlich kündigen Trommelwirbel das Herannahen des Todeszuges an, und alle Köpfe recken sich in die Richtung, aus der die Trommeln dröhnen.

Zweihundertzwölf Menschen werden heute zu Ostern an einem Tag hingerichtet. Hundertzwanzig Frauen und zweiundneunzig Männer, die nun unter strenger Bewachung, mit schweren Eisenketten aneinander gefesselt, zur Richtstätte geführt werden. Nahezu alle tragen sichtbar schwere Folterspuren.

Viele der ausdruckslosen, sich dem unausweichlichen Schicksal fügenden Gesichter sind mit Schrammen, Platzwunden, eingetrocknetem Blut und Schorf übersät. Sie tragen zerschlissene Büßerhemden und sind barfuß.

Einige besonders dreiste Männer machen sich einen Spaß daraus, indem sie aus dem Spalier der Schaulustigen heraustreten, den Frauen schamlos an die Brüste und zwischen die Beine greifen, ihnen ihre notdürftige Kleidung vollends zerreißen, ihnen den letzten Rest von Würde rauben.

Mit schlurfenden Schritten und gesenkten Häuptern bewegen die Gefangenen sich vorwärts. Oft nicht schnell genug für die Bewacher, die sie mit Tritten und Schlägen vorantreiben.

Ein feister Glatzkopf mit unübersehbarem Bauch brüllt mit hochrotem Schädel aus einer der vorderen Reihen:

»Jud', brenn!«

Noch vor einer Woche erhielt er von diesem Mann, dem er jetzt ins Gesicht spuckt, einen ansehnlichen Kredit zu kulanten Zinsen. Augenblicklich stimmen die anderen ein und grölen begeistert mit.

»Jud', brenn!«

Rund um 1280 erhielten die Juden ihren eigenen Wohnbezirk. Die Burg, der Sitz des Regenten, wurde in ein neues Gebäude beim

Widmertor verlegt. Davor lebten die Juden in der Scheffstraße. Der neue Bezirk konnte nur über die Judengasse erreicht werden, war mit Toren abgesperrt und mit Mauern eingegrenzt. Zu diesem Ghetto zählten auch die Schwertgasse, die Parisergasse und das Schiltergässlein. Dieses Viertel verfügte ab 1294 über eine Synagoge, ein Spital, ein rituelles Badehaus und einen eigenen Friedhof.

Ab 1320 wurde eine eigene Judensteuer eingehoben, die von der selbstverwalteten Judenstadt eingenommen wurde. Natürlich beobachtete Wien mit Argusaugen die Vorgänge im Ghetto sehr genau. 1338 kam es zu einer Vereinbarung mit der Wiener Bürgerschaft. Waren bisher acht Pfennig pro Pfund und Woche als Zinsen für ein Darlehen zu zahlen, wurde nun der Zinsfuß auf drei Pfennig gesenkt.

Endlich beginnt das lang ersehnte Spektakel. Die ersten Opfer werden an die Pfähle gebunden, die Menge johlt und brüllt aus Leibeskräften. Einige ergeben sich stoisch ihrem unausweichlichem Schicksal, andere beten. Wieder andere stoßen Verwünschungen aus, verfluchen den Herzog und seine Sippschaft.

Die Henkersknechte mit ihren schwarzen Kapuzen über den Gesichtern halten Fackeln an die Scheiterhaufen. Erst knistert es, erste Flämmchen züngeln und werden rasch zu lodernden Flammen. Der Pöbel rast und tobt vor Begeisterung. Infernalische Todesschreie der Gequälten übertönen den Höllenlärm. Durch die enorme Hitze flirrt die Luft. Verbranntes Menschenfleisch verbreitet einen bestialischen Gestank. Der Tod jedes Opfers wird jubelnd gefeiert. Schwarze Rauchwolken verdüstern den Himmel, beißender Qualm zieht über die Menge hinweg.

In sicherer Entfernung sitzt Herzog Albrecht V. mit seiner Entourage und beobachtet die Vorgänge. Angewidert rümpfen sie die Nasen und halten sich parfümierte Taschentücher vor. Es dauert sehr lange, bis der Letzte der zweihundertzwölf Menschen an diesem Tag zu Asche wird.

Doch Albrecht V. gibt sich noch nicht zufrieden. Am 19. März sterben abermals einundzwanzig Juden den Feuertod. Ein getaufter Jude gibt den Einflüsterer für den Herzog. Sein Rat, auch Kinder unter fünfzehn Jahren müssen zwangsweise getauft werden. Daraufhin kommt es in der Wiener Synagoge zum *kiddusch haschem*, dem Märtyrertod. Damit will man den Kindern diese Schande ersparen. Das Los fällt auf Rabbi Jona. Ende September 1420 verbrennt er sich selbst.

Mehrere Hundert Kinder und Jugendliche werden in der Synagoge festgehalten. Durch Aushungern will der Herzog die Zwangstaufe durchsetzen, doch die Mädchen und Knaben bleiben standhaft. Jetzt will Albrecht V. sie wie Sklaven kurzerhand verkaufen, doch auch dieses Vorhaben scheitert. Letztlich kommt es doch noch zur gewaltsamen Taufe.

Zwei spanische Rabbiner setzten den Papst über die Wiener Vorgänge in Kenntnis, der umgehend auf Albrecht V. einwirkt. Schließlich beugt Albrecht V. sich dem Willen des Heiligen Stuhls, die Taufen werden annulliert.

Der Despot Herzog Albrecht V., der mit dieser Geserah vorerst die gesamte Wiener jüdische Gemeinde auslöschte, erkrankt 1439 an der Ruhr und stirbt im ungarischen Neszmely bei Esztergom.

Dennoch erhielt dieser Regent seinen eigenen Altar, den Albrechtsaltar, der ursprünglich der Hochaltar im Karmeliterkloster Am Hof war. Nach einer langen Odyssee gelangte der Altar, dessen Schöpfer unbekannt ist, in das Stift Klosterneuburg.

Nach umfangreichen Restaurierungsarbeiten ist dieser Altar seit 1981 in einem eigens auf den Grundmauern der ehemaligen Sebastianskapelle errichteten Gebäude auf dem Klosterneuburger Stiftsplatz zu sehen.[70]

… und das Blut fließt weiter

Es dauert noch einige Jahrzehnte, bis am 22. März 1459 Maximilian auf der Burg in Wiener Neustadt geboren wird und sich als Maximilian I., der letzte Ritter, in den Geschichtsbüchern verewigt.

Mit seiner Regierungszeit endet auch das Mittelalter. Es folgen die Renaissance und weitere Epochen, die ebenso wie dieses Mittelalter von Machtkämpfen, Schlachten, Kriegen und Herrschaftsansprüchen dominiert sind; führend weiterhin die Dynastie der Habsburger.

… und mittendrin dieses Wien. Eine Stadt, die nicht unterzukriegen ist.

»Wien bleibt Wien, und das geschieht ihm ganz recht.«
Hans Weigel (1908 – 1991),
österreichischer Schriftsteller und Theaterkritiker

Anmerkungen

1 heute Martin-Luther-Universität, Halle-Wittenberg
2 mit bürgerlichem Namen Christoph Martin Keller,* 1630 in Schmalkalden, † 1707 in Halle an der Saale
3 auch Joachim von Fiori, Gioacchino da Fiore, Joachim von Flores (oder de Flore, of Flora), * um 1130/35 in Celico, Kalabrien, † in San Giovanni in Fiore, vgl. Eberhard Büssem, Michael Neher (Hrsg.), Arbeitsbuch Geschichte. Mittelalter (3. – 16. Jahrhundert) Repetitorium, München 1977, S. 13
4 vgl. ebd.
5 vgl. Christian Brandstätter, Günter Treffer, Stadt Chronik Wien. 2000 Jahre in Daten, Dokumenten und Bildern, Wien 1986, S. 64, und Klaus Lohrmann, Ferdinand Opll, Regesten zur Frühgeschichte von Wien. Forschungen und Beiträge zur Wiener Stadtgeschichte. Sonderreihe der Wiener Geschichtsblätter, Verein für Geschichte der Stadt Wien, Bd. 10, Wien 1981, S. 9ff.
6 vgl. Lohrmann, Opll, S. 19ff.
7 vgl. ebd.
8 vgl. ebd., S. 33 und S. 22ff.
9 Huf: Mittelalterliches Flächenmaß zwischen sieben und zwanzig Hektar. Man unterscheidet die flämische Hufe (ca. 16,8 ha), die fränkische Hufe (ca. 24 ha) und die Hagenhufe (ca. 20 ha).
10 vgl. Lohrmann, Opll, ebd., S. 23 ff.
11 typisches Wiener Weinlokal, auch als Heuriger bekannt
12 Gottinsfeld ist die älteste topografische Bezeichnung in Wien; später der Wiener Vorort St. Veit; danach eingemeindet als Ober und Unter St. Veit in den 13. Wiener Gemeindebezirk Hietzing
13 Meinhartsdorf war bis ins 15. Jahrhundert ein Dorf am linken Wienufer, heute nicht mehr existent. Es lag bei Gumpendorf

und Sechshaus. Heute ist Gumpendorf Teil des 6. Wiener Gemeindebezirks Mariahilf.

14 vgl. Lohrmann, Opll, ebd., S. 23ff.

15 lat. Donau

16 Mautern

17 Lorch an der Enns

18 Heft bzw. Griff einer Stichwaffe (Dolch ect., frühneuhochdeutsch)

19 Trottel, Idioten (frühneuhochdeutsch)

20 willkommen (frühneuhochdeutsch)

21 Betrüger, Gaukler (frühneuhochdeutsch)

22 Dolch (frühneuhochdeutsch)

23. s. Walter Kleindel, Österreich. Daten zur Geschichte und Kultur, Wien 1978, S. 20

24 mittelalterliches Längenmaß: ein karolingischer Fuß = 32,24 cm; ein Pariser Fuß = 32,48 cm; ein Rheinfuß = 31,4 cm

25 früherer Name für Wien

26 Vermutlich stand der Berghof (Perig- oder Birckhof) in der Gegend des Hohen Marktes im 1. Wiener Gemeindebezirk, dehnte sich vom Hohen Markt über die Marc-Aurel-Straße und Sterngasse bis zur Judengasse aus.

27 Über seinen Todestag herrschen divergierende Meinungen. Bei Kleindel wird der 24. März nach 716 genannt (vgl. S. 22), Clemens Jöckle nennt exakt den 27. März 718 als Sterbedatum (vgl. Jöckle, Das große Heiligenlexikon, Köln 2003, S. 396).

28 heutiges Bad Reichenhall in Bayern

29 altes bairisches Maß für Salz

30 vgl. Gabriele Hasmann, Spukguide Wien. Die schaurigsten Plätze der Stadt, Wien 2017, S. 25ff.

31 vgl. Kleindel, S. 27

32 vgl. Reinhard Pohanka, Wien im Mittelalter. Geschichte Wiens, Wien 1998, S. 10

33 vgl. Kleindel, S. 29

34 Später durften die Krewsler auch andere Waren verkaufen. Daraus leitete sich die Altwiener Bezeichnung »Greisler« für Gemischtwarenhändler ab.

35 vgl. Barbara Schedl, St. Stephan zu Wien. Der Bau der gotischen Kirche (1200 – 1500), Wien 2018.

36 alter Ausdruck für Cousine

37 s. Otto Henne am Rhyn, Geschichte des Rittertums, Wien, o. J., S. 60 f.

38 betteln

39 zwischen 128 und 131 in Pergamon geboren, gestorben zwischen 199 und 215 in Rom

40 vgl. Pohanka, S. 157

41 vgl. ebd., S. 159

42 ältestes Wiener Stadtgerichtshaus bis 1325; stand in der Tuchlauben (1. Wiener Gemeindebezirk); später wurde das sog. Schönbrunnerhaus gebaut. Nach 1325 übersiedelte das Gericht auf den Hohen Markt im gleichen Bezirk.

43 heutiger Bereich Seitenstettengasse und Judengasse (1. Wiener Gemeindebezirk)

44 heute Wipplingerstraße im 1. Wiener Gemeidnebezirk. Früher hieß diese Straße vom Hohen Markt bis zur Jordangasse »Buelbingerstraße«, benannt nach einem alten Patriziergeschlecht. Bis zur Füttterergasse »Unter den Wildwerchern« (nach den dort ansässigen Kürschnern und Pelzhändlern); von der Fütterer- bis zur Renngasse »Unter den Felbern«, nach Weidenbäumen, die am Ufergelände des Tiefen Grabens wuchsen, durch den der Ottakringer Bach floss. Von dieser Stelle aus bis zur Stadtmauer hieß es »Unter den Barchentern« (Barchent = Mischgewebe aus Baumwolle und Leinen).

45 heute Gebiet um den Salzgries im 1. Wiener Gemeindebezirk

46 Erste Wiener Prostitutionstätigkeiten spielten sich im Bereich

Singerstraße und Wollzeile im 1. Wiener Gemeindebezirk ab; vgl. Barbara Wolfingseder, Lust & Laster im Alten Wien, Wien – Graz – Klagenfurt 2015, S. 16

47 vgl. Gabriele Hasmann, Der Stephansdom, Wien – Graz – Klagenfurt 2011, S. 84f., und Barbara Schedl, St. Stephan in Wien. Der Bau der gotischen Kirche (1200 – 1500) Wien – Köln – Weimar 2018, S. 26f., sowie eichinger.ch/eicifamilyhom/Reisen/Wien/Stephansdom_Riesentor.htm

48 heute Teil von Favoriten, dem 10. Wiener Gemeindebezirk

49 Diese Türme waren ca. zweiundzwanzig Meter hoch.

50 vgl. Karl Ziak, Unvergängliches Wien. Ein Gang durch die Geschichte von der Urzeit bis zur Gegenwart, Wien 1951, S. 84

51 s. Dirk Katzschmann, Lebensalltag im Mittelalter, Stuttgart 1994, S. 38

52 s. ebd., S. 52

53 Topfen – Wiener Bezeichnung für Quark

54 Weitere Minnesänger: *Der von Kürenberg* (um 1150 / 1160), *Der Burggraf von Regensburg* (um 1160 / 1170), *Meinloh von Sevelingen* (um 1160 – 1180), *Der Burggraf von Rietenburg* (um 1180), *Heinrich von Veldelke* (ca. 1140 – 1190), *Rudolf von Fenis-Neuenburg* (letztes Viertel des 12. Jh.), *Heinrich von Rugge* (Ende 12. Jh.), *Bernger von Horheim* (Ende 12. Jh.), *Hartwig von Raute* (Ende 12. Jh.), *von Wissenloh* (wahrscheinlich Ende 12. Jh.), *Reinmar von Hagenau* (Wende 12. / 13. Jh.), *Ulrich von Singenberg* (erstes Drittel 13. Jh.), *Otto von Rotenlauben* (ca. 1190 – 1245), *Der Markgraf von Hohenberg* (ca. 1200 – 1245), *Hiltbolt von Schwangau* (1. Hälfte 13. Jh.), *Der tugendhafte Schreiber* (1. Hälfte 13. Jh.), *Burkhart von Hohenfels* (zwischen 1220 und 1240), *von Obernburg* (wahrscheinlich 13. Jh.), *Gottfried von Neiffen* (zwischen 1230 und 1255), *Kristan von Hamle* (um 1225), *Ulrich von Lichtenstein* (ca. 1220 – 1275), *Ulrich von Winterstetten* (ca. 1240 – 1280), *Gedrut* (auch Geltar; Mitte 13. Jh.), *Der Kol von Nüssen* (zweites

Viertel 13. Jh.*), Konrad von Würzburg (*ca. 1225 – 1287*), Frauenlob (*Heinrich von Meißen; ca. 1250 – 1318*), Reinmar von Brennenberg (*Mitte 13. Jh.*), Süsskind von Trimberg (*zweite Hälfte 13. Jh.*), Der wilde Alexander (*zweite Hälfte 13. Jh.*), Wizlaw von Rügen (*ca. 1265 – 1325*), Kraft von Toggenburg (*Anfang 14. Jh.*), Der Mönch von Salzburg (*2. Hälfte 14. Jh.*).*

Auch dem Stauferkaiser Heinrich VI. (1165 – 1197) wird der Minnesang zugeschrieben. Vielleicht war es auch einer seiner Hofsänger, der die Werke verfasste und der Kaiser sic als seine eigenen ausgab. Unter den Minnesängern gibt es keine einzige Frau. Jedoch wurde *Mechthild von Magdeburg* (ca. 1207 – 1282) in ihren poetischen Schriften stark vom Minnesang beeinflusst.

55 heute Annagasse im 1. Wiener Gemeindebezirk

56 Barbara Wolfingseder, Dunkle Geschichten aus dem Alten Wien, Wien – Graz – Klagenfurt 2012, S. 26

57 ebd., S. 28

58 vgl. ebd.

59 s. ebd., S. 29

60 s. ebd., S. 31

61 vgl. ebd., S. 23ff.

62 öffentlich an den Pranger stellen und auspeitschen oder auch mit der Peitsche durch die Straßen jagen

63 Fragmente von Realis, Die Juden und die Judenstadt in Wien, Wien 1846, S. 16ff.

64 Eva Bruckner, Ritterorden und Gesellschaften, In: Formen der Herrschaftspräsentation und Selbstdarstellung habsburgischer Fürsten im Spätmittelalter (Dissertation), Wien 2009, S. 32f.

65 Spanferkel

66 vgl. Ferdinand Opll, Das Wiener Scharlachrennen. Ein Pferderennen als Event in der mittelalterlichen Stadt, In: Studien zur Wiener Geschichte (Hrsg. Karl Fischer), Jahrbuch des Vereins für Geschichte der Stadt Wien, Band 72 / 73 (2016 / 17), S.

109 ff.

67 vgl. Pohanka, S. 141

68 vgl. Pohanka, S. 139ff.

69 3. Wiener Gemeindebezirk; Krieglergasse zwischen Franzens- und Sophienbrücke.

70 Die Geschichte findet sich in anderer Form in »Halbseidenes historisches Wien. 23 Wiener Bezirkskrimis« von Günther Zäuner, Marchtrenk 2017, S. 50ff.

Bibliografie

Heinrich Appelt, Privilegium minus. Das staufische Kaisertum und die Babenberger in Österreich, Graz 1976

Ludwig Bato, Die Juden im alten Wien, Wien 1928 und 2011

Rainer Beck (Hg.), Streifzüge durch das Mittelalter. Ein historisches Lesebuch, München 1990

Klaus Bergdolt, Der Schwarze Tod in Europa. Die Große Pest und das Ende des Mittelalters, München 1994

Karl Bosl, Staat, Gesellschaft, Wirtschaft im deutschen Mittelalter Gebhardt Handbuch der deutschen Geschichte, Band 7, München 1973

Eberhard Büssem, Michael Neher (Hg.), Arbeitsbuch Geschichte. Mittelalter Repetitorium (3. - 16. Jahrhundert), München 1977

Georges Duby (Hg.), Geschichte des privaten Lebens. Vom Feudalzeitalter zur Renaissance, Band 2, Augsburg 1999

Odilo Engels, Die Staufer, Stuttgart 1972

Josef Fleckenstein, Rittertum und ritterliche Welt, Berlin 2002

Karl Fischer (Hg.), Studien zur Wiener Geschichte. Jahrbuch des Vereins der Geschichte der Stadt Wien, Band 72/73 (2016/2017), Wien 2018

Robert Fossier, Das Leben im Mittelalter, München 2008

Rupert Feuchtmüller, Der unbekannte Dom St. Stephan in Wien-Freiburg-Basel 1984

Annette Großbongardt, Johann Salzwedel (Hg.), Leben im Mittelalter. Der Alltag von Rittern, Mönchen, Bauern und Kaufleuten, München 2015

Gabriele Hasmann, Spukguide Wien. Die schaurigsten Plätze der Stadt, Wien 2017

Gabriele Hasmann, Der Stephansdom, Wien-Graz-Klagenfurt 2011

Dirk Katzschmann, Lebensalltag im Mittelalter, London 1993

Walter Kleindel, Österreich. Daten zur Geschichte und Kultur, Wien-Heidelberg 1978

Klaus Lohrmann, Ferdinand Opll, Regesten zur Frühgeschichte von Wien.

Forschungen und Beiträge zur Wiener Stadtgeschichte. Sonderreihe der Wiener Geschichtsblätter, Verein der Geschichte der Stadt Wien, Band 10, Wien 1981

Sébastian Mamerot, Eine Chronik der Kreuzzüge, Köln 2016

Ian Mortimer, Im Mittelalter. Handbuch für Zeitreisende, München 2014

Alois Niederstätter, Österreichische Geschichte 1278 – 1411. Die Herrschaft in Österreich. Fürst und Land im Spätmittelalter, Wien 2001

Henri Pirenne, Stadt und Handel im Mittelalter, München 1976

Reinhard Pohanka, Wien im Mittelalter, Wien 1998

Fragmente von Realis, Die Juden und die Judenstadt in Wien, Wien 1846

Otto Henne am Rhyn, Geschichte des Rittertums, Stuttgart o. J.

Jacques Ruffié, Jean-Charles Sournia, Die Seuchen in der Geschichte der Menschheit, Stuttgart 1987

Barbara Schedl, St. Stephan in Wien. Der Bau der gotischen Kirche (1200 – 1500), Wien 2018

Hilde Schmölzer, Die Pest in Wien, Innsbruck-Wien 2015

Kurt Schreiner, So lebten wir früher. 2000 Jahre Kulturgeschichte im Überblick, Köln 2016

Stephan Vajda, Felix Austria. Eine Geschichte Österreichs, Wien 1980

Manfred Vasold, Pest, Not und schwere Plagen. Seuchen und Epidemien vom Mittelalter bis heute, München 1999

Siegfried Weyr, Wien. Eine Stadt erzählt, Wien 1984

Barbara Wolfingseder, Lust & Laster im Alten Wien, Wien-Graz-Klagenfurt 2015

Barbara Wolfingseder, Dunkle Geschichten aus dem Alten Wien, Wien-Graz-Klagenfurt 2012

H. Zaschek, Handwerk und Gewerbe in Wien. Von den Anfängen bis zur Erteilung der Gewerbefreiheit im Jahre 1859, Wien 1949

Günther Zäuner, Halbseidenes historisches Wien. 23 Bezirkskrimis, Marchtrenk 2017

Walter Zitzenbacher, Österreichische historische Legenden, Innsbruck o. J.